El sendero del amor

El sendero del amor

Nicholas Sparks

Traducción de Ana Duque

Rocaeditorial

Título original en inglés: *A bend in the road*

© Nicholas Sparks Enterprises, Inc., 2001

Primera edición: abril de 2014

© de la traducción: Ana Duque
© de esta edición: Roca Editorial de Libros, S.L.
Av. Marquès de l'Argentera 17, pral.
08003 Barcelona
info@rocaeditorial.com
www.rocaeditorial.com

Impreso por LIBERDÚPLEX, S.L.U.
Crta. BV-2249, km 7,4, Pol. Ind. Torrentfondo
Sant Llorenç d'Hortons (Barcelona)

ISBN: 978-84-9918-721-1
Depósito legal: B. 5.472-2014
Código IBIC: FA

Esta novela está dedicada a
Theresa Park y a Jamie Raab.
Ellos saben por qué.

Prólogo

¿*D*ónde empieza verdaderamente una historia? En la vida, cuando miramos atrás, casi nunca podemos determinar los principios, el momento exacto en el que empezó todo. Y, sin embargo, hay momentos en los que el destino se cruza con nuestra vida diaria y desencadena una secuencia de acontecimientos cuyas consecuencias nunca hubiéramos podido imaginar.

Son casi las dos de la madrugada, y me he desvelado. Cuando me acosté, hace un rato, empecé a dar vueltas en la cama durante casi una hora hasta que desistí. Ahora estoy en mi escritorio, pluma en mano, pensando en la intervención del destino en mi vida. No es nada raro en mí, pero últimamente parece que es lo único en lo que puedo pensar.

Aparte del monótono tictac del reloj de la estantería, la casa está en silencio. Mi mujer duerme en el piso de arriba. Mientras miro fijamente las rayas del cuaderno de papel amarillo que tengo ante mí, me doy cuenta de que no sé por dónde empezar. No porque albergue dudas acerca de esta historia, sino porque no estoy seguro de por qué me siento obligado a contarla. ¿De qué sirve desenterrar el pasado? Después de todo, los sucesos que me dispongo a describir ocurrieron hace trece años, aunque supongo que se podría afirmar que sus orígenes, en realidad, se remontan a dos largos años antes. Pero ahora, aquí sentado, sé que debo intentar poner por escrito lo sucedido, aunque solo sea para poder dejar el pasado atrás.

Hay varias cosas que me ayudan a no distorsionar los recuerdos de esa época: mi diario, que llevo escribiendo desde niño; una carpeta de amarillentos artículos de periódico; mis propias investigaciones; y, por supuesto, los documentos que se hicieron públicos. Asimismo, el hecho de haber revivido mentalmente los acontecimientos de esta historia cientos de veces ha contribuido a que hayan quedado grabados en mi memoria. Pero esta historia estaría incompleta si solo contara con todo esto. Había otras personas involucradas. Aunque yo mismo fui testigo de algunos de los hechos, no los presencié todos. Soy consciente de que es imposible recrear los sentimientos y los pensamientos de otras personas, pero, para bien o para mal, eso es lo que me he propuesto.

En esencia, se trata de una historia de amor y, al igual que muchas otras, la de Miles Ryan y Sarah Andrews tiene su origen en una tragedia. Asimismo, trata sobre la capacidad de perdonar. Espero que, al acabar de leerla, sea posible comprender el desafío al que tuvieron que hacer frente Miles Ryan y Sarah Andrews, y las decisiones que tomaron, buenas y malas, así como las que tuve que tomar yo mismo. Pero antes debo aclarar algo: esta no es solo la historia de Miles Ryan y Sarah Andrews. De haber realmente un principio, habría que buscarlo en Missy Ryan, novia desde el instituto del que se convertiría en ayudante del sheriff.

Missy Ryan, al igual que su marido, Miles, creció en New Bern. Por lo que he podido averiguar, era una mujer encantadora y amable. Miles la había querido desde el comienzo de su vida adulta. Era morena y tenía los ojos aún más oscuros. Me contaron que hablaba con un acento que hacía que a los hombres de otras partes del país les temblaran las rodillas. Se reía con facilidad, escuchaba con interés, y a menudo posaba la mano sobre el brazo de su interlocutor, como si le invitara a formar parte de su mundo. Además, como la mayoría de las mujeres del sur, tenía una voluntad mucho más fuerte de lo que parecía a simple vista. Era ella quien llevaba la casa, no Miles; por norma general, los amigos de Miles eran los maridos de las amigas de Missy, y su vida giraba en torno a su familia.

En el instituto, Missy había sido animadora. Cuando cursaba segundo ya era una chica popular y encantadora. Aunque sabía de la existencia de Miles Ryan, él era un año mayor, por lo que no habían ido a clase juntos. Pero eso no fue relevante. Unos amigos comunes les presentaron, y empezaron a verse durante la hora del almuerzo y a hablar después de los partidos de fútbol. Con el tiempo quedaron para ir a una fiesta del instituto. Muy pronto se hicieron inseparables. Cuando Miles le pidió que le acompañara al baile de fin de curso unos cuantos meses después, ya estaban enamorados.

Soy consciente de que hay quien se burla de que alguien se pueda enamorar de verdad tan joven. Pero en el caso de Miles y Missy fue así. Su amor era, en cierto modo, más fuerte que el de los adultos, ya que no estaba manchado por el día a día de la vida real. Salieron durante todo el tiempo que fueron al instituto. Cuando Miles tuvo que irse a la Universidad de Carolina del Norte, se mantuvieron fieles hasta que Missy se graduó y pudo unirse a él para estudiar en la misma universidad al año siguiente. Cuando él la pidió en matrimonio durante una cena tres años después, ella aceptó con lágrimas en los ojos y se pasó la siguiente hora llamando a toda su familia para darles la buena noticia, mientras Miles acababa de cenar solo. Miles se quedó en Raleigh hasta que Missy acabó sus estudios. En su boda, la iglesia de New Bern estuvo abarrotada.

Missy empezó a trabajar como responsable de créditos en el banco de Wachovia. Miles comenzó la formación para convertirse en ayudante del sheriff. Cuando empezó a trabajar para el condado de Craven, patrullando las calles que siempre habían sido su hogar, ella estaba embarazada de dos meses. Como muchas parejas jóvenes, se compraron una casa. Cuando nació su hijo, Jonah, en enero de 1981, al ver al recién nacido Missy supo que la maternidad era lo mejor que le había pasado en la vida. Pese a que Jonah no durmió una sola noche entera hasta que tuvo seis meses, y a que en ocasiones ella sentía deseos de gritar igual que el bebé, Missy lo amaba más de lo que nunca hubiera podido imaginar.

Era una madre maravillosa. Dejó el trabajo para poder atender a Jonah a tiempo completo, le leía cuentos, jugaba con él, y le llevaba a un grupo de juego infantil. Podía pasarse horas mirándolo, nada más. Cuando Jonah cumplió cinco años, Missy se dio cuenta de que quería ser madre de nuevo. Miles aceptó volver a intentarlo. Los siete años de su matrimonio fueron los más felices de sus vidas.

Pero en agosto de 1986, cuando solo contaba con veintinueve años, Missy Ryan fue atropellada.

Su muerte apagó la luz de los ojos de Jonah, atormentó a Miles durante dos años, y allanó el camino para lo que sucedería más tarde.

Por eso, como ya he dicho antes, esta es la historia de Missy, pero también la de Miles y Sarah. Y también forma parte de mi propia historia.

Yo también jugué un papel importante en lo que pasó.

Capítulo 1

En la mañana del 29 de agosto de 1988, apenas transcurridos dos años desde la muerte de su esposa, Miles Ryan estaba en el porche trasero de su casa fumando un cigarrillo mientras observaba el sol naciente que teñía el cielo gris de un tono anaranjado. Ante él discurría el río Trent, cuyas aguas salobres quedaban parcialmente ocultas por los cipreses que flanqueaban sus orillas.

El humo del cigarrillo ascendía en espirales, y Miles pudo notar cómo aumentaba la humedad, que espesaba el aire. Poco después los pájaros empezaron a cantar, y sus trinos inundaron el aire. Vio pasar una pequeña barca pesquera, desde la que un pescador le saludó. Miles devolvió el saludo con un leve movimiento de la cabeza. No tenía energía para nada más.

Necesitaba una taza de café. Un poco de café y se sentiría con fuerzas para afrontar el nuevo día. Tenía que llevar a Jonah al colegio, controlar que nadie infringiera la ley, publicar los avisos de desahucio del condado, así como resolver otras cuestiones que surgirían inevitablemente, como, por ejemplo, hablar con la maestra de Jonah por la tarde. Y eso era solo el principio. Las tardes eran aún más estresantes. Siempre tenía un montón de tareas pendientes: ocuparse del pago de las facturas, limpiar, hacer las compras y las eventuales reparaciones domésticas. Incluso en aquellas escasas ocasiones en las que Miles disponía de un poco de tiempo libre, le asediaba la sensación de que tenía que aprovecharlo, de lo contrario sentía que estaba perdiendo el tiempo. «Rápido, lee algo. Date prisa, solo tienes un par de minutos de relax. Cierra los ojos, no dispones de demasiado tiempo.» Aquella rutina era suficiente para agotar a cualquiera, pero ¿qué otra cosa podía hacer?

Necesitaba un café con urgencia. La nicotina no le hacía efecto, y se le pasó por la cabeza tirar los cigarrillos a la papelera, pero en realidad daba igual. Mentalmente se hacía la ilusión de que no fumaba. Admitía que fumaba unos cuantos cigarrillos al día, pero no era fumar de verdad. No llegaba al paquete diario, y tampoco llevaba toda la vida fumando; había empezado tras la muerte de Missy, y podía dejarlo cuando quisiera. Pero ¿para qué? Sus pulmones seguían estando en forma, la semana anterior había tenido que correr tras un ladrón y lo había atrapado sin problemas. Un fumador no lo habría conseguido.

Pero le había costado más que cuando tenía veintidós años. De eso hacía ya una década, y aunque todavía era pronto para buscar una residencia de ancianos, notaba el paso de los años. Cuando estaba en la universidad salía con sus amigos a partir de las once de la noche hasta la madrugada. Durante los últimos años, salvo cuando tenía turno de noche, las once ya era tarde, y aunque le costara dormir, se iba a la cama. No encontraba ninguna razón lo bastante buena como para quedarse despierto. El agotamiento formaba parte de su vida. Incluso en las noches en que Jonah no tenía pesadillas (que habían empezado a raíz de la muerte de Missy), Miles se despertaba sintiéndose cansado, despistado, desganado, como si estuviera caminando bajo el agua. Casi siempre lo achacaba a su ajetreado estilo de vida, pero había llegado a cuestionarse la posibilidad de que se debiera a un problema más serio. En una ocasión había leído que uno de los síntomas de la depresión clínica era una «apatía injustificada, sin motivo ni causa». Claro está que en su caso había una razón…

Lo que de veras necesitaba era disfrutar de unas tranquilas vacaciones en un apartamento en la playa en Cayo Hueso, donde pudiera ir a pescar rodaballos o simplemente relajarse meciéndose en una hamaca mientras bebía una cerveza fría, sin tener que tomar ninguna decisión, más allá de si ponerse sandalias para caminar por la playa en compañía de una hermosa mujer.

Eso también formaba parte del problema: la soledad. Estaba harto de estar solo, de despertarse en una cama vacía, a pesar de que ese sentimiento todavía le sorprendía. Hacía poco que había empezado a sentirse así. El primer año tras la muerte de Missy, Miles no podía ni siquiera empezar a contemplar la posibilidad de volver a amar a otra mujer. Nunca más. Era como si no tuviera la necesidad de compañía femenina, como si el deseo y el amor no fueran nada más que probabilidades teóricas que no tenían cabida en el mundo real. Incluso tras haber superado la conmoción y la pena que le hicieron llorar todas las noches, seguía sintiendo que algo fallaba en su vida; era como si se hubiera desviado del rumbo y esperase que se corrigiera por sí mismo, y por tanto no había razón para preocuparse demasiado.

Después de lo ocurrido, casi todo seguía igual tras el funeral. Seguían llegando facturas, había que cuidar de Jonah y cortar el césped. Y tenía que trabajar. En una ocasión, después de unas cuantas cervezas, Charlie, su jefe y mejor amigo, le preguntó cómo se sentía uno al perder a su esposa, y Miles respondió que parecía como si Missy no se hubiera ido del todo. Era más bien como si se hubiera tomado un fin de semana libre con una amiga, y le hubiera dejado a cargo de Jonah.

A medida que pasó el tiempo desapareció la insensibilidad a la que se había acostumbrado, que quedó sustituida por la realidad. Por mucho que intentara pasar página, Miles seguía sorprendiéndose pensando en Missy. Era como si todo le recordara a ella. Especialmente Jonah, que cada vez se parecía más a su madre. A veces, cuando se quedaba mirando a Jonah desde la puerta del dormitorio, tras arroparlo, podía ver los rasgos en miniatura de su mujer en el rostro de su hijo, y enseguida se iba para que Jonah no pudiera ver las lágrimas. La imagen permanecía durante horas en su cabeza; le encantaba mirar a Missy mientras dormía, sus largos cabellos castaños esparcidos sobre la almohada, siempre con un brazo por encima de la cabeza, la boca apenas entreabierta, el sutil movimiento del pecho al respirar. Y su olor, era algo que Miles nunca olvidaría. En la primera mañana de Navidad tras su muerte, en la iglesia, había percibido una nota del perfume que Missy solía usar, y se había aferrado al dolor como un náufrago a un salvavidas, hasta bien pasada la misa.

15

También se aferraba a otras cosas. De recién casados solían ir a comer a Fred & Clara's, un pequeño restaurante situado en la misma calle del banco en el que ella trabajaba. Quedaba un poco apartado, era un lugar tranquilo y acogedor que les hacía sentir que nunca cambiaría nada entre ellos. Tras el nacimiento de Jonah no habían salido demasiado, pero Miles empezó a ir de nuevo después de que Missy muriera, como si albergara la esperanza de recuperar algún retazo de aquellos sentimientos en los paneles de las paredes. En casa también continuaba haciendo las cosas como ella solía. Seguía yendo a la tienda de comestibles los jueves por la tarde, tal como su mujer siempre hacía. Y cultivaba tomates en los laterales del jardín porque a Missy le gustaba hacerlo. Missy creía que Lysol era el mejor producto de limpieza para la cocina, por lo que Miles no veía ninguna razón para cambiar. Missy siempre estaba presente, en todo lo que hacía.

Sin embargo, en algún momento de la primavera anterior, aquellos sentimientos empezaron a cambiar, sin previo aviso, aunque Miles lo notó enseguida. Mientras conducía hacia el centro, se sorprendió a sí mismo observando a una pareja de jóvenes que caminaban cogidos de la mano. Y, por un instante, Miles se imaginó que él era el hombre, y que la mujer era su pareja. Y si no podía ser esa mujer, entonces alguien…, alguien que no solo pudiera quererle a él, sino también a Jonah. Alguien que le hiciera reír, con quien pudiera compartir una botella de vino mientras cenaban tranquilamente, alguien a quien poder abrazar, tocar, y a quien poder susurrar cosas al oído una vez que se hubieran apagado las luces. «Alguien como Missy», pensó, y la imagen de su mujer invocó de inmediato tales sentimientos de culpa y de traición que bastaron para apartar de su mente a la joven pareja para siempre.

O por lo menos eso es lo que él creía.

Aquella misma noche, ya en la cama, se vio pensando nuevamente en ellos. Y a pesar de que los sentimientos de culpa y traición seguían presentes, ya no tenían la misma intensidad. Y, en ese momento, Miles supo que había dado el primer paso, aunque fuera pequeño, para poder aceptar finalmente su pérdida.

Empezó a justificar su nueva realidad diciéndose a sí mismo

que ahora era viudo, y que era normal tener esos sentimientos, consciente de que nadie podría contradecirle. Nadie podía esperar de él que siguiera solo el resto de su vida; en los últimos meses, algunos amigos se habían ofrecido para prepararle un par de citas con otras mujeres. Además, sabía que a Missy le habría gustado que se volviera a casar. Se lo había dicho varias veces mientras jugaban a «y si...», como hacían otras parejas, y aunque ninguno de los dos habría podido imaginar que pudiera pasar algo terrible, ambos estaban de acuerdo en que no estaría bien para Jonah criarse únicamente con el padre o la madre. Tampoco sería justo para ninguno de ellos dos, fuera el que fuera. Sin embargo, todavía le parecía demasiado pronto.

A medida que avanzaba el verano, la idea de encontrar a otra persona volvió a aflorar una y otra vez con más intensidad. Missy seguía presente, siempre lo estaría... y con todo, Miles empezó a considerar más seriamente la posibilidad de encontrar a alguien con quien compartir su vida. Por la noche, mientras consolaba a Jonah en la mecedora, ya que eso era lo único que parecía ayudarle a sobrellevar las pesadillas, aquella idea parecía cobrar fuerza y siempre seguía el mismo patrón. De creer que podría encontrar a alguien pasaba a pensar que tal vez llegaría a conseguirlo; al final, acababa convencido de que debería hacerlo. Llegado a ese punto, no obstante, su mente volvía a la hipótesis pesimista de que seguramente no lo haría, por mucho que deseara lo contrario.

La razón estaba en su dormitorio.

En una estantería, en un abultado sobre de papel manila, se encontraba la carpeta con la información relativa a la muerte de Missy que había reunido él mismo en los meses posteriores al funeral. La guardaba para no olvidar lo sucedido, para que le recordase todo lo que todavía quedaba por hacer.

La guardaba para recordarse su fracaso.

Poco después, tras apagar el cigarrillo en la barandilla y entrar en casa, Miles se tomó el café. Al pasar por el dormitorio de Jonah abrió la puerta para comprobar que seguía durmiendo. Estupendo, todavía disponía de un poco de tiempo. Fue al cuarto de baño.

Abrió el grifo de la ducha; la tubería gimió y siseó un instante antes de que saliera el agua. Tras ducharse y afeitarse se lavó los dientes. Al peinarse volvió a percatarse de que parecía tener menos pelo que antes. Se puso rápidamente el uniforme de ayudante del sheriff; a continuación sacó la funda de la pistola de la caja de seguridad, situada encima de la puerta del dormitorio. Oyó un ruido procedente del cuarto de Jonah. Miles fue a la habitación y el niño alzó la vista con los ojos hinchados. Estaba sentado en la cama, con el pelo revuelto. No llevaba despierto más de un par de minutos.

Miles sonrió.

—Buenos días, campeón.

Jonah le miró desde la cama, casi como en cámara lenta.

—Hola, papá.

—¿Listo para desayunar?

Estiró los brazos a ambos lados, con un leve gemido.

—¿Puedo desayunar tortitas?

—¿Y qué tal unos gofres? Se ha hecho un poco tarde.

Jonah se inclinó para recoger los pantalones que Miles había dejado preparados el día antes.

—Todas las mañanas dices lo mismo.

Miles se encogió de hombros.

—Todas las mañanas se te hace tarde.

—Pues despiértame antes.

—Tengo una idea mejor: ¿por qué no te vas a la cama cuando yo te digo?

—Porque no tengo sueño. Solo tengo sueño por las mañanas.

—Bienvenido al club.

—¿Qué?

—Nada —contestó Miles, que le indicó el cuarto de baño—. No te olvides de peinarte cuando hayas terminado de vestirte.

—Vale —respondió Jonah.

Casi todas las mañanas, la misma rutina. Miles puso en la tostadora unos gofres y se sirvió otra taza de café. Cuando Jonah apareció en la cocina después de vestirse, había un gofre en su plato, acompañado de un vaso de leche. Su padre ya lo había untado con mantequilla, pero a Jonah le gustaba ponerle el sirope. Miles empezó a dar cuenta de su gofre, y durante un minuto ninguno dijo nada. Jonah parecía seguir inmerso en su propio mundo. Aunque Miles tenía que hablar con él, prefirió esperar a que estuviera más espabilado.

Tras algunos minutos de agradable silencio, Miles por fin carraspeó para aclararse la garganta.

—¿Cómo te va en el colegio? —preguntó.

Jonah se encogió de hombros.

—Bien, supongo.

La pregunta también formaba parte de la rutina; siempre le preguntaba qué tal le iba en el colegio y Jonah contestaba irremediablemente lo mismo. Pero esa mañana, mientras preparaba la mochila de Jonah, había encontrado una nota de su maestra en la que le pedía que fuera a verla ese mismo día. Había algo en la redacción de la nota que le hizo pensar que se trataba de algo más serio que la típica tutoría entre padres y profesor.

—¿Vas bien en la clase?

Jonah se encogió de hombros.

—Ajá.

—¿Te gusta la maestra?

Jonah asintió entre mordisco y mordisco.

—Ajá—volvió a responder.

Miles esperó a que Jonah hiciera algún comentario, pero no dijo nada más. Se acercó a él.

—Entonces, ¿por qué no me has contado nada de la nota de la maestra?

—¿Qué nota? —preguntó con aire inocente.

—La que estaba en tu mochila, la que tu maestra quería hacerme llegar.

Jonah volvió a encogerse de hombros imitando a los gofres en la tostadora.

—Supongo que se me olvidó.

—¿Cómo se te puede olvidar algo así?

—No lo sé.

—¿Sabes por qué quiere verme?

—No… —Jonah vaciló.

Miles se dio cuenta de que no decía la verdad.

—Hijo, ¿tienes problemas en el colegio?

19

Jonah parpadeó y alzó la vista. Su padre no le llamaba «hijo» a menos que se hubiera portado mal.

—No, papá. Nunca me porto mal. Te lo prometo.

—Entonces, ¿qué pasa?

—No lo sé.

—Haz un esfuerzo.

Jonah se revolvió en su silla, consciente de que había agotado la paciencia de su padre.

—Bueno, igual es porque me cuesta hacer algunas de las tareas.

—Creí oírte decir que todo iba bien.

—El colegio me va bien. La señorita Andrews es muy buena y me gusta el colegio. —Hizo una pausa—. Pero a veces no entiendo todo lo que dicen en clase.

—Para eso vas a la escuela. Para aprender.

—Ya lo sé —respondió—, pero el año pasado con la señorita Hayes era distinto. Nos manda unos deberes muy difíciles, y algunos no los sé hacer.

Jonah parecía avergonzado y asustado a la vez.

Miles le puso una mano sobre el hombro.

—¿Por qué no me contaste que tenías problemas?

Jonah tardó un buen rato en responder.

—Porque no quería que te enfadaras conmigo —dijo por fin.

Después de desayunar, Miles comprobó que Jonah estaba listo, le ayudó con la mochila y le acompañó a la puerta. Jonah no había dicho gran cosa después de desayunar. Miles se agachó para darle un beso en la mejilla.

—No te preocupes por esta tarde. Todo va a ir bien, ¿vale?

—Vale —murmuró Jonah.

—Y no te olvides de que iré a recogerte, no te subas al autobús.

—Vale —volvió a decir.

—Te quiero, campeón.

—Te quiero, papá.

Miles siguió a su hijo con la mirada hasta que llegó a la parada de autobús de la esquina. Sabía que a Missy no le habría sorprendido tanto lo sucedido aquella mañana. Ella ya habría intuido que Jonah tenía algún problema en el colegio. Missy se había ocupado de esas cosas.

Missy se ocupaba de todo.

Capítulo 2

*L*a noche anterior a su encuentro con Miles Ryan, Sarah Andrews caminaba a buen ritmo por el barrio histórico de New Bern. Aunque quería aprovechar al máximo el ejercicio físico (hacía cinco años que se había aficionado a caminar), desde que se había mudado a aquella ciudad le costaba hacerlo. Cada vez que salía encontraba algo interesante que le hacía interrumpir su caminata para mirar.

New Bern, fundada en 1710, estaba situada en los bancos de los ríos Neuse y Trent, en la región oriental de Carolina del Norte. Era la segunda ciudad más antigua del estado. En otra época, había sido incluso la capital, y albergaba el Tryon Palace, residencia del gobernador colonial. Destruido por las llamas en 1798, el palacio había sido restaurado por completo en 1954, y contaba con unos de los mejores y más sublimes jardines del sur de los Estados Unidos. Cada primavera florecían los tulipanes y las azaleas por doquier, y en otoño era el turno de los crisantemos. Sarah había hecho una visita guiada cuando llegó a la ciudad y aunque los jardines no estaban en pleno esplendor, decidió que quería vivir lo suficientemente cerca como para poder ir caminando hasta allí cada día.

Se instaló en un bonito apartamento en la calle Middle Street, a pocas manzanas de los jardines, en pleno centro. El apartamento estaba en un primer piso a tres puertas de la farmacia en la que en 1898 Caleb Bradham había comercializado por vez primera la bebida Brad, posteriormente más conocida como Pepsi-Cola. A la vuelta de la esquina se encontraba la iglesia episcopal, un edificio señorial de ladrillo a la sombra de altísimos magnolios, inaugurado en 1718. Cuando salía de su apartamento para ir a caminar, Sarah pasaba por delante de ambos edificios al dirigirse hacia la calle Front Street, en la que había varias mansiones elegantes de doscientos años de antigüedad.

Pero lo que le producía más admiración era que la mayoría de esos edificios habían sido cuidadosamente restaurados durante los últimos cincuenta años, de uno en uno. A diferencia de Williamsburg, en el estado de Virginia, ciudad que había sido restaurada en gran medida gracias a una donación de la Fundación Rockefeller, New Bern había hecho un llamamiento a sus habitantes y estos habían respondido. Este sentimiento comunitario había atraído a sus padres hacía ya cuatro años; Sarah no sabía nada de New Bern hasta que se mudó allí en el mes de junio.

Mientras caminaba, pensaba en lo diferente que era New Bern de Baltimore, en el estado de Maryland, su ciudad natal y donde se había criado, en la que había vivido hasta hacía pocos meses. A pesar de que Baltimore también tenía su propia historia, ante todo era una gran ciudad. New Bern, en cambio, era una pequeña ciudad sureña, relativamente aislada, y que se mantenía hasta cierto punto indiferente ante el cada vez más estresante ritmo de vida de otros lugares. La gente la saludaba por la calle, y cuando Sarah se detenía a preguntar por una dirección solía recibir una respuesta extensa y pausada, generalmente aderezada con referencias a personas o sucesos de los que ella nunca había oído hablar, como si todos y todo estuvieran relacionados de algún modo. Solía resultarle agradable, pero a veces llegaba a ponerse nerviosa.

Su familia había ido a vivir allí cuando a su padre le ofrecieron el puesto de administrador en el Centro Médico Regional del condado de Craven. Cuando Sarah por fin se divorció, sus padres intentaron convencerla para que también se mudara a New Bern. Conociendo como conocía a su madre, decidió posponer la decisión durante un año. No es que Sarah no quisiera a su madre, pero a veces podía resultar… agotadora, a falta de una palabra más adecuada. Aun así les había hecho caso, sobre todo para su tranquilidad de espíritu, y de momento, por suerte, no se arrepentía. Era exactamente lo que le hacía falta. Eso sí, por muy encantadora que le pareciera la ciudad, no se veía viviendo allí para siempre.

Desde el primer momento se dio cuenta de que New Bern no era una ciudad para jóvenes sin pareja. No había demasiados lugares en los que conocer gente, y las personas de su edad que había conocido ya estaban casadas y con familia. Al igual que en otros lugares del sur, seguía existiendo un orden social que determinaba la vida de los habitantes de la ciudad. Puesto que la mayoría ya estaban casados, no resultaba fácil que una mujer sola encajara en aquella sociedad, sobre todo si se trataba de una divorciada y recién llegada a la región.

Y, sin embargo, era un lugar ideal para tener hijos, y a veces, durante sus caminatas, a Sarah le gustaba imaginar que las cosas hubieran sido distintas. Cuando era una niña, siempre había dado por supuesto que su vida sería tal como ella deseaba: se casaría, tendría niños, una casa en un vecindario en el que las familias se reunirían los viernes por la tarde tras haber trabajado toda la semana. Así había sido su vida de niña, y así hubiera querido que fuera en su edad adulta. Pero no había sido así. Y había llegado a entender que en la vida las cosas casi nunca salían como uno quería.

Sin embargo, durante un tiempo había llegado a creer que todo era posible, especialmente después de conocer a Michael. Estaba a punto de terminar su carrera de Magisterio; Michael acababa de finalizar un máster en administración de empresas en Georgetown. Su familia, una de las más importantes de Baltimore, había hecho fortuna en la banca y era inmensamente rica: una especie de clan, la clase de familia que ocupa cargos en las juntas de distintas corporaciones y que obliga al club de campo a establecer normas para excluir a aquellos a quienes creen inferiores. Pero, al parecer, Michael rechazaba la escala de valores de su familia y se le consideraba un buen partido. Al entrar en cualquier lugar, todas las cabezas se giraban, y a pesar de que era consciente del motivo, fingía no dar importancia a lo que la gente pensaba de él, lo cual le hacía aún más encantador.

Fingir, por supuesto, era la palabra clave.

Sarah, al igual que todos sus amigos, le reconoció un día en una fiesta, y le había sorprendido que se acercara a saludarla durante la velada. Enseguida hicieron buenas migas. La breve conversación se prolongó al día siguiente ante un café, y muy pronto quedaron para cenar. Enseguida empezaron a salir y Sarah se enamoró. Después de un año, Michael le pidió que se casara con él.

Su madre parecía entusiasmada con la noticia; su padre fue más comedido, y simplemente le dijo que esperaba que fuera feliz. Tal vez sospechara algo, o tal vez hubiera vivido lo suficiente como para saber que los cuentos de hadas casi nunca se hacen realidad. Fuera como fuese, en ese momento su padre no hizo más comentarios, y, en honor a la verdad, Sarah tampoco se tomó la molestia de cuestionarse sus reservas, excepto cuando Michael le pidió que firmara un acuerdo prematrimonial. Michael le explicó que su familia había insistido en que era necesario, en un intento de culparlos en exclusiva, pero una parte de Sarah sospechaba que, aunque sus padres no hubieran intervenido, él también se lo habría pedido. Aun así firmó los papeles. Aquella noche, los padres de Michael ofrecieron una espléndida fiesta de compromiso para anunciar formalmente la boda.

Siete meses después, Sarah y Michael ya estaban casados. Se fueron de luna de miel a Grecia y a Turquía. A la vuelta se mudaron a una casa a menos de dos manzanas de la residencia de los padres de Michael. Aunque no tenía necesidad de trabajar, Sarah empezó a dar clases a niños de segundo curso en una escuela primaria de un barrio marginal.

Sorprendentemente, Michael la había apoyado por completo en su decisión, pero eso era típico de su relación por aquel entonces. Durante los primeros dos años de matrimonio, todo parecía perfecto: los fines de semana pasaban horas en la cama, hablando y haciendo el amor, y Michael le confió su sueño de entrar en la vida política algún día. Tenían un amplio círculo de amistades, en su mayoría personas que conocía de toda la vida, y siempre se celebraba alguna fiesta o planeaban excursiones de fin de semana. Pasaban el resto de su tiempo libre en Washington, visitando museos, yendo al teatro y paseando por los monumentos de Capitol Mall.

En una ocasión en la que contemplaban el monumento a Lincoln, Michael le confesó que se sentía preparado para tener

25

su propia familia. Ella le abrazó al oír aquellas palabras, ya que nada la hubiera hecho más feliz.

¿Quién podría explicar lo que ocurrió a continuación? Varios meses después de aquel maravilloso día en el monumento a Lincoln, Sarah seguía sin quedarse embarazada. El médico le dijo que no se preocupara, que a veces costaba un poco después de haber tomado la píldora, y le propuso que volviera a su consulta más adelante si no lo conseguían.

Así fue, por lo que le hicieron algunas pruebas. Algunos días más tarde, ambos acudieron a la consulta para conocer los resultados. En cuanto se sentaron ante él, a Sarah le bastó una mirada para saber que algo iba mal.

Fue entonces cuando supo que sus ovarios no podían producir óvulos.

Una semana después, Sarah y Michael tuvieron su primera discusión importante. Michael no volvía del trabajo, y Sarah deambuló durante horas por la casa esperándole, preguntándose por qué no llamaba e imaginando que le había pasado algo terrible. Cuando por fin llamó, Sarah estaba muy alterada, y Michael, borracho. «No te pertenezco», dijo él como única explicación, y a partir de ahí se desató la discusión. Se dijeron cosas horribles de las que Sarah se arrepintió esa misma noche; Michael aparentemente también lo sentía. Pero después de aquella discusión, él parecía estar más distante, más reservado. Cuando Sarah le presionaba, Michael negaba que sus sentimientos hacia ella hubieran cambiado. «Todo va a salir bien, lo superaremos», decía.

Y, sin embargo, la relación fue a peor. Cada mes que pasaba las discusiones se hicieron más frecuentes, la distancia entre ellos fue en aumento. Una noche en la que Sarah volvió a proponerle que adoptaran un niño, Michael se limitó a desechar la propuesta con un gesto: «Mis padres nunca lo aceptarían».

Se dio cuenta de que aquella noche su relación había dado un giro irreversible. No fueron sus palabras, ni el hecho de que parecía estar tomando partido por sus padres. Fue aquella mirada que le daba a entender que para Michael el problema era de ella, no de ambos.

No había pasado ni una semana, cuando Sarah encontró a

Michael sentado en el comedor, con un vaso de bourbon a su lado. Por la mirada turbia de sus ojos, supo que no era el primero. Le dijo que quería el divorcio, y que estaba seguro de que llegaría a comprenderlo. Sarah se sintió incapaz de responder, tampoco quería hacerlo.

Su matrimonio se había acabado, antes de su tercer año de vida. Sarah tenía veintisiete años.

De los siguientes doce meses, tenía un recuerdo muy vago. Todos querían saber qué había pasado; pero no se lo contó a nadie, aparte de a su familia. «Simplemente no ha funcionado», era la única respuesta que podía ofrecer a quienes le preguntaban.

Puesto que no sabía hacer otra cosa, siguió trabajando como maestra, además de acudir dos horas a la semana a una terapeuta maravillosa, Sylvia, quien le recomendó que participara en un grupo de apoyo. Sarah asistió a un par de reuniones. Casi siempre se limitaba a escuchar, y llegó a creer que estaba mejor. Pero a veces, cuando regresaba sola a su pequeño apartamento, se sentía abrumada por la realidad de la situación y volvía a llorar durante horas sin parar. Durante una de las fases más tristes había llegado a pensar en suicidarse, aunque nadie, ni su terapeuta ni su familia, llegó nunca a saberlo. Fue entonces cuando se dio cuenta de que tenía que irse de Baltimore; necesitaba un cambio para poder empezar de cero. Necesitaba un lugar en el que los recuerdos no la atormentaran, un lugar en el que nunca antes hubiera estado.

Ahora, mientras caminaba por las calles de New Bern, Sarah se esforzaba por salir adelante. En ocasiones todavía seguía luchando consigo misma, pero ya no lo pasaba tan mal como antes. Sus padres la apoyaban a su manera: su padre nunca hacía ningún comentario, y su madre recortaba artículos de revistas sobre los últimos avances médicos. Su hermano, Brian, había sido su tabla de salvación, antes de irse a la Universidad de Carolina del Norte.

Como sucede con muchos adolescentes, a veces parecía distante y reservado, pero sabía escuchar con auténtica empatía. Cuando Sarah necesitaba hablar, siempre podía contar con Brian, y ahora que se había ido le echaba de menos. Siempre habían estado muy unidos; como buena hermana mayor, le ha-

27

bía cambiado los pañales y le había dado de comer cuando su madre le dejaba hacerlo. Más adelante, ya en edad escolar, le había ayudado a hacer los deberes, y gracias a ello se había dado cuenta de que quería ser maestra.

Nunca se había arrepentido de tomar esa decisión. Le encantaba enseñar y trabajar con niños. Cada vez que entraba en una clase nueva y veía treinta caritas mirándola con expectación, se reafirmaba en que había elegido bien. Al principio, como casi todos los jóvenes maestros, había sido una idealista convencida de que todos los niños podían rendir si ella se esforzaba lo suficiente. Lamentablemente, con el tiempo se había dado cuenta de que la realidad era distinta. Algunos niños, por la razón que fuera, se cerraban en sí mismos independientemente de lo que Sarah dijera o de cuánto se esforzara. Eso era lo más duro de su trabajo, lo único que a veces le quitaba el sueño por las noches, aunque nunca desistía de seguir intentándolo.

Se secó el sudor de la frente, agradecida de que por fin estuviera refrescando. El sol ya había iniciado su descenso, y las sombras se alargaban. Al pasar por delante del parque de bomberos, dos de ellos sentados en sendas tumbonas la saludaron con un movimiento de cabeza. Sarah sonrió. Por lo que sabía, en aquella ciudad nunca se producían fuegos a última hora de la tarde. Sarah los había visto cada día a la misma hora, sentados en el mismo lugar, durante los últimos cuatro meses.

New Bern.

Su vida, ahora se daba cuenta, se había simplificado de forma extraña desde que se había mudado allí. A pesar de que a veces echaba de menos la energía de la ciudad, debía admitir que bajar el ritmo tenía sus ventajas. En verano se había pasado horas y horas rebuscando en las tiendas de antigüedades del centro, o simplemente observando los veleros amarrados detrás del Sheraton. Incluso ahora que ya había empezado el curso escolar, Sarah nunca parecía tener prisa. Se dedicaba a trabajar y a dar sus paseos, y al margen de las visitas a sus padres, pasaba la mayoría de las tardes sola, escuchando música clásica y preparando las clases con todo lo que se había traído de Baltimore. Y así se sentía bien.

Como era nueva en aquel colegio, todavía tenía que adaptar

sus clases. Se había dado cuenta de que muchos de sus alumnos no llevaban demasiado bien la mayoría de las asignaturas importantes, y había tenido que bajar un poco el nivel e incorporar medidas correctivas. No es que se hubiera sorprendido demasiado; cada escuela progresaba a un ritmo distinto, aunque suponía que a final de curso la mayoría de los alumnos llegarían al nivel esperado. Pero había un alumno que le preocupaba especialmente.

Jonah Ryan.

Era un niño agradable, tímido y modesto, el típico crío que pasaba desapercibido. El primer día de clase se había sentado en la última fila y había contestado de forma educada cuando Sarah se había dirigido a él, pero su experiencia en Baltimore le había enseñado a prestar especial atención a ese comportamiento. A veces no quería decir nada; pero también podía ser significativo de un deseo de esconderse. Cuando asignó por primera vez una tarea, anotó mentalmente que examinaría el trabajo de Jonah a conciencia. Pero no había sido necesario.

29

La tarea consistía en escribir una breve redacción sobre algo que hubieran hecho en verano. Así Sarah podría hacer una rápida valoración sobre el nivel de escritura. Casi todas las redacciones contenían el surtido habitual de faltas de ortografía, pensamientos incompletos y garabatos, pero la de Jonah destacaba entre todas, simplemente porque no había hecho lo que se le pedía. Había escrito su nombre en la esquina superior, pero en lugar de escribir un texto, se había dibujado a sí mismo en una barca pescando. Cuando Sarah le preguntó por qué no había hecho lo que se le había pedido, Jonah le explicó que la señorita Hayes siempre le dejaba dibujar porque «no escribo tan bien».

En su mente sonó una alarma de inmediato. Sonrió y se inclinó hacia él. «¿Puedes enseñarme cómo escribes?», le pidió. Tras pensárselo un momento, Jonah asintió a regañadientes.

Mientras los demás alumnos seguían haciendo otra tarea, Sarah se sentó con Jonah mientras este se esforzaba en escribir. Sarah enseguida se dio cuenta de que no tenía sentido; Jonah no sabía escribir. Ese mismo día también se percató de que apenas sabía leer. La aritmética tampoco se le daba mejor.

Si le hubieran pedido que adivinara en qué curso estaba, solo por los resultados, sin conocerle, habría creído que Jonah todavía estaba en el parvulario.

En un primer momento pensó que tenía una deficiencia de aprendizaje, tal vez dislexia. Pero transcurrida una semana de clase, cambió de opinión. No mezclaba letras ni palabras, y comprendía todo lo que le decía. Cuando Sarah le enseñaba algo, Jonah solía hacerlo bien, por lo que pasó a creer que su problema era que nunca había tenido que esforzarse porque los maestros no se lo habían exigido.

Al preguntar por él a otros maestros, se enteró de lo de su madre, y aunque le daba pena, sabía que no era beneficioso para nadie, y menos para Jonah, dejarle al margen tal como habían hecho sus maestros anteriores. A ello cabía añadir que no podía prestar a Jonah toda la atención que necesitaba puesto que había otros alumnos en la clase. Al final decidió entrevistarse con el padre de Jonah para informarle, con la esperanza de poder encontrar juntos una solución.

Había oído hablar de Miles Ryan.

No sabía mucho de él, pero sí que la mayoría de la gente le respetaba y le apreciaba, y sobre todo, que parecía preocuparse por su hijo. Y eso era una buena señal. Aunque no llevaba demasiado tiempo en la enseñanza, había conocido a padres a quienes aparentemente no les importaban demasiado sus hijos, a los que veían más como una carga que como una bendición; también había otra clase de padres que parecían creer que sus críos eran perfectos. Ambas eran posturas extremas que dificultaban la comunicación.

Pero la gente decía que Miles Ryan no era así.

Al llegar a la esquina, Sarah aflojó la marcha y esperó a que pasaran un par de coches. Cruzó la calle, saludó al hombre tras el mostrador de la farmacia y recogió su correo antes de subir las escaleras de su apartamento. Abrió la puerta, echó un vistazo al correo y lo dejó en la mesa de la entrada.

En la cocina se sirvió un vaso de agua helada que llevó al dormitorio. Se desvistió y arrojó la ropa al cesto de la colada para darse una ducha fría. Entonces vio la luz parpadeante del contestador. Pulsó el botón y oyó la voz de su madre, que le decía que, si no tenía planes, podía pasar a verlos más tarde. Como de costumbre, el tono de su voz dejaba entrever cierta ansiedad.

En la mesita de noche, al lado del contestador, había una foto de la familia de Sarah: Maureen y Larry en medio, con Sarah y Brian a ambos lados. El contestador hizo un clic y dio paso a otro mensaje, también de su madre: «Vaya, creía que ya estabas en casa…», comenzaba. «Espero que estés bien…».

¿Debería ir a verlos? ¿Estaba de humor?

«¿Por qué no?», decidió finalmente. «No tengo nada mejor que hacer.»

Miles Ryan conducía por la estrecha y sinuosa carretera de Madame Moore, que bordeaba en su trazado el río Trent y el arroyo Brices, desde el centro de New Bern a Pollocksville, una pequeña aldea a unos veinte kilómetros hacia el sur. Con un nombre inspirado en la mujer que había regentado uno de los burdeles más famosos de Carolina del Norte, la carretera pasaba por la casa de campo y la tumba de Richard Dobbs Spaight, un héroe sureño que firmó la Declaración de Independencia. Durante la guerra civil, los soldados de la Unión exhumaron sus restos mortales y clavaron el cráneo en una verja de hierro como aviso a los ciudadanos para que no se resistieran a la ocupación. Cuando era niño, aquella historia había hecho que Miles evitara acercarse a aquel lugar.

A pesar de su belleza y relativo aislamiento, la carretera por la que conducía no era apta para que pasearan los niños. Día y noche circulaban pesados camiones cargados hasta los topes de troncos, cuyos conductores tendían a subestimar las curvas. Como propietario de una casa en una de las comunidades situadas justo al lado de esa carretera, Miles llevaba años intentando reducir el límite de velocidad.

Pero nadie, excepto Missy, le había escuchado.

Esta carretera siempre le hacía pensar en ella.

Miles le dio unos golpecitos a un cigarrillo, lo encendió y bajó la ventanilla. Cuando la brisa cálida entró en el coche, su mente reprodujo instantáneas de su vida en común; pero como siempre, aquellas imágenes le llevaban inexorablemente a rememorar el último día que pasaron juntos.

31

Por ironías del destino, había estado casi todo el día fuera. Era domingo, y Miles había ido a pescar con Charlie Curtis. Había salido de casa temprano, y a pesar de que volvieron a casa con una lampuga, eso no bastó para apaciguarla. Missy, con la cara manchada de tierra y los brazos en jarras, le lanzó una mirada furibunda cuando entró en casa. No dijo nada, pero no era necesario. Su mirada hablaba por sí sola.

Al día siguiente vendrían su hermano y su cuñada de Atlanta, y había estado arreglando la casa para los invitados. Jonah estaba con gripe en la cama, lo cual no facilitaba las cosas, puesto que también tenía que ocuparse de él. Pero no estaba enfadada por eso; era por Miles.

Aunque le había dicho que no le importaba que fuera a pescar, le había pedido que se ocupara del jardín el sábado, para no tener que hacerlo ella. Pero el trabajo se interpuso aquel día y, en lugar de llamar a Charlie para disculparse, Miles había decidido que, de todos modos, iría a pescar el domingo. Charlie le estuvo tomando el pelo todo el día: «Hoy dormirás en el sofá». Y Miles sabía que probablemente estaba en lo cierto. Pero el jardín era el jardín, y pescar era pescar, y Miles estaba seguro de que ni al hermano de Missy ni a su mujer les importaría lo más mínimo si había un par de malas hierbas en el césped.

Además, se había dicho a sí mismo que tendría tiempo de ocuparse de ello a la vuelta. Esa era su intención. No pensaba salir todo el día, pero, como en muchas otras ocasiones, una cosa llevó a la otra y había perdido la noción del tiempo. Aun así, había preparado su discurso: «No te preocupes, me ocuparé de todo, aunque me lleve toda la noche y tenga que usar una linterna».Y podía haber funcionado de habérselo dicho antes de levantarse aquella mañana. Pero no lo había hecho. Y al llegar a casa Missy ya había hecho casi todo el trabajo. Había cortado el césped, había arreglado el camino y había plantado unos cuantos pensamientos al lado del buzón. Debía de haberle llevado horas, y decir que estaba enojada era un eufemismo. Ni siquiera el adjetivo furiosa bastaba para expresar su estado, que más bien correspondía a la diferencia entre una cerilla y un violento fuego forestal, y Miles lo sabía. Había visto aquella mirada muy pocas veces desde que se habían casado. Tragó saliva mientras pensaba: «Vamos allá».

—Hola, cariño —dijo, avergonzado—. Perdona que vuelva tan tarde. Se nos pasó el tiempo volando.

Justo cuando iba a empezar su discurso, Missy le dio la espalda y le habló por encima del hombro.

—Me voy a correr. De eso supongo que sí que podrás ocuparte. —Estaba a punto de quitar la hierba cortada del camino y la entrada del garaje; el soplador estaba en el césped.

Miles la conocía lo suficiente como para saber que era mejor no responder.

Cuando Missy entró para cambiarse, él sacó la nevera del maletero del coche y la llevó a la cocina. Estaba poniendo la lampuga en el frigorífico cuando su mujer salió del dormitorio.

—Solo estaba guardando el pescado… —empezó a decir, pero Missy apretó la mandíbula.

—¿Y lo que te pedí?

—Ahora me ocupo de eso. Solo déjame que acabe de hacer esto para que el pescado no se estropee.

Missy puso los ojos en blanco.

—Olvídalo. Ya lo haré yo cuando vuelva.

Otra vez el tono de mártir. Miles no podía soportarlo.

—Lo haré yo —replicó—. He dicho que lo haré, ¿no me has oído?

—¿Igual que dijiste que cortarías el césped antes de irte a pescar?

Tenía que haberse mordido la lengua y no decir nada. Sí, se había pasado el día pescando en lugar de trabajando en la casa; sí, la había decepcionado. Pero, si se miraba con cierta perspectiva, no era para tanto, ¿no? Solo se trataba de su hermano y de su cuñada, de nadie más. No era el presidente quien iba a ir de visita a su casa. No había ningún motivo para aquel comportamiento irracional.

Sí, debía haber mantenido la boca cerrada. A juzgar por la forma en que Missy le miró después de hablar, habría sido mejor. Cuando ella salió dando un portazo, Miles oyó vibrar las ventanas.

Al cabo de un rato, sin embargo, supo reconocer que había hecho mal. Estaba arrepentido. Se había comportado como un idiota y Missy tenía razones para estar enfadada.

33

Pero ya nunca tendría la oportunidad de decirle que lo sentía.

—Todavía fumas, ¿eh?

Charlie Curtis, el sheriff del condado, miró a su amigo desde el otro lado de la mesa cuando Miles tomó asiento.

—No fumo —replicó rápidamente.

Charlie alzó las manos.

—Ya lo sé, ya me lo has dicho. Oye, me da igual si quieres engañarte a ti mismo. De todos modos, intentaré acordarme de sacar el cenicero cuando vengas a verme.

Miles se echó a reír. Charlie era una de las pocas personas que seguía tratándole como siempre. Hacía años que eran amigos. Había sido Charlie quien propuso a Miles para el puesto de ayudante del sheriff, y quien lo había tomado a su cargo cuando acabó su formación. El próximo mes de marzo cumpliría sesenta y cinco, y tenía el cabello entrecano. Había engordado diez kilos en los últimos años, que en su mayor parte se habían instalado en su barriga. No era la clase de sheriff que intimida a la gente a primera vista, pero era una persona perspicaz y diligente, y contaba con su propio método para obtener respuestas. En las últimas tres elecciones, nadie se había presentado para ocupar su puesto.

—No vendré más a visitarte —dijo Miles—, a menos que dejes de hacer esas ridículas acusaciones.

Estaban sentados en un reservado del rincón del local, y la camarera, agobiada por la clientela del almuerzo, dejó una jarra de té con azúcar y dos vasos con hielo al pasar de camino a la siguiente mesa. Miles sirvió el té y acercó un vaso a Charlie.

—Brenda se entristecerá —dijo Charlie—. Ya sabes que empieza a ponerse nerviosa si no le llevas a Jonah de vez en cuando. —Dio un sorbo al té—. Bueno, ¿ya tienes ganas de conocer a Sarah?

Miles alzó la vista.

—¿A quién?

—A la maestra de Jonah.

—¿Te lo ha dicho tu mujer?

Charlie sonrió con suficiencia. Brenda trabajaba en la oficina del director del colegio y aparentemente estaba enterada de todo lo que pasaba.

—Por supuesto.

—¿Cómo se llama?

—Brenda —dijo Charlie completamente serio.

Miles lo miró fijamente, y Charlie fingió una mueca de repentina comprensión.

—Ah, ¿te refieres a la maestra? Sarah. Sarah Andrews.

Miles se sirvió un té.

—¿Es una buena maestra? —preguntó.

—Creo que sí. Brenda dice que es fantástica y que los chicos la adoran, aunque también hay que decir que para ella todo el mundo es estupendo. —Hizo una breve pausa y se inclinó hacia delante como para decir un secreto—. Pero también me dijo que Sarah era atractiva. Un bombón, ¿sabes a qué me refiero?

—¿A qué viene eso?

—También dijo que estaba soltera.

—¿Y?

—Y nada. —Charlie abrió un azucarillo para añadirlo al té ya endulzado. Se encogió de hombros—. Solo te estoy informando de lo que dijo Brenda.

—Pues muy bien —contestó Miles—. Te lo agradezco. No sé cómo podría habérmelas arreglado hoy sin esta última información.

—Eh, no te enfades, Miles. Ya sabes que siempre está intentando emparejarte.

—Pues dile que estoy bien así.

—Diablos, ya lo sé. Pero Brenda se preocupa por ti. Además, ya sabe que fumas.

—Bueno, ¿vas a seguir ahí sentado descuartizándome o hay algún otro motivo por el que querías verme?

—En realidad sí, pero tenía que preparar el terreno para que no te pongas furioso.

—¿A qué te refieres?

En ese momento, la camarera dejó sobre la mesa dos platos de carne a la parrilla con ensalada de col y tortas de maíz, lo de siempre. Charlie aprovechó ese momento para ordenar sus pensamientos. Añadió más vinagreta a la carne y pimienta a la ensalada de col. Llegó a la conclusión de que no encontraría una manera más fácil de decirlo, así que se lo soltó a las bravas.

—Harvey Wellman ha decidido retirar los cargos contra Otis Timson.

Harvey Wellman era el fiscal del distrito en el condado de Craven. Se había entrevistado con Charlie aquella mañana y se había ofrecido para decírselo a Miles, pero Charlie había decidido que quizá fuera mejor si se ocupaba él personalmente.

Miles alzó la vista.

—¿Cómo dices?

—No hay pruebas. Beck Swanson ha sufrido un repentino episodio de amnesia y no recuerda lo sucedido.

—Pero yo estaba allí…

—Llegaste después. No viste lo que pasó.

—Pero vi la sangre. Vi la silla y la mesa rota en medio del bar, la muchedumbre agolpada en círculo.

—Ya lo sé. Pero ¿qué se supone que debería hacer Harvey? Beck jura y perjura que se cayó y que Otis nunca le tocó. Dice que estaba confuso aquella noche, y que ahora, con la mente despejada, se acuerda de todo.

Miles de repente ya no tenía apetito. Apartó el plato a un lado.

—Estoy seguro de que encontraría algún testigo si vuelvo al lugar de los hechos.

Charlie negó con la cabeza.

—Sé que te sientes molesto, pero ¿de qué serviría? Ya sabes que los hermanos de Otis estaban allí esa noche, y probablemente declararían que no pasó nada. Quién sabe, tal vez fueron ellos quienes lo hicieron. Sin el testimonio de Beck, Harvey no tiene elección. Además, ya conoces a Otis. Volverá a cometer un crimen, es cuestión de tiempo.

—Eso es lo que me preocupa.

Hacía mucho tiempo que Miles y Otis Timson tenían algo pendiente. Todo había empezado ocho años antes, cuando Miles se convirtió en ayudante del sheriff y arrestó a Clyde Timson, el padre de Otis, por agresión. Había arrojado a su mujer a través de la puerta de tela metálica de la caravana en la que vivían. Clyde había pasado algún tiempo en la cárcel, aunque no había cumplido la totalidad de la condena, y en los años siguientes cinco de sus seis hijos también habían sido encarcelados por delitos que iban desde el tráfico de drogas a agresiones y robo de coches.

Otis suponía la mayor amenaza para Miles, simplemente porque era el más listo.

Miles sospechaba que Otis era algo más que un ladrón de poco monta, a diferencia del resto de su familia. Para empezar, no se parecía a sus hermanos, no presumía de tatuajes y llevaba el pelo corto; a veces incluso tenía algún empleo relacionado con trabajos manuales. No tenía el aspecto de un delincuente, pero las apariencias engañan. Su nombre había llegado a relacionarse con varios delitos, y los habitantes de la ciudad con frecuencia comentaban que dirigía el tráfico de drogas del condado, pero Miles no podía demostrarlo. Para su frustración, todas las redadas habían sido infructuosas.

Por otra parte, Otis le guardaba rencor.

Miles no se dio cuenta hasta que nació Jonah.

Había arrestado a tres de los hermanos de Otis tras una pelea en una de sus reuniones familiares. Una semana después, Missy estaba acunando a Jonah, que apenas tenía cuatro meses, cuando un ladrillo atravesó la ventana del salón. Les pasó rozando: un cristal le hizo un corte en la mejilla al niño. Aunque no podía demostrarlo, Miles sabía que Otis tenía algo que ver con ello, así que se dirigió al campamento de los Timson, formado por un montón de decrépitas caravanas dispuestas en semicírculo a las afueras de la ciudad, acompañado por tres ayudantes más, empuñando las armas. Los Timson no opusieron resistencia y extendieron los brazos sin decir ni una palabra para que los esposaran y se los llevaran.

En última instancia, no fue posible presentar cargos por falta de pruebas. Miles estaba furioso. Tras la puesta en libertad de los Timson, se encaró con Harvey Wellman cuando este salió de su despacho. Casi llegaron a las manos antes de que se llevaran a la fuerza a Miles.

Pasaron muchas otras cosas en los años siguientes: disparos que le pasaron rozando, un misterioso incendio en el garaje de Miles…, y otros incidentes que más parecían gamberradas de adolescentes. Pero sin testigos, Miles seguía sin poder hacer nada. Desde la muerte de Missy las cosas se habían calmado.

Hasta el último arresto.

Charlie alzó la vista, antes fija en su plato, con una expresión seria en el rostro.

—Oye, ambos sabemos que es culpable, pero ni se te ocurra tomarte esto como algo personal. No creo que quieras que las tensiones aumenten, como ya pasó antes. Debes pensar en Jonah. No puedes estar siempre a su lado para protegerlo.

Miles miró por la ventana mientras Charlie seguía hablando.

—Mira, volverá a hacer de las suyas y, si hay pruebas, yo seré el primero en ir a por él. Y tú lo sabes. Pero no te busques complicaciones. Otis solo te traerá problemas, así que mantente al margen.

Miles seguía sin responder.

—Déjalo tranquilo, ¿ha quedado claro? —Charlie le hablaba ahora no solo como amigo, sino como jefe.

—¿Por qué me estás diciendo esto?

—Ya te lo he explicado.

Miles observó detenidamente a Charlie.

—Hay algo más, ¿me equivoco?

Charlie sostuvo la mirada de Miles durante un largo instante.

—Mira… Otis dice que te pusiste violento cuando le arrestaste y ha presentado una denuncia…

Miles dio un puñetazo a la mesa que se oyó en todo el local. Los comensales de la mesa contigua dieron un respingo y se volvieron hacia ellos, pero Miles ni siquiera se dio cuenta.

—Eso es mentira…

Charlie alzó las manos para interrumpirlo.

—Demonios, ya lo sé, y así se lo dije a Harvey, o sea, que no va a pasar nada. Pero no sois precisamente los mejores amigos del mundo y sabe cómo te pones cuando algo te irrita. Aunque no piensa cursar la denuncia, no descarta que Otis esté diciendo la verdad, y me pidió que te dijera que le dejes en paz.

—¿Y qué se supone que debo hacer si veo a Otis cometiendo un delito? ¿Mirar para otro lado?

—Pues claro que no, no te hagas el estúpido. Entonces sería

yo quien te cayera encima. Solo te pido que te mantengas alejado de él por un tiempo, hasta que todo este asunto se calme, a menos que no tengas elección. Te lo digo por tu propio bien, ¿de acuerdo?

Pasaron unos instantes antes de que Miles respondiera con un suspiro:

—De acuerdo.

Pero, aun así, sabía que tenía un asunto pendiente con Otis.

Capítulo 3

*T*res horas después de su encuentro con Charlie, Miles aparcaba frente al colegio de educación primaria de Grayton justo cuando estaban acabando las clases. Había tres autobuses escolares esperando a los alumnos que empezaron a dirigirse a ellos en pequeños grupos. Miles vio a Jonah al mismo tiempo que su hijo lo vio a él. Jonah lo saludó alegremente con la mano y corrió hacia el coche; Miles sabía que dentro de un par de años Jonah se convertiría en un adolescente y dejaría de hacer esas cosas. El chico se echó en sus brazos y él le abrazó con fuerza, consciente de que debía disfrutar de aquello mientras pudiera.

—Hola, campeón, ¿qué tal el cole?

Jonah se apartó un poco.

—Bien. ¿Qué tal el trabajo?

—Ahora que he acabado, mucho mejor.

—¿Has detenido a alguien hoy?

Miles negó con la cabeza.

—Hoy no. Tal vez mañana. Oye, ¿quieres que vayamos a comer un helado después?

Jonah asintió entusiasmado. Miles le dejó en el suelo.

—Muy bien, luego lo haremos. —Se agachó hasta la altura de sus ojos—. ¿Estarás bien jugando en el parque mientras hablo con tu maestra? ¿O prefieres esperar dentro?

—Papá, ya no soy un niño. Y Mark también se tiene que quedar. Su madre ha de ir al médico.

Miles alzó la vista y vio al mejor amigo de Jonah esperando impaciente al lado de la canasta de baloncesto. Miles volvió a poner la camiseta de Jonah por dentro del pantalón.

—Vale, os quedáis juntos, ¿de acuerdo? No os vayáis a investigar por ahí.

—No lo haremos.

—Bueno, tened cuidado.

Jonah le dio la mochila a su padre y salió corriendo. Miles la arrojó en el asiento delantero y atravesó el aparcamiento esquivando los coches. Algunos niños lo saludaron, al igual que varias madres que también iban a buscar a sus hijos. Miles se detuvo a charlar con algunas de ellas, esperando a que acabase el jaleo típico de la hora de la salida. Cuando los autobuses se pusieron en marcha y la mayoría de los coches ya se habían ido, los maestros regresaron al edificio. Miles volvió a mirar hacia Jonah antes de entrar en el colegio.

En cuanto pasó por la puerta notó una ráfaga de aire caliente. La escuela tenía casi cuarenta años y, a pesar de que lo habían cambiado en varias ocasiones, el sistema de aire acondicionado no funcionaba durante esas primeras semanas de curso en las que todavía era verano. Miles notó que empezaba a sudar casi de inmediato, y se ahuecó la pechera de la camisa para abanicarse mientras avanzaba por el pasillo. La clase de Jonah, por lo que sabía, era la última. Pero el aula estaba vacía.

41

Por un instante pensó que se había equivocado de clase, pero la lista con los nombres de los niños le confirmó que no era así. Echó un vistazo al reloj y, al comprobar que llegaba con un par de minutos de antelación, dio una vuelta por la clase. Vio palabras garabateadas en la pizarra, los pupitres dispuestos en ordenadas filas, una mesa rectangular repleta de cartulinas y cola. De la pared opuesta colgaban algunas redacciones. Miles había empezado a buscar la de Jonah cuando oyó una voz tras él.

—Lamento llegar tarde. Estaba dejando unas cosas en la oficina.

Aquella fue la primera vez que Miles vio a Sarah Andrews.

En aquel instante no le corrió un escalofrío por la nuca, ni tuvo el presagio de futuros fuegos artificiales; tampoco sintió aprensión, lo cual no dejó nunca de sorprenderle cuando recordaba aquel momento, teniendo en cuenta todo lo que estaba por llegar. Sin embargo, nunca olvidaría su sorpresa al comprobar que Charlie tenía razón: era una mujer atractiva. No era de las que alardearan de su físico, pero definitivamente su aspecto hacía que los hombres giraran la cabeza a su paso. Su melena rubia le llegaba justo por encima de los hombros, con un corte recto que parecía elegante y cómodo a la vez.

Llevaba una falda larga y una blusa amarilla y, a pesar de que tenía el rostro sofocado por el calor, sus ojos azules parecían irradiar frescura, como si acabara de pasar un día de relax en la playa.

—No se preocupe —dijo por fin—. Yo llegué un poco antes de la hora. —Le tendió la mano—. Soy Miles Ryan.

Mientras Miles hablaba, los ojos de Sarah se posaron un instante en la pistolera. Miles ya conocía esa mirada de recelo, pero antes de que pudiera hacer algún comentario, ella alzó la vista para mirarle a los ojos, sonrió y le dio la mano como si no le importara.

—Soy Sarah Andrews. Me alegro de que haya podido venir. Después de enviarle la nota me di cuenta de que no le había ofrecido la posibilidad de concertar otra cita, en caso de que hoy no le fuera bien.

—No ha supuesto ningún problema. He podido organizarlo con mi jefe.

Sarah asintió, sosteniéndole la mirada.

—Charlie Curtis, si no me equivoco. Conozco a su mujer, Brenda. Me está ayudando a adaptarme a la escuela.

—Tenga cuidado, habla por los codos, si uno le da la oportunidad.

Sarah se echó a reír.

—Ya me he dado cuenta. Pero se ha portado muy bien conmigo. Al principio uno se siente un poco intimidado al llegar a un sitio nuevo, pero se ha desvivido por hacerme sentir bien.

—Es una mujer muy amable.

Durante un instante ninguno de los dos habló, mientras seguían de pie uno al lado del otro. Miles enseguida se dio cuenta de que Sarah se sentía incómoda, una vez acabadas las presentaciones. Se acercó al escritorio, como si se estuviera preparando para ir al grano. Empezó a rebuscar entre montones de papeles. Fuera, el sol de la tarde se asomó detrás de una nube y sus rayos oblicuos entraron por la ventana, dándoles de lleno. La temperatura pareció aumentar de inmediato. Miles volvió a ahuecarse la camisa. Sarah le miró de soslayo.

—Ya sé que hace calor… Había pensado traer un ventilador, pero todavía no me ha dado tiempo a comprar uno.

—No pasa nada —dijo, aunque sentía las gotas de sudor corriéndole por el pecho y la espalda.

—Bueno, tenemos dos opciones: puede acercar una silla para hablar aquí hasta que nos desmayemos, o podemos sentarnos fuera, donde se está más fresco y hay un par de mesas de pícnic en la sombra.

—¿Lo dice en serio?

—Si a usted no le importa, claro.

—No, para nada. Además, Jonah está en el parque: así podré echarle un ojo de vez en cuando.

Sarah asintió.

—Bien, voy a asegurarme de que no me olvido nada…

Un minuto después salieron del aula y recorrieron el pasillo hasta la puerta del patio.

—¿Cuánto tiempo lleva en la ciudad? —preguntó Miles.

—Desde junio.

—¿Le gusta?

Sarah lo miró.

—Es una ciudad muy tranquila, pero agradable.

—¿De dónde viene?

—Baltimore. Crecí allí, pero… —Hizo una pausa—. Necesitaba un cambio.

Miles asintió.

—Puedo imaginármelo. A veces yo también tengo ganas de irme.

En el rostro de Sarah se dibujó apenas una expresión de asentimiento al oírle decir aquello, y Miles supo de inmediato que ya le habían hablado de Missy. Pero Sarah se abstuvo de hacer comentarios.

Al sentarse en la mesa de pícnic, Miles la miró de reojo. Tan de cerca, bajo los rayos oblicuos del sol que atravesaban los árboles, su piel parecía suave, casi luminiscente. Llegó a la conclusión de que Sarah Andrews nunca había tenido acné de adolescente.

—Bueno… —dijo—, ¿prefiere que la llame señorita Andrews?

—No, mejor Sarah.

43

—De acuerdo, Sarah… —Hizo una pausa y fue ella quien acabó la frase por él.

—¿Se pregunta por qué quiero hablar con usted?

—Se me había pasado por la cabeza, sí.

La chica miró de reojo la carpeta que tenía ante sí, y después alzó la vista.

—En primer lugar quiero decirle que me encanta tener a Jonah en la clase. Es un niño maravilloso, siempre es el primero en ofrecerse voluntario si necesito ayuda, y también es muy atento con los demás alumnos. Es un chico educado y muy bienhablado para su edad.

Miles examinó su cara atentamente.

—¿Por qué tengo la sensación de que me va a dar una mala noticia?

—¿Tan transparente soy?

—Bueno…, un poco —admitió Miles.

Sarah respondió con una risita tímida.

—Lo siento, pero quería dejarle claro que no todo es malo. ¿Puedo preguntarle si Jonah le ha comentado algo acerca de esto?

—No hasta hoy a la hora del desayuno. Cuando le pregunté por qué quería verme su maestra, me dijo que tenía dificultades con algunas de las tareas.

—Ya veo. —Sarah hizo una breve pausa, como si intentase organizar sus pensamientos.

—Me está poniendo un poco nervioso —dijo finalmente Miles—. ¿Cree que se trata de un problema grave?

—Bueno… —dijo en un tono vacilante—. Odio tener que decirle esto, pero así es. No es que Jonah tenga dificultades con alguna tarea, sino con todas.

Miles frunció el ceño.

—¿Con todas?

—Jonah —dijo con voz serena— está muy atrasado en lectura, escritura, ortografía y matemáticas; en todo, vaya. Para ser sincera, no creo que esté preparado para hacer segundo.

Miles se limitó a mirarla fijamente, sin saber qué decir. Ella prosiguió.

—Sé que esto es duro para usted. Créame, a mí tampoco me gustaría oír esto si fuera mi hijo. Por eso quería estar segura antes de hablarle de ello. Mire…

Sarah abrió la carpeta y le tendió un montón de papeles. Era el trabajo de Jonah. Miles echó una ojeada a aquellas páginas: dos exámenes de matemáticas sin una sola respuesta correcta, un par de folios en los que debía haber escrito un texto (Jonah había garabateado unas pocas palabras ilegibles), y tres breves pruebas de lectura que también había suspendido. Después de unos minutos, Sarah le dio la carpeta a Miles.

—Puede quedarse con todo. Ya no lo necesito.

—No estoy seguro de querer quedármelo —respondió, todavía desconcertado.

Sarah se inclinó levemente hacia él.

—¿Alguno de sus maestros anteriores le comentó que tenía dificultades?

—No, nunca.

—¿Nada?

Miles apartó la mirada. En el patio pudo ver a Jonah bajando por el tobogán, con Mark tras él. Juntó las palmas de las manos.

—La madre de Jonah murió justo antes de que empezara en el parvulario. Sé que Jonah a veces se escondía bajo el pupitre para llorar, y todos estábamos muy preocupados. Pero su tutora nunca comentó nada sobre su rendimiento. En el boletín de notas siempre me decían que iba bien. El año pasado también.

—¿Se fijaba en los deberes que traía de la escuela?

—Nunca tuvo que hacer deberes, salvo algún trabajo.

Sus palabras ahora le parecían ridículas incluso a él mismo. ¿Por qué no se había dado cuenta antes? «Demasiado ocupado con tu propia vida, ¿eh?», le dijo una voz interior.

Miles suspiró, enojado consigo mismo y con el colegio. Sarah parecía haberle leído el pensamiento.

—Sé que está pensando cómo es posible que haya sucedido algo así, y tiene todo el derecho de estar enojado. Los maestros de Jonah tenían la responsabilidad de enseñarle, pero no lo han hecho. Estoy segura de que no tenían mala intención, probablemente todo empezó porque nadie quería presionarle demasiado.

Miles reflexionó un buen rato.

—Esto es increíble —masculló.

45

—Mire —prosiguió Sarah—, no le he hecho venir únicamente para darle malas noticias. Si así fuera, estaría ignorando
mi responsabilidad. Quería hablarle del mejor modo de ayudar
a Jonah. No quiero que repita, y si se esfuerza un poco no creo
que tenga que hacerlo. Todavía está a tiempo de ponerse al día.

A Miles le llevó un rato asimilar aquellas palabras, pero
cuando alzó la vista, Sarah asintió.

—Jonah es muy inteligente. Cuando aprende algo, lo recuerda sin problema. Solo necesita trabajar un poco más fuera
de clase.

—¿Qué significa eso?

—Necesita clases de refuerzo.

—¿Clases particulares?

Sarah se alisó la falda.

—Eso sería una posibilidad, pero puede resultar bastante
caro, sobre todo si tenemos en cuenta que Jonah necesita que le
ayuden con lo más básico. No estamos hablando de álgebra,
ahora mismo hacemos sumas de un solo dígito, como tres más
dos. En cuanto a la lectura, solo tiene que practicar más. Lo
mismo pasa con la escritura, simplemente tiene que escribir
más. A no ser que le sobre el dinero, tal vez fuera mejor que lo
hiciera usted mismo.

—¿Yo?

—No es tan difícil. Solo tiene que leer con él, hacer que
lea para usted, ayudarle con los deberes, y cosas parecidas. No
creo que usted tenga ninguna dificultad con las tareas que le
mando.

—Usted no ha visto mis notas de cuando era niño.

Sarah sonrió antes de seguir.

—Un horario fijo también podría ayudar. He descubierto
que los niños retienen mejor las cosas cuando siguen una rutina, que además garantiza cierta continuidad, y eso es lo que
Jonah necesita con mayor urgencia.

Miles intentó acomodarse en su asiento.

—Eso no es tan fácil como parece. No tengo un horario fijo.
A veces llego a casa a las cuatro, pero hay días en los que
cuando vuelvo Jonah ya está en la cama.

—¿Quién le cuida entonces, después del colegio?

—La señora Knowlson, la vecina. Es fantástica, pero no sé

si tendrá ganas de hacer los deberes con él todos los días. Tiene más de ochenta años.

—¿No hay otra persona que pueda ayudar? ¿Un abuelo, algún familiar?

Miles negó con la cabeza.

—Los padres de Missy se mudaron a Florida después de que ella muriera. Mi madre falleció cuando estaba acabando el instituto, y mi padre desapareció en cuanto me fui a la universidad. Casi nunca sé dónde está. Jonah y yo hemos estado bastante solos estos últimos años. No me malinterprete, es un chico maravilloso, y me siento afortunado de tenerlo en exclusiva. Pero a veces no puedo evitar pensar que habría sido más fácil si los padres de Missy se hubieran quedado por aquí, o si pudiera contar con mi padre.

—¿Para que le ayudaran en una situación como esta?

—Exactamente —respondió, y Sarah volvió a reír.

A Miles le gustaba su risa. Había cierta inocencia en ella, parecida a la de los niños que todavía no se habían dado cuenta de que la vida no era solo juegos y diversión.

—Por lo menos se está tomando este asunto en serio —dijo Sarah—. No sabría decirle cuántas veces he tenido esta conversación con otros padres que no querían creerme o que me echaban la culpa.

—¿Le pasa a menudo?

—Más de lo que podría imaginarse. Antes de enviarle la nota incluso consulté con Brenda cómo debería abordar el tema.

—¿Y qué dijo?

—Me dijo que no me preocupara, que no reaccionaría de forma exagerada, y que sobre todo mostraría su preocupación por Jonah; que estaría abierto a mis propuestas. Y añadió que ni siquiera debería preocuparme aunque llevara un arma.

Miles la miró horrorizado.

—No puede ser.

—Pues sí, pero debería haber estado presente cuando lo dijo.

—Tendré que hablar con ella.

—No es necesario, es evidente que usted le cae bien. También me lo dijo.

47

—A Brenda le cae bien todo el mundo.

En ese instante, Miles oyó a Jonah diciéndole a Mark que le siguiera. A pesar del calor, los dos chicos echaron a correr por el patio, rodearon a toda velocidad unos postes y salieron disparados en dirección contraria.

—Es increíble la cantidad de energía que tienen —dijo Sarah con admiración—. A la hora de comer estaban igual.

—Lo sé muy bien. No puedo recordar cuándo fue la última vez que me sentí así.

—Oh, vamos, no es usted tan viejo. ¿Cuarenta, cuarenta y cinco?

Miles volvió a mirarla, espantado. Sarah le guiñó un ojo.

—Es una broma —añadió.

Miles se enjugó la frente en un fingido gesto de alivio, sorprendido de estar disfrutando de la conversación. Por alguna razón, casi parecía que estuvieran coqueteando, y le gustaba más de lo que creía que debería.

—Supongo que debería estar agradecido.

—De nada —respondió, intentando sin éxito disimular una sonrisa de satisfacción—. Pero ahora… —Hizo una pausa—. ¿Por dónde íbamos?

—Me estaba diciendo que no llevo bien los años.

—Antes de eso… Ah, sí, estábamos hablando de sus horarios y me comentaba que sería casi imposible establecer una rutina.

—No dije la palabra imposible, solo que no sería fácil.

—¿Qué tardes tiene libres?

—Normalmente el miércoles y el jueves.

Mientras Miles intentaba encontrar una solución, Sarah, al parecer, ya había tomado una decisión.

—Mire, no suelo hacer esto, pero le propongo un trato —dijo lentamente—. Si está de acuerdo, claro está.

Miles alzó las cejas.

—¿Qué clase de trato?

—Yo misma ayudaré a Jonah después de la escuela los otros tres días de la semana si promete hacer lo mismo las dos tardes que tiene libres.

Miles no pudo disimular su asombro.

—¿Lo haría?

48

—No lo haría por cualquiera. Pero ya le he dicho que Jonah me parece muy dulce, y lo ha pasado mal en los últimos tiempos. Me gustaría ayudarle.

—¿De veras?

—No debería estar tan sorprendido. La mayoría de los maestros están comprometidos con su trabajo. Además, suelo quedarme hasta las cuatro, así que no me supone demasiado esfuerzo.

Miles no respondió inmediatamente. Sarah guardó silencio.

—Solo le haré este ofrecimiento una vez. Lo toma o lo deja —dijo Sarah por fin.

Miles parecía casi avergonzado.

—Gracias —respondió en tono grave—. No puedo expresar lo mucho que se lo agradezco.

—Será un placer. Pero necesito algo para poder hacerlo. Considérelo en calidad de honorarios.

—¿Y qué es?

—Un ventilador, y que sea bueno —dijo señalando con la cabeza el colegio—. Es un horno.

—Trato hecho.

49

Veinte minutos después, tras haberse despedido, Sarah estaba de regreso en el aula. Mientras recogía sus cosas, se sorprendió pensando en Jonah y en cuál sería la mejor manera de ayudarle. Se dijo que había hecho bien al proponérselo. Sería más consciente de sus posibilidades en la clase y podría guiar mejor a Miles a la hora de hacer los deberes con su hijo. Aunque le supondría un poco más de trabajo, era lo mejor para el chico. Pero no lo había planeado antes, se le había ocurrido mientras hablaban.

Todavía estaba intentando entender por qué se había ofrecido a hacerlo.

Muy a su pesar, también pensaba en Miles. No era como había imaginado, eso estaba claro. Cuando Brenda le dijo que se trataba de un ayudante del sheriff, inmediatamente visualizó una caricatura del brazo de la ley sureño: con sobrepeso, los pantalones caídos, gafas de sol de espejo y la boca llena de tabaco de mascar. Creía que entraría en la clase pavoneándose, con los pulgares en el cinturón, y que diría, arrastrando las palabras: «Bueno, dígame de qué quería hablarme, señorita». Pero Miles no era así.

Además, le resultaba atractivo. No como Michael (moreno y sofisticado, siempre perfectamente arreglado), sino que tenía un atractivo natural, más rudo. Tenía el rostro curtido, como si de niño hubiera pasado muchas horas al sol. Pero no aparentaba cuarenta años, como ella había dicho bromeando, y eso la había sorprendido.

Aunque no tenía por qué. Después de todo, Jonah solo tenía siete años, y Sarah sabía que Missy Ryan era joven cuando falleció. Suponía que había elaborado aquella imagen distorsionada por el simple hecho de que su mujer hubiera muerto. Le costaba aceptar que eso pudiera sucederle a alguien de su edad. No era justo; parecía contradecir el orden natural del mundo.

Sarah seguía cavilando sobre todo aquello al echar un último vistazo al aula para asegurarse de que no se dejaba nada. Sacó el bolso del último cajón del escritorio y se lo colgó del hombro, acomodó las demás cosas debajo del otro brazo y apagó las luces al salir.

Al dirigirse hacia el coche, no pudo evitar sentirse un poco decepcionada al comprobar que Miles ya se había ido. Reprendiéndose por sus pensamientos, se recordó que era poco probable que un viudo como él pensara de forma parecida a la de la joven maestra de su hijo.

Sarah Andrews no tenía la menor idea de hasta qué punto se equivocaba.

Capítulo 4

*B*ajo la tenue luz de mi escritorio, los recortes de periódico parecen más viejos de lo que en realidad son. A pesar de su color amarillento y lo arrugados que están, parecen muy pesados, como si cargaran con el peso de mi vida en aquel entonces.

Hay algunas verdades fundamentales en la vida, y esta es una de ellas: cuando alguien muere joven y de forma trágica, la historia siempre resulta interesante, sobre todo en una ciudad pequeña, en la que todos aparentemente se conocen.

La noticia de la muerte de Missy ocupó la primera plana, y en todos los hogares de New Bern se produjeron gritos ahogados de asombro cuando llegó el periódico. Había un artículo de fondo y tres fotografías: una con la escena del accidente y otras dos que mostraban a Missy en todo su esplendor. En los días que siguieron se publicaron dos largos artículos con algunas informaciones más, y en un principio todo el mundo confiaba en la resolución del caso.

Transcurrido más o menos un mes, apareció otro artículo en primera página en el que se informaba de la recompensa que ofrecía el Ayuntamiento a cualquiera que pudiera facilitar más datos; después de eso, la confianza empezó a decrecer. Y también el interés, como sucede con todas las novedades. La gente poco a poco dejó de hablar de ello, el nombre de Missy fue desapareciendo de las conversaciones. Con el tiempo, salió otro artículo, esta vez en la tercera página, que volvía a repetir el contenido de los primeros y pedía la cooperación de la comunidad. Y después de eso, nada más.

Los artículos seguían siempre el mismo patrón, y hacían

hincapié en las informaciones contrastadas con una exposición simple y directa de los hechos: en una cálida noche de verano de 1986, Missy Ryan (compañera desde el instituto del sheriff local y madre de un niño) salió a correr cuando ya anochecía. Dos personas la habían visto por la carretera de Madame Moore poco después; ambas habían sido interrogadas por la patrulla de policía de tráfico. El resto del contenido resumía lo sucedido aquella noche. Pero ninguno de los artículos mencionaba qué había hecho Miles en las pocas horas que transcurrieron antes de enterarse de lo ocurrido.

A buen seguro, Miles siempre recordaría aquellos momentos, puesto que fueron las últimas horas en que disfrutó de cierta normalidad. Limpió el camino y la entrada del garaje, tal como Missy le había pedido, y luego entró en la casa. Recogió la cocina y pasó un rato con Jonah hasta la hora de ir a la cama. Probablemente empezó a mirar el reloj todo el rato cuando se suponía que Missy ya debería haber vuelto. En un primer momento, tal vez imaginó que había pasado por casa de algún conocido del trabajo, como hacía a veces, y seguramente se regañó a sí mismo por imaginarse lo peor.

Los minutos sumaron una hora, luego dos, y Missy no regresaba. Para entonces, Miles estaba lo suficientemente preocupado como para llamar a Charlie. Le pidió que pasara por la ruta que solía hacer Missy, porque Jonah ya estaba en la cama y no quería dejarlo solo a menos que fuera imprescindible. Charlie le dijo que lo haría encantado.

Una hora después, durante la cual Miles tuvo la impresión de que todas las personas a las que llamaba le contestaban con evasivas, Charlie se presentó en su casa acompañado de su mujer, para que pudiera cuidar de Jonah. Brenda estaba detrás de él, con los ojos enrojecidos.

—Tienes que acompañarme —dijo Charlie poco a poco—. Ha habido un accidente.

Por la expresión de su rostro, estoy seguro de que Miles sabía exactamente lo que Charlie estaba intentando decirle. Del resto de la noche solo quedaron recuerdos borrosos.

Ni Miles ni Charlie podían saber entonces, tal como la investigación revelaría posteriormente, que no había ningún testigo del atropello con fuga que le había arrebatado la vida a

Missy. Nadie confesó. Durante el mes siguiente, la policía de tráfico interrogó a todos los vecinos, en busca de alguna información que pudiera darles alguna pista; examinaron cada arbusto, valoraron las pruebas en el lugar de los hechos, visitaron bares y restaurantes para preguntar si recordaban a algún cliente que pareciera borracho y que hubiera abandonado el local aproximadamente a la hora del accidente. El grueso y pesado informe del caso recogía el resultado de las investigaciones, pero en última instancia apenas aportaba más datos de los que Miles supo en el momento en que abrió la puerta y vio a Charlie de pie en el porche.

Miles Ryan había enviudado con solo treinta años.

Capítulo 5

Una vez en el coche, los recuerdos del día en el que murió Missy volvieron a asaltar a Miles como fogonazos, tal como le había pasado al conducir por la carretera de Madame Moore antes de reunirse con Charlie para comer. Pero ahora, en lugar de revivir incesantemente las escenas del día de pesca y la discusión con Missy, y todo lo que sucedió después, su mente dio paso a otros pensamientos que se centraban en Jonah y en Sarah Andrews.

Absorto como estaba, no fue consciente de cuánto tiempo llevaban conduciendo en silencio. Lo bastante como para poner nervioso a Jonah, quien a la espera de que su padre dijera algo, empezó a obsesionarse con los posibles castigos que Miles le pondría, a cual peor. No podía parar de abrir y cerrar la cremallera de su mochila, hasta que su padre apoyó finalmente una mano en la de su hijo para que dejara de hacerlo. Pero Miles seguía sin decir nada. Entonces, tras hacer acopio de valor, Jonah lo miró con los ojos muy abiertos, casi a punto de llorar.

—¿He hecho algo malo, papá?

—No.

—Has hablado mucho rato con la señorita Andrews.

—Teníamos mucho de que hablar.

El niño tragó saliva.

—¿De la escuela?

Miles asintió y Jonah volvió a fijar la vista en su mochila. Le dolía la barriga y estaba deseando poder hacer algo para mantener las manos ocupadas. «Debo haber hecho algo gordo», masculló para sí mismo.

Poco después, Jonah estaba dando buena cuenta de su cucurucho de helado sentado en un banco delante de la heladería Dairy Queen, mientras su padre le rodeaba con un brazo. Llevaban hablando unos diez minutos, y Jonah ahora sabía que no era todo tan terrible como había imaginado. Su padre no le había gritado ni amenazado y, lo más importante, no le había castigado. En lugar de eso, Miles simplemente le había hecho algunas preguntas sobre sus otros maestros y acerca de las tareas que le mandaban hacer; Jonah fue sincero al explicarle a su padre que, cuando empezó a quedarse atrasado, le daba vergüenza pedir ayuda. Hablaron sobre las materias en las que tenía dificultades, que eran casi todas, tal como Sarah había dicho, y Jonah le prometió que se esforzaría al máximo. Miles añadió que le ayudaría y que, si todo iba bien, enseguida se pondría al mismo nivel que los demás. A pesar de todo, el chico se consideraba afortunado.

No se había dado cuenta de que su padre no había dado por finalizado el tema.

—Como tienes que ponerte al día —prosiguió Miles con voz tranquila—, vas a tener que quedarte en la escuela un par de días por semana para que la señorita Andrews te ayude.

Jonah tardó un poco en asimilar la información, y después alzó la vista hacia su padre.

—¿Después de la escuela?

Miles asintió.

—Me dijo que así te pondrías al día enseguida.

—Creí que habías dicho que me ayudarías tú.

—Y lo voy a hacer, pero, como no puedo todos los días porque tengo que trabajar, la señorita Andrews me dijo que ella también te ayudaría.

—Pero ¿por qué después de la escuela? —volvió a preguntar, con un tono de súplica en la voz.

—Tres días a la semana.

—Pero…, papá —protestó mientras arrojaba el resto del cucurucho a la papelera—. No quiero quedarme más rato en el colegio.

—No te he preguntado si quieres o no. Además, si me lo hubieras contado antes, ahora podríamos evitarlo.

Jonah frunció el ceño.

—Pero, papá…

—Oye, ya sé que hay un millón de cosas que preferirías hacer, pero tendrás que aguantarte durante un tiempo. No hay elección, y piensa que podría ser peor.

—¿*Quéééééé*? —preguntó alargando la última letra, como hacía siempre que no quería creer lo que Miles decía.

—Bueno, tu señorita podría haber preferido ayudarte durante el fin de semana, y en ese caso no podrías ir a jugar al fútbol.

Jonah se inclinó hacia delante y apoyó la barbilla en las manos.

—Vale—dijo finalmente con un suspiro, con aire abatido—. Lo haré.

Miles sonrió mientras pensaba: «No tenías elección».

—Gracias, campeón.

Por la noche, Miles arropó a su hijo sentado en la cama. Jonah apenas podía mantener los ojos abiertos, y su padre le pasó la mano por el pelo antes de darle un beso en la mejilla.

—Es tarde. Duerme.

Cuando le llevaba a la cama, Miles le veía todavía tan pequeño, tan satisfecho. Tras comprobar que la lamparilla de noche estaba encendida, Miles alargó la mano para apagar la luz. Jonah luchaba por mantener los ojos abiertos, aunque era obvio que no aguantaría mucho tiempo.

—¿Papá?

—¿Sí?

—Gracias por no haberme reñido.

Miles sonrió.

—De nada.

—¿Papi?

—¿Sí?

Jonah sacó la mano para limpiarse la nariz. Al lado de la almohada estaba el osito de peluche que Missy le había regalado al cumplir tres años. Todavía dormía con él cada noche.

—Me alegro de que la señorita Andrews quiera ayudarme.

—¿Ah, sí? —preguntó Miles, sorprendido.

—Es muy simpática.

Miles apagó por fin la luz.

—A mí también me lo parece. Ahora intenta dormir, ¿vale?

—Vale. Otra cosa.

—¿Qué?

—Te quiero.

Miles sintió que se le hacía un nudo en la garganta.

—Yo también te quiero, Jonah.

Algunas horas más tarde, justo antes de las cuatro de la madrugada, Jonah volvió a tener una pesadilla.

Miles se levantó de un salto al oír los gritos de Jonah, como si fueran los de alguien que se cae por un precipicio. Salió tambaleándose del dormitorio, sin apenas poder abrir los ojos, y estuvo a punto de tropezar con un juguete. Todavía no podía ver del todo cuando cogió al niño, medio dormido, en brazos. Empezó a susurrarle cosas al oído mientras lo llevaba al porche. Sabía que era lo único que podía calmarlo. El llanto pasó enseguida a ser un gemido, y Miles pensó que tenía suerte de que su casa estuviera en una finca, y de que su vecina, la señora Knowlson, fuera dura de oído.

En aquel ambiente brumoso y húmedo, Miles mecía a Jonah mientras seguía susurrándole al oído. La luz de la luna hacía que las aguas que discurrían tranquilas resplandecieran como un camino iluminado. La visión de las ramas bajas de los robles y los troncos blanquecinos de los cipreses que flanqueaban la orilla del río resultaba relajante, de una belleza atemporal. El musgo negro que pendía como un velo contribuía a la sensación de que aquella parte del mundo no había cambiado en los últimos mil años.

Cuando la respiración de Jonah volvió a hacerse regular y profunda, eran casi las cinco de la mañana. Miles supo que no podría volver a conciliar el sueño. Tras llevar a Jonah de nuevo a su cama, fue a la cocina y preparó una cafetera. Sentado a la mesa, se frotó los ojos y la cara para que la sangre volviera a circular, y levantó la vista. Afuera, el cielo empezaba a tornarse plateado en el horizonte, y algunos retazos de la luz del amanecer se filtraban por los árboles.

Miles volvió a sorprenderse pensando en Sarah Andrews.

57

Se sentía atraído por ella, de eso no cabía duda. Hacía mucho tiempo que una mujer no le provocaba aquella reacción, una eternidad. Claro está que había sentido lo mismo hacia Missy, pero de eso hacía quince años.

Parecía toda una vida. No es que no se hubiera sentido atraído por Missy durante los últimos años de su matrimonio. Pero por alguna razón se trataba de un sentimiento distinto. El deseo inicial que sintió al conocerla, ese anhelo adolescente de saberlo todo de ella, con los años había quedado reemplazado por algo más profundo y más maduro. Con Missy no había sorpresas. Sabía el aspecto que tenía nada más levantarse por las mañanas, había visto el agotamiento en sus facciones tras dar a luz a Jonah. Conocía sus sentimientos, sus miedos, lo que le gustaba y lo que no. Pero la atracción que sentía hacia Sarah era… algo nuevo, y le hacía sentirse renovado por dentro, como si todo fuera posible. No se había dado cuenta hasta entonces de cuánto echaba de menos esa sensación.

Se preguntaba, sin embargo, adónde podía llevar aquello. Todavía no podía saberlo. No podía predecir qué pasaría con Sarah, si es que llegaba a pasar algo. Tampoco sabía nada de ella; igual resultaban ser incompatibles. Había mil factores que podían condenar una relación, y Miles lo sabía.

Pero se había sentido atraído por ella…

Miles sacudió la cabeza como para dejar de pensar en ello. No tenía sentido darle más vueltas, salvo para constatar que esa atracción le había vuelto a recordar que deseaba empezar una nueva vida. Quería volver a encontrar una compañera; no quería pasar el resto de su vida solo. Sabía que algunas personas aceptaban esa situación; conocía algunos vecinos que habían perdido a su cónyuge y no se habían vuelto a casar. Pero él no estaba hecho para estar solo. Nunca tuvo la sensación de estar perdiéndose algo cuando se casó. No envidiaba la vida que llevaban sus amigos solteros, con sus múltiples citas, jugando a varias bandas y enamorándose con cada cambio de estación. Él no era así. Le gustaba su papel de marido y padre, le encantaba la estabilidad que le confería aquello y deseaba volver a tenerla.

«Aunque probablemente no lo consiga.»

Miles suspiró y volvió a mirar por la ventana. El horizonte

empezaba a iluminarse, aunque el cielo seguía oscuro. Se puso
en pie, recorrió el pasillo para echar un vistazo a Jonah, que seguía durmiendo, y luego abrió la puerta de su dormitorio. Entre las sombras pudo ver las fotos que había hecho enmarcar
sobre la cómoda y la mesilla. Aunque no podía distinguir los
rasgos, no era necesario para ver cada una de las fotos en su
mente: Missy sentada en el porche con un ramo de flores sil-
vestres; Missy y Jonah con la cara muy cerca de la cámara y
una amplia sonrisa; Missy y Miles caminando hacia el altar…

Se sentó en la cama. Al lado de una foto estaba la carpeta
marrón con la información que él mismo había ido recopilando, puesto que los sheriffs no tenían jurisdicción en cuestiones de accidentes de tráfico (y aunque no fuera así, tampoco le hubieran permitido investigar). Había seguido los
mismos pasos que la patrulla de la policía de tráfico, había entrevistado a la misma gente, había preguntado lo mismo y
había examinado concienzudamente la misma información.
Nadie se había negado a colaborar, a sabiendas de su sufrimiento, pero al final no había descubierto más que los inves-
tigadores oficiales. Y por eso seguía aquella carpeta en la mesilla, como desafiando a Miles a ver si era capaz de averiguar
quién conducía aquel coche.

Pero no parecía probable que algún día fuera a conseguirlo,
ya no, por mucho que deseara que la persona que arruinó su
vida rindiera cuentas ante la ley. Sin duda, eso era exactamente
lo que quería: quería que el responsable pagara caro por lo que
había hecho; era su deber como marido y como alguien que había jurado hacer respetar la ley. Ojo por ojo, ¿no era eso lo que
decía la Biblia?

Ahora, como casi todas las mañanas, Miles se quedaba mirando la carpeta sin molestarse en abrirla, mientras se imaginaba al conductor y repasaba la reconstrucción de la escena,
planteándose la misma cuestión de siempre.

Si solo fue un accidente, ¿por qué se dio a la fuga?

La única razón que se le ocurría era que el conductor debía
de estar borracho, tal vez regresaba de una fiesta, o igual era alguien que tenía la costumbre de beber demasiado el fin de semana. Probablemente un hombre entre treinta y cuarenta
años. Aunque no tenía ninguna prueba que respaldase su hipó-

tesis, así se había imaginado al conductor. En su mente, podía verlo dando virajes a demasiada velocidad, aferrándose al volante, procesando el momento a cámara lenta. Quizás estaba buscando otra cerveza, o tenía una entre las piernas, justo cuando vio a Missy en el último segundo. O tal vez ni siquiera la vio. Podría ser que solo hubiera oído un golpe seco, que hubiera notado la sacudida producida por el impacto. Y, sin embargo, el conductor no sintió pánico. No había marcas de frenazos en la carretera, pero sí había detenido el coche para ver qué había pasado. Las pruebas así lo demostraban, aunque esa información nunca llegó a publicarse en la prensa.

No importaba.

Nadie había visto nada. No había otros coches en la carretera, nadie había sido testigo desde el porche de su casa, nadie estaba paseando el perro o apagando los aspersores. A pesar de su estado de embriaguez, el conductor se dio cuenta de que Missy estaba muerta y de que tendría que hacer frente a la acusación de homicidio involuntario, como mínimo, tal vez incluso se le acusaría de asesinato en segundo grado, en caso de tener antecedentes. Cargos que podían suponer cumplir una pena en prisión. Pasarse la vida entre rejas. Seguramente todo esto y cosas mucho más terribles se le pasaron por la cabeza, y eso le había llevado a huir antes de que alguien pudiera verlo. Y así lo hizo, sin plantearse el sufrimiento que dejaba tras de sí.

De no ser así, solo podía tratarse de alguien que había atropellado a Missy a propósito.

Algún sociópata que asesinaba por puro placer. Había oído hablar de gente así.

¿O tal vez se trataba de alguien que quería vengarse de Miles Ryan?

Era el sheriff; tenía enemigos. Arrestaba a personas y testificaba contra ellas. Había contribuido a enviar a montones a la cárcel.

¿Tal vez alguno de aquellos criminales?

La lista era interminable, todo un ejercicio de paranoia.

Miles suspiró, abrió por fin la carpeta y no pudo evitar sentirse atraído por su contenido.

Había algo en aquel accidente que no encajaba, y con los años Miles había llegado a enmarcar con una docena de signos de interrogación aquella información, de la que tuvo noticia al llegar al escenario del accidente.

Curiosamente, quienquiera que fuera el conductor había cubierto el cuerpo de Missy con una manta.

Ese detalle nunca salió a la luz pública.

Al principio había esperanzas de que la manta pudiera facilitar alguna pista sobre la identidad del conductor. Pero no fue así. Se trataba de la típica manta incluida en un botiquín de emergencia, de los que se vendían en cualquier tienda de suministros para automóviles o incluso en grandes almacenes de todo el país. Era imposible rastrear la pista del comprador.

Pero… ¿por qué?

Aquella era la duda que seguía corroyendo a Miles.

¿Por qué cubriría el cuerpo? ¿Por qué huyó? No tenía sentido. Cuando sacó el tema, Charlie respondió algo que todavía le inquietaba: «Es como si el conductor quisiera disculparse».

¿O despistarnos?

Miles no sabía qué pensar.

Pero algún día daría con él, por muy improbable que pudiera parecer, por la sencilla razón de que no se rendiría. Entonces, y solo entonces, podía imaginarse dejando atrás el pasado.

Capítulo 6

La noche del viernes, tres días después de haber conocido a Miles, Sarah se encontraba sola en la sala de estar de su apartamento bebiendo lentamente una segunda copa de vino, y sintiéndose la persona más desgraciada del mundo. Aunque era consciente de que beber no arreglaría las cosas, sabía que se serviría una tercera copa en cuanto acabase la que tenía en las manos. Nunca había bebido demasiado alcohol, pero había tenido un día terrible.

En esos momentos, lo que más deseaba era huir.

Curiosamente, el día no había empezado tan mal. Se sentía muy bien cuando se levantó y durante el desayuno, pero después todo había comenzado a complicarse. Durante la noche, el calentador de agua había dejado de funcionar, así que tuvo que ducharse con agua fría antes de ir al colegio.

Al llegar a la clase, tres de los cuatro alumnos que se sentaban en primera fila estaban resfriados y se habían pasado el día tosiendo, estornudando y portándose mal. El resto de la clase parecía querer imitarlos, y no había conseguido cumplir ni siquiera la mitad de los objetivos del día. Cuando acabaron las clases, se quedó en el colegio para adelantar un poco de trabajo, y cuando por fin salió para volver en coche a su apartamento, se encontró con que tenía un pinchazo. Llamó al servicio de asistencia en carretera y tuvo que esperar casi una hora hasta que llegaron; finalmente pudo conducir hacia su casa, pero habían cortado las calles con motivo del Festival de las Flores que iban a celebrar ese fin de semana, de modo que tuvo que aparcar a tres manzanas. A continuación, para colmo de males, no habían pasado ni diez minutos desde que entrara por la puerta de su apartamento cuando una conocida de Baltimore la llamó para decirle que Michael iba a casarse en diciembre.

Entonces decidió abrir la botella de vino.

Cuando empezó a notar los efectos del alcohol, Sarah se sorprendió deseando que el mecánico hubiera tardado un poco más en cambiar la rueda, porque entonces no habría estado en casa para coger el teléfono. La mujer que había llamado no era una de sus amigas íntimas, solo habían tenido un trato puramente superficial, ya que en realidad era una amiga de la familia de Michael. Sarah no podía imaginarse por qué aquella mujer había necesitado darle la noticia en persona. A pesar de que se lo había contado con la proporción adecuada de incredulidad y compasión, Sarah no pudo evitar sospechar que nada más colgar el teléfono informaría de inmediato a Michael sobre su reacción. Gracias a Dios, no había perdido la compostura.

Pero de eso hacía ya dos vasos de vino, y ahora le resultaba más difícil. Sarah no quería saber nada de Michael. Estaban divorciados, separados legal y voluntariamente, y a diferencia de otras exparejas, no habían vuelto a hablar desde su última reunión en el despacho del abogado hacía casi un año. A esas alturas, se sentía afortunada de haberse librado de él, y había firmado los papeles sin decir una palabra. El dolor y la ira habían dado paso a una especie de apatía, alimentada por la anestésica evidencia de que en realidad nunca había llegado a conocerle. Después de eso, Michael no la llamó nunca, ni tampoco escribió, y Sarah hizo lo mismo: perdió el contacto con la familia y amigos de Michael, y él tampoco se interesó por la suya. Por todas estas razones, casi parecía que nunca hubieran estado casados. Por lo menos, eso es lo que Sarah se decía a sí misma.

Y ahora él volvía a casarse.

No debería afectarle. No debía importarle lo que Michael hiciera.

Pero sí le importaba, y eso también la afectaba. Lo que más la molestaba era que la noticia del inminente matrimonio de Michael la hubiera trastornado de ese modo, más que la boda

63

en sí misma. Siempre había sabido que volvería a casarse; él mismo se lo había dicho.

Era la primera vez que odiaba a alguien de verdad.

Pero el verdadero odio, ese sentimiento que le revuelve a uno el estómago, no era posible en ausencia de un vínculo emocional. No habría podido odiar a Michael tanto de no haberle amado antes en la misma medida. Tal vez había sido demasiado ingenua al imaginar que siempre estarían juntos. Al fin y al cabo, habían pronunciado sus votos y habían prometido amarse para siempre, y en su familia había una larga tradición de parejas que así lo habían hecho. Sus padres llevaban casados casi treinta y cinco años; y sus abuelos, por ambos lados, casi sesenta. Incluso cuando empezaron a tener problemas, Sarah seguía creyendo que su matrimonio iba por el mismo camino. Sabía que no sería fácil, pero cuando Michael tomó partido por sus padres, aunque eso supusiera el incumplimiento de las promesas que le había hecho, Sarah se sintió más insignificante que nunca antes en toda su vida.

«Pero de haberlo superado realmente, no debería estar tan disgustada...»

Apuró la copa de vino y se levantó del sofá, mientras rechazaba aquellos pensamientos, que no quería dar por ciertos. Ya lo había superado. Si Michael apareciera ante ella arrastrándose en ese mismo momento para suplicarle que lo perdonara, Sarah no lo haría. No podría hacer ni decir nada para que volviera a quererlo. Podía casarse con quien quisiera, y a ella le daría igual.

En la cocina, se sirvió una tercera copa de vino.

«Michael va a volver a casarse.»

Muy a su pesar, notó que los ojos se le llenaban de lágrimas. No quería seguir llorando, pero le resultaba difícil renunciar a aquello con lo que había soñado toda su vida. Intentó calmarse y, sin darse cuenta, dejó la copa demasiado cerca del fregadero; se cayó y se hizo añicos. Al intentar recoger los fragmentos, se cortó un dedo, que de inmediato empezó a sangrar.

La guinda de aquel espantoso día.

Respiró profundamente y se llevó el dorso de la mano a los ojos para obligarse a no llorar.

Y

—¿Estás segura de que te encuentras bien?

Rodeada por la multitud, las palabras parecían ir y venir, como si Sarah estuviera tratando de oír alguna cosa en la distancia.

—Por tercera vez, mamá, te digo que estoy bien. De verdad.

Maureen alargó un brazo y le apartó un mechón de pelo de la cara.

—Es que te veo un poco pálida, como si estuvieras a punto de ponerte enferma.

—Estoy un poco cansada, eso es todo. Ayer estuve trabajando hasta muy tarde.

Aunque no le gustaba mentir a su madre, no tenía ganas de explicarle que se había bebido una botella de vino la noche anterior. Su madre apenas podía entender por qué la gente bebía alcohol, especialmente las mujeres, y si Sarah le contaba además que había estado bebiendo sola, se preocuparía tanto que apenas se mordería la lengua antes de acribillarla con un interrogatorio al que no estaba dispuesta a responder.

Era sábado y hacía un día espléndido, y el centro estaba atestado de gente. El Festival de las Flores estaba en pleno apogeo, y Maureen había querido pasar el día curioseando por los puestos y tiendas de antigüedades de Middle Street. Y como Larry prefería ver el partido de fútbol entre Carolina del Norte y Michigan, Sarah se había ofrecido a acompañarla. Pensó que podría estar bien, y seguramente lo habría disfrutado de no haber sido por el agudo dolor de cabeza que no pudo aliviar ni siquiera con una aspirina. Mientras hablaban, examinó un marco antiguo que había sido cuidadosamente restaurado, aunque no tanto como para justificar su elevado precio.

—¿Un viernes por la noche? —preguntó su madre.

—Hacía tiempo que tenía trabajo pendiente, y ayer me pareció un momento tan bueno como cualquier otro.

Su madre se inclinó hacia ella, fingiendo interesarse por el marco.

—¿No saliste en toda la noche?

—No, ¿por qué?

—Porque te llamé un par de veces y no cogiste el teléfono.

—Lo desconecté.

—Ah, por eso. Por un momento pensé que habías salido con alguien.

—¿Con quién?

Maureen se encogió de hombros.

—No lo sé…, alguien.

Sarah la miró por encima de sus gafas de sol.

—Mamá, no empieces otra vez.

—No he dicho nada malo —contestó a la defensiva. Después bajó la voz, como si hablara para sí misma, y prosiguió—: Supuse que habías salido. Antes siempre salías mucho, ya sabes.

La madre de Sarah, además de regodearse en un pozo sin fondo de preocupación, también era capaz de representar perfectamente el papel de madre agobiada por sentimientos de culpa. A Sarah a veces le gustaba (dar un poco de lástima en ocasiones iba bien), pero no ahora. Frunció levemente el ceño mientras dejaba el marco en su sitio. La propietaria del puesto, una anciana sentada en una silla bajo un parasol enorme, alzó las cejas; parecía estar disfrutando con aquella escena. En la frente de Sarah aparecieron aún más arrugas, y decidió alejarse de allí mientras su madre seguía hablando. Enseguida Maureen la siguió.

—¿Qué te pasa?

Su tono hizo que Sarah se detuviera y mirase a su madre a los ojos.

—No pasa nada. Pero no estoy de humor para oír lo preocupada que estás por mí. Resulta cansino.

Maureen se quedó boquiabierta. Al ver la expresión dolida de su madre, Sarah se arrepintió de sus palabras, pero ese día no había podido evitarlo.

—Oye, lo siento, mamá. No debería haberte hablado así.

Maureen le cogió la mano a su hija.

—¿Qué pasa, Sarah? Y esta vez dime la verdad, te conozco demasiado bien. Ha pasado algo, ¿verdad?

Apretó ligeramente la mano de su hija, pero ella apartó la mirada. La gente a su alrededor estaba ocupada en sus propios asuntos, inmersa en sus propias conversaciones.

—Michael se casa otra vez —dijo en voz baja.

Tras asegurarse de que lo había entendido bien, Maureen rodeó lentamente a su hija con un fuerte abrazo.

—Oh, Sarah… Cuánto lo siento —susurró.

No había nada más que decir.

Poco después estaban sentadas en el banco de un parque con vistas al puerto deportivo, al final de la calle en la que seguía congregada la multitud. Llegaron allí sin darse cuenta; habían seguido caminando y, cuando ya no pudieron avanzar más, buscaron un sitio para sentarse.

Una vez allí, hablaron largo y tendido, más bien fue Sarah quien habló. Maureen se limitó a escuchar, incapaz de disimular su preocupación, con los ojos muy abiertos; de vez en cuando se le llenaban de lágrimas; apretó la mano de Sarah en varias ocasiones.

—Oh…, es horrible —dijo por enésima vez—. Qué día más espantoso.

—Yo pensé lo mismo.

—Bueno…, ¿serviría de algo si te dijera que siempre hay que ver las cosas por el lado positivo?

—No hay lado positivo.

—Seguro que sí.

Sarah alzó una ceja con escepticismo.

—¿Por ejemplo?

—Pues que puedes estar segura de que no se mudarán aquí después de casarse. Tu padre les haría emplumar.

Sarah se echó a reír, a pesar de su estado de ánimo.

—Gracias. Si vuelvo a ver a Michael algún día, se lo diré.

Maureen hizo una pausa.

—¿No lo dices en serio? Me refiero a lo de ir a verlo.

Sarah negó con la cabeza.

—No, a menos que pueda evitarlo.

—Bien. Después de lo que te hizo, no deberías.

Sarah se limitó a asentir antes de recostarse en el banco.

—¿Has tenido noticias de Brian? —preguntó, cambiando de tema—. Nunca me coge el teléfono.

Maureen no puso pegas al giro en la conversación.

—Hablé con él hace un par de días, pero ya sabes cómo son las cosas. A veces lo último que quieres hacer es hablar con tus padres. No hablamos mucho rato.

—¿Ya tiene amigos?

—Estoy segura de que sí.

Sarah se quedó mirando fijamente la superficie del agua, mientras pensaba en su hermano.

—¿Cómo está papá?

—Como siempre. Se hizo una revisión médica esta semana y parece que todo está bien. Ya no está tan cansado como de costumbre.

—¿Sigue haciendo sus ejercicios?

—No tanto como debería, pero siempre me promete que se lo va a tomar en serio.

—Dile que yo te he dicho que tiene que hacerlos.

—Lo haré. Pero ya sabes que es muy testarudo. Sería mejor que se lo dijeras tú misma, porque, si se lo digo yo, creerá que lo hago para chincharle.

—¿Y lo haces?

—Claro que no —repuso rápidamente—. Pero me preocupo por él.

En el puerto deportivo, un enorme velero avanzaba lentamente hacia el río Neuse, y ambas se quedaron mirándolo en silencio. En breve se abriría el puente para dejarle pasar y se interrumpiría el tráfico rodado en ambos sentidos. Sarah ahora sabía que si llegaba tarde a una cita, siempre podría decir que había tenido que esperar en el puente. Todo el mundo aceptaría esa excusa sin reparos, por la sencilla razón de que todos, incluidos jueces y doctores, recurrían a ella.

—Me encanta verte reír de nuevo —murmuró Maureen al poco. Sarah la miró de soslayo—. No debería sorprenderte que te lo diga. No te has reído en mucho tiempo. —Maureen posó suavemente la mano en la rodilla de Sarah—. No permitas que Michael te haga daño, ¿de acuerdo? Ya lo has superado, recuérdalo.

Sarah asintió casi imperceptiblemente y Maureen prosiguió con el monólogo que Sarah ya sabía de memoria.

—Y saldrás adelante. Algún día encontrarás a alguien que te quiera tal como eres…

—Mamá… —la interrumpió Sarah, alargando la palabra y sacudiendo la cabeza. Sus conversaciones siempre acababan igual.

Por una vez, su madre se contuvo. Volvió a cogerle la mano, y aunque intentó desasirse en un primer momento, insistió hasta que Sarah cedió.

—No puedo evitar querer que seas feliz —dijo—. ¿Acaso no puedes entenderlo?

Sarah le ofreció una sonrisa forzada, con la esperanza de que su madre se diera por satisfecha.

—Sí, mamá, lo entiendo.

Capítulo 7

*E*l lunes empezaba la rutina a la que Jonah tendría que habituarse, y que, en gran parte, determinaría su vida durante los próximos meses. Cuando sonó el timbre que indicaba el fin oficial de las clases, Jonah salió con sus amigos, pero dejó la mochila en el aula. Sarah, al igual que los demás maestros, tenía que salir para asegurarse de que los niños subían al autobús correcto o que los recogían sus padres. Cuando ya todos habían subido a los autobuses y los coches se habían ido, Sarah se acercó a Jonah, que estaba mirando con aire melancólico cómo se iban sus amigos.

—Estoy segura de que preferirías no tener que quedarte, ¿no?

Jonah asintió.

—No será tan terrible. He traído algunas galletas para que se nos haga más llevadero.

Jonah reflexionó un momento.

—¿Qué clase de galletas? —preguntó en tono escéptico.

—Oreos. Cuando yo iba al colegio, mi madre siempre me daba estas galletas cuando volvía a casa. Decía que era un premio por el buen trabajo que había hecho en la escuela.

—La señora Knowlson me da trozos de manzana.

—¿Prefieres que traiga manzana para mañana?

—Ni hablar —dijo muy serio—. Prefiero mil veces comer Oreos.

Sarah hizo un gesto señalando la escuela.

—Venga. ¿Estás listo para empezar?

—Supongo —masculló Jonah. Sarah le tendió la mano.

El niño alzó la vista para mirarla.

—Espera, ¿tienes leche?

—Puedo conseguir un vaso de leche de la cafetería, si quieres.

Una vez dicho esto, Jonah aceptó su mano y le ofreció una breve sonrisa antes de entrar.

Mientras Sarah y Jonah iban de la mano hacia la clase, Miles estaba agazapado detrás del coche buscando su pistola, antes incluso de que se acallara el eco del último disparo. Su intención era esperar hasta averiguar qué estaba pasando.

No había nada como un tiroteo para acelerar el corazón: la intensidad y la inmediatez del instinto de conservación nunca dejarían de sorprenderlo. La adrenalina parecía fluir por su cuerpo como si se la estuvieran inyectando mediante una transfusión intravenosa invisible. Podía sentir los latidos de su corazón, y el sudor que le empapaba las manos.

En caso necesario podía pedir ayuda; entonces, al cabo de menos de cinco minutos estaría rodeado por todos los representantes de la ley del condado. Pero de momento prefería esperar, sobre todo porque no creía que le estuvieran disparando a él. No tenía la menor duda de lo que había oído, pero las detonaciones parecían amortiguadas, como si procedieran de la parte trasera del edificio.

De haber sido en una vivienda, se habría imaginado que se trataba de una pelea doméstica que había ido a más, y ya habría pedido refuerzos. Pero estaba en Gregory Place, una ruinosa estructura de madera cubierta de enredaderas de kudzu situada en las afueras de New Bern. Era una construcción abandonada que se había ido derrumbando con los años, y hasta donde alcanzaba su memoria siempre había sido así. Normalmente, nunca se veía a nadie por allí. El suelo estaba tan podrido que podía ceder en cualquier momento, y la lluvia se colaba por las goteras del techo. Además, el edificio estaba un poco inclinado, y daba la impresión de que cualquier día una fuerte ráfaga de viento lo derribaría. A pesar de que en New Bern los vagabundos no suponían un gran problema, los pocos que había evitaban aquel lugar por el peligro que representaba.

Y, sin embargo, ahora, a plena luz del día, volvían a oírse los disparos. No parecían provenir de un arma de gran calibre, sino más bien de un veintidós, y Miles imaginó que había una sencilla explicación, y que no suponía una grave amenaza.

Pero no era tan tonto como para arriesgarse. Abrió la puerta del coche, se deslizó hacia la parte delantera del asiento y apretó uno de los botones de la radio para amplificar su voz lo suficiente como para que le oyeran desde el interior del edificio.

—Habla el sheriff —dijo lentamente, con voz tranquila—. Si habéis acabado ya, me gustaría que salierais para poder hablar con vosotros. Y agradecería que dejarais las armas a un lado.

Al momento dejaron de oírse disparos. Tras unos minutos, Miles vio una cabeza que se asomaba por una de las ventanas de la fachada del edificio. Era un niño de no más de doce años.

—No irá a dispararnos, ¿no? —gritó, obviamente asustado.

—No, no voy a disparar. Dejad las armas en la puerta y salid para que podamos hablar.

Durante un minuto, Miles no pudo oír nada, era como si los niños estuvieran pensando huir. Miles sabía que no eran malos chicos, tal vez un poco brutos para el mundo actual. Estaba seguro de que preferían echar a correr a que Miles los llevara a casa y hablara con sus padres.

—Vamos, salid —dijo Miles por el micrófono—. Solo quiero hablar con vosotros.

Pasó otro minuto y, por fin, dos niños, uno de menor edad que el primero, se asomaron a sendos lados del marco de la inexistente puerta principal. Empezaron a avanzar con una lentitud exagerada, dejaron las armas a un lado y salieron con los brazos en alto. Miles no tuvo más remedio que reprimir una sonrisa. Estaban pálidos y temblorosos, como si creyeran que iban a servir de blanco para prácticas de tiro en cualquier momento. Cuando descendieron por las maltrechas escaleras, Miles salió del coche y enfundó la pistola. Al verlo, los chicos trastabillaron por un momento y luego siguieron avanzando lentamente. Ambos llevaban vaqueros desteñidos y zapatillas deportivas desgastadas, y tenían la cara y los brazos sucios.

Chicos de campo. Siguieron moviéndose muy despacio con los brazos por encima de la cabeza. Era evidente que habían visto demasiadas películas.

Al acercarse, Miles vio que ambos estaban a punto de romper a llorar.

Miles se apoyó en el coche con los brazos cruzados.

—¿Estabais cazando?

El más joven, que Miles calculó que tendría unos diez años, miró al mayor, que le devolvió la mirada. Era obvio que eran hermanos.

—Sí, señor —dijeron al unísono.

—¿Qué hay dentro de ese edificio?

Los chicos volvieron a intercambiar miradas.

—Gorriones —dijeron por fin, y Miles asintió.

—Podéis bajar las manos.

Volvieron a mirarse y después bajaron los brazos.

—¿Seguro que no queríais cazar búhos?

—No, señor —respondió rápidamente el mayor—. Solo gorriones. Hay muchísimos ahí dentro.

Miles volvió a asentir.

—Así que cazabais gorriones, ¿no?

—Sí, señor.

Miles señaló hacia los rifles.

—¿Esas escopetas son de calibre veintidós?

—Sí, señor.

—Es un poco exagerado para cazar gorriones, ¿no os parece?

Ahora su mirada tenía visos de culpabilidad. Miles les lanzó una mirada severa.

—A ver…, si estabais intentando cazar un búho, no me parece nada bien, porque me gustan. Comen ratas y ratones, y hasta serpientes, y prefiero tener un búho cerca que a cualquiera de esas bestias, especialmente si se trata del jardín de mi casa. Pero con tantos disparos estoy casi seguro de que no lo habéis cazado, ¿a que no?

Tras un largo momento, el más joven negó con la cabeza.

—Pues no volváis a intentarlo, ¿de acuerdo? —dijo en un tono que no admitía réplica—. Es peligroso ir disparando por ahí, sobre todo porque la autopista está demasiado cerca. Ade-

73

más, va contra la ley. Y este no es un sitio para niños. Está a punto de venirse abajo y podríais haceros daño. Bueno, no querréis que vaya a hablar con vuestros padres, ¿no?

—No, señor.

—Entonces, si os dejo ir, no se os ocurrirá volver a intentar cazar ese búho, ¿verdad que no?

—No, señor.

Miles se los quedó mirando fijamente sin decir nada, asegurándose de que los chicos vieran que los creía, y luego señaló con la cabeza en dirección a las casas más cercanas.

—¿Vivís por allí?

—Sí, señor.

—¿Habéis venido caminando o en bicicleta?

—Caminando.

—Pues os diré qué pienso hacer: cogeré los rifles mientras vosotros subís al asiento trasero; os llevaré a casa y os dejaré en la esquina de vuestra calle. Por esta vez, lo dejaré pasar, pero, si vuelvo a veros por aquí, les diré a vuestros padres que ya os había pillado y advertido, y entonces tendré que llevaros conmigo, ¿lo habéis entendido?

Los chicos le miraron, asustados ante aquella amenaza, pero asintieron agradecidos.

Después de que se bajaran del coche, Miles condujo hacia el colegio, ansioso por ver a Jonah, que sin duda querría saber todos los detalles de lo que acababa de pasar, pero Miles prefería que antes le explicara cómo le había ido el día.

Y aunque le costara reconocerlo, no podía evitar sentir cierta emoción al pensar que volvería a ver a Sarah.

—¡Papá! —gritó Jonah mientras corría hacia Miles, que se preparó para coger al vuelo a su hijo cuando saltó a sus brazos. Vio por el rabillo del ojo que Sarah había seguido a su hijo con un paso más calmado. El niño se echó hacia atrás para mirar a su padre—. ¿Has arrestado a alguien hoy?

Miles sonrió y negó con la cabeza.

—De momento no, pero todavía no he acabado la jornada. ¿Cómo te ha ido el cole?

—Bien. La señorita Andrews me ha dado galletas.

—¿Ah, sí? —preguntó mientras miraba a hurtadillas cómo se acercaba Sarah.

—Oreos. De las buenas, con doble relleno.

—Vaya, más no se puede pedir —respondió—. ¿Y cómo te fue la clase particular?

Jonah arrugó la frente.

—¿Cómo?

—Me refiero a que la señorita Andrews te ayude con los deberes.

—Fue divertido, hemos estado jugando.

—¿Jugando?

—Se lo explicaré después —dijo Sarah al tiempo que daba un paso adelante—, pero, en resumen, hemos empezado bien.

Al oír su voz, Miles se volvió hacia ella y de nuevo se sintió agradablemente sorprendido. Sarah llevaba una falda larga y una blusa, como la vez anterior, un atuendo nada sofisticado, pero cuando sonrió, Miles sintió la misma extraña emoción que cuando se conocieron. Le sorprendió darse cuenta de que la última vez no había llegado a apreciar totalmente su belleza. Claro que la había encontrado atractiva, y ahora volvía a fijarse en los mismos detalles: el cabello rubio y sedoso, los rasgos angulosos y a la vez delicados de su cara, y los ojos de color turquesa. Pero en aquel preciso momento le parecía que tenía una expresión suave y cálida, que le resultaba casi familiar.

Miles dejó a Jonah otra vez en el suelo.

—Jonah, ¿te importa esperar en el coche mientras hablo con la señorita Andrews unos minutos?

—Vale —contestó el crío tranquilamente. Y a continuación, para sorpresa de Miles, Jonah fue hacia Sarah para abrazarla antes de salir corriendo hacia el coche.

Cuando se quedaron a solas, Miles la miró con curiosidad.

—Parece que habéis hecho buenas migas.

—Nos lo hemos pasado bien.

—Eso parece. Si hubiera sabido que iba a jugar y comer galletas, no me habría preocupado tanto por él.

—Bueno…, cualquier método es bueno si funciona —comentó Sarah—. Pero antes de que se preocupe en exceso, quiero que sepa que se trataba de un juego de lectura. Con tarjetas de vocabulario.

—Ya me imaginaba que no sería solo jugar. ¿Y qué tal lo hace?

—Bien. Queda mucho trabajo por hacer, pero va bien. —Tras una pausa añadió—: Es un chico maravilloso, de veras. Ya sé que ya se lo había dicho, pero no quiero que lo olvide. Y es evidente que le adora.

—Gracias —respondió Miles verdaderamente agradecido.

—De nada —respondió ella con otra sonrisa, y Miles desvió la mirada con la esperanza de que Sarah no pudiera leer en su rostro lo que acababa de pensar, aunque al mismo tiempo lo deseaba—. Por cierto, gracias por el ventilador —añadió la chica después de un momento, refiriéndose al aparato de tamaño industrial que Miles había llevado a la clase aquella mañana.

—No hay de qué —murmuró, dividido entre el deseo de quedarse a hablar con ella y las ganas de librarse de aquella repentina ola de nerviosismo que no sabía de dónde venía.

Por un momento ambos guardaron silencio, un silencio incómodo que se prolongó hasta que Miles por fin empezó a trajinar con los pies y masculló:

—Bueno… Tengo que llevar a Jonah a casa.

—De acuerdo.

—Tenemos cosas que hacer.

—Claro.

—¿Hay algo más que deba saber?

—No se me ocurre nada más.

—Vale. —Miles se llevó las manos a los bolsillos, y después de un momento volvió a decir—: Tengo que llevar a Jonah a casa.

Sarah asintió con seriedad.

—Ya me lo ha dicho.

—¿Ah, sí?

—Sí.

Ella se apartó un mechón rebelde detrás de la oreja. Por alguna razón que no supo explicar, aquella despedida se le antojó adorable, casi encantadora. Era distinto a los hombres que había conocido en Baltimore, que compraban en Brooks Brothers y que siempre parecían saber qué decir. En los meses que siguieron a su divorcio, empezaron a parecerle todos iguales, como copias hechas con plantillas del hombre perfecto.

—Pues entonces, nos vamos —dijo Miles, que solo era consciente de su necesidad de marcharse de allí—. Gracias de nuevo. —Y dicho esto, se dirigió al coche.

Sarah saludó al automóvil en marcha con una sonrisa divertida, todavía de pie en el patio de la escuela. Y esa fue la última imagen que Miles tuvo de ella.

Durante las siguientes semanas, empezó a sentir cierta impaciencia por ver a Sarah después de la escuela, con un entusiasmo que no podía controlar y que no sentía desde su adolescencia. Pensaba en ella a menudo, a veces en situaciones inverosímiles: en una tienda de comestibles eligiendo una bandeja de chuletas de cerdo; esperando a que cambiara el semáforo; o cortando el césped. En un par de ocasiones había pensado en ella en la ducha, y se sorprendió preguntándose cuál sería su rutina matinal. Era ridículo. ¿Desayunaría cereales o tostadas con mermelada? ¿Tomaba café o preferiría las infusiones? Después de la ducha, ¿se envolvería la cabeza en una toalla mientras se maquillaba, o se peinaba enseguida?

Otras veces se la imaginaba en el aula, de pie ante los alumnos con un trozo de tiza en la mano; también había llegado a preguntarse qué hacía en su tiempo libre después de clase. A pesar de que cuando se veían siempre charlaban un rato, eso no bastaba para satisfacer su cada vez mayor curiosidad. No sabía gran cosa sobre su pasado, y aunque a veces tenía ganas de preguntarle, se reprimía por la sencilla razón de que no tenía la menor idea de cómo empezar. «Hoy hemos estado trabajando la ortografía y Jonah lo ha hecho muy bien», decía por ejemplo Sarah, y ¿qué se suponía que Miles debía responder? «Muy bien. Hablando de ortografía, ¿se envuelve usted el pelo en una toalla después de la ducha?»

Había hombres que sabían cómo hacer esas cosas, pero él no tenía ni idea. Un día, en un arrebato de valor que le confirieron dos cervezas, había estado a punto de llamarla a casa. No tenía ninguna excusa para hacerlo, y aunque no sabía qué decir, pensó esperanzado que se le ocurriría algo, como si fuera a caerle un rayo del cielo que le haría gracioso y carismático. Se la había imaginado riéndose con sus ocurrencias, impresionada

77

por lo encantador que resultaba. Había llegado a buscar su número en la guía y a marcar los tres primeros dígitos antes de que sus nervios le traicionaran y al final colgase el auricular.

¿Y si no estaba en casa? ¿Cómo podría deslumbrarla si ni siquiera cogía el teléfono? A buen seguro, no iba a dejar grabados sus desvaríos en el contestador para la posteridad. Pensó que siempre estaba a tiempo de colgar si saltaba el contestador, pero le pareció una actitud demasiado adolescente. ¿Y si (Dios no lo quisiera) en efecto estaba en casa pero acompañada por otro hombre? Se dio cuenta de que era una posibilidad real. En el trabajo había oído decir a algunos de sus compañeros solteros que al final se habían enterado de que Sarah no estaba casada, y si ellos lo sabían, seguro que los demás también. Se estaba corriendo la voz, y muy pronto otros hombres empezarían a acosarla, haciendo uso de su ingenio y su carisma, si es que todavía no lo habían hecho.

Por Dios, más valía que espabilara, se le acababa el tiempo.

En otra ocasión en que descolgó el teléfono para llamarla, consiguió marcar seis números antes de echarse atrás.

Aquella noche, ya en la cama, no dejaba de pensar qué demonios le pasaba.

La mañana de un sábado de finales de septiembre, casi un mes después de haber conocido a Sarah, Miles estaba en el campo de fútbol del instituto H. J. Macdonald Junior viendo a Jonah jugar. Al niño le gustaba jugar al fútbol más que nada en el mundo, salvo tal vez pescar. Era un buen jugador. Missy siempre había sido deportista, en mayor medida que Miles, y Jonah había heredado de ella la agilidad y la coordinación; de Miles, tal como él mismo comentaba si alguien le preguntaba, había heredado la velocidad. Como resultado, Jonah era el terror del campo. Los niños de su edad jugaban como máximo la mitad del partido, ya que todos debían poder jugar el mismo tiempo. Aun así, Jonah solía ser el que más goles marcaba, si no todos. En los cuatro primeros partidos había marcado un total de veintisiete goles. Cabe decir que solo había tres jugadores por equipo, no había porteros, y la mitad de los niños no sabían en qué dirección tenían que chutar, pero veintisiete goles seguía siendo un número excepcional. Casi todas las veces que Jonah tocaba el balón, se lo llevaba a la portería contraria y hacía gol.

Sin embargo, no dejaba de ser verdaderamente ridículo ver a Miles henchido de orgullo cada vez que veía jugar a Jonah. Le encantaba, y cada vez que su hijo marcaba su corazón saltaba de alegría, aunque era consciente de que era un fenómeno temporal y no significaba nada. Cada niño maduraba a un ritmo distinto, y algunos de ellos entrenaban con más ahínco. Jonah era físicamente más maduro, pero no le gustaba entrenar; en cuestión de poco tiempo, los demás se pondrían a su nivel.

Pero, en aquel partido, al final de la primera cuarta parte, Jonah ya había metido cuatro goles. En la segunda, con Jonah en el banquillo, el equipo contrincante marcó otros tantos y se adelantó en el marcador. En la tercera, Jonah marcó dos goles más, con lo que ya llevaba treinta y tres en esa temporada, aunque nadie llevara la cuenta, y otro compañero metió un gol más. Al empezar la cuarta parte, el equipo de Jonah perdía ocho a siete, y Miles se cruzó de brazos mientras echaba un vistazo al resto de los asistentes, intentando fingir que ni siquiera se había dado cuenta de que sin Jonah harían picadillo a su equipo.

«¡Cómo me gusta esto!»

Miles estaba tan ensimismado que tardó un poco en percibir la voz que hablaba a su lado.

—¿Ha apostado algo, agente Ryan? —preguntó Sarah mientras se le acercaba, con una amplia sonrisa—. Parece un poco nervioso.

—No, no he apostado nada. Solo disfruto del partido —respondió.

—Pues tenga cuidado. Está a punto de quedarse sin uñas. No me gustaría ver que se muerde a sí mismo sin querer.

—No me estoy mordiendo las uñas.

—Ahora no —repuso ella—. Pero antes sí.

—Creo que se está imaginando cosas —replicó Miles, preguntándose si Sarah estaba coqueteando con él—. Bueno… —Se levantó la visera de la gorra y añadió—: No esperaba encontrarla aquí.

Sarah llevaba pantalones cortos y gafas de sol, lo que la hacía parecer aún más joven.

—Jonah me dijo que iba a jugar un partido este fin de semana y me pidió que viniera.

—¿En serio? —preguntó Miles con cierta curiosidad.

—El jueves. Me dijo que me lo pasaría bien, pero tengo la impresión de que quería que le viera haciendo algo que sí se le da bien.

«Bendito seas, Jonah.»

—Está a punto de acabar. Se lo ha perdido casi todo.

—Me ha costado encontrar el campo. No podía imaginarme que se jugaran tantos partidos en este complejo deportivo. De lejos, todos los equipos de niños se parecen.

—Lo sé muy bien. A veces incluso a nosotros nos cuesta encontrar el campo que nos toca.

Sonó el silbato y Jonah pasó el balón a un compañero, pero este no lo controló y la pelota salió fuera. Un jugador del otro equipo corrió tras ella, y Jonah buscó a su padre con la mirada. Al ver a Sarah, la saludó, y ella le devolvió el saludo con entusiasmo. Jonah se puso luego en posición con una expresión resolutiva en la cara, y esperó a que chutaran el balón y se reanudara el partido. Poco después, todos los jugadores corrían tras la pelota.

—¿Qué tal está jugando? —preguntó Sarah.

—Está jugando un buen partido.

—Mark dice que es el mejor jugador.

—Bueno… —matizó Miles, esforzándose por mostrarse modesto.

Sarah se echó a reír.

—Mark no hablaba de usted, sino de Jonah, que es quien juega.

—Ya lo sé —dijo Miles.

—Pero como dicen que de tal palo, tal astilla…

—Bueno… —volvió a decir Miles, a falta de una respuesta más inteligente. Sarah alzó una ceja, obviamente divertida. «¿Dónde están el ingenio y el carisma con los que quería lucirme?»

—¿Y usted también jugaba al fútbol de pequeño? —preguntó Sarah.

—Cuando yo era niño no existía la posibilidad de jugar al fútbol europeo. Sí que había fútbol americano, baloncesto, béisbol, bueno, los deportes tradicionales. Pero aunque hubieran ofrecido fútbol al estilo europeo, no creo que me hubiera gustado. Tengo cierta aprensión a los deportes en los que hay que dar al balón con la cabeza.

—Pero a Jonah le va bien, ¿no?

—Claro, mientras disfrute jugando. ¿Lo ha probado?

—No, nunca he sido demasiado deportista. Pero cuando entré en la universidad empecé a caminar. Mi compañera de habitación me animó a probarlo.

Miles la miró con los ojos entrecerrados, como si no comprendiera.

—¿Caminar?

—A buen ritmo, es más duro de lo que parece.

—¿Sigue haciéndolo?

—Todos los días hago una ruta de cinco kilómetros. Es un buen ejercicio y me ayuda a relajarme. Debería probarlo.

—¿Con todo el tiempo libre que tengo?

—Claro, ¿por qué no?

—Si caminara cinco kilómetros, probablemente tendría tantas agujetas que no podría levantarme de la cama al día siguiente. Y no estoy seguro de que aguantara tanto.

Sarah le examinó de arriba abajo.

—Sí que podría —concluyó—. Tal vez tendría que dejar de fumar, pero seguro que lo conseguiría.

—No fumo —protestó Miles.

—Ya lo sé, me lo ha dicho Brenda. —Sarah le ofreció una sonrisa; después de un momento, Miles no pudo evitar imitarla.

Antes de que pudiera responder, se oyó un estruendoso fragor y ambos miraron al campo para ver cómo Jonah se desmarcaba, recorría todo el campo y marcaba otro gol, que significaba el empate. Mientras sus compañeros se apiñaban a su alrededor, Miles y Sarah aplaudieron y vitorearon al niño desde las gradas.

—¿Le ha gustado? —preguntó Miles.

Estaba acompañando a Sarah al coche mientras Jonah iba al

bar con sus amigos. Había ganado su equipo. Al acabar el partido, Jonah había ido corriendo hacia ella para preguntarle si había visto el último gol. Ante la respuesta afirmativa, Jonah le había ofrecido una sonrisa radiante y la había abrazado antes de salir corriendo para celebrarlo con sus amigos. Para sorpresa de Miles, Jonah había hecho más caso a Sarah que a su propio padre. Al ver el cariño que se tenían mutuamente, Miles se alegró con una extraña satisfacción.

—Ha estado bien —reconoció—. Me habría gustado llegar a tiempo para ver todo el partido.

Bajo la luz de la tarde, Miles vio cómo brillaba la piel de Sarah, todavía bronceada del verano.

—No pasa nada. Jonah se ha alegrado de que pudiera venir. —Miles la miró de reojo—. ¿Qué planes tiene para hoy?

—He quedado en el centro para comer con mi madre.

—¿Dónde?

—En Fred & Clara, un pequeño local justo en la esquina de mi calle.

—Lo conozco. Está muy bien.

82

Cuando llegaron al coche, un Nissan Sentra rojo, Sarah empezó a hurgar en el bolso en busca de las llaves. Mientras tanto, Miles la miraba fijamente. Con las gafas de sol bien ajustadas en su nariz, ahora sí parecía la chica de ciudad que era; y con aquellos pantalones cortos de tela vaquera desgastada y sus largas piernas, no se parecía para nada a ninguna de las maestras que había tenido de pequeño.

Tras ellos, un *pickup* blanco empezó a dar marcha atrás. El conductor saludó a Miles, y este respondió justo cuando Sarah volvía a alzar la vista.

—¿Le conoce?

—Esta es una ciudad pequeña. Creo que conozco a todo el mundo.

—Debe de ser una sensación reconfortante.

—A veces sí, otras no tanto. Si uno tiene algún secreto que guardar, a buen seguro este no es el mejor lugar.

Por un instante, Sarah se preguntó si se referiría a él mismo. Antes de que pudiera darle más vueltas, Miles siguió hablando.

—Oiga, quiero agradecerle de nuevo todo lo que está haciendo por Jonah.

—No tiene que darme las gracias cada vez que nos veamos.

—Ya lo sé. Pero en las últimas semanas he notado un gran cambio.

—Yo también. Está avanzando bastante rápido, más de lo que pensaba. Esta semana ha empezado a leer en voz alta en la clase.

—No me sorprende. Tiene una buena maestra.

Para sorpresa de Miles, Sarah se ruborizó.

—Y un buen padre.

Miles se sintió halagado.

Y también le gustó cómo lo miró Sarah al decir aquello.

Como si no supiera qué hacer, ella empezó a rebuscar en el manojo de llaves. Eligió una y, al abrir la puerta del coche, Miles retrocedió un poco.

—Bueno, ¿cuánto tiempo cree que tendrá que quedarse Jonah después de las clases? —preguntó.

«Sigue hablando. No dejes que se vaya todavía.»

—No lo sé, pero sí estoy segura de que todavía necesita ayuda. ¿Por qué? ¿Quiere que empecemos a reducir un poco las clases de refuerzo?

—No, solo se lo preguntaba por curiosidad —respondió Miles.

Sarah asintió y esperó por si quería añadir algo más, pero Miles no dijo nada.

—Pues creo que de momento seguiremos como hasta ahora y, dentro de un mes, ya veremos —dijo finalmente—. ¿Le parece bien?

Otro mes. Seguiría viéndola como mínimo durante ese tiempo. Qué bien.

—Parece un buen plan.

Durante un largo momento ninguno dijo nada, y en medio de aquel silencio Sarah miró su reloj.

—Bueno, creo que voy a llegar tarde —se disculpó, y Miles asintió.

—Ya sé que tiene que irse—dijo, a pesar de que no quería dejarla ir. Quería seguir hablando. Quería saberlo todo de ella.

«En realidad estás pensando que ya es hora de que la invites a salir. Esta vez no te echarás atrás. Nada de colgar el

83

teléfono ni hacer el tonto. ¡Sangre fría! ¡Sé un hombre! ¡A por ella!»

Intentó darse ánimos, consciente de que había llegado el momento..., pero..., pero... ¿cómo debía hacerlo? Por Dios, hacía mucho tiempo que no se encontraba en una situación semejante. ¿Debía invitarla a comer... o a cenar? ¿O al cine? Mientras Sarah subía al coche, la mente de Miles buscaba y analizaba las distintas posibilidades frenéticamente, tenía que intentar retenerla lo suficiente hasta que se le ocurriera algo.

—Espere. Antes de que se vaya, ¿puedo preguntarle algo? —espetó.

—Claro. —Sarah lo miró con ojos burlones.

Miles se metió las manos en los bolsillos, mientras notaba mariposas en el estómago y se sentía como si volviera a tener diecisiete años. Tragó saliva antes de hablar:

—Bueno... —empezó a decir, mientras pensaba aceleradamente, y las ruedecitas de su cerebro giraban al máximo de revoluciones.

—¿Qué?

Sarah sabía de forma instintiva lo que le quería decir.

Miles cogió aire y dijo lo primero que le vino a la mente.

—¿Qué tal va el ventilador?

Sarah lo miró fijamente con una expresión de incredulidad.

—¿El ventilador? —repitió.

Miles se sintió como si se hubiera tragado una tonelada de plomo. ¿El ventilador? ¿En qué demonios estaba pensando? ¿El ventilador? ¿Eso era lo único que se le ocurría?

Era como si, de repente, su cerebro se hubiera tomado unas vacaciones, pero tenía que decir algo, no podía dejar de hablar ahora...

—Sí. Ya sabe..., el ventilador que llevé a la clase.

—Funciona muy bien —respondió Sarah indecisa.

—Si no le gusta, puedo buscar otro.

Sarah posó una mano en uno de sus brazos, mientras le miraba preocupada.

—¿Se encuentra bien?

—Sí, estoy bien —respondió con voz seria—. Solo quería estar seguro de que funciona bien.

—Hizo una buena elección.

—Me alegro —dijo Miles, deseando, casi rezando para que de repente cayera un rayo y le fulminara en el sitio.

¿El ventilador?

Después de que el coche de Sarah saliera del aparcamiento, Miles se quedó allí mismo de pie, inmóvil, deseando volver al pasado inmediato para poder cambiarlo. Le habría gustado tener cerca una cueva, un lugar bien oscuro en el que esconderse del mundo para siempre. Gracias a Dios, no había testigos de su conversación.

«Solo Sarah.»

Durante el resto del día no pudo quitarse de la cabeza el final de la conversación, que se repetía una y otra vez como la típica canción que uno escucha por la mañana en la radio.

«¿Qué tal va el ventilador…? Si no le gusta, puedo buscar otro… Solo quería estar seguro de que funciona bien…»

Cada vez que lo recordaba sentía un dolor físico. Durante toda la tarde, aquel recuerdo parecía estar al acecho, bajo la superficie, preparado para salir y humillarle. Al día siguiente pasó lo mismo: se despertó con la sensación de que algo no iba bien… ¡y allí estaba! De nuevo aquel recuerdo, burlándose de él. Hizo una mueca de dolor y sintió el plomo en su estómago. Y entonces se tapó la cabeza con la almohada.

85

Capítulo 8

—¿*Q*ué te parece hasta ahora? —preguntó Brenda.

Era un lunes, y Brenda y Sarah estaban sentadas en la mesa de pícnic del patio, la misma que habían utilizado Miles y la propia Sarah hacía ya un mes. Brenda había comprado su almuerzo en Pollock Street Deli, donde en su opinión hacían los mejores sándwiches de la ciudad.

—Así podremos charlar un rato —dijo con un guiño, antes de salir disparada hacia la charcutería.

Aunque no era la primera vez que tenían la oportunidad de hablar, sus conversaciones solían ser relativamente breves e impersonales: dónde estaba el almacén de material, con quién había que hablar para pedir dos pupitres nuevos, y cosas así. Por supuesto, Brenda había sido la primera persona a la que Sarah había preguntado por Jonah y Miles, y, como sabía que les conocía bastante bien, comprendió que con aquel almuerzo lo que Brenda pretendía era averiguar qué pasaba, si es que había pasado algo.

—¿Te refieres al trabajo en el colegio? Es muy distinto al de Baltimore, pero me gusta.

—Trabajabas en un barrio marginal, ¿verdad?

—Sí, trabajé cuatro años allí.

—¿Cómo era aquello?

Sarah desenvolvió el sándwich.

—No tan terrible como te hayas podido imaginar. Los niños son básicamente todos iguales, no importa su origen, sobre todo cuando son muy pequeños. El barrio podía parecer peligroso, pero una se acostumbra y aprende a ser precavida. Nunca tuve ningún problema. Y mis compañeros eran fantásticos. Es fácil limitarse a ver los resultados y deducir que los maestros no se comprometen con su trabajo, pero eso no es cierto. Había muchas personas a las que admiraba de veras.

—¿Por qué decidiste trabajar allí? ¿Tu exmarido era también maestro?

—No —dijo secamente.

Brenda vio por un momento el dolor en los ojos de Sarah, pero enseguida desapareció.

Sarah abrió una lata de Pepsi light.

—Trabaja en la banca de inversiones. O por lo menos eso hacía… No sé qué está haciendo ahora. Nuestro divorcio no fue precisamente amistoso, no sé si me entiendes.

—Siento oírte decir eso, sobre todo porque he sido yo quien ha sacado el tema.

—No lo sientas. No podías saberlo. —Sarah hizo una pausa antes de que se dibujara una leve sonrisa en su cara—. ¿No me digas que sí que lo sabías? —preguntó.

Brenda la miró con los ojos muy abiertos, como si estuviera ofendida.

87

—No, no lo sabía.

Sarah le lanzó una mirada inquisitiva.

—De veras —volvió a decir Brenda.

—¿Nada de nada?

Brenda se revolvió en su sitio.

—Bueno, es posible que haya oído un par de cosas —admitió avergonzada, y Sarah se echó a reír.

—Ya me lo imaginaba. Lo primero que me dijeron al mudarme aquí, es que uno se entera de todo lo que pasa.

—Yo no lo sé todo —repuso Brenda, fingiendo estar indignada—. Y a pesar de lo que puedan haberte dicho de mí, no voy por ahí contando todo lo que sé. Si alguien me dice que guarde un secreto, lo hago. —Se llevó un dedo a la oreja y bajó la voz—. Sé algunas cosas de ciertas personas que te harían girar la cabeza como si necesitaras un exorcismo —prosiguió—, pero, si es una confidencia, soy una tumba.

—¿Me estás diciendo esto para que confíe en ti?

—Por supuesto —afirmó, mientras echaba un vistazo a su

alrededor y se inclinaba hacia Sarah por encima de la mesa—. Dispara. —Sarah sonrió y Brenda hizo un ademán con la mano que daba a entender que estaba bromeando—. Lo digo en broma. Y como somos compañeras de trabajo, en el futuro ten en cuenta que no me ofenderé si me dices que soy demasiado curiosa. A veces pregunto cosas sin pensar, pero no pretendo hacer daño a nadie. De veras.

—Gracias por avisarme —dijo Sarah, satisfecha con la conversación.

Brenda cogió su sándwich.

—Y puesto que eres nueva en la ciudad y no nos conocemos tan bien, no te preguntaré nada demasiado personal.

—Te lo agradezco.

—Además, no es asunto mío.

—Cierto.

Brenda hizo una pausa antes de dar un mordisco al sándwich.

—Pero si quieres hacerme alguna pregunta sobre alguien, puedes hacerlo tranquilamente.

—Vale —contestó Sarah.

—Me refiero a que sé qué es lo que sucede cuando una es nueva en un lugar y se siente como si estuviera viéndolo todo desde fuera.

—No lo pongo en duda.

Por un momento, ambas callaron.

—Entonces… —Brenda alargó la palabra con expectación.

—Entonces… —respondió Sarah, que sabía perfectamente lo que Brenda quería.

Volvió a hacerse el silencio.

—Entonces…, ¿hay algo que quieras saber de… alguien? —espetó Brenda.

—Humm… —murmuró Sarah, como si se lo estuviera pensando. Luego negó con la cabeza al tiempo que decía—: La verdad es que no.

—Oh —dijo Brenda, incapaz de ocultar su decepción.

Sarah sonrió al pensar en el alarde de sutileza de Brenda.

—Bueno, igual hay una persona de la que me gustaría saber algunas cosas.

A Brenda se le iluminó la cara.

—Ahora te escucho —dijo rápidamente—. ¿Qué quieres saber?

—Bueno, he estado pensando en... —Se interrumpió para dar un poco más de suspense, y Brenda la miró como un niño desenvolviendo su regalo de Navidad.

—¿En quién? —susurró Brenda en un tono rayano con la desesperación.

—Bueno... —Sarah echó un vistazo a su alrededor—. ¿Qué sabes de... Bob Bostrum?

Brenda se quedó boquiabierta.

—Bob..., ¿el conserje?

Sarah asintió.

—Es mono.

—Tiene setenta y cuatro años —dijo una Brenda que no daba crédito.

—¿Está casado? —preguntó Sarah.

—Lleva casado cincuenta años y tiene nueve hijos.

—Qué pena —comentó Sarah. Brenda seguía mirándola fijamente con ojos como platos, y Sarah sacudió la cabeza. Enseguida alzó la vista y miró a Brenda con picardía—. Bueno, supongo que entonces solo nos queda hablar de Miles Ryan. ¿Qué sabes de él?

Brenda tardó un rato en asimilar sus palabras, y después examinó a Sarah a conciencia.

—Si no te conociera, diría que me estás tomando el pelo.

Sarah le guiñó un ojo.

—No tienes que conocerme mejor: lo admito. Tomar el pelo a la gente es una de mis debilidades.

—Y no se te da nada mal. —Brenda hizo una breve pausa antes de sonreír—. Pues ahora que hablamos de Miles Ryan..., he oído decir que os habéis visto bastante últimamente. No solo después de las clases, sino también durante el fin de semana.

—Ya sabes que estoy dando clases particulares a Jonah, y me pidió que fuera a ver cómo juega al fútbol.

—¿Y ya está?

Como Sarah no respondió inmediatamente, Brenda siguió hablando, ahora con una mirada cómplice.

—Vamos a ver... qué te puedo contar de Miles: perdió a su

mujer hace pocos años en un accidente de tráfico en el que el conductor se dio a la fuga. Lo más triste que he visto en mi vida. Miles la quería muchísimo, y durante mucho tiempo tuvimos la impresión de que no volvería a ser el mismo. Era su novia desde el instituto. —Brenda hizo otra pausa y dejó su sándwich a un lado—. El conductor se escapó.

Sarah asintió. Ya había oído retazos de la historia.

—Fue muy duro, sobre todo porque es el ayudante del sheriff. Se lo tomó como un fracaso personal. El caso no se resolvió, y Miles además se sentía culpable, así que a partir de entonces se encerró en sí mismo.

Brenda juntó las manos al ver la expresión en la cara de Sarah.

—Sé que te parecerá horrible, y lo fue. Pero últimamente parece que vuelve a ser el mismo de siempre, como si se estuviera quitando el caparazón, y no puedo expresar cuánto me alegra ver que está mejor. Es un hombre maravilloso: amable, con mucha paciencia, y haría lo que fuera por sus amigos. Y lo más importante es que quiere con locura a su hijo. —Brenda se interrumpió como si estuviera indecisa.

—Pero… —dijo por fin Sarah.

Brenda se encogió de hombros.

—No hay ningún «pero», no es esa clase de hombre. Es un buen chico, y no lo digo porque me caiga bien. Le conozco hace mucho tiempo. Es uno de aquellos raros especímenes que, cuando ama a alguien, lo hace con todo su corazón.

Sarah asintió.

—Sí que es raro —comentó muy seria.

—Pero es cierto. Si llegáis a conoceros mejor, no olvides lo que te he dicho.

—¿Por qué?

Brenda desvió la mirada.

—Porque no soportaría que volvieran a hacerle daño.

Más tarde, Sarah se sorprendió pensando en Miles. Le había calado hondo saber que había gente que le apreciaba de veras. Y que no eran familiares, sino amigos.

Sabía que Miles había intentado invitarla a salir después

del partido de Jonah, por la forma de flirtear y acercarse a ella.

Pero, finalmente, no lo había hecho.

En ese momento le resultó divertido. Mientras conducía hacia el centro no pudo evitar reírse, pero no de él, sino de cómo se había complicado la vida. Miles lo había intentado, era evidente, pero por alguna razón no había podido decir lo que quería. Y ahora, después de haber hablado con Brenda, le pareció que lo entendía mejor.

Miles no la había invitado a salir porque no sabía cómo. En toda su vida adulta probablemente nunca había tenido que hacerlo: su mujer había sido su novia del instituto. Sarah no creía haber conocido a alguien así en Baltimore, un hombre de treinta y tantos años que nunca había invitado a una mujer a cenar o al cine. Curiosamente, lo encontró adorable.

Quizá también, admitió para sí misma, le resultaba reconfortante, porque ella no era tan distinta.

Había empezado a salir con Michael cuando tenía veintitrés, y con veintisiete ya estaba divorciada. Desde entonces había salido con muy pocos hombres, y el último había ido demasiado rápido. Después de esa experiencia, se había dicho a sí misma que todavía no estaba preparada para eso. Tal vez fuera cierto, pero los pocos ratos que últimamente había compartido con Miles Ryan le habían recordado lo sola que se había sentido en los últimos dos años.

Cuando estaba dando clase le resultaba fácil no pensar en ello. De pie ante la pizarra era capaz de concentrarse plenamente en sus alumnos, aquellas caritas que la miraban maravilladas. Había llegado a considerarlos como sus niños, y quería asegurarse de que tuvieran todas las oportunidades para poder triunfar en la vida.

Sin embargo, aquel día estaba excepcionalmente distraída, y cuando por fin sonó el timbre se quedó fuera hasta que Jonah se acercó a ella y le cogió la mano.

—¿Se encuentra bien, señorita Andrews? —preguntó.

—Sí, claro —respondió con aire ausente.

—No tiene buena cara.

Sarah sonrió.

—¿Has hablado con mi madre?

—¿Qué?

—Nada, cosas mías. ¿Estás listo para empezar?

—¿Tiene galletas?

—Claro.

—Pues vamos.

Al dirigirse hacia la clase, Sarah se dio cuenta de que Jonah seguía dándole la mano. Se la apretó con suavidad y él hizo lo mismo, con su manita completamente envuelta en la suya.

Sarah pensó que aquella muestra de afecto casi era suficiente para darle sentido a su vida.

Casi.

Cuando Jonah y Sarah salieron del colegio después de su clase particular, Miles esperaba como de costumbre apoyado en su coche, pero en esta ocasión apenas miró a Sarah cuando Jonah fue hacia él corriendo para darle un abrazo. Tras la rutina habitual, consistente en comentar cómo había ido el trabajo y la escuela, Jonah subió al coche sin que nadie se lo pidiera. Cuando Sarah se acercó a ellos, Miles desvió la mirada.

—¿Siempre pensando en la mejor manera de proteger al ciudadano, agente Ryan? Parece como si estuviera concentrado en salvar el mundo —bromeó Sarah.

Miles negó con la cabeza.

—No, solo estoy un poco preocupado.

—Se nota.

La verdad es que no había tenido un mal día, hasta que llegó el momento de volver a ver a Sarah. De camino hacia allí, en el coche, había ido rezando y deseando que ella hubiera olvidado el ridículo que había hecho la última vez que se habían visto, después del partido.

—¿Cómo le ha ido a Jonah? —preguntó mientras intentaba apartar de su mente aquel recuerdo.

—Muy bien. Mañana le daré un par de libros de ejercicios que parecen estar ayudándole mucho. Le indicaré las páginas que debe hacer.

—Preferiría que nos tuteáramos, si no le importa.

—Claro, yo también lo prefiero; puedes llamarme Sarah.

—Está bien, Sarah —respondió escuetamente. Al ver que le sonreía, empezó a moverse inquieto, mientras pensaba en lo guapa que estaba.

Y en la opinión que debía de tener de él.

Se metió las manos en los bolsillos.

—Me lo pasé muy bien en el partido —comentó Sarah.

—Me alegro.

—Jonah me ha preguntado si también iré a verlo la próxima vez. ¿No te importa?

—Para nada —contestó Miles—. Pero ahora mismo no recuerdo cuándo es el próximo partido, el calendario está en el frigorífico.

Sarah le lanzó una mirada inquisitiva, preguntándose por qué de repente parecía tan distante.

—Si prefieres que no vaya, solo tienes que decirlo.

—No, no, me parece bien. Si Jonah te lo ha pedido, por supuesto que deberías ir a verle jugar. Siempre que te apetezca, claro.

—¿Estás seguro?

—Sí. Mañana te diré a qué hora es el partido. —Y a continuación añadió, sin apenas darse cuenta—: Además, a mí también me gustaría que vinieras.

Miles no tenía previsto decir aquello, aunque no cabía duda de que le había salido de dentro. De nuevo se encontraba diciendo tonterías…

—¿De veras? —preguntó Sarah.

Miles tragó saliva.

—Sí —respondió Miles intentando no meter la pata—. Claro que me gustaría.

Sarah sonrió, mientras sentía una punzada de emoción en su interior.

—Entonces seguro que iré al partido. Pero tengo que comentarte una cosa…

«Oh, no…»

—¿De qué se trata?

Sarah lo miró a los ojos.

—¿Te acuerdas de que me preguntaste qué tal iba el ventilador?

Al oír la palabra «ventilador» volvió a revivir las sensaciones que le habían acosado durante todo el fin de semana, fue como si le hubieran dado un puñetazo en el estómago.

—Sí... —dijo con cierta aprensión.

—El viernes por la noche estoy libre, por si todavía te interesa.

Miles tardó un instante en asimilar el significado de aquellas palabras.

—Claro que me interesa —contestó, al tiempo que en su cara se dibujaba una amplia sonrisa.

Capítulo 9

*E*l jueves por la noche, cuando solo faltaban veinticuatro horas para el día D, como Miles había empezado a referirse mentalmente a aquella jornada, estaba tumbado en la cama al lado de su hijo, pasando las páginas de un libro del que cada uno leía un poco. Estaban recostados sobre la almohada, pero no se habían tapado con la manta. Jonah todavía tenía el pelo mojado, y Miles percibió el olor dulce del champú, pero también un aroma como de pureza, como si el baño hubiera limpiado algo más que la suciedad.

A mitad de la página que Miles estaba leyendo, Jonah de repente alzó la vista hacia él.

—¿Echas de menos a mamá?

Miles dejó el libro a un lado y rodeó a Jonah con un brazo. Habían pasado unos cuantos meses desde que el niño había hablado de Missy por última vez.

—Sí que la echo de menos —respondió.

Jonah hizo que dos de los camiones de bomberos dibujados en la tela de su pijama chocaran entre sí.

—¿Piensas en ella?

—Todo el tiempo —respondió.

—Yo también pienso en ella —dijo Jonah con voz suave—. A veces, cuando estoy en la cama… —Arrugó la frente al mirar a Miles—. Veo esas imágenes en mi cabeza… —dijo sin acabar la frase.

—¿Como una película?

—Algo así. Pero es más bien como si viera fotos, ¿sabes? Aunque no puedo verlas todo el tiempo.

Miles atrajo a su hijo hacia sí.

—¿Y eso te pone triste?

—No lo sé. A veces.

—No pasa nada por estar triste. A todo el mundo le pasa a veces. Hasta a mí.

—Pero tú ya eres grande.

—También nos pasa a los mayores.

Jonah parecía estar reflexionando sobre ello mientras volvía a hacer chocar los camiones de bomberos. La suave franela del pijama se estiraba y se encogía siguiendo un crujido rítmico.

—¿Papá?

—Dime.

—¿Vas a casarte con la señorita Andrews?

Miles arqueó las cejas.

—Pues la verdad es que no me lo he planteado —dijo con sinceridad.

—Pero vais a salir juntos, ¿no? ¿No quiere decir eso que os vais a casar?

Miles no tuvo más remedio que sonreír.

—¿Quién te ha dicho eso?

—Algunos de los niños más grandes. Dicen que las personas primero quedan para salir y luego se casan.

—Bueno —dijo Miles—, en parte tienen razón, pero no tiene por qué ser así. Que salgamos a cenar juntos no quiere decir que tengamos que casarnos. Solo significa que queremos hablar un rato para conocernos mejor. A los mayores a veces nos gusta hacer esas cosas.

—¿Por qué?

«Créeme, hijo, dentro de un par de años lo entenderás.»

—Porque sí. Es como… ¿sabes cuando juegas con tus amigos, y haces bromas, te ríes y te lo pasas tan bien? Pues lo mismo queremos hacer los mayores.

—Ah. —Jonah estaba más serio de lo que correspondía a un niño de siete años.

—¿Vais a hablar de mí?

—Igual un poquito. Pero no te preocupes, solo diremos cosas buenas.

—¿Como por ejemplo?

—Pues igual hablamos del partido de fútbol. O de lo bien que pescas. De lo listo que eres…

Jonah negó enérgicamente con la cabeza, mientras fruncía el ceño.

—Yo no soy listo.

—Claro que eres listo. Y mucho, la señorita Andrews está de acuerdo conmigo.

—Pero soy el único de la clase que se tiene que quedar después del timbre.

—Bueno, pero… no pasa nada. Cuando era pequeño yo también tenía que quedarme después de las clases.

Jonah pareció interesarse de repente.

—¿Ah, sí?

—Pues sí. Pero en mi caso no fue solo durante un par de meses, sino durante dos años.

—¿Dos años?

Miles asintió repetidamente para dar mas énfasis a sus palabras.

—Todos los días.

—Vaya, debías ser realmente tonto para tener que hacer tantas clases.

«No era eso lo que quería decir, pero, si te hace sentir mejor, no me importa.»

—Eres un hombrecito muy listo, nunca lo olvides, ¿vale?

—¿De verdad la señorita Andrews te dijo que soy listo?

—Me lo dice todos los días.

Jonah sonrió.

—Es muy simpática.

—A mí también me lo parece, y me alegro de que pienses así.

Jonah no dijo nada durante un rato, en el que se dedicó a hacer chocar los camiones de bomberos.

—¿Crees que es guapa? —preguntó, inocente.

«Por Dios, ¿de dónde viene todo esto?»

—Bueno…

—Yo sí —declaró Jonah mientras levantaba las rodillas para apoyar el libro en ellas y seguir leyendo—. A veces me recuerda a mamá.

Miles se quedó sin palabras.

Y

A Sarah le pasó lo mismo, aunque en un contexto completamente distinto. Tuvo que reflexionar durante unos instantes antes de encontrar la respuesta adecuada.

—No tengo ni idea, mamá. Nunca se lo he preguntado.

—Pero ¿es sheriff, verdad?

—Sí…, pero esas cosas no suelen salir en las conversaciones.

Su madre se había preguntado en voz alta si Miles habría disparado a alguien.

—Bueno, tengo curiosidad, ¿sabes? Con todos esos programas de televisión… y las noticias que se leen en los periódicos últimamente, no me sorprendería. Es un trabajo peligroso.

Sarah cerró los ojos como haciendo acopio de paciencia. Desde que había mencionado que iba a salir con Miles, su madre la llamaba un par de veces al día, para asediarla con preguntas que Sarah apenas sabía cómo responder.

—Se lo preguntaré para ti, ¿de acuerdo?

Su madre inhaló enérgicamente.

—¡Ni se te ocurra! Me odiaría si mi curiosidad de repente lo estropease todo.

—No hay nada que arruinar, mamá. Todavía ni siquiera hemos salido.

—Pero has dicho que era muy agradable, ¿verdad?

Sarah se restregó los ojos con aire cansado.

—Sí, mamá. Es muy agradable.

—Pues entonces recuerda lo importante que es causar una buena impresión en la primera cita.

—Ya lo sé, mamá.

—Y a ver qué te pones. Me da igual lo que digan las revistas, hay que vestir como una dama. Últimamente las chicas se ponen una ropa…

Mientras su madre seguía con su retahíla, Sarah contempló la posibilidad de colgar el teléfono, pero en lugar de eso decidió ver el correo. Facturas, publicidad, una solicitud para una tarjeta Visa… Absorta en su correspondencia, no se había percatado de que su madre había dejado de hablar y aparentemente estaba esperando que respondiera.

—Sí, mamá —contestó Sarah de forma automática.

—¿Me estás escuchando?

—Claro que te escucho.

—Entonces, ¿pasarás por casa?

«Creía que estábamos hablando de lo que debería ponerme...»

Sarah intentó imaginarse a qué se refería su madre.

—¿Te refieres a que os lo presente? —preguntó finalmente.

—Estoy segura de que a tu padre le encantaría conocerlo.

—Pues... no sé si nos dará tiempo.

—Pero si acabas de decir que todavía no sabes qué vais a hacer.

—Ya veremos, mamá, pero mejor no hagas ningún plan especial, porque no puedo asegurarte nada.

Al otro extremo de la línea se hizo un largo silencio.

—Vaya —se limitó a decir Maureen. Luego probó otra táctica distinta—: Solo pensaba que me gustaría tener la oportunidad de saludarlo.

Sarah volvió a concentrarse en el correo.

—No te lo puedo asegurar. Como tú misma has dicho, no me gustaría arruinar lo que sea que Miles tenga *in mente*. Lo comprendes, ¿verdad?

—Supongo que no me queda otro remedio —repuso obviamente decepcionada—. Pero si no podéis pasar, ¿me llamarás después para contarme qué tal ha ido?

—Sí, mamá, te llamaré.

—Espero que te lo pases muy bien.

—Lo haré.

—Pero tampoco demasiado...

—Ya sé a qué te estás refiriendo —dijo Sarah, interrumpiéndola.

—Me refiero a que es vuestra primera cita.

—Ya lo sé, mamá —dijo Sarah, esta vez de forma más tajante.

—Bueno..., pues muy bien. —Maureen parecía casi aliviada—. Entonces será mejor que cuelgue. A menos que quieras hablar de algo más.

—Pues no, creo que ya hemos dado un repaso a todo.

Sin embargo, después de decir eso, la conversación se prolongó inexplicablemente durante diez minutos más.

Aquella noche, cuando Jonah ya dormía, Miles introdujo una vieja cinta de vídeo y se dispuso a ver a Missy y Jonah jugueteando entre las olas cerca de Fort Macon. Jonah todavía era poco más que un bebé, no tenía ni tres años, y lo que más le gustaba era jugar con sus camiones en las carreteras que Missy modelaba para él con sus manos. Ella tenía veintiséis años y con aquel bikini azul parecía más bien una joven estudiante que la madre que era.

En la película, Missy hacía señas a Miles para que dejara a un lado la cámara y fuera a jugar con ellos, pero Miles se acordaba de que aquella mañana simplemente quería observarlos. Le gustaba verlos juntos y cómo se sentía al contemplarlos, consciente de que Missy amaba a Jonah de un modo que él nunca había experimentado. Los padres de Miles no eran tan cariñosos. Eran buenas personas, pero no se sentían cómodos al expresar sus sentimientos, ni siquiera respecto a su propio hijo; y cuando su madre murió y su padre se dedicó a viajar, tuvo la sensación de que nunca había llegado a conocerlos. A veces Miles se preguntaba si él se habría comportado del mismo modo de no haber entrado Missy en su vida.

Missy empezó a cavar un agujero con una palita de plástico a poca distancia de la orilla, pero luego empezó a usar las manos para acelerar el proceso. Sentada de rodillas estaba a la misma altura que Jonah, quien, al verla cavar, se puso a su lado para indicarle por señas cómo debía hacerlo, como un arquitecto en la primera fase de una obra. Missy le sonreía y hablaba con él, pero el constante rugido del mar sofocaba las voces, por lo que Miles no podía entender lo que decían. Del hoyo salían terrones de arena que se amontonaban alrededor de Missy a medida que seguía cavando. Ella, después de un rato, hizo señas a Jonah para que se metiera en él. Con las rodillas flexionadas hacia el pecho, el chico apenas cabía en el hoyo, y a continuación Missy empezó a rellenar el agujero con arena hasta nivelar la superficie alrededor del cuerpecito de Jonah. Al cabo de pocos minutos, Jonah estaba tapado hasta la altura del cuello, como una tortuga con cabecita de niño.

Missy siguió recubriendo con arena las manos y los dedos de Jonah; cada vez que movía los dedos, hacía que se derrumbara parte del caparazón de arena. Missy volvía a intentarlo. Cuando estaba acabando de cubrirlo todo de arena, Jonah volvió a moverse. Missy se echó a reír: cogió un motón de arena húmeda y se la puso encima de la cabeza, y entonces Jonah por fin se estuvo quieto. Ella se inclinó hacia su hijo y le besó, y Miles pudo leer en los labios de Jonah: «Te quiero, mami».

«Yo también», dijo ella. Como sabía que Jonah se estaría quieto un rato, Missy dirigió la atención a su marido.

Miles debió decirle algo, porque ella volvió a sonreír, pero las palabras seguían siendo ininteligibles. Detrás de Missy se veían unas pocas personas. Era el mes de mayo, una semana antes de que las hordas de bañistas llegaran en masa, y además era un día laborable, si no recordaba mal. Missy echó un vistazo a su alrededor y se puso en pie. Se llevó una mano a la cadera y la otra a la nuca, y le lanzó una mirada sensual y lasciva con los ojos entornados. Después dejó de posar, volvió a reírse como si estuviera avergonzada, y fue hacia él hasta darle un beso al objetivo de la cámara.

Y así terminaba el vídeo.

Aquellas grabaciones eran para Miles un tesoro. Las guardaba en una caja a prueba de incendios que había comprado después del funeral; las había visto decenas de veces. En ellas, Missy volvía a cobrar vida: podía ver cómo se movía y escuchar el sonido de su voz. Y, sobre todo, volver a oír su risa.

Jonah nunca las había visto. Miles no creía que supiera siquiera que existían, ya que era demasiado pequeño cuando se filmaron. Dejó de grabar vídeos tras la muerte de Missy, por la misma razón por la que había dejado de hacer otras cosas: le suponía demasiado esfuerzo. No quería recordar nada del periodo inmediatamente posterior a su fallecimiento.

No estaba seguro de por qué había sentido la necesidad de ver aquella cinta esa noche. Tal vez por el comentario que había hecho Jonah, o quizá tenía algo que ver el hecho de que al día siguiente pasaría algo nuevo en su vida, por primera vez en lo que se le antojaban siglos. Independientemente de lo que sucediera con Sarah en el futuro, algo estaba cambiando en él. Él estaba cambiando.

Pero ¿por qué le daba tanto miedo?

La pantalla parpadeante del televisor parecía sugerir una respuesta: tal vez se debiera a que nunca había llegado a averiguar lo que, realmente, le había pasado a Missy.

Capítulo 10

*E*l funeral de Missy Ryan se celebró un miércoles por la mañana en la iglesia episcopal situada en el centro de New Bern. La iglesia tenía capacidad para casi quinientas personas, pero no fue suficiente para todos los asistentes. Había gente de pie y algunos estaban apiñados en la puerta, presentando sus respetos desde donde podían.

Recuerdo que aquella mañana llovía. No era una lluvia fuerte, pero sí pertinaz, la típica lluvia de fin de verano que refresca la tierra y descarga por fin la humedad del ambiente. Había una neblina baja, etérea y fantasmagórica; en la calle empezaron a formarse charcos. Vi un desfile de paraguas negros avanzando lentamente, como si las personas que los sostenían estuvieran caminando en la nieve.

Vi a Miles Ryan sentado muy erguido en la primera fila de bancos de la iglesia. Sostenía la mano de Jonah, que solo tenía cinco años, y aunque ya podía comprender que su madre había muerto, no era lo bastante mayor para entender que nunca más volvería a verla. Más que triste parecía confuso. Su padre siguió sentado, lívido y con los labios fuertemente apretados, mientras cada uno de los asistentes se acercaba para darle la mano o un abrazo. Parecía que le costaba mirar a aquellas personas a la cara, pero no lloraba, ni tampoco se conmocionó. Di media vuelta y me dirigí a la parte posterior de la iglesia. No le dije nada.

Nunca olvidaré aquel olor, más bien hedor a madera vieja y a velas consumiéndose, que percibí al sentarme en la última fila. Alguien tocaba a la guitarra una melodía suave cerca del altar. Una señora se sentó a mi lado, y poco después llegó su marido. En la mano tenía un montón de pañuelos que utilizaba para enjugarse las comisuras de los párpados. Su marido apoyaba una mano en su rodilla, y tenía la boca fuertemente apretada. En el vestíbulo se oía el bullicio de la gente que seguía intentando entrar, pero la iglesia estaba en silencio, con excepción del llanto de los asistentes. Nadie hablaba; nadie parecía saber qué decir.

Entonces sentí que estaba a punto de devolver.

Luché por superar las náuseas, mientras notaba las perlas de sudor en la frente. Mis manos estaban húmedas y se me antojaron inútiles. No quería estar allí. No tenía que haber ido. Lo que deseaba era levantarme y salir de la iglesia.

Pero me quedé.

Cuando empezó el servicio, no conseguía concentrarme. Si alguien me preguntara qué dijo el reverendo, o el hermano de Missy en su panegírico, no sabría responder. Recuerdo, sin embargo, que las palabras no podían consolarme. Lo único que me venía a la mente es que Missy Ryan no debería haber muerto.

Una vez que hubo acabado el servicio, una larga procesión se dirigió al cementerio de Cedar Grove, escoltada por todos los sheriffs y agentes de policía del condado, o por lo menos eso me pareció. Esperé hasta que arrancaron todos los coches y después me uní a la fila, siguiendo al que iba justo delante de mí. Todos encendieron los faros, y yo les imité de forma automática, como un robot.

Mientras conducíamos, la lluvia arreció, y accioné los limpiaparabrisas para apartarla a los lados.

El cementerio estaba a pocos minutos de distancia en coche.

Los dolientes aparcaron y salieron abriendo los paraguas, sortearon los charcos y se congregaron en una misma dirección. Los seguí a ciegas y me quedé rezagado mientras la multitud se agolpaba alrededor de la tumba. Volví a ver a Miles y a Jonah, ambos con la cabeza gacha, empapados por la lluvia. Los portadores del féretro llegaron a la fosa, que estaba rodeada de ramos de flores.

Volví a pensar que no quería estar allí. No debería haber ido. No pertenecía a aquel lugar.

Pero había ido.

Impulsado por una obsesión, no había podido elegir. Tenía que ver a Miles; tenía que ver a Jonah.

En aquel momento supe que nuestras vidas habían quedado entrelazadas para siempre.

Tenía que estar allí, no había elección.

Yo era, después de todo, el conductor de aquel coche.

Capítulo 11

Aquel viernes trajo la primera brisa fresca del otoño. A primera hora de la mañana, una fina capa de escarcha cubría la hierba; la gente pudo ver el vaho de su aliento mientras se dirigían a sus coches para acudir al trabajo. Los robles, los cornejos y los magnolios todavía no habían iniciado el cambio paulatino a otros tonos anaranjados y encarnados, y ahora que el día tocaba a su fin, Sarah observó cómo se filtraba la luz del sol a través de las hojas, arrojando sombras en la acera.

Miles no tardaría en llegar, y Sarah había tenido presente su cita durante todo el día. Tenía tres mensajes en el contestador que indicaban que su madre tampoco podía dejar de pensar en ella, en opinión de Sarah de forma un tanto obsesiva; le parecía que había removido cielo y tierra en aquellas peroratas: «No te olvides de llevar una chaqueta, no vayas a pillar una neumonía, con este frío, ya se sabe…», así empezaba uno de los mensajes, y proseguía con una amplia oferta de consejos interesantes, que iban desde recomendarle que no usara demasiado maquillaje ni bisutería («para que no se lleve una impresión equivocada») a que comprobase que las medias no tenían carreras («No hay nada peor, ya lo sabes»). El segundo mensaje empezó retomando el hilo del primero, pero su voz denotaba cierta ansiedad, como si su madre supiera que no le quedaba demasiado tiempo para dispensarle la sabiduría que había acumulado con los años: «En cuanto a la chaqueta, me refería a algo elegante y ligero. Puede que haga un poco de frío, pero tienes que estar guapa. Haz lo que quieras, pero, por favor, ni se te ocurra ponerte aquel abrigo de color verde que te gusta tanto. Seguro que es muy calentito, pero es más feo que un pecado». Al oír la voz de su madre en el tercer mensaje, esta vez con un tono de auténtica desesperación mientras insistía en la importancia de leer el periódico «para que tengas algo de que hablar», Sarah apretó el botón para borrar mensajes sin molestarse en escuchar el resto.

Tenía que arreglarse para la cita.

Una hora después, Sarah vio por la ventana a Miles doblando la esquina con una caja alargada bajo el brazo. Se detuvo un instante, como para asegurarse de que la dirección era la correcta; luego abrió el portal y desapareció en su interior. Al oírle subir las escaleras, Sarah alisó la tela del vestido negro de noche, por el que le había costado tanto decidirse, y por fin abrió la puerta.

—Hola…, ¿llego tarde?

Sarah sonrió.

—No, justo a tiempo. Te he visto llegar.

Miles respiró hondo y dijo:

—Estás muy guapa.

—Gracias. —Sarah hizo un gesto señalando la caja—. ¿Eso es para mí?

Miles asintió mientras le tendía la caja. En su interior había seis rosas amarillas.

—Una por cada semana que has ayudado a Jonah.

—Qué amable —dijo con sinceridad—. Mi madre estará muy impresionada.

—¿Tu madre?

Sarah sonrió.

—Ya te contaré. Pasa, voy a buscar un jarrón para las flores.

Miles entró y echó un rápido vistazo al apartamento. Era muy bonito, más pequeño de lo que se había imaginado, pero sorprendentemente acogedor, y casi todos los muebles armonizaban a la perfección en el espacio disponible. Había un sofá con armazón de madera que parecía muy cómodo, unas mesitas auxiliares barnizadas como si fueran piezas de anticuario, y una mecedora en un rincón bajo una lámpara que parecía tener más de cien años; hasta la colcha de *patchwork* dispuesta en el respaldo de la mecedora parecía del siglo pasado.

Sarah fue a la cocina y abrió el armario de encima del fregadero, apartó un par de cuencos y sacó un pequeño florero de cristal que llenó de agua.

—Es un apartamento muy bonito —comentó Miles.

Sarah alzó la vista.

—Gracias. A mí también me gusta.

—¿Lo decoraste tú misma?

—Casi todo. Me traje algunas cosas de Baltimore, pero cuando descubrí las tiendas de antigüedades, decidí cambiarlo casi todo. Tenéis buenos anticuarios por aquí.

Miles acarició un antiguo buró situado al lado de la ventana, y después descorrió las cortinas para asomarse por la ventana.

—¿Te gusta vivir en el centro?

Sarah sacó unas tijeras de un cajón y empezó a cortar los tallos de las rosas.

—Sí, pero no te puedes imaginar lo ruidoso que es, a veces no me dejan dormir. Toda esa gente que sale de juerga hasta el amanecer, los gritos, las peleas… A veces me sorprende que pueda conciliar el sueño.

—Demasiado tranquilo, ¿eh?

Sarah dispuso una a una las flores en el jarrón.

—Es la primera vez que vivo en un sitio donde parece que la gente se va a la cama a las nueve. En cuanto se pone el sol es como una ciudad fantasma, pero supongo que eso facilita tu trabajo, ¿no?

—Para ser sincero, no me afecta en mi trabajo. Mi jurisdicción acaba en los límites de la ciudad, excepto en el caso de los avisos de desalojo. Normalmente trabajo en las afueras.

—¿Poniendo esos radares de control de velocidad típicos del sur? —bromeó Sarah.

Miles negó con la cabeza.

—Pues no, de eso se encarga la patrulla de tráfico.

—¿Pretendes decirme que en realidad no estás haciendo gran cosa?

—Exactamente —admitió—. Aparte de la enseñanza, no se me ocurre ningún trabajo menos exigente.

Sarah se echó a reír mientras colocaba el florero en el centro de la encimera.

—Son preciosas. Gracias. —Salió de la cocina y cogió el bolso—. ¿Adónde vamos?

—A la vuelta de la esquina hay un restaurante que se llama Harvey Mansion. Por cierto, hace un poco de frío, creo que es mejor que lleves una chaqueta —dijo Miles mirando el vestido sin mangas.

Sarah fue hacia el armario recordando las palabras de su madre, deseando no haber escuchado el contestador. Odiaba pasar frío, y ella era friolera por naturaleza. Pero, en lugar de elegir el abrigo verde que era tan caliente, escogió una fina chaqueta que combinaba con el vestido, pensando que su madre le daría su aprobación: muy elegante. Al ponérsela, Miles la miró como si tuviera ganas de decir algo y no se atreviera.

—¿Qué pasa? —preguntó Sarah mientras se ponía la chaqueta.

—Pues... que afuera hace frío. ¿Estás segura de que no prefieres algo que abrigue más?

—¿No te importa?

—¿Por qué iba a importarme?

Se cambió encantada de chaqueta (eligió el abrigo verde), y Miles la ayudó a ponérselo. Un instante después, tras cerrar la puerta con llave, bajaron las escaleras. En cuanto Sarah salió al aire libre, sintió el frío como si le quemaran las mejillas, y de forma instintiva sumergió las manos en los bolsillos.

—¿No crees que hace demasiado fresco para la otra chaqueta?

—Tenías razón —dijo Sarah, sonriendo agradecida—. Pero no me pega con el vestido.

—Prefiero que estés a gusto. Y además, me gusta cómo te queda.

A Sarah aquel comentario le encantó. «¡Toma ya, mamá!»

Empezaron a caminar, y tras unos cuantos pasos se sorprendió a sí misma (tanto como a Miles) al sacar una mano del bolsillo y agarrar el brazo de él.

—Bueno —empezó Sarah—, déjame que te hable de mi madre.

Y

Pocos minutos después, ya sentados a la mesa, Miles no pudo contener la risa.

—Parece genial.

—Para ti resulta fácil decir eso. No es tu madre.

—Es su manera de demostrarte que te quiere.

—Ya lo sé. Pero sería más sencillo si no se preocupara tanto. A veces pienso que lo hace aposta para volverme loca.

A pesar de su expresión de franca exasperación, Miles pensó que Sarah estaba radiante bajo la titilante luz de las velas.

El restaurante Harvey Mansion era uno de los mejores de la ciudad. En sus orígenes había sido una vivienda construida en la década de 1790, y se había convertido en un lugar popular para veladas románticas. Al reformarlo para su uso actual, los propietarios habían decidido mantener en lo posible la distribución original. Miles y Sarah fueron conducidos por una escalera en espiral hacia su mesa, que se encontraba en lo que debía haber sido la biblioteca. Era una estancia no demasiado grande con suelo de madera de roble rojo y un techo de estaño con un intrincado diseño, iluminada con una luz tenue. Dos de las paredes estaban recubiertas de estanterías de caoba en las que había cientos de libros; en la pared del fondo, la chimenea arrojaba un resplandor etéreo. Sarah y Miles se sentaron en un rincón al lado de la ventana. Había cinco mesas más. Sin embargo, aunque todas estaban ocupadas, solo se oían murmullos.

—Humm… Creo que tienes razón —dijo Miles—. Seguro que tu madre pasa las noches en vela pensando la mejor manera de torturarte.

—Creía que habías dicho que no la conocías.

Miles rio entre dientes.

—Bueno, por lo menos la tienes cerca. Como ya te dije cuando nos conocimos, ya casi no hablo con mi padre.

—¿Dónde está ahora?

—No tengo la menor idea. Me envió una postal hace un par de meses desde Charleston, pero no dice nada de quedarse allí. Normalmente no se queda en ningún sitio mucho tiempo, nunca llama, y rara vez viene a vernos. No nos hemos visto desde hace años.

—No puedo creerlo.

—Es así, pero, bueno, tampoco era el padre perfecto cuando yo era pequeño. Casi siempre tenía la impresión de que no le gustaba estar con nosotros.

—¿Nosotros?

—Me refiero a mi madre y a mí.

—¿No la quería?

—No tengo ni idea.

—Vamos, hombre…

—Lo digo en serio. Estaba embarazada cuando se casaron y, francamente, no me atrevería a decir que estaban hechos el uno para el otro. Tenían muchos altibajos: un día parecía que estaban locamente enamorados, y al siguiente mi madre tiraba su ropa por la ventana y le decía que no se atreviera a volver nunca. Cuando ella murió, mi padre se fue en cuanto pudo: dejó el trabajo, vendió la casa y se compró un barco, y me dijo que se iba a ver mundo. No tenía ni idea de navegar, pero afirmaba que aprendería con la práctica, y supongo que así ha sido.

Sarah arrugó el ceño.

—Suena un poco raro.

—No viniendo de él. Para serte sincero, no me sorprendió en absoluto, pero tendrías que conocerlo para comprenderlo. —Miles sacudió la cabeza como si estuviera disgustado.

—¿De qué murió tu madre? —preguntó Sarah suavemente.

Una expresión extraña, indescifrable, cruzó la cara de Miles, y Sarah se arrepintió de inmediato de haber sacado el tema. Se inclinó hacia él.

—Lo siento, he sido una maleducada. No debería haber preguntado.

—No pasa nada —dijo Miles en voz baja—. No me importa. Pasó hace mucho tiempo, y ya no me cuesta tanto hablar de ello, aunque hace años que no lo hago. No puedo acordarme de cuándo fue la última vez que alguien me preguntó por mi madre.

Miles tamborileó con los dedos sobre la mesa con aire ausente y después se irguió en su asiento. Habló como si se tra-

111

tara de alguien a quien no conocía, sin emoción. Sarah reconoció en su tono de voz el mismo que usaba ella para hablar de Michael.

—Mi madre empezó a tener molestias en el estómago. A veces los dolores no le dejaban dormir. En el fondo, creo que ella era consciente de la gravedad de su enfermedad, pero, cuando por fin fue a ver al médico, el cáncer se había extendido por el páncreas y el hígado. Ya no se podía hacer nada. Murió al cabo de menos de tres semanas.

—Lo siento —dijo Sarah, sin saber qué más decir.

—Yo también. Creo que te hubiera caído bien.

—Seguro que sí.

El camarero de su mesa los interrumpió para preguntarles qué deseaban tomar. Sarah y Miles cogieron la carta al mismo tiempo y las leyeron rápidamente.

—¿Qué me recomiendas? —preguntó Sarah.

—La verdad es que todo está bueno.

—¿Nada especial?

—Creo que yo pediré un filete.

—¿Por qué no me sorprende?

Miles alzó la vista.

—¿Tienes algo contra los filetes?

—En absoluto. Es solo que no me parecías de esos que piden ensalada y tofu. —Sarah cerró la carta—. Yo, en cambio, tengo que cuidar mi figura.

—¿Qué vas a pedir?

Sarah sonrió.

—Un filete.

Miles también cerró la carta y la apartó a un lado.

—Ahora que ya te he contado mi vida, ¿por qué no me explicas algo de la tuya? ¿Cómo era tu familia cuando eras niña?

Sarah dejó la carta encima de la de Miles.

—Justo lo contrario de la tuya: eran los padres perfectos. Vivíamos en un barrio residencial a las afueras de Baltimore, en una de esas casas típicas de cuatro habitaciones, dos baños, un porche, jardín y una valla blanca de madera. Iba al colegio en el autobús acompañada por los vecinos, jugaba en el patio delantero todo el fin de semana, y tenía la mejor colección de Barbies de toda la manzana. Mi padre llevaba traje todos los días y trabajaba de nueve a cinco; mi madre se quedaba en casa, y creo que nunca la vi sin delantal. Y nuestra casa siempre olía como una pastelería. Mi madre hacía galletas todos los días para mi hermano y para mí, y mientras merendábamos en la cocina le contábamos lo que habíamos aprendido ese día.

—Suena bien.

—Pues sí. Mi madre era fantástica cuando éramos pequeños. Era la típica madre a la que acudían los otros niños si se hacían daño o se metían en líos. Pero cuando nos hicimos mayores empezó a volverse neurótica.

Miles arqueó las cejas.

—¿Eso quiere decir que ha cambiado, o que ya era una neurótica pero que vosotros erais demasiado pequeños para daros cuenta?

—Hablas como Sylvia.

—¿Sylvia?

—Una amiga mía —respondió de forma evasiva—, una buena amiga.

Miles no dio muestras de haber percibido el momento de vacilación, si es que lo había advertido.

El camarero trajo las bebidas y les tomó nota. En cuanto se fue, él se inclinó hacia delante para acercar su cara a la de Sarah.

—¿Cómo es tu hermano?

—¿Brian? Es muy majo. Te aseguro que es más maduro que la mayoría de la gente con la que trabajo. Pero es tímido y no se le da muy bien hacer amigos. Tiene tendencia a la introspección, pero cuando estamos juntos conectamos igual que siempre. Esa es una de las razones por las que me mudé aquí. Quería pasar tiempo con él antes de que empezara sus estudios en la Universidad de Carolina del Norte.

Miles asintió.

—Entonces es mucho más joven que tú —comentó Miles, y Sarah alzó la vista para mirarlo a los ojos.

—Tampoco mucho más joven.

—Bueno…, lo suficiente. ¿Cuántos tienes, cuarenta? ¿Cuarenta y cinco? —dijo imitando a Sarah en su primer encuentro.

Se echó a reír.

—Parece que contigo una tiene que estar siempre alerta.

—Estoy seguro de que se lo dices a todos los hombres con los que sales.

—La verdad es que he perdido la práctica. No he salido con nadie desde que me divorcié.

Miles dejó la bebida en la mesa.

—¿Me estás tomando el pelo?

—No.

—¿Una chica como tú? Estoy seguro de que te invitan a salir continuamente.

—Eso no quiere decir que acepte.

—¿Jugando a hacerte la dura? —bromeó Miles.

—No. Pero no quiero hacer daño a nadie.

—O sea, que eres una rompecorazones, ¿no?

Sarah no respondió inmediatamente, sino que bajó la vista hacia la mesa.

—No, no lo soy —respondió en voz baja—. Más bien me lo rompieron a mí.

Aquellas palabras le sorprendieron. Miles buscó una respuesta reconfortante, pero al ver la expresión de la cara de Sarah, decidió guardar silencio. Durante unos instantes, ella pareció sumida en su propio mundo. Al final, miró a Miles con una sonrisa casi avergonzada.

—Perdona. Creo que he estropeado la velada, ¿no?

—En absoluto —respondió Miles rápidamente al tiempo que cogía la mano de Sarah y la apretaba con suavidad—. Para que lo sepas, no es tan fácil influir en mi estado de ánimo —prosiguió—. Bueno, igual si me tiraras tu bebida a la cara y me llamaras sinvergüenza...

A pesar de la evidente tensión del momento, Sarah se rio.

—¿Eso sí te molestaría? —preguntó, ahora relajada.

—Probablemente —contestó Miles con un guiño—. Pero, considerando que es nuestra primera cita, podría incluso dejarlo pasar.

Eran las diez y media cuando acabaron de cenar. Cuando salieron del restaurante, Sarah tenía claro que no quería dar por terminada la velada. La cena había sido fantástica, la conversación había fluido libremente con ayuda de una botella de un vino tinto excelente. Quería pasar más tiempo con Miles, pero no estaba preparada para invitarle a subir a su apartamento. Tras ellos, a pocos metros, se oía el ruido amortiguado del motor de un coche al enfriarse.

—¿Te gustaría ir a La Taberna? —propuso Miles—. No está muy lejos.

Sarah asintió y se acurrucó en su abrigo mientras caminaban sin prisa por la acera, muy cerca uno del otro. Las calles estaban desiertas. Pasaron por galerías de arte y tiendas de antigüedades, una inmobiliaria, una pastelería, una librería. Sarah pensó que no parecía haber nada abierto.

—¿Dónde está ese local exactamente?

—Es por aquí —dijo Miles haciendo un gesto con el brazo—. Está a la vuelta de la esquina.

—Nunca he oído hablar de ese bar.

—No me extraña. Es un garito local, y el dueño opina que, si uno no conoce su bar, eso es porque seguramente no es su sitio.

—¿Y cómo sobreviven?

—Se las apañan bien—respondió Miles de forma críptica.

Un minuto después doblaban la esquina. Aunque se veían varios coches aparcados, no había señales de vida. Resultaba casi inquietante. A media altura de la manzana, Miles se detuvo en un estrecho callejón entre dos edificios, uno de los cuales parecía estar abandonado. Al fondo, a unos diez metros de la entrada del callejón, vieron una bombilla solitaria que colgaba torcida.

—Aquí es —dijo Miles.

Sarah vaciló y Miles la cogió de la mano para conducirla al fondo del callejón hasta detenerse bajo la bombilla. Encima de la puerta combada podía leerse el nombre del local, escrito con rotulador. Sarah escuchó la música que procedía de su interior.

—Impresionante —comentó.

—Para ti, solo lo mejor.

—¿Estoy detectando cierto sarcasmo en tu voz?

Miles se rio mientras empujaba la puerta y acompañaba a Sarah adentro.

La Taberna estaba dentro del edificio que parecía estar

abandonado, y era un local sombrío y con un leve olor a madera mohosa, pero increíblemente grande. En el fondo había cuatro mesas de billar bajo anuncios luminosos de diferentes marcas de cerveza. En la pared más alejada de la entrada se extendía una larga barra, y flanqueando la puerta vio una vieja máquina de discos. El espacio restante estaba ocupado por una docena de mesas dispuestas sin orden ni concierto. El suelo era de hormigón y las sillas de madera eran todas distintas, pero eso no parecía tener importancia.

Estaba abarrotado de gente.

La gente se amontonaba alrededor de la barra y las mesas, y los billares atraían a varios grupos de personas; dos mujeres muy maquilladas y vestidas con ropa muy ajustada estaban ante la máquina de discos y se balanceaban al ritmo de la música mientras leían los títulos de las canciones en busca del siguiente tema.

Miles miró a Sarah con aire divertido.

—Sorprendente, ¿a que sí?

—Si no lo veo, no lo creo. Está abarrotado.

—Siempre está lleno el fin de semana. —Miles buscó con la mirada un lugar libre donde sentarse.

—Hay sitio al fondo… —propuso Sarah.

—Es para la gente que juega al billar.

—¿Te gustaría jugar?

—¿Al billar?

—¿Por qué no? Hay una mesa libre. Y seguramente no hay tanto ruido.

—De acuerdo. Voy a decírselo al camarero. ¿Quieres tomar algo?

—Una cerveza Coors light, si tienen.

—Seguro que sí. ¿Me esperas en la mesa?

Dicho esto, Miles se dirigió a la barra abriéndose paso a través de la multitud. Encastado entre dos taburetes, alzó la mano para llamar la atención del camarero. Seguramente tardaría un buen rato en conseguir las bebidas, en vista de toda la gente que estaba esperando.

Hacía calor, y Sarah se quitó el abrigo. Mientras lo plegaba para llevarlo debajo del brazo, oyó abrirse la puerta tras ella. Miró por encima del hombro y se hizo a un lado para dejar pasar a dos hombres. El primero lucía tatuajes, llevaba el pelo largo y tenía un aspecto amenazador; el segundo vestía unos pantalones vaqueros y un polo, y no se le parecía en nada. Sarah se preguntó qué podrían tener en común.

Al verlos más de cerca, Sarah decidió que el segundo en entrar era el que más le impresionaba. Había algo en la expresión de su rostro, en su manera de moverse, que le hacía parecer infinitamente más peligroso.

Agradeció que el primero de los dos hombres que pasó a su lado no se fijara en ella. Pero el segundo se detuvo al acercarse, y Sarah notó que la atravesaba con la mirada.

—No te había visto nunca por aquí. ¿Cómo te llamas? —dijo de repente.

Sarah sintió cómo la examinaba con su fría mirada.

—Sylvia —mintió.

—¿Puedo invitarte a una copa?

—No, gracias —respondió, acompañando la negativa con un movimiento de cabeza.

—¿Quieres sentarte con mi hermano y conmigo?

—He venido acompañada.

—No veo a nadie.

—Está en la barra.

—¡Vamos, Otis! —gritó el hombre tatuado. Otis ignoró la llamada, con la mirada todavía clavada en Sarah—. ¿Estás segura de que no quieres tomar algo con nosotros, Sylvia?

—Segurísima.

—¿Por qué no? —preguntó, insistente. Por alguna razón, a pesar de que el hombre le habló en un tono tranquilo, incluso educado, Sarah pudo percibir el enojo que encubrían sus palabras.

—Ya te lo he dicho, he venido con alguien —repitió Sarah mientras daba un paso atrás.

—¡Venga, Otis! ¡Necesito una copa!

Otis Timson miró en la dirección de donde venían los gritos, y luego volvió a mirar a Sarah y sonrió, como si estuvieran en un cóctel en lugar de en un antro.

—Estaremos por aquí un rato, por si cambias de opinión, Sylvia —dijo suavemente.

En cuanto Otis se fue, Sarah exhaló un suspiro de alivio y

117

sorteó la multitud para dirigirse a las mesas de billar, deseosa de alejarse lo más posible de él. Cuando por fin llegó a los billares, dejó el abrigo en una de las sillas libres, y Miles llegó enseguida con las cervezas. Le bastó una mirada para darse cuenta de que había pasado algo.

—¿Qué te ha pasado? —preguntó mientras le ofrecía una cerveza.

—Un idiota que quería ligar conmigo. Me ha puesto los pelos de punta. Ya no me acordaba de cómo son estos sitios.

Miles tenía ahora una expresión sombría en la cara.

—¿Te ha hecho algo?

—Nada que no pudiera resolver yo solita.

Miles analizó la respuesta.

—¿Estás segura?

Sarah vaciló.

—Sí, segurísima —afirmó finalmente. Luego, conmovida por su preocupación, hizo chocar su cerveza contra la de Miles para brindar, acompañando el gesto con un guiño, y apartó el incidente de su cabeza—. Bueno, ¿quieres hacer la piña o prefieres que lo haga yo?

Miles se quitó la chaqueta, se remangó y eligió dos tacos de entre el montón que había apoyado en la pared.

—Las normas son bastante fáciles —empezó a explicar Miles—. Las bolas del uno al siete son lisas, y del nueve al quince rayadas.

—Ya lo sé —dijo Sarah, sacudiendo una mano.

Miles la miró sorprendido.

—¿Ya sabes jugar?

—Creo que todo el mundo ha jugado alguna vez.

Miles le dio un taco.

—Pues entonces a qué esperamos. ¿Quieres empezar tú, o empiezo yo?

—Cuando quieras.

Sarah observó cómo Miles iba hacia la cabecera de la mesa mientras entizaba el taco. A continuación, se inclinó hacia delante, puso la mano en posición, echó hacia atrás el taco y golpeó la bola limpiamente. Se oyó un fuerte ruido seco y las bolas salieron despedidas en todas direcciones; la cuatro se deslizó hacia la tronera y desapareció de la vista.

Miles alzó la vista.

—Me tocan lisas.

Después examinó la mesa para decidir cuál sería su próximo objetivo, y en ese momento Sarah volvió a sorprenderse a sí misma pensando cuán distinto era de Michael, que no jugaba al billar, y que, a buen seguro, nunca habría llevado a Sarah a un lugar semejante. No se habría sentido cómodo y tampoco habría encajado en ese ambiente, en la misma medida en que Miles no se podría adaptar al mundo que había frecuentado Sarah en el pasado.

Ahora que lo veía sin chaqueta, con la camisa remangada, Sarah no tuvo más remedio que admitir que se sentía atraída por él. A diferencia de muchos hombres aficionados a beber demasiada cerveza con pizza para cenar, Miles era casi flaco. No tenía cara de artista de cine, pero sí una cintura estrecha, nada de barriga, y unos hombros anchos que hacían que se sintiera protegida. Pero había algo más, algo en sus ojos y en la expresión de su cara que era un reflejo de las dificultades a las que había tenido que enfrentarse en los dos últimos años, y que ella veía en sí misma al mirarse en el espejo.

La máquina de discos calló durante un breve instante, y enseguida volvió a sonar, esta vez con *Born in the USA*, de Bruce Springsteen. El ambiente estaba cargado con el humo del tabaco, a pesar de los ventiladores instalados en el techo que no dejaban de girar sobre sus cabezas. Sarah oía el murmullo sordo de las risas y las bromas de las personas a su alrededor, pero cuando miraba a Miles casi parecía que estaban a solas. Miles golpeó de nuevo la bola.

Echó un vistazo a la mesa con mirada de experto mientras las bolas se movían. Fue hacia el otro lado de la mesa y volvió a hacer un tiro, pero esta vez falló. Al ver que era su turno, Sarah dejó la cerveza a un lado y cogió el taco. Miles le ofreció la tiza.

—Tienes una bola fácil en línea —dijo señalando con la cabeza hacia la esquina de la mesa—. Justo al lado de la tronera.

—Ya lo veo —respondió Sarah mientras entizaba el taco y luego lo dejaba a un lado. Examinó la mesa, pero no se preparó

119

para tirar inmediatamente. Como si hubiera percibido su vacilación, Miles apoyó el taco en uno de los taburetes.

—¿Quieres que te enseñe cómo se debe colocar la mano? —preguntó con el mejor de los ánimos.

—Vale.

—Haz un círculo con el dedo índice, así, y apoya los otros tres dedos en la mesa. —Hizo una demostración con la mano sobre la mesa.

—¿Así? —preguntó Sarah mientras lo imitaba.

—Casi… —Miles se acercó, y en cuanto le tocó la mano, inclinándose con delicadeza sobre ella, Sarah sintió un sobresalto, como una descarga procedente de su estómago que se propagaba por todo su ser. Notó el calor de las manos de Miles al colocarle los dedos en la posición correcta. A pesar del humo y del ambiente viciado, Sarah pudo oler la loción que usaba Miles después de afeitarse, un aroma limpio y masculino.

—No, tienes que apretar más el dedo, para que el taco no baile y no pierdas el control del tiro.

—¿Así mejor? —volvió a preguntar, mientras pensaba que le encantaba sentirle tan cerca.

—Mucho mejor —contestó Miles con seriedad, ajeno a los pensamientos de Sarah. Se apartó de ella para dejarle espacio—. Cuando vayas a tirar, empieza despacio e intenta mantener el taco recto y firme al golpear la bola. Y no olvides que no necesitas demasiada fuerza. La bola está justo en el borde y no quieres que salga disparada de la mesa.

Sarah siguió sus indicaciones. El tiro fue perfecto, y tal como había predicho Miles, la bola nueve entró en la tronera. La blanca se detuvo cerca del centro de la mesa.

—Muy bien —comentó Miles, y con un gesto señaló otra bola—. Ahora podrías meter la catorce.

—¿De veras?

—Sí, ahí mismo. Solo tienes que apuntar y hacer lo mismo que antes.

Sarah se tomó su tiempo antes de tirar, metió la catorce, y la blanca se deslizó hacia el lugar perfecto para realizar el siguiente tiro. Miles la miró con los ojos abiertos de asombro. Sarah alzó la vista hacia él, deseando que volviera a acercársele.

—No me ha salido tan bien como la primera vez —comentó—. ¿Te importaría volver a enseñarme cómo se hace?

—No, en absoluto —contestó Miles de inmediato.

Volvió a inclinarse sobre ella y colocó correctamente su mano sobre la mesa; Sarah percibió de nuevo su olor, y volvió a sentir la descarga, aunque esta vez no era la única; Miles parecía notarlo también y permaneció más tiempo del necesario junto a ella. Había algo excitante y arriesgado en aquel contacto, algo… fantástico. Miles respiró hondo.

—Vuelve a intentarlo ahora —dijo por fin apartándose de ella, como si necesitara un poco de espacio.

La bola once entró con un golpe decidido.

—Creo que ya lo has pillado —comentó Miles, mientras recuperaba su cerveza.

Sarah se movió alrededor de la mesa para preparar el siguiente tiro.

Miles observaba cómo se movía, apreciando cada detalle: su forma de caminar, las curvas suaves de su cuerpo cuando se disponía a tirar, la piel tan tersa que casi parecía irreal. Cuando Sarah se pasó la mano por el pelo para recogerse un mechón detrás de la oreja, Miles dio un trago a su cerveza y se preguntó cómo era posible que su exmarido la hubiera dejado. Seguramente debía tratarse de un idiota, o ser ciego, o ambas cosas a un tiempo. La bola doce entró en la tronera. «Lleva un buen ritmo», pensó, intentando volver a concentrarse en el juego.

Durante los siguientes minutos, Sarah hizo que sus tiros parecieran fáciles. La bola diez recorrió toda la banda hasta entrar en la tronera.

Apoyado en la pared con las piernas cruzadas, Miles daba vueltas a su taco y esperaba.

La bola trece entró en la tronera lateral con un golpecito.

Al presenciar aquel tiro, Miles arrugó un poco la frente. «Qué raro que no haya fallado ni un tiro…»

La bola quince siguió a la trece enseguida, con un tiro por banda que solo podía describirse como un golpe de suerte, y Miles luchó por reprimir las ganas de buscar en su chaqueta el paquete de cigarrillos.

Solo quedaba la bola ocho, y Sarah se apartó de la mesa y cogió la tiza.

—Tengo que ir a por la ocho, ¿no? —preguntó.

Miles cambió de postura inquieto.

—Sí, pero tienes qué elegir la tronera.

—Vale —dijo Sarah mientras se movía alrededor de la mesa hasta darle la espalda, para finalmente señalar una tronera con el taco—. Creo que intentaré meterla en la tronera del rincón.

Era un tiro largo que requería efecto, factible, pero difícil. Sarah se inclinó sobre la mesa.

—Procura no fallar —comentó Miles—, en ese caso ganaría yo.

—No fallaré —susurró para sí misma.

Sarah tiró haciendo entrar la bola ocho, y después se volvió hacia Miles con una sonrisa de satisfacción en la cara.

—¡Increíble! ¿Has visto eso?

Miles seguía con la mirada fija en la tronera.

—Buen tiro —dijo en un tono de incredulidad.

—La suerte del principiante —respondió Sarah quitándole importancia—. ¿Quieres jugar otra?

—Supongo que sí… —respondió indeciso—. Has jugado muy bien.

—Gracias.

Miles acabó la cerveza antes de volver a colocar las bolas en el triángulo. Tras el primer tiro coló una bola, pero falló el segundo tiro.

Sarah se encogió de hombros con aire compasivo antes de empezar, y después procedió a meter todas las bolas una tras otra, sin fallar ni una vez. Cuando acabó, Miles seguía mirándola fijamente desde la pared en la que estaba apoyado; había dejado el taco a un lado a mitad de la partida y había pedido dos cervezas más a una camarera.

—Creo que me has tomado el pelo —soltó Miles con complicidad.

—Creo que tienes razón —respondió Sarah mientras se acercaba a él—. Pero por lo menos no habíamos apostado nada. De haber una apuesta de por medio, no habría hecho que pareciera tan fácil.

Miles sacudió la cabeza con incredulidad.

—¿Dónde aprendiste a jugar?

—Con mi padre. Teníamos una mesa en casa y jugábamos continuamente.

—¿Por qué has dejado que haga el ridículo al intentar enseñarte cómo se tira?

—Bueno…, parecía que tenías tantas ganas de ayudarme que no quería herir tus sentimientos.

—Vaya, muy atento por tu parte. —Miles le dio una cerveza, y cuando Sarah fue a cogerla, sus dedos se rozaron. Miles tragó saliva.

«Demonios, qué guapa es. De cerca aún más.»

Antes de que le diera tiempo a regodearse en ese pensamiento, oyó un poco de jaleo detrás de él. Miles se volvió hacia la dirección de donde venía el ruido.

—¿Cómo le va, agente Ryan?

Al oír la pregunta de Otis Timson, Miles se puso en tensión de forma automática. El hermano de Otis estaba de pie tras él, con una cerveza en la mano y los ojos vidriosos. Otis saludó a Sarah con sorna, y ella se apartó todo lo que pudo de Otis, y se acercó a Miles.

—¿Y tú qué tal? Me alegro de volver a verte.

Miles siguió la mirada de Otis y vio que se posaba en Sarah.

—Es el tipo del que te hablé antes —susurró.

Otis alzó las cejas, pero no dijo nada.

—¿Qué diablos quieres, Otis? —dijo Miles con cautela, recordando las palabras de Charlie.

—No quiero nada —respondió Otis—. Solo quería saludar.

Miles dio media vuelta.

—¿Te apetece ir a la barra? —preguntó a Sarah.

—Claro.

—Id tranquilos. No quiero estropear tu cita —dijo Otis—. Es una chica muy guapa —añadió—. Parece que ya has encontrado a alguien.

Miles dio un respingo. Sarah se dio cuenta de lo hiriente de aquel comentario. Él entreabrió la boca para responder; sin embargo, no dijo nada. Cerró los puños, pero se limitó a respirar hondo y se volvió hacia Sarah.

—Vamos —dijo en un tono que dejaba traslucir una rabia que Sarah nunca antes había notado en él.

123

—Por cierto —añadió Otis—. ¿Te acuerdas de lo de Harvey? No te preocupes demasiado. Le pedí que no fuera tan duro contigo.

La multitud, oliendo la pelea, empezó a formar un corrillo. Miles miró fijamente a Otis, quien le devolvió la mirada sin inmutarse. El hermano de Otis se había colocado a un lado, como si se estuviera preparando para intervenir en caso necesario.

—Vámonos —insistió Sarah enérgicamente para evitar que la situación se fuera de las manos. Cogió a Miles del brazo y tiró de él—. Vamos…, por favor, Miles —suplicó.

Eso bastó para llamar su atención. Sarah recogió las chaquetas y se las guardó bajo el brazo mientras arrastraba a Miles a través del gentío. La gente se apartaba al verlos pasar, y un minuto después ya estaban fuera. Miles se liberó bruscamente de la mano que le llevaba del brazo, furioso con Otis y también enfadado consigo mismo por haber estado a punto de perder el control, y salió del callejón con paso airado. Sarah le seguía a pocos pasos de distancia, pero se detuvo para ponerse la chaqueta.

—Miles…, espera…

Las palabras tardaron un poco en hacer efecto, pero él por fin se paró en seco y se quedó mirando el suelo. Cuando Sarah se acercó con su chaqueta, Miles pareció no darse cuenta.

—Siento lo que ha pasado —dijo sin poder mirarla a los ojos.

—No has hecho nada malo, Miles. —Al ver que no respondía, Sarah se acercó a él—. ¿Te encuentras bien? —preguntó con voz suave.

—Sí…, estoy bien. —Habló en un tono tan bajo que apenas pudo oírlo. Por un instante, le recordó exactamente a Jonah cuando le ponía muchos deberes.

—Pues no lo parece —respondió Sarah—. La verdad es que tienes un aspecto horroroso.

Aunque estaba furioso, no pudo evitar reírse por lo bajo.

—Muchas gracias.

Pasó un coche buscando aparcamiento. El conductor arrojó un cigarrillo que se coló por la alcantarilla. Hacía frío, demasiado para estar quietos. Miles cogió su chaqueta y se la puso.

Sin más palabras, empezaron a caminar. Al llegar a la esquina, Sarah rompió el silencio.

—¿Puedo preguntarte de qué iba todo eso?

Después de unos minutos, Miles solo se encogió de hombros.

—Es una larga historia.

—Las historias suelen ser largas.

Siguieron caminando. El único ruido que se oía era el de sus pasos resonando en la calle.

—Tenemos algo pendiente —dijo por fin Miles—. Y no es precisamente algo bonito.

—Eso lo he pillado. No soy corta del todo, ¿sabes?

Miles no respondió.

—Mira, si prefieres no hablar de ello…

Al decir esto, Miles podía haberse callado, y estuvo a punto de hacerlo. En cambio, se metió las manos en los bolsillos y cerró los ojos un largo momento. Después empezó a contarle a Sarah todo lo que había pasado: todas las veces que le había detenido, el vandalismo, el corte en la mejilla de Jonah, hasta llegar al último arresto y la advertencia de Charlie. Mientras Miles hablaba, recorrieron a la inversa el camino hacia el centro, pasaron por los comercios cerrados y la iglesia episcopal, hasta cruzar la calle Front Street en dirección al parque situado en Union Point. Sarah se limitó a escuchar en silencio. Cuando Miles dejó de hablar, alzó la vista hacia él.

—Siento haber intentado detenerte —dijo en voz baja—. Debía haber permitido que le hicieras papilla.

—No, me alegro de que lo hicieras. No vale la pena.

Pasaron por el llamado Club de las Damas, lo que antes fuera un pintoresco lugar de encuentro, aunque ahora hacía tiempo que estaba abandonado, y las ruinas del edificio parecían invitar al silencio, casi como un cementerio. Las inundaciones producidas por el río Neuse a lo largo de los años lo habían hecho inhabitable, excepto para algunas aves y otros representantes de la vida salvaje.

Al acercarse a la orilla del río, Miles y Sarah se detuvieron para observar las aguas color alquitrán del Neuse que discurrían lentamente ante ellos. El agua chocaba contra las rocas arcillosas de la orilla con un ritmo constante.

—Háblame de Missy —dijo Sarah, rompiendo finalmente el silencio.

—¿Missy?

—Me gustaría saber cómo era —dijo con sinceridad—. Forma parte de ti, pero no sé nada de ella.

Después de unos momentos, Miles sacudió la cabeza.

—No sé por dónde empezar.

—Por ejemplo…, ¿qué es lo que más echas de menos de ella?

Al otro lado del río, a una milla de distancia, Miles observaba las luces titilantes de los porches, los brillantes puntitos que parecían suspendidos en el aire como las luciérnagas en las cálidas noches de verano.

—Echo de menos su compañía —empezó a decir—. Encontrarla cuando vuelvo del trabajo, despertar a su lado, verla en la cocina, o afuera, en el patio, o donde sea. Aunque no tuviéramos mucho tiempo, era una sensación muy especial saber que ella siempre estaba allí cuando la necesitaba. Y así era. Llevábamos casados lo suficiente como para haber pasado por todas esas fases típicas del matrimonio: buenos tiempos, otros no tan buenos, a veces incluso temporadas horribles, y nos habíamos acostumbrado a una rutina que funcionaba para ambos. Éramos unos críos cuando empezamos a salir, y conocíamos a mucha gente que se habían casado más o menos al mismo tiempo que nosotros. Después de siete años, muchos de nuestros amigos se habían divorciado y algunos incluso se habían casado de nuevo. —Se volvió para mirar a Sarah—. Pero nosotros lo habíamos conseguido, ¿sabes? Cuando miro atrás, me siento orgulloso porque sé lo difícil que es. Nunca me arrepentí de haberme casado con ella. Nunca.

Miles se aclaró la voz.

—Pasábamos horas hablando de cualquier cosa; o de nada. En realidad no importaba el tema. A ella le encantaba leer y solía hablarme de los libros que tenía entre manos, de una manera que me entraban ganas a mí también de leer. Recuerdo que solía leer en la cama, y si me despertaba en mitad de la noche a veces la veía profundamente dormida con el libro en la mesita de noche y la luz todavía encendida. Tenía que levantarme de la cama para apagarla. Cuando nació Jonah pasaba aún más a menudo, porque siempre estaba cansada, pero ella actuaba como si no lo estuviera. Era una madre maravillosa. Recuerdo que cuando Jonah empezó a intentar caminar apenas tenía siete meses; era demasiado pronto, todavía ni siquiera gateaba, pero ya quería caminar. Missy se pasó semanas caminando con él por toda la casa con la espalda inclinada para poder cogerle de las manos, solo para darle gusto. Por la noche le dolía tanto la espalda que, si no le daba un masaje, se sentía incapaz de moverse al día siguiente. Pero, ¿sabes...?

Hizo una pausa para mirar a Sarah a los ojos.

—Nunca se quejaba. Creo que era su vocación. Solía decirme que quería tener cuatro hijos, pero después de que naciera Jonah, yo siempre encontraba excusas para justificar que no era el momento adecuado. Pero al final se puso firme. Quería que Jonah tuviera hermanos, y me di cuenta de que yo también. Sé por experiencia lo duro que es ser hijo único. Ojalá le hubiera hecho caso antes. Sobre todo por Jonah.

Sarah tragó saliva antes de apretarle el brazo con empatía.

—Debía de ser una persona fantástica.

En el río, una barca pesquera avanzaba lentamente hacia el canal acompañada del zumbido típico del motor. Cuando la brisa sopló en su dirección, Miles percibió una nota del champú de madreselva que usaba Sarah.

Estuvieron un rato disfrutando del silencio. La compañía que se ofrecían mutuamente resultaba reconfortante y los arropaba como una abrigada manta en la oscuridad.

Se estaba haciendo tarde. Era hora de irse a casa. Por mucho que Miles deseara que aquella noche se prolongara eternamente, sabía que era imposible. Había dicho a la señora Knowlson que volvería a medianoche.

—Tenemos que irnos —dijo Miles.

Cinco minutos después, en el portal de su casa, Sarah se soltó de su brazo para buscar las llaves.

—Me lo he pasado muy bien esta noche —dijo.

—Yo también.

—¿Nos vemos mañana?

Miles tardó un segundo en recordar que Sarah pensaba ir a ver jugar a Jonah.

—Recuerda que empieza a las nueve.

127

—¿Sabes qué campo de fútbol es?

—La verdad es que no, pero nosotros estaremos por allí; te buscaré.

Durante el breve silencio que se produjo a continuación, Sarah pensó que Miles tal vez intentaría besarla, pero, para su sorpresa, en lugar de eso dio un paso atrás.

—Oye…, tengo que irme…

—Ya lo sé —dijo Sarah, contenta y decepcionada a un tiempo de que ni siquiera lo hubiera intentado—. No corras conduciendo.

Sarah siguió con la mirada a Miles mientras se dirigía hacia la esquina de la calle, donde tenía aparcada su camioneta plateada; abrió la puerta y se sentó al volante. Miles la saludó una última vez antes de arrancar el coche.

Sarah se quedó en la acera con la mirada fija en las luces traseras hasta mucho después de que Miles se hubiera ido.

Capítulo 12

$\mathcal{A}$ la mañana siguiente, Sarah llegó unos minutos antes de que empezara el partido. Vestida con vaqueros y botas altas, un jersey de cuello alto y gafas de sol, destacaba entre todos aquellos padres con cara de agobio. A Miles se le escapaba cómo podía estar tan elegante con aquella ropa informal.

Jonah estaba chutando el balón con un grupo de amigos, pero al verla cruzó el campo para darle un abrazo. La llevó de la mano hasta el lugar en el que estaba su padre.

—Mira a quién me he encontrado, papá —anunció un minuto después—. La señorita Andrews ya ha llegado.

—Ya lo veo —respondió Miles mientras le revolvía el pelo.

—Parecía perdida —explicó el niño—. Así que fui a buscarla.

—¿Qué haría yo sin ti, campeón? —dijo Miles. Luego miró a Sarah. «Eres tan guapa y encantadora que no he podido dejar de pensar en lo de anoche».

Pero no dijo eso, no exactamente. Sarah escuchó:

—Hola, ¿cómo estás?

—Bien —respondió—. Aunque es un poco temprano para empezar mi mañana de sábado. Tenía la sensación de que me levantaba para ir a trabajar.

Por encima del hombro de Sarah, Miles vio que el equipo empezaba a reunirse, y aprovechó aquello como excusa para rehuir su mirada.

—Jonah, creo que ya ha llegado el entrenador…

El chico giró la cabeza y empezó a forcejear para quitarse la sudadera hasta que Miles le ayudó, para después guardarla bajo el brazo.

—¿Dónde está mi balón?

—¿No estabas chutándolo hace un momento?

—Sí.

—¿Dónde lo has dejado?

—No lo sé.

Miles apoyó una rodilla en el suelo para meterle la camiseta por el pantalón.

—Ya lo encontraremos. No creo que lo necesites ahora.

—Pero el entrenador dijo que teníamos que traerlo para el calentamiento.

—Pídele a alguien que te deje el suyo.

—Pero entonces será otro el que se quedará sin pelota… —dijo un tanto angustiado.

—No pasa nada. Ve, corre, el entrenador está esperando.

—¿Estás seguro de que no pasa nada?

—Claro, confía en mí.

—Pero…

—Venga. Te están esperando.

Poco después, tras pensar en si su padre tenía o no razón, Jonah corrió por fin hacia su equipo. Sarah había presenciado aquello con una sonrisa atónita, disfrutando de su forma de relacionarse.

Miles señaló con la mano su bolsa.

—¿Quieres una taza de café? He traído un poco en un termo.

—No, gracias. He tomado un té antes de venir.

—¿Una infusión?

—Earl Grey.

—¿Y tostadas con mermelada?

—No, cereales. ¿Por qué?

Miles asintió con aprobación.

—Por curiosidad.

Sonó el silbato y los equipos se reunieron en el centro del campo, preparados para el partido.

—¿Puedo preguntarte una cosa?

—Mientras no sea sobre mi desayuno… —replicó Sarah.

—Puede que te parezca raro.

—No sé por qué, pero no me extraña para nada que me hagas preguntas raras…

Miles carraspeó.

—Bueno, me preguntaba si, cuando sales de la ducha, te envuelves el pelo en una toalla.

Sarah le miró boquiabierta.

—¿Perdona?

—Después de ducharte, ya sabes a qué me refiero… ¿Te envuelves el pelo en una toalla o te peinas enseguida?

Sarah lo miró detenidamente.

—Eres muy raro.

—Eso dicen.

—¿Quién lo dice?

—La gente.

—Ah.

Volvió a sonar el silbato y empezó el juego.

—Bueno, entonces… ¿qué haces? —insistió.

—Sí —respondió finalmente riendo, todavía perpleja—. Me envuelvo la cabeza en una toalla.

Miles asintió con aire satisfecho.

—Me lo imaginaba.

—¿Has considerado la posibilidad de reducir la ingesta de cafeína?

Miles negó con la cabeza.

—Nunca hasta ahora.

—Tal vez deberías hacerlo.

Miles tomó otro sorbo de café para disimular su satisfacción.

—Ya me lo habían dicho.

El partido acabó cuarenta minutos después. A pesar de la excelente actuación de Jonah, su equipo había perdido, aunque no parecía importarle demasiado. Tras chocar manos con los demás jugadores, Jonah corrió hacia su padre acompañado de su amigo Mark.

—Habéis jugado muy bien —dijo Miles, convencido.

Ambos le dieron las gracias atropelladamente antes de que Jonah tirase del jersey a su padre.

—Oye, papá.

—¿Qué?

—Mark me ha preguntado si puedo quedarme a dormir en su casa.

Miles miró a Mark para confirmar la información.

—¿En serio?

Mark asintió.

—A mi madre le parece bien, pero si quiere puede hablar con ella. Está ahí. Zach también va a venir.

—Venga, papá, por favor… En cuanto vuelva a casa, haré mis tareas —añadió Jonah—. Incluso más cosas si hace falta.

Miles vaciló. Le parecía bien… y al mismo tiempo dudaba. Le gustaba estar con Jonah. Sin él, la casa le parecía demasiado vacía.

—De acuerdo, si de verdad quieres ir…

Jonah sonrió emocionado y no le dejó acabar la frase.

—Gracias, papá. Eres el mejor.

—Gracias, señor Ryan —dijo Mark—. Venga, Jonah, vamos a decirle a mi madre que sí te dejan.

Echaron a correr dándose empujones y esquivando a la multitud, sin dejar de reír. Miles se volvió hacia Sarah, que todavía los seguía con la mirada.

—Parece bastante triste ante la perspectiva de no estar conmigo hoy.

—Absolutamente destrozado —añadió Sarah.

—Se suponía que íbamos a alquilar una película de vídeo juntos.

Sarah se encogió de hombros.

—Debe de ser horrible que a uno le olviden tan fácilmente.

Miles se echó a reír. Estaba enamorado de ella, no cabía duda. Locamente enamorado.

—Pues nada, ya que me voy a quedar solo…

—¿Sí?

—Bueno…, me refiero…

Sarah alzó las cejas y le ofreció una pícara mirada.

—¿Vas a volver a preguntarme por el ventilador?

Miles esbozó una sonrisa. Le recordaría aquello de por vida.

—Si es que no tienes ningún plan… —añadió, aparentando seguridad en sí mismo.

—¿Qué tienes *in mente*?

—Cualquier cosa menos jugar al billar, eso seguro.

Sarah también se echó a reír.

—¿Qué te parece si cenamos en mi casa?

—¿Té y cereales? —espetó.

Sarah asintió.

—Por supuesto. Y además te prometo ponerme una toalla en la cabeza.

Miles volvió a reírse. No se merecía todo aquello, de veras.

—¿Papá?

Miles se subió un poco la gorra de béisbol y alzó la vista. Estaban en el jardín quitando las primeras hojas del otoño.

—¿Qué?

—Me siento mal por no poder alquilar una película contigo esta noche. Acabo de acordarme de que lo habíamos dicho. ¿Estás enfadado conmigo?

Miles sonrió.

—No, para nada.

—¿Vas a alquilar una igualmente?

Miles negó con la cabeza.

—Creo que no.

—¿Qué vas a hacer entonces?

Miles dejó el rastrillo a un lado, se quitó la gorra y se enjugó el sudor de la frente con el dorso de la mano.

—Pues la verdad es que seguramente quedaré con la señorita Andrews.

—¿Otra vez?

Miles se preguntó hasta dónde podía hablar.

—Ayer lo pasamos bien.

—¿Qué hicisteis?

—Cenamos juntos, hablamos y fuimos a dar un paseo.

—¿Y ya está?

—Pues sí.

—Suena aburrido.

—Si hubieras venido con nosotros, igual no te habría parecido aburrido.

Jonah reflexionó un momento.

—¿Es otra cita?

—Más o menos.

—Ajá. —Jonah asintió y desvió la mirada—. Eso significa que te gusta, ¿no?

Miles se acercó a Jonah y se agachó hasta ponerse a su altura.

—Solo somos amigos, eso es todo.

Jonah pareció considerar la respuesta durante unos momentos. Miles le cogió en brazos y le dio un fuerte abrazo.

—Te quiero, Jonah —dijo.

—Yo también, papá.

—Eres un chico estupendo.

—Ya lo sé.

Miles se echó a reír y después se puso en pie para coger de nuevo el rastrillo.

—¿Papá?

—¿Sí?

—Tengo hambre.

—¿Qué quieres comer?

—¿Podemos ir al McDonald's?

—Claro. Hace mucho que no vamos.

—¿Puedo pedir un Happy Meal?

—¿No crees que eres demasiado mayor para eso?

—Solo tengo siete años, papá.

—Ah, bueno, entonces está bien —dijo como si se le hubiera olvidado su edad—. Venga, vamos adentro a asearnos.

Echaron a andar hacia la casa, y Miles rodeó a su hijo con el brazo. Tras dar unos cuantos pasos, Jonah alzó la vista.

—¿Papá?

—¿Sí?

El niño caminó en silencio unos cuantos pasos más.

—Me parece bien que te guste la señorita Andrews.

Miles lo miró sorprendido.

—¿De veras lo piensas?

—Sí —dijo muy serio—. Yo creo que tú también le gustas.

Aquellos sentimientos fueron en aumento cada vez que Miles y Sarah se veían.

Durante el mes de octubre quedaron media docena de veces, además de verse después del colegio.

Hablaban durante horas, Miles la cogía de la mano cuando paseaban, y aunque no habían cruzado la línea de las relaciones íntimas, sus conversaciones tenían un trasfondo sensual que ninguno de ellos habría podido negar.

Pocos días antes de Halloween, tras el último partido de fútbol de la temporada, Miles preguntó a Sarah si le gustaría acompañarle en el paseo de los fantasmas típico de aquella noche. Además, coincidía con el cumpleaños de Mark: Jonah se quedaría a dormir en su casa.

—¿En qué consiste? —preguntó Sarah.

—Se hace un recorrido por algunos edificios históricos para escuchar relatos de miedo.

—¿Eso es lo que hace la gente en las ciudades pequeñas?

—También podemos sentarnos en el porche, mascar tabaco y tocar el banjo.

Sarah se echó a reír.

—Creo que prefiero la primera opción.

—Ya me lo parecía. ¿Te recojo a las siete?

—Te estaré esperando conteniendo la respiración. ¿Cenamos después en mi casa?

—Suena bien. Pero si sigues invitándome a cenar, me vas a malacostumbrar.

—No pasa nada —respondió con un guiño—. Está bien dejarse mimar de vez en cuando.

135

Capítulo 13

—*D*ime —le preguntó Miles a Sarah después de recogerla en su casa—, ¿qué es lo que más echas de menos de la gran ciudad?

—Las galerías de arte, los museos, los conciertos… Y los restaurantes que no cierran a las nueve de la noche.

Miles se rio.

—Vale, pero ¿qué añoras más?

Sarah le tomó del brazo.

—Echo de menos los cafés, ya sabes, esos locales pequeños en los que te sientas a leer el periódico del domingo mientras das sorbitos a una taza de té. Me encantaba ir a uno de esos cafés del centro. Era como estar en un oasis, porque todos los que pasaban por delante siempre parecía que tenían muchísima prisa.

Caminaron en silencio durante unos instantes.

—¿Sabías que aquí también lo puedes hacer? —dijo Miles.

—¿Ah, sí?

—Claro. Hay un sitio un poco más allá, en la calle Broad Street.

—No lo he visto.

—Bueno, no es un café exactamente.

—Entonces, ¿a qué te refieres?

Miles se encogió de hombros.

—Es una gasolinera, pero hay un bonito banco justo enfrente, y estoy seguro de que, si trajeras tu bolsita de té, te invitarían a una taza de agua caliente.

Sarah dejó escapar una risita.

—Suena tentador.

Al cruzar la calle, se unieron a un grupo de personas vestidas con ropa de época y que, obviamente, formaban parte de la fiesta. Parecía que acababan de llegar directamente del siglo XVIII: las mujeres llevaban gruesas faldas; los hombres, pantalones negros y botas altas, alzacuellos y sombreros de ala ancha. En la esquina se dividieron en dos grupos y tomaron direcciones opuestas. Miles y Sarah siguieron al menos numeroso.

—¿Siempre has vivido aquí? —preguntó ella.

—Excepto durante los años que fui a la universidad.

—¿Nunca has querido vivir en otra parte? ¿Conocer algo nuevo?

—¿Por ejemplo un café?

Sarah le dio un codazo amistoso.

—No, no me refiero solo a eso. Las ciudades tienen dinamismo, te ofrecen sensaciones excitantes que no puedes encontrar en una ciudad pequeña.

—No lo pongo en duda. Pero, si quieres que sea sincero, nunca me han interesado esas cosas. No las necesito para ser feliz. Me basta con un lugar tranquilo donde poder relajarme al final del día, unas vistas bonitas y unos cuantos amigos. ¿Qué más se puede pedir?

—¿Cómo era crecer aquí?

—Un poco como en esas comedias costumbristas. New Bern no era tan pequeño, por supuesto, pero tenía ese ambiente de pueblo, ¿sabes?, donde parece que nunca puede pasar nada. Me acuerdo de que cuando era pequeño, tal vez tenía siete u ocho años, solía ir con mis amigos a pescar, a explorar o, sin más, a jugar hasta la hora de la cena. Y mis padres no estaban preocupados, simplemente porque no había motivos para ello. A veces acampábamos en el río toda la noche, y nunca se nos pasó por la cabeza que pudiera pasarnos algo. Fue fantástico crecer así, y me gustaría que Jonah también tuviera esa posibilidad.

—¿Dejarías a Jonah pasar la noche acampado a la orilla del río?

—De ninguna manera —dijo categóricamente—. Las cosas han cambiado, incluso en la pequeña ciudad de New Bern.

Al llegar a la esquina, un coche se detuvo a su lado. Justo al

137

final de la calle, varios grupos de personas entraban y salían de varios edificios.

—Somos amigos, ¿verdad? —preguntó Miles.

—Me gustaría creerlo.

—¿Te importa que te haga una pregunta?

—Supongo que depende de la pregunta.

—¿Cómo era tu exmarido?

Sarah le miró sorprendida.

—¿Mi exmarido?

—Me ha venido a la cabeza varias veces. No ha salido nunca en la conversación.

Sarah no respondió; de repente parecía absorta en la acera que había ante ella.

—Si prefieres no contestar, no tienes por qué hacerlo —dijo Miles—. Estoy seguro de que, de todos modos, no cambiaré de opinión respecto a él.

—¿Y cuál es tu opinión?

—No me gusta.

Sarah se rio.

—¿Por qué dices eso?

—Porque a ti no te gusta.

—Eres bastante perspicaz.

—Por eso estoy al servicio de la ley. —Se dio unos golpecitos en las sienes mientras le guiñaba un ojo—. Puedo encontrar pistas que se le escapan a la gente normal.

Sarah sonrió y apretó su brazo con más fuerza.

—Vale… Mi exmarido. Se llama Michael King y nos conocimos después de que acabara sus estudios. Estuvimos casados tres años. Era rico, bien educado y guapo… —Sarah había enumerado sus cualidades con los dedos, una tras otra, y, cuando dejó de hablar, Miles asintió con aire comprensivo.

—Humm… Ahora entiendo por qué no te gusta.

—No me has dejado acabar.

—¿Hay algo más?

—¿Quieres escucharme o no?

—Perdona. Sigue.

Sarah vaciló antes de proseguir.

—Bueno, durante los primeros años fuimos felices. Por lo menos yo. Teníamos un apartamento precioso, pasábamos nuestro tiempo libre juntos, y yo creía conocerlo bien. Pero no lo conocía de verdad. Al final nos pasábamos todo el día discutiendo, o apenas nos hablábamos, y…, en fin, solo fue que no funcionó —concluyó Sarah rápidamente.

—¿Así de simple? —preguntó Miles.

—Pues sí.

—¿No lo has vuelto a ver?

—No.

—¿Te gustaría?

—No.

—¿Tan mal acabasteis?

—Peor.

—Perdona que haya sacado el tema —dijo Miles.

—No te preocupes. Estoy mejor sin él.

—¿Cuándo te diste cuenta de que se había acabado?

—Cuando me enseñó los papeles del divorcio.

—¿No sabías que los estaba preparando?

—No.

—Ya sabía que no me caería bien. —Miles también sabía que no se lo había contado todo.

Sarah sonrió agradecida.

—Tal vez por eso nos llevamos tan bien. Tenemos la misma visión de las cosas.

—Excepto, claro está, cuando se trata de las maravillosas ventajas de vivir en una ciudad de provincias, ¿verdad?

—Nunca he dicho que no me guste vivir aquí.

—Pero ¿podrías imaginarte quedarte aquí para siempre?

—¿Para siempre?

—Venga, tienes que reconocer que es bonito.

—Claro que sí, ya te lo he dicho.

—Pero no lo suficiente para ti, ¿no? Me refiero a largo plazo.

—Supongo que depende.

—¿De qué?

Sarah le ofreció una sonrisa.

—De si hay una razón lo bastante importante.

Miles la miró fijamente y no pudo evitar pensar que aquellas palabras contenían una invitación o una promesa.

Y

La luna empezaba a trazar lentamente un arco ascendente, con un resplandor amarillo que se fue tornando anaranjado al llegar a la altura del tejado de la casa Travis-Banner, su primera parada del paseo de los fantasmas. Era un edificio antiguo de estilo victoriano, de dos plantas, con amplios porches que pedían a gritos una mano de pintura. En uno de ellos se había reunido un reducido grupo de personas en torno a dos mujeres disfrazadas de brujas, que estaban al lado de un gran caldero y servían sidra a los asistentes, simulando conjurar al primer dueño de la casa, un hombre que supuestamente había sido decapitado por accidente en una cuadrilla de leñadores. La puerta de la casa estaba abierta y del interior salía el eco amortiguado de los ruidos típicos del túnel del terror de una feria: gritos terroríficos y puertas chirriantes, golpes sordos inidentificables y carcajadas. De repente, las dos brujas bajaron la cabeza, se apagaron las luces del porche, y un fantasma decapitado hizo su aparición de forma dramática en el vestíbulo justo detrás de ellas: era una figura oscura envuelta en una capa con los brazos extendidos y huesos en el lugar correspondiente a las manos. Una mujer gritó al tiempo que derramaba la sidra en el porche. Sarah se acercó instintivamente a Miles, y se volvió hacia él mientras le apretaba el brazo con una intensidad que le sorprendió. Al tenerla tan cerca, pensó que su pelo parecía suave y, aunque no era del mismo color que el de Missy, le trajo a la mente la vieja sensación de peinarlo con los dedos, cuando estaban en la cama por la noche. Poco después el fantasma desapareció de resultas de los conjuros pronunciados en murmullos por las brujas. Volvieron a encenderse las luces. Los asistentes se dispersaron con risitas nerviosas.

Durante un par de horas, Miles y Sarah visitaron unas cuantas casas más. En algunas los invitaban a pasar; en otras se contaba la historia de la casa en el vestíbulo o en el jardín. Miles ya había hecho aquel recorrido anteriormente. Mientras caminaban de casa en casa, enseñaba a Sarah lugares de especial interés y le relataba las anécdotas de otras casas que ese año no estaban incluidas en el recorrido.

Pasearon por las aceras de cemento agrietado, hablando en susurros, saboreando la velada. Finalmente, la multitud empezó a disgregarse y algunas casas empezaron a cerrar sus puertas.

Cuando Sarah le preguntó si ya podían ir a cenar, Miles negó con la cabeza.

—Nos falta una casa —dijo.

La cogió de la mano para guiarla por las calles, acariciándola con el pulgar. Un búho ululó desde lo alto de un nogal, y después volvió a hacerse el silencio. Delante de ellos, unas cuantas personas disfrazadas de fantasmas se apiñaban en un furgón. Al llegar a la esquina, Miles señaló una casa grande, de dos pisos, aunque desprovista de la multitud que Sarah esperaba encontrar. Las ventanas estaban totalmente oscuras, como si tuvieran contraventanas por dentro, y la única luz existente era la que ofrecían una docena de velas dispuestas en la barandilla del porche y en un pequeño banco de madera situado cerca de la puerta principal. Al lado del banco había una anciana, sentada en una mecedora, con una manta sobre las piernas. Bajo aquella luz espectral, casi parecía un maniquí; sus escasos cabellos eran blancos, y su cuerpo parecía frágil y quebradizo. Su piel era casi translúcida bajo el titilante resplandor de las velas, y tenía la cara surcada de profundas arrugas, como el esmalte de una taza de porcelana china agrietada. Miles y Sarah se sentaron en el columpio del porche mientras la anciana los examinaba.

141

—Hola, señora Harkins —dijo Miles lentamente—, ¿ha tenido bastante gente esta noche?

—Como de costumbre —respondió la mujer con una voz rasposa, como si hubiera fumado toda la vida—. Ya sabes cómo va esto. —Miró con los ojos entrecerrados a Miles, como si estuviera viéndolo desde muy lejos.

—Me imagino que habéis venido a escuchar la historia de Harris y Kathryn Presser, ¿me equivoco?

—Creo que Sarah debería conocerla —respondió Miles con aire solemne.

Durante un instante, los ojos de la señora Harkins brillaron, mientras alargaba un brazo para coger la taza de té que descansaba a su lado.

Miles rodeó los hombros de Sarah y la atrajo hacia sí. Ella sintió que el abrazo la reconfortaba.

—Te gustará —le susurró Miles al oído. Al notar su aliento en la oreja, Sarah se estremeció.

«Ya me está gustando», pensó.

La señora Harkins dejó a un lado la taza de té. Al empezar a hablar su voz era solo un susurro.

—Hay espíritus y hay amor, y ambos están aquí presentes, a aquellos que escuchan, esta historia les hablará del verdadero amor y de si se presiente.

Sarah miró de reojo a Miles.

—Harris Presser —dijo la señora Harkins— nació en 1843, y era hijo de los dueños de una pequeña cerería situada en el centro de New Bern. Al igual que muchos jóvenes de aquella época, Harris quería servir a la Confederación cuando comenzó la Guerra de Secesión. Pero, como era hijo único, sus padres le suplicaron que no se alistara. Al ceder a sus ruegos, Harris Presser selló irrevocablemente su destino.

La señora Harkins hizo una pausa y miró a su audiencia.

—Se enamoró —dijo en voz baja.

Durante un segundo, Sarah se preguntó si también se estaría refiriendo a ellos. La señora Harkins arqueó un poco las cejas, como si estuviera leyéndole la mente. Sarah apartó la mirada.

—Kathryn Purdy solo tenía diecisiete años, y al igual que Harris, era hija única. Sus padres eran los propietarios del hotel y del aserradero, por lo que eran los más ricos del pueblo. No tenían amistad con los Presser, pero ambas familias fueron de las que se quedaron después de que las fuerzas de la Unión cayeran sobre New Bern en 1862. A pesar de la guerra y la ocupación, Harris y Kathryn empezaron a verse a orillas del río Neuse en las primeras noches de verano, solo para hablar, pero los padres de Kathryn se enteraron. Estaban indignados y prohibieron a su hija volver a ver a Harris, puesto que consideraban a los Presser unos plebeyos. Sin embargo, la prohibición tuvo el efecto contrario y la joven pareja se unió aún más. Pero no les resultaba fácil verse. Con el tiempo idearon una estrategia para eludir la vigilancia de los padres de Kathryn. Harris esperaba en la cerería hasta que ella le hiciera la señal acordada. Cuando los padres de Kathryn dormían, ella colocaba una vela encendida en el alféizar, y Harris se deslizaba sigilosamente hasta su casa, escalaba por el enorme roble que estaba al lado de la ventana, y ayudaba a Kathryn a bajar por el árbol. Y de ese modo se veían siempre que podían, y a medida que pasaron los meses, se enamoraron profundamente.

La señora Harkins tomó un sorbo de té y entrecerró un poco los ojos. Prosiguió en un tono de voz más trágico.

—Para entonces, el ejército de la Unión estaba estrechando el cerco en el sur: las noticias sobre Virginia eran desalentadoras, y corrían rumores de que el general Lee tenía la intención de venir desde el norte de Virginia y recuperar el este de Carolina del Norte para la Confederación. Se impuso el toque de queda y cualquiera que se aventurara por la noche corría el riesgo de que le dispararan, sobre todo si se trataba de un hombre joven. Como ahora no podía ver a Kathryn, a Harris se le ocurrió quedarse trabajando hasta muy tarde en la cerería, y encender una vela en la ventana para que Kathryn supiera que estaba pensando en ella. Pasaron varias semanas, hasta que un buen día consiguió hacer llegar una carta a Kathryn por medio de un comprensivo sacerdote, en la que le pedía que escapara con él para casarse a escondidas. Si su respuesta era afirmativa, debería colocar dos velas en la ventana: una para dar su consentimiento, y otra como señal de que podía ir a buscarla sin peligro. Aquella noche había dos velas en la ventana y, a pesar de todas las dificultades, el sacerdote que había llevado la carta les casó bajo la luz de la luna llena. Todos ellos arriesgaron la vida por amor.

»Sin embargo, desgraciadamente, los padres de Kathryn descubrieron otra de las cartas secretas que Harris le había escrito. Furiosos, se enfrentaron a su hija y le dijeron que lo sabían. Ella replicó, desafiante, que ya no podían hacer nada para evitarlo. Lamentablemente, eso solo era cierto en parte.

»Pocos días después, el padre de Kathryn, que había entablado una relación comercial con el coronel de la Unión a cargo de la ocupación, le informó de que había un espía confederado, alguien que estaba en contacto con el general Lee y le proporcionaba información secreta sobre el sistema defensivo del pueblo. Los rumores acerca de una probable invasión por parte del general Lee provocaron la detención de Harris Presser en la cerería de sus padres. Antes de que se lo llevaran a la horca, pidió que se le concediera una última voluntad: que encendieran una vela en la ventana. Aquella noche ahorcaron a Harris Presser en una de las ramas del gigantesco roble, justo delante de la ventana de Kathryn. Ella estaba destrozada, y sabía que su padre era el responsable de su muerte.

»Kathryn visitó a los padres de Harris y les pidió que le dieran la vela que ardió en la ventana la noche en que murió Harris. Sumidos en la pena, se quedaron desconcertados ante la extraña petición, pero la muchacha les explicó que quería tener algo que le recordara a «aquel amable joven que siempre había sido tan cortés con ella». Se la dieron, y aquella noche Kathryn prendió ambas velas y las colocó en el alféizar. Sus padres se la encontraron al día siguiente colgada del mismo roble. Se había suicidado.

En el porche, Miles abrazó a Sarah aún con más fuerza.

—¿Te gusta la historia? —susurró.

—Chissst —respondió—. Creo que ahora viene la parte de los espíritus.

—Las velas ardieron toda la noche y todo el día siguiente, hasta que solo quedaron dos trozos de cera. Pero no llegaron a consumirse del todo durante dos días más; es decir, tres días en total, exactamente el mismo tiempo que Kathryn y Harris habían estado casados, y después se apagaron. Al año siguiente, el día en que se cumplía el primer aniversario de su boda, la habitación de Kathryn se incendió misteriosamente, pero consiguieron salvar la casa. La familia Purdy parecía estar maldita por la mala suerte: perdieron el hotel en una inundación y después les embargaron el aserradero para pagar las deudas. En la más absoluta ruina, los padres de Kathryn se fueron y abandonaron la casa. Pero…

La señora Harkins se inclinó hacia delante, con una mirada traviesa en sus ojos. Su voz se convirtió en un susurro.

—De tanto en tanto, había gente que juraba haber visto dos velas ardiendo en la ventana. Otras decían que solo había una… y otra en un edificio abandonado al otro lado de la calle. Incluso ahora, más de cien años después, todavía hay personas que afirman haber visto velas encendidas en las ventanas de algunas de las casas abandonadas del centro. Aunque curiosa-

144

mente siempre se trata de jóvenes enamorados. Dependerá de vuestros sentimientos si llegáis a verlas o no.

La señora Harkins cerró los ojos, como si el relato la hubiera agotado. Durante un minuto no se movió. Sarah y Miles aguardaron inmóviles, sin atreverse a romper el hechizo. Al final, la anciana abrió los ojos y cogió su taza de té.

Tras despedirse, Miles y Sarah bajaron por las escaleras del porche y regresaron al camino de grava. Miles volvió a coger la mano de Sarah al llegar a la calle. Como si todavía se encontraran bajo el influjo del relato de la señora Harkins, ninguno de los dos habló durante un rato.

—Me alegro de que hayamos ido a verla —comentó Sarah.

—¿Te ha gustado?

—A todas las mujeres les gustan las historias románticas.

Al doblar la esquina se encontraron cerca de la calle Front Street; ante ellos pudieron distinguir el río, que discurría silencioso entre las casas con un resplandor negro.

—¿Ahora ya podemos ir a cenar?

—Dame un minuto —respondió mientras reducía la marcha hasta detenerse.

Sarah se volvió hacia él. Por encima de su hombro, pudo ver cómo revoloteaban las polillas alrededor de una farola. Miles tenía la mirada fija en el horizonte, en el río; Sarah intentó descubrir qué miraba, pero no vio nada fuera de lo normal.

—¿Qué miras? —preguntó.

Miles sacudió la cabeza, como intentando aclarar sus ideas. Quería seguir caminando, pero no podía. En lugar de eso, dio un paso hacia ella y la atrajo con suavidad hacia sí. Sarah se dejó llevar, con un nudo en el estómago. Cuando Miles se inclinó hacia ella, Sarah cerró los ojos, y cuando sus rostros estuvieron cerca, le pareció que nada en el mundo tenía importancia.

Aquel beso se prolongó largamente, y cuando por fin se separaron sus labios, Miles la abrazó. Enterró la cara en su cuello y besó el hueco de la clavícula. Al notar la humedad de su lengua se estremeció, y después se apoyó en el cuerpo de Miles, disfrutando de la sensación de estar en puerto seguro que le

145

daban sus brazos, mientras el resto del mundo seguía girando a su alrededor.

Poco después siguieron caminando hacia el apartamento de Sarah, hablando en voz baja; Miles seguía acariciando su mano con el pulgar.

Una vez en el apartamento, Miles colgó la chaqueta sobre el respaldo de la silla mientras Sarah se dirigía a la cocina. Se preguntaba si ella se daría cuenta de que la seguía con la mirada.

—¿Qué hay para cenar? —preguntó.

Sarah abrió el frigorífico y sacó una gran bandeja tapada con papel de aluminio.

—Lasaña, baguete y ensalada. ¿Qué te parece?

—Suena muy bien. ¿Puedo echarte una mano?

—Ya está casi a punto —respondió Sarah mientras ponía la bandeja en el horno—. Solo hay que hornear la lasaña durante una media hora. Pero, si quieres, puedes ir encendiendo la chimenea. Y abrir la botella de vino que hay en la encimera.

—De acuerdo —dijo.

—Dame unos minutos y enseguida estaré contigo en el salón —dijo Sarah mientras se dirigía al dormitorio.

Ya en su habitación, cogió un cepillo y empezó a peinarse.

Por mucho que quisiera negarlo, aquel beso la había dejado temblando. Intuía que aquella noche sería decisiva en su relación, y tenía miedo. Sabía que tenía que contarle a Miles la verdadera razón del fracaso de su matrimonio, pero no le resultaba fácil hablar de ello. Sobre todo porque era alguien que le importaba de veras.

Aunque era consciente de que Miles sentía lo mismo, no podía estar segura de cuál sería su reacción, o de si eso cambiaría sus sentimientos hacia ella. ¿No le había dicho que le gustaría que Jonah tuviera hermanos? ¿Estaría dispuesto a renunciar a eso?

Sarah miró su reflejo en el espejo.

No quería contárselo, pero tenía que hacerlo si es que su relación iba a derivar hacia algo más profundo. Lo que menos deseaba era que la historia se repitiera y que Miles hiciera lo mismo que Michael. No podría soportarlo.

Cuando Sarah acabó de peinarse, se retocó el maquillaje más por costumbre que por otra razón, y, después de haber decidido contarle la verdad a Miles, se dispuso a abandonar el dormitorio. Pero cuando iba hacia la puerta, se detuvo y se sentó en el borde de la cama. ¿Estaba preparada para aquello?

En aquel momento, la respuesta a aquella cuestión la aterrorizaba más de lo que habría estado dispuesta a admitir.

Cuando por fin salió de la habitación, en la chimenea ya ardía el fuego. Miles estaba saliendo de la cocina con la botella de vino en la mano.

—Pensé que tal vez íbamos a necesitarlo —anunció mientras alzaba la botella.

—Creo que has tenido una buena idea —dijo Sarah.

Por la forma de hablar, Miles se dio cuenta de que pasaba algo, y vaciló un instante. Sarah se acomodó en el sofá, y enseguida Miles dejó la botella de vino en una mesilla y se sentó a su lado. Durante un buen rato, Sarah se limitó a beber de su copa de vino, sin decir nada. Finalmente, Miles la cogió de la mano.

—¿Estás bien? —preguntó.

Sarah agitó el vino removiendo con delicadeza la copa.

147

—Hay algo que todavía no te he contado —dijo en voz baja.

Miles oyó el ruido del tráfico que pasaba por delante del apartamento. La leña crepitaba en el hogar, haciendo que una lluvia de chispas ascendiera hacia la chimenea, creando un baile de sombras en la pared.

Sarah se sentó encima de las piernas. Miles sabía que estaba ordenando sus pensamientos, y la observó en silencio antes de apretarle la mano en un gesto de apoyo.

Eso pareció devolverla al presente. Miles vio el resplandor de las llamas en sus ojos.

—Eres un buen hombre, Miles —empezó a decir—, y estas semanas han significado mucho para mí, de veras. —Sarah guardó silencio de nuevo.

A Miles no le gustó cómo sonaba aquello, y se preguntó qué podía haber pasado en los pocos minutos en que Sarah estuvo en el dormitorio. Al mirarla, sintió que se le encogía el estómago.

—¿Recuerdas cuando me pediste que te hablara de mi exmarido?

Miles asintió.

—No acabé de contarte la historia. Hay algo más… y no sé cómo explicártelo.

—¿Por qué?

Sarah desvió la mirada hacia el fuego.

—Porque tengo miedo de lo que puedas pensar.

Por su mente de sheriff pasó toda una serie de posibilidades: que su marido abusaba de ella, que la había maltratado, que Sarah había salido herida de aquella relación. Un divorcio siempre era una experiencia traumática, pero la expresión de la cara de Sarah sugería algo peor.

Miles sonrió mientras esperaba, pero Sarah guardó silencio.

—Escucha, Sarah —dijo finalmente Miles—, no tienes que explicarme nada que tú no quieras. No volveré a preguntarte por él. Es asunto tuyo, y en las últimas semanas he llegado a conocerte lo suficiente como para saber qué clase de persona eres, y eso es lo único que me importa. No necesito saberlo todo de ti y, para ser sincero, dudo que nada de lo que me cuentes pueda cambiar mis sentimientos hacia ti.

Sarah sonrió, pero rehuyó su mirada.

—¿Recuerdas que te pregunté cómo era Missy? —inquirió.

—Sí.

—¿Te acuerdas de lo que dijiste de ella?

Miles asintió.

—Yo también me acuerdo. —Ahora sí le miró a los ojos—. Quiero que sepas que nunca podré ser como ella.

Miles arrugó el ceño.

—Ya lo sé —respondió—. Y no espero eso de ti…

Sarah alzó las manos para interrumpirle.

—No, Miles, no me malinterpretes. No creo que te sientas atraído por mí porque me parezca a Missy. Sé que no es así. No me he explicado bien.

—Entonces, ¿cuál es el problema? —preguntó.

—¿Te acuerdas de que me contaste lo buena madre que era? ¿Y que ambos deseabais que Jonah tuviera hermanos? —Sarah hizo una pausa, aunque no esperaba una respuesta—. Yo nunca podré ser como ella. Y esa es la razón por la que Michael me dejó.

Sarah lo miró fijamente a los ojos.

—No conseguí quedarme embarazada. Pero él no tenía la culpa, Miles. Él no tenía ningún problema. Yo sí.

A continuación, por si no lo había entendido del todo, habló de la forma más sencilla posible.

—No puedo tener hijos. Nunca podré.

Miles no hizo ningún comentario. Después de un buen rato, Sarah siguió hablando.

—No puedes imaginarte lo que sentí al enterarme. Me parecía tan irónico… Cuando tenía veinte años siempre tenía miedo de quedarme embarazada. Me entraba pánico si se me olvidaba de tomar la píldora. Nunca se me ocurrió que tal vez no podría tener hijos.

—¿Cómo te enteraste?

—Como suele enterarse la mayoría de la gente. No me quedaba embarazada, y al final decidimos hacernos pruebas. Así me enteré.

—Lo siento. —Fue lo único que a Miles se le ocurrió decir.

—Yo también lo siento. —Sarah exhaló enérgicamente, como con incredulidad—. Y Michael también lo sentía, pero no pudo soportarlo. Le dije que siempre podríamos adoptar un niño, que me gustaría hacerlo, pero él ni siquiera valoró mi propuesta, arguyendo que su familia nunca lo aceptaría.

—No puede ser verdad…

Sarah sacudió la cabeza.

—Ojalá no fuera verdad. Al mirar atrás, creo que no debería haberme sorprendido tanto. Cuando empezamos a salir, Michael solía decir que era la mujer más perfecta del mundo. En cuanto pasó algo que demostraba lo contrario, no dudó en echar a perder todo lo que teníamos. —Clavó la mirada en la copa de vino y siguió hablando casi como si estuviera sola—. Me pidió el divorcio, y una semana después me fui de casa.

Miles la cogió de la mano sin decir una palabra mientras hacía un gesto con la cabeza para animarla a continuar.

—Después de aquello…, en fin, no me ha resultado fácil hablar de esto, ¿sabes?, no es el típico tema de conversación para una fiesta. Mi familia lo sabe, y también se lo conté a Sylvia. Era mi terapeuta y me ha ayudado mucho. Son las cuatro únicas personas que lo saben… y ahora tú…

149

Sarah no acabó la frase. Iluminada por el resplandor del fuego, Miles pensó que estaba más guapa que nunca. En su pelo se reflejaba la luz dibujando casi un halo alrededor de su cabeza.

—¿Por qué me lo cuentas a mí? —preguntó por fin él.

—¿No te parece evidente?

—Pues la verdad es que no.

—Creí que debías saberlo. Me refiero, antes de que… Como ya he dicho antes, no quiero que me vuelva a pasar algo así. —Sarah apartó la mirada.

Pero Miles le hizo girar la cara hacia él con delicadeza.

—¿De veras crees que yo haría lo mismo?

Sarah lo miró con tristeza.

—Oh, Miles… Es fácil decir que eso ahora no te importa. Pero me preocupa cómo te sentirás cuando hayas podido asimilarlo. Si seguimos viéndonos y las cosas van tan bien como hasta ahora, ¿puedes afirmar con sinceridad que no te importaría? ¿Que para ti no es importante que no pueda tener hijos? ¿Saber que Jonah nunca tendrá hermanitos correteando por la casa?

Sarah se aclaró la garganta.

—Sé que me estoy precipitando, y que te haya contado todo esto no quiere decir que tenga la esperanza de que nos casemos. Pero tenía que contarte la verdad, para que sepas lo que hay antes de que vayamos más lejos. No puedo seguir adelante con esto si no estoy segura de que no vas a dar media vuelta y hacer lo mismo que Michael. Si por cualquier otra razón lo nuestro no funciona, puedo aceptarlo. Pero no sería capaz de volver a pasar por aquello.

Miles bajó la vista hacia su copa y contempló la luz que se reflejaba en ella, mientras deslizaba el dedo por el borde.

—Hay algo que tú también deberías saber sobre mí —empezó—. Lo pasé muy mal después de la muerte de Missy. No solo porque ya no estuviera, sino también porque nunca pude encontrar al conductor que se dio a la fuga. Y esa era mi misión, como marido y como sheriff. Durante mucho tiempo, solo tenía en la cabeza encontrar al responsable. Investigué por mi cuenta, me entrevisté con mucha gente, pero el que lo hizo consiguió escapar, y no sabes cuánto me reconcomía eso.

Hubo un tiempo en el que creí que me iba a volver loco, pero últimamente…

Al mirarla a los ojos, el tono de su voz se llenó de ternura.

—Creo que lo que intento decir es que no necesito más tiempo, Sarah… No sé…, solo sé que me estoy perdiendo algo importante, y que no he descubierto qué era hasta que te conocí. Si prefieres que me tome algún tiempo para pensarlo, lo haré. Pero lo haré por ti, no por mí. No has dicho nada que pueda cambiar lo que siento por ti. Yo no soy como Michael. Nunca podría serlo.

La alarma del reloj del horno sonó en la cocina, y ambos se volvieron en su dirección. La lasaña estaba lista, pero ninguno de los dos hizo amago de moverse. De repente, Sarah se sintió mareada, aunque no sabía si se debía al vino o a las palabras de Miles. Dejó la copa de vino lentamente en la mesa y, tras respirar hondo, se levantó del sofá.

—Déjame sacar la lasaña antes de que se queme.

Ya en la cocina, se inclinó sobre la encimera, mientras aquellas palabras seguían resonando en su cabeza.

«No necesito más tiempo, Sarah. No has dicho nada que pueda cambiar mis sentimientos hacia ti.»

A Miles no le importaba. Y lo más decisivo era que ella le creía. Sus palabras, la forma de mirarla… Desde su divorcio casi había llegado a creer que nunca nadie podría comprenderla.

Dejó la bandeja con la lasaña encima del horno. Cuando regresó de la cocina, Miles seguía sentado en el sofá, con la mirada fija en el fuego. Ella se sentó a su lado, apoyó la cabeza en su hombro y permitió que Miles la atrajera hacia sí. Mientras contemplaban el fuego, Sarah percibió el movimiento ascendente y descendente que provocaba la respiración en el pecho de Miles, que entretanto la acariciaba rítmicamente con una mano. La piel de Sarah se estremecía cada vez que la tocaba.

—Gracias por confiar en mí —dijo Miles.

—No tenía elección.

—Siempre se puede elegir.

—Esta vez no. Contigo no.

Sarah levantó la cabeza y, sin decir más, posó sus labios suavemente sobre los de él, una, dos veces, antes de besarlo.

Miles abrazó la espalda de Sarah cuando sus labios se entreabrieron. Ella sintió el roce de sus lenguas, la embriagadora humedad. Sarah llevó una mano a la cara de Miles, y sintió la barba incipiente en la yema de los dedos; enseguida empezó a acariciarla con los labios. Miles reaccionó llevando los labios a su cuello, para besarlo y mordisquearlo con suavidad, arrojando su cálido aliento sobre su piel.

Hicieron el amor largamente; el fuego se consumió dejando sombras oscuras en la sala. Durante toda la noche, Miles no dejó de susurrarle cosas al oído en la oscuridad, sin dejar de acariciarla, como intentando convencerse de que no estaba soñando. En dos ocasiones se levantó para echar más leña al fuego. Sarah cogió una colcha del dormitorio y, ya de madrugada, ambos se dieron cuenta de que estaban famélicos. Compartieron un plato de lasaña ante el fuego, y por alguna razón, el hecho de comer juntos, desnudos bajo la colcha, les pareció casi tan sensual como todo lo que había pasado aquella noche.

Justo antes del amanecer, Sarah se quedó dormida y Miles la llevó al dormitorio, cerró las cortinas y se acurrucó a su lado. El día se levantó nublado y lluvioso, oscuro, y ambos durmieron hasta el mediodía, algo que ninguno de los dos había hecho desde hacía mucho tiempo. Sarah fue la primera en despertar; notó que Miles estaba acurrucado a su lado, abrazándola, y se movió un poco. Eso bastó para despertar a Miles, que levantó la cabeza de la almohada. Sarah se giró para mirarlo a los ojos. Miles deslizó un dedo por su mejilla, mientras intentaba reprimir el nudo que se le estaba formando en la garganta.

—Te quiero —dijo, incapaz de retener aquellas palabras.

Ella tomó una mano entre las suyas y se la llevó a su pecho.

—Oh, Miles —susurró—. Yo también te quiero.

Capítulo 14

Durante los siguientes días, Sarah y Miles pasaban juntos todo el tiempo que podían; no solo quedaban para salir, sino que también se veían en casa de Miles. Jonah, en lugar de intentar sacar conclusiones, simplemente decidió que era mejor no preguntar de momento. Enseñó a Sarah su habitación y la colección de cromos de béisbol, le contaba cómo pescaba y le enseñó a lanzar el sedal. A veces sorprendía a Sarah al cogerla de la mano para enseñarle algo nuevo.

Miles observaba desde la distancia, consciente de que Jonah necesitaba averiguar el lugar exacto que Sarah ocupaba en su mundo y qué sentía hacía ella. Miles sabía que el hecho de que ella no fuera una extraña, hacía eso más fácil. Pero no podía evitar sentirse aliviado al ver que se llevaban tan bien.

En la fiesta de Halloween, fueron a la playa y pasaron la tarde recogiendo conchas, y luego fueron a recorrer las puertas del vecindario a pedir chucherías. Jonah iba acompañado de varios amigos, a los que Miles y Sarah seguían junto a los demás padres.

Brenda, por supuesto, acribilló a Sarah a preguntas en cuanto se corrió la voz por la ciudad. Charlie también se hizo eco de la noticia.

—La quiero, Charlie —respondió Miles con sencillez, y aunque Charlie era un tanto chapado a la antigua y se preguntaba si no habían ido demasiado rápido, le dio una palmadita en la espalda y los invitó a cenar en su casa.

La relación de Miles y Sarah avanzaba con una intensidad de ensueño. Cuando estaban separados, se sentían ansiosos por encontrarse de nuevo; y cuando estaban juntos, les faltaba tiempo. Quedaban a la hora de comer, hablaban por teléfono, hacían el amor siempre que tenían un poco de intimidad.

A pesar de que Miles prodigaba atenciones a Sarah, también se preocupaba por pasar todo el tiempo posible a solas con Jonah. Asimismo, Sarah se esforzaba por mantener la normalidad en la vida de Jonah. Cuando le ayudaba después de las clases, intentaba tratarle igual que antes, es decir, como un alumno que necesitaba ayuda. A veces Sarah tenía la sensación de que Jonah hacía una pausa para mirarla con aire reflexivo, pero ella no quería presionarlo.

A mitad de noviembre, tres semanas después de que hicieran el amor por primera vez, Sarah decidió reducir los días que Jonah tenía que quedarse después de las clases a una sola tarde. Ya se había puesto al día de casi todo; había superado las dificultades que tenía en lectura y ortografía, y aunque todavía necesitaba un poco de refuerzo en matemáticas, Sarah pensó que con una tarde a la semana tendría suficiente. Aquella noche, Miles y Sarah le llevaron a cenar a una pizzería para celebrarlo.

Más tarde, mientras arropaba a su hijo, se dio cuenta de que Jonah estaba más callado de lo normal.

—¿Por qué tienes esa cara tan triste, campeón?

—Es que estoy un poco triste.

—¿Por qué?

—Porque ya no me tengo que quedar después de las clases en el colegio —dijo con sencillez.

—Creía que no te gustaba.

—Al principio no, pero ahora sí que me gusta.

—¿Ah, sí?

Jonah asintió.

—La señorita Andrews hace que me sienta especial.

—¿Eso te dijo?

Miles asintió con un gesto de cabeza. Estaba sentado a su lado en las escaleras del porche mirando cómo Jonah y Mark saltaban con las bicicletas por una rampa de madera dispuesta en la entrada del garaje. Sarah estaba sentada abrazada a sus rodillas.

—Sí, eso me dijo. —Jonah pasó como una exhalación a su lado seguido por Mark, para volver al césped donde daban la vuelta—. La verdad es que hacía días que me preguntaba qué tal llevaba que salgamos juntos, y creo que le parece bien.

—Me alegro.

—¿Le afecta en la escuela?

—La verdad es que no he notado nada. Al principio me pareció que algunos compañeros de clase le hacían preguntas, pero creo que ahora ya no.

Jonah y Mark volvieron a pasar zumbando, sin prestarles atención.

—¿Quieres pasar el Día de Acción de Gracias con nosotros? —preguntó Miles—. Tengo turno de noche, pero podemos comer pronto…, si no tienes ningún plan, claro está.

—No puedo. Vendrá mi hermano a visitarnos y mi madre preparará una comida especial para todos. Ha invitado a casi toda la familia, a tíos, primos y abuelos. No creo que se lo tomara demasiado bien si le dijera que no cuente conmigo.

—Supongo que no.

—Quiere conocerte. No para de preguntarme cuándo te llevaré a casa.

—¿Y por qué no lo haces?

—Me parecía que todavía no estabas preparado para algo así. —Sarah le guiñó un ojo—. No quería que salieras corriendo.

—No puede ser tan horrible.

—No estés tan seguro. Pero si te animas, puedes venir a casa ese día, así estaremos juntos.

—¿Estás segura? Por lo que me has dicho, ya seréis bastantes.

—¿Y qué? No pasa nada porque vengan dos personas más. Además, así podrás conocer a todo el clan. A menos, claro está, de que no te apetezca.

—Claro que me apetece.

—Entonces…, ¿cuento contigo?

—Por supuesto.

155

—Perfecto. Pero si mi madre empieza a hacer preguntas raras, acuérdate de que yo he salido a mi padre, ¿vale?

Aquella noche, puesto que Jonah de nuevo se había quedado a dormir en casa de Mark, Sarah siguió a Miles al dormitorio. Era la primera vez: hasta entonces, sus encuentros íntimos siempre habían tenido lugar en el apartamento de ella, y el hecho de estar en la cama que antes hubieran compartido Missy y Miles no dejó de afectarles. Hicieron el amor con una pasión casi frenética, que los dejó sin aliento. Después apenas hablaron; Sarah se limitó a apoyar la cabeza en el pecho de Miles mientras él le acariciaba el pelo con suavidad.

Sarah tenía la sensación de que Miles quería estar en silencio. Al recorrer la habitación con la mirada por primera vez se dio cuenta de que estaban rodeados de fotos de Missy, incluso había una sobre la mesilla, al alcance de su mano.

De pronto se sintió incómoda. La carpeta de color marrón de la que Miles le había hablado, gruesa y deteriorada, y que contenía toda la información que había podido reunir tras la muerte de Missy, llamó su atención. Estaba en la estantería.Se quedó mirándola fijamente mientras su cabeza se movía al ritmo de la respiración de Miles. Por fin, cuando empezó a sentirse agobiada por el silencio, Sarah puso la cabeza sobre la almohada para poder mirar a la cara a Miles.

—¿Estás bien? —preguntó Sarah.

—Sí, estoy bien —respondió Miles, sin mirarla a los ojos.

—Pareces intranquilo.

—Solo estaba pensando —murmuró.

—Cosas buenas, espero.

—Solo lo más bonito. —Miles recorrió uno de los brazos de Sarah con el dedo—. Te quiero —susurró.

—Yo también te quiero.

—¿Te quedas a dormir conmigo?

—¿Quieres que me quede?

—Claro que sí.

—¿Estás seguro?

—Absolutamente.

A pesar de que seguía sintiéndose un poco inquieta, permitió que Miles la atrajera hacia sí. Volvió a besarla, y siguió abrazándola hasta que se quedó dormida. Por la mañana, al despertar, Sarah tardó unos instantes en ubicarse. Miles recorrió con un dedo su columna vertebral y Sarah sintió la reacción de su cuerpo.

En esa ocasión hicieron el amor sin tanta premura, como la primera vez que estuvieron juntos, con delicadeza. No solo era la forma en que Miles la besaba y le susurraba cosas al oído, sino la manera de mirarla mientras se movía sobre ella, lo que dejaba entrever la seriedad de la relación.

Además, mientras Sarah dormía, Miles había hecho desaparecer sigilosamente las fotos y la carpeta marrón que habían arrojado una sombra sobre ellos la noche anterior.

157

Capítulo 15

—Sigo sin entender por qué no he tenido todavía la oportunidad de conocerlo.

Maureen y Sarah estaban en la tienda de comestibles y recorrían los pasillos llenando el carro con todo lo que necesitaban. Sarah tenía la impresión de que su madre estaba comprando provisiones como para alimentar a una docena de personas durante, cuando menos, una semana.

—Dentro de unos cuantos días vas a poder conocerlo, mamá. Ya te he dicho que vendrá con su hijo a comer.

—Pero ¿no se sentiría más cómodo si viniera antes otro día? Así podríamos hablar y conocernos mejor.

—Tendrás mucho tiempo para hablar con él, mamá. Ya sabes cómo es el Día de Acción de Gracias.

—Pero con tantos invitados, no voy a poder atenderle como a mí me gustaría.

—Estoy segura de que Miles lo comprenderá.

—¿No me dijiste que tendría que irse pronto?

—Tiene que entrar a trabajar a las cuatro.

—¿En un día festivo?

—Trabaja el Día de Acción de Gracias para poder tener fiesta en Navidad. Ya sabes que es ayudante del sheriff. No todos los agentes se pueden coger el día libre.

—¿Y quién va a cuidar a Jonah?

—Yo misma. Seguramente volveremos a casa de Miles. Ya sabes que papá estará durmiendo como un tronco a las seis de la tarde, y aprovecharé para llevarle a casa entonces.

—¿Tan temprano?

—No te preocupes, estaremos en casa toda la tarde.

—Tienes razón —dijo Maureen—. Es que me siento un poco agotada con los preparativos.

—No te preocupes, mamá. Todo va a salir bien.

—¿Habrá más niños? —preguntó Jonah.

—No lo sé —respondió Miles—. Puede que sí.

—¿Niños o niñas?

—No lo sé.

—Y… ¿cuántos años tienen?

Miles sacudió la cabeza como intentando hacer acopio de paciencia.

—No lo sé, ya te lo he dicho. Ni siquiera estoy seguro de que haya otros niños, la verdad es que se me olvidó preguntarlo.

Jonah frunció el ceño.

—Pero si soy el único niño, ¿qué haré allí yo solo?

—¿Ver el partido conmigo?

—Eso es un rollo.

159

Miles alargó el brazo hacia su hijo y le hizo deslizarse sobre el asiento delantero hasta que estuvo a su lado.

—Bueno, de todos modos no estaremos todo el día allí, porque después tengo que trabajar. Pero tendremos que quedarnos un rato. Han sido muy amables al invitarnos, y sería de mala educación marcharnos justo después de comer. Igual podemos salir a dar un paseo o algo así.

—¿Con la señorita Andrews?

—Si tú quieres que venga…

—Vale. —Hizo una pausa y miró por la ventana al pasar por una pineda—. Papá…, ¿crees que comeremos pavo?

—Es bastante probable. ¿Por qué?

—¿Tendrá un sabor raro? ¿Cómo el año pasado?

—¿Estás diciendo que no te gusta cómo cocino?

—Sabía raro.

—Yo creo que no.

—Para mí sí.

—Igual cocinan mejor que yo.

—Eso espero.

—¿Te estás metiendo conmigo?

Jonah sonrió.

—Un poco. Pero el pavo sabía raro, de verdad.

Aparcó el coche delante de una casa de ladrillo de dos pisos, al lado del buzón. El aspecto del césped delataba la presencia de alguien que disfrutaba arreglando el jardín. Una hilera de pensamientos adornaba el sendero, al pie de los árboles se extendía una capa de pinaza, y las únicas hojas que podían verse en el suelo eran las que habían caído aquella noche. Sarah apartó la cortina y saludó desde el interior de la casa. Enseguida abrió la puerta principal.

—Vaya, estás impresionante —exclamó.

Miles se llevó la mano inconscientemente a la corbata.

—Gracias.

—Me refería a Jonah —replicó Sarah con un guiño, y Jonah miró a su padre con una expresión triunfal. Con sus pantalones azul marino y una camisa blanca, parecía que acabara de salir de la iglesia. Le dio a Sarah un abrazo.

Sarah escondía detrás de la espalda un paquete con unos cuantos coches en miniatura, que enseguida le dio a Jonah.

—¿Qué es esto? —preguntó Jonah.

—Quería que tuvieras algo con qué jugar mientras estás aquí —respondió Sarah—. ¿Te gustan?

Jonah se quedó mirando la caja con los coches.

—¡Qué guay! Mira, papá… —dijo sosteniendo la caja en el aire.

—Ya lo veo. ¿Ya has dado las gracias?

—Gracias, señorita Andrews.

—De nada.

Cuando Miles se acercó a Sarah, ella se puso en pie y le dio un beso como saludo.

—Solo estaba bromeando, tú también estás muy guapo. No estoy acostumbrada a verte con chaqueta y corbata a primera hora de la tarde. —Sarah pasó los dedos con suavidad por la solapa de la chaqueta de Miles—. Podría acostumbrarme a verte así.

—Gracias, señorita Andrews —dijo Miles, imitando a su hijo—. Tú también estás guapa.

Y no era solamente un cumplido. Cuanto más la conocía, más encantadora le parecía, sin importar la ropa que llevara.

—¿Estáis listos para entrar en casa? —preguntó Sarah.

—Cuando quieras —respondió Miles.

—¿Y tú, Jonah?

—¿Hay más niños?

—No. Lo siento, solo hay un montón de adultos. Pero son muy simpáticos, y tienen muchas ganas de conocerte.

Jonah asintió y desvió la mirada hacia la caja con los cochecitos.

—¿Puedo abrir ya la caja?

—Claro. Es tuya, puedes abrirla cuando quieras.

—¿Y podré jugar afuera con los coches?

—Por supuesto —dijo Sarah—. Para eso los he traído…

—Pero antes —añadió Miles, interrumpiendo la conversación— tenemos que entrar dentro para saludar a las demás personas. Y después si quieres puedes ir afuera a jugar, no quiero que te ensucies la ropa antes de comer.

—Vale —aceptó Jonah sin rechistar, y por la expresión de su cara, realmente parecía creer que lo conseguiría.

161

Pero Miles no se hacía ilusiones: ¿cómo podía no ensuciarse un niño de siete años jugando en el jardín? Aunque sabía que era imposible, tenía la esperanza de que no se manchara demasiado.

—Bueno, pues entonces vamos dentro —dijo Sarah—. Solo una última recomendación…

—¿Sobre tu madre?

Sarah sonrió.

—¿Cómo lo sabes?

—No te preocupes. Me portaré muy bien, y Jonah también, ¿verdad que sí?

Jonah asintió sin alzar la vista.

Sarah cogió a Miles de la mano y se acercó para hablarle al oído.

—No sois vosotros los que me preocupáis.

—¡Ya habéis llegado! —exclamó Maureen mientras salía de la cocina.

Sarah le dio un codazo a Miles. A este le sorprendió comprobar que Maureen no se parecía en nada a su hija. Sarah era rubia, mientras que los cabellos canos de su madre delataban que antes había sido morena; Sarah era alta y delgada, pero su madre tenía un aspecto más corpulento, y al acercarse a ellos parecía avanzar dando saltos, no como Sarah, que se deslizaba al caminar. Llevaba un delantal blanco por encima de un vestido azul, y extendió las manos hacia ellos como si estuviera saludando a viejos amigos que hacía mucho que no veía.

—¡He oído a Sarah hablar tanto de vosotros!

Maureen abrazó a Miles y después a Jonah, antes incluso de que Sarah se los presentara formalmente.

—¡Estoy tan contenta de que hayáis venido! Como podéis ver, tenemos la casa llena de gente, pero vosotros sois nuestros invitados de honor. —Parecía un poco nerviosa.

—¿Qué quiere decir eso? —preguntó Jonah.

—Que todo el mundo estaba esperándoos.

—¿Ah, sí?

—Sí, señor.

162

—Pero si ni siquiera me conocen —dijo Jonah inocentemente, mientras echaba un vistazo a la sala, y sentía los ojos de aquellos desconocidos clavados en él. Miles posó una mano sobre su hombro en un gesto tranquilizador.

—Encantado de conocerte, Maureen. Gracias por habernos invitado.

—Oh, es un placer —respondió con una risita nerviosa—. Estamos encantados de que hayáis venido. Y Sarah también.

—Mamá…

—Pues es verdad. No hay por qué ocultarlo. —Volvió su atención hacia Miles y Jonah, sin dejar de hablar y reír durante un rato.

Cuando por fin terminó de hablar, pasó a hacer las presentaciones ante los abuelos y demás parientes de Sarah, en total una docena de personas. Miles les daba la mano, seguido de Jonah, mientras ella hacía una mueca de dolor cada vez que Maureen presentaba a Miles.

—Es el amigo de Sarah —decía, pero su tono de voz, en el que se combinaban el orgullo y la aprobación maternal, no dejaba dudas de a qué se refería realmente.

Una vez terminadas las presentaciones, Maureen casi parecía exhausta por su actuación. Volvió a dirigirse a Miles.

—¿Qué quieres tomar? ¿Una cerveza?

—Marchando una cerveza. ¿Y tú, Jonah? Tenemos cerveza para niños o Seven-Up.

—Cerveza para niños.

—Te ayudo, mamá —dijo Sarah, cogiéndola del brazo—. Creo que yo también necesito beber algo.

De camino a la cocina, su madre parecía exultante de alegría.

—Oh, Sarah… Me alegro tanto por ti.

—Gracias.

—Me parece fantástico. Qué sonrisa más encantadora. Tiene el aspecto de ser alguien en quien se puede confiar.

—Ya lo sé.

—Y su hijo es una monada.

—Sí, mamá…

—¿Dónde está papá? —preguntó Sarah poco después. Su madre por fin se había calmado lo suficiente como para volver a concentrarse en los preparativos de la comida.

—Se ha ido con Brian a la tienda hace un rato —contestó Maureen—. Les he mandado a comprar más panecillos y también una botella de vino, no estaba segura de que llegara para todos.

Sarah abrió el horno para comprobar si ya estaba listo el pavo y la cocina se llenó con su aroma.

—¿Entonces Brian ya se ha levantado?

—Estaba cansado, no llegó hasta pasada la medianoche. Tenía un examen el miércoles por la tarde, y por eso no pudo venir antes.

En ese momento se abrió la puerta trasera y entraron Larry y Brian cargados con dos bolsas que dejaron sobre la encimera. Brian parecía más delgado y maduro que la última vez que se habían visto, en agosto. Al ver a Sarah ambos se fundieron en un abrazo.

—¿Cómo van los estudios? Me parece que hace siglos que no hablamos.

—Más o menos. Ya sabes cómo es la universidad. ¿Qué tal el nuevo trabajo?

—Bien. Me gusta. —Sarah miró por encima del hombro de Brian—. Hola, papá.

—Hola, cariño —dijo Larry—, ¡qué bien huele!

Charlaron mientras colocaban la compra, hasta que Sarah por fin les dijo que quería presentarles a alguien.

—Ah, sí, mamá me comentó ayer que salías con alguien. —Brian movió las cejas repetidamente en un gesto cómplice—. Me alegro. ¿Es un buen tipo?

—Creo que sí.

—¿Va en serio?

Sarah no pudo dejar de advertir que su madre había dejado de pelar patatas a la espera de su respuesta.

—No lo sé —respondió, evasiva—. ¿Te gustaría conocerlo? Brian se encogió de hombros.

—Sí, claro.

Sarah se acercó y le tomó del brazo.

—No te preocupes, te caerá bien. —Brian asintió—. ¿Vienes tú también, papá?

—Enseguida. Tu madre quiere que busque más cuencos para servir la comida, y creo que están en una caja en la despensa.

Sarah y Brian salieron de la cocina y fueron a la sala, pero no encontraron a Miles ni a Jonah. La abuela les informó de que Miles había salido afuera un momento, pero tampoco los vieron desde la puerta principal.

—Deben estar en la parte de atrás…

Al doblar la esquina de la casa, Sarah por fin pudo verlos. Jonah había encontrado un pequeño montículo de tierra y empujaba los coches en miniatura por carreteras imaginarias.

—¿De qué trabaja? ¿También es maestro?

—No, pero nos conocimos en el colegio. Su hijo está en mi clase. Es ayudante del sheriff. ¡Eh, Miles! —gritó—. ¡Jonah! —Cuando se volvieron hacia ella, Sarah señaló a su hermano con un movimiento de cabeza—. Quiero presentaros a alguien.

Cuando el niño se puso en pie, Sarah pudo ver sendas manchas marrones en las rodilleras del pantalón. Miles y Jonah fueron hacia ellos y se encontraron a medio camino.

—Os presento a mi hermano, Brian. Brian, te presento a Miles y a su hijo, Jonah.

Miles le dio la mano.

—¿Qué tal? Miles Ryan. Encantado de conocerte.

Brian le tendió la mano con rigidez.

—Mucho gusto.

—Me ha dicho Sarah que estás en la universidad.

Brian asintió.

—Sí, señor.

Sarah se echó a reír.

—No necesitas ser tan formal, solo tiene un par de años más que yo.

Brian esbozó una sonrisa, pero no dijo nada, y Jonah alzó la vista hacia él.

El hermano de Sarah dio un paso atrás, como si no estuviera seguro de cómo debía dirigirse a un niño.

—Hola —dijo Jonah.

—Hola —respondió Brian.

—¿Eres el hermano de la señorita Andrews?

Brian asintió.

165

—Es mi maestra.

—Ya lo sé. Me lo ha dicho.

—Oh… —Jonah de repente parecía aburrido y empezó a juguetear con los coches. Nadie dijo nada durante un rato.

—No estaba escondiéndome de tu familia—dijo Miles pocos minutos después—. Jonah me pidió que saliera con él para preguntarme si podía jugar aquí. Le dije que creía que sí; espero que no sea problema.

—Claro que no —dijo Sarah—, lo importante es que se lo esté pasando bien.

Larry apareció por la esquina de la casa cuando los cuatro estaban hablando, y le pidió a Brian que buscase en el garaje las fuentes de servir que no encontraba por ningún lado. Brian se dirigió al garaje hasta perderse de vista.

Larry también era un hombre de pocas palabras, aunque parecía más reflexivo que Brian, como si estuviera examinando las expresiones del rostro de Miles, como si estas revelaran más detalles que las palabras, mientras hablaban de cosas intrascendentes. Esa sensación se desvaneció rápidamente al descubrir que tenían aficiones en común, como el partido de fútbol entre los Dallas Cowboys y los Miami Dolphins. Enseguida empezaron a charlar amigablemente. Al final, Larry regresó a la casa, dejando a Sarah a solas con Miles y Jonah. Jonah volvió al montón de tierra.

—Tu padre es todo un carácter. Al conocerlo he tenido la extraña sensación de que estaba intentando averiguar si nos habíamos acostado.

Sarah se echó a reír.

—Seguramente no vas mal encaminado. Soy la niña de sus ojos, ya sabes.

—Sí, ya lo sé. ¿Cuánto tiempo lleva casado con tu madre?

—Casi treinta y cinco años.

—Eso es mucho tiempo.

—A veces pienso que deberían canonizarlo.

—Bueno…, no seas tan dura con tu madre. También me ha caído bien.

—Creo que el sentimiento es recíproco. Por un momento pensé que quería adoptarte.

—Como tú misma dijiste, solo quiere que seas feliz.

—Como se te escape algo así delante de ella, me temo que no dejará que te vayas de aquí en la vida. Necesita cuidar a alguien ahora que Brian se ha ido. Oye, por cierto, no te tomes la timidez de Brian como algo personal. Es muy reservado cuando le presentan a alguien, pero en cuanto te conozca mejor se quitará la coraza.

Miles dio a entender con un movimiento de cabeza que no tenía importancia.

—No pasa nada. Además, me recuerda a mí mismo cuando tenía su edad. Lo creas o no, a veces yo tampoco sé qué decir.

Sarah abrió los ojos fingiendo sorpresa.

—No puede ser. ¿En serio? ¡Y yo que creía que eras la persona con más labia que había conocido! Me has dejado de piedra.

—¿De veras crees que el sarcasmo es lo más indicado para un día como hoy? ¿Un día para estar en familia y dar las gracias por todo lo que tenemos?

—Pues claro.

Miles la abrazó.

—Bueno, debo decir en mi defensa que, sea como fuere, mi estrategia funcionó, ¿o no?

Sarah suspiró.

—Supongo que sí.

—¿Solo lo supones?

—¿Qué quieres ahora? ¿Una medalla?

—Para empezar. Pero un trofeo también estaría bien.

Sarah sonrió.

—¿Y qué crees que tienes entre tus brazos?

El resto de la tarde transcurrió de forma tranquila. Una vez recogida la mesa, algunos de los miembros de la familia se dispusieron a ver el partido de fútbol, y los demás fueron a la cocina para ayudar a guardar las montañas de sobras de comida. Después pasaron la tarde sin prisas, y tras atiborrarse de pastel, hasta Jonah parecía estar relajado en aquel ambiente. Larry y Miles charlaron sobre New Bern, puesto que a Larry le interesaba la historia local. Sarah iba y venía de la cocina (en la que su madre repetía incansablemente que Miles le parecía un joven maravilloso) al salón (para que Miles y Jonah no se sintieran abandonados). Brian pasó casi todo el tiempo como un hijo obediente en la cocina, lavando y secando la vajilla de porcelana que su madre había sacado para la comida.

Media hora antes de que Miles tuviera que volver a casa para cambiarse para el trabajo, él, Sarah y Jonah dieron un paseo, tal como les había prometido. Se dirigieron hacia el final de la calle para adentrarse en el bosquecillo que había delante de la urbanización. Jonah cogió a Sarah de la mano y la guio por el bosque, sin parar de reír. Mientras los veía abrirse camino entre los árboles, Miles fue tomando conciencia gradualmente de adónde parecía llevarles todo aquello. Sabía que amaba a Sarah y se sentía emocionado por el hecho de que ella hubiera querido compartir aquel día con su familia y con ellos. Le había gustado la sensación de proximidad, el ambiente festivo, la espontaneidad con la que sus parientes parecían haber reaccionado ante su presencia, y estaba seguro de que le gustaría repetir.

Aquella fue la primera vez que se le pasó por la cabeza pedir a Sarah que se casara con él. De hecho, cuando la idea cobró forma, le pareció imposible desecharla.

Sarah y Jonah se encontraban un poco más adelante, arrojando piedras sin parar a un riachuelo. Jonah saltó el arroyo y Sarah le siguió.

—¡Vamos! —exclamó la chica—. ¡Estamos explorando!

—¡Ven, papá, date prisa!

—¡Ya voy, no me esperéis! Os alcanzaré enseguida.

Pero no corrió tras ellos. En lugar de eso, se quedó perdido en sus pensamientos mientras Jonah y Sarah se alejaban cada vez más, hasta desparecer tras una espesa arboleda. Miles se metió las manos en los bolsillos.

«Matrimonio.»

Por supuesto, todavía se encontraban en un momento temprano de la relación, y no pensaba ponerse de rodillas justo entonces para pedírselo. Pero, al mismo tiempo, de repente supo que llegaría el momento de hacerlo. Sarah era la persona adecuada, de eso estaba seguro. Y era fantástica con Jonah, quien parecía quererla mucho. Eso también era importante, porque, de no haber sido así, ni siquiera se habría planteado un futuro con ella.

En aquel momento, se activó un mecanismo en su interior, como una llave que encajara a la perfección en una cerradura. Aunque ni siquiera era plenamente consciente de ello, el condicional «y si» se convirtió en «cuándo».

Tras tomar esa decisión, Miles se relajó inconscientemente. Después de cruzar el arroyo, todavía no podía ver a Sarah ni a Jonah, pero tomó la misma dirección. Al cabo de un minuto los divisó. Al acortar la distancia que los separaba, se dio cuenta de que hacía años que no era tan feliz.

Desde aquel Día de Acción de Gracias hasta mediados de diciembre, Miles y Sarah se sintieron cada vez más unidos, como amantes y como amigos, y su relación floreció hasta convertirse en algo más profundo y duradero.

Miles empezó a dejar caer indirectas sobre un posible futuro juntos. Sarah no era ajena al significado real de sus palabras; de hecho, ella misma añadía sus propios comentarios. Eran pequeños detalles, como por ejemplo cuando estaban acostados en la cama y Miles mencionaba que había que volver a pintar las paredes; Sarah respondía que un amarillo pálido daría alegría a la habitación, y al final escogían el color juntos. O cuando Miles comentaba que el jardín necesitaba un poco más de colorido y ella decía que siempre le habían encantado las camelias, y que eso sería lo que plantaría si viviera allí. Ese fin de semana, Miles plantó cinco arbustos de camelias en la parte frontal de la casa.

La carpeta marrón seguía en el armario. Por primera vez en mucho tiempo, Miles parecía vivir más en el presente que en el pasado. Y, sin embargo, aunque ambos estaban dispuestos a mirar hacia el futuro, lo que ni Sarah ni Miles podían saber era que los acontecimientos muy pronto conspirarían para hacer imposible su sueño.

Capítulo 16

De nuevo otra noche de insomnio. Por mucho que deseara volver a dormir, sabía que no podría. No hasta dejar por escrito cómo sucedió.

El accidente no ocurrió como Miles o la mayoría de la gente creían. Al contrario de lo que se sospechaba, aquella noche no había estado bebiendo, ni tampoco había tomado drogas. Estaba completamente sobrio.

Lo que pasó con Missy aquella noche fue un accidente.

He revivido aquel momento en mi mente más de mil veces. Durante los quince años transcurridos desde aquel día, he tenido la sensación de déjà vu en ocasiones extrañas, por ejemplo al cargar cajas en un camión de mudanzas hace un par de años. Entonces dejo de hacer lo que tengo entre manos, aunque solo sea por un momento, y me siento como transportado en el tiempo al día en que Missy Ryan murió.

Llevaba trabajando todo el día desde muy temprano, descargando cajas en palés destinados a un almacén local, y supuestamente mi jornada debía acabar a las seis de la tarde. Pero justo antes de la hora de cierre llegó un cargamento de tuberías de plástico. Mi jefe era el proveedor de la mayoría de los comercios de las dos Carolinas y me pidió que me quedara a hacer horas extras. No me importaba. Al contrario, suponía un ingreso extra: me pagaban la hora normal más la mitad, una buena forma de ganar un dinero que necesitaba. Pero no contaba con que el camión estuviera tan lleno, ni con que al final tendría que descargarlo prácticamente yo solo.

Se suponía que éramos cuatro, pero uno estaba enfermo;

otro no podía quedarse más tiempo porque su hijo jugaba un partido de béisbol y no quería perdérselo. Quedábamos dos, y podríamos habérnoslas apañado bien. Pero poco después de que llegara el camión, mi compañero se torció el tobillo, así que solo quedaba yo.

Además, hacía mucho calor. La temperatura exterior debía de ser de más de treinta grados, pero dentro del almacén hacía más de cuarenta grados, con mucha humedad. Ya había hecho mis ocho horas, pero me quedaban otras tres. No habían parado de llegar camiones durante todo el día, y puesto que yo trabajaba esporádicamente allí, la mayoría de las tareas que se me asignaban eran agotadoras. Los otros tres trabajadores se turnaban con la carretilla elevadora, de modo que podían descansar de vez en cuando. Pero no era ese mi caso. Mi trabajo consistía en clasificar las cajas y acercarlas desde el fondo del tráiler hasta la puerta de descarga, para después cargarlas en palés que la carretilla elevadora llevaría al interior del almacén. Pero al final del día estaba solo, y me tocó hacer todas las tareas. Para cuando terminé, me sentía exhausto. Apenas podía mover los brazos, tenía contracturas en la espalda y, como no había comido, estaba muerto de hambre.

Por eso decidí ir a Rhett's Barbecue en lugar de volver directamente a casa. Tras un largo y duro día de trabajo no hay nada mejor en el mundo que un asado. Cuando por fin regresé al coche, solo podía pensar que enseguida podría, por fin, relajarme.

Mi coche por aquel entonces era una auténtica tartana, llena de abolladuras, un Pontiac Bonneville de más de doce años. Lo había comprado de segunda mano el verano anterior por tan solo trescientos dólares. A pesar de su aspecto destartalado, funcionaba bien, y nunca me había dado problemas. El motor arrancaba a la primera, y yo mismo había arreglado los frenos cuando lo compré, la única reparación realmente necesaria en ese momento.

Me subí al coche justo cuando el sol iniciaba su descenso. A esa hora del atardecer, el sol juega malas pasadas al dibujar su arco hacia el oeste. El cielo cambiaba de color rápidamente y las sombras se extendían sobre el asfalto como largos dedos espectrales, y, como apenas había nubes, a veces los rayos del sol

171

atravesaban el parabrisas casi de forma oblicua, por lo que me veía obligado a entrecerrar los ojos para poder ver.

Al parecer, el conductor que me precedía tenía más dificultades aún que yo para ver. Aceleraba y volvía a reducir la velocidad continuamente, pisando el freno cada vez que cambiaba la luz del sol, y en más de una ocasión había invadido el carril contrario. Yo le seguía atentamente, pisando también el freno, pero al final me cansé de imitar sus maniobras y decidí guardar cierta distancia entre los dos. La carretera era demasiado estrecha para adelantarlo, así que aminoré la marcha con la esperanza de que el otro conductor se alejara.

Pero sucedió justo lo contrario. El otro conductor también empezó a conducir más despacio, y cuando se redujo la distancia entre los dos, vi que las luces de freno se encendían intermitentemente, como las de un árbol de Navidad, hasta que de repente permanecieron encendidas. Pisé con fuerza los frenos y las ruedas chirriaron al detener el coche. Creo que me quedé a menos de treinta centímetros del automóvil que tenía delante.

Supongo que ese fue el momento en que el destino intervino. A veces pienso que hubiera sido mejor chocar con ese coche, porque entonces habría tenido que detenerme, y Missy Ryan hubiera podido regresar a su casa. Pero no fue así, y como yo estaba harto del otro conductor, tomé el primer desvío a la derecha hacia Camellia Road. Pensaba que ganaría tiempo, incluso aunque diera un rodeo. La sinuosa carretera recorría una de las zonas más antiguas del municipio, flanqueada por grandes y frondosos robles; el sol ya estaba bastante bajo, y su luz ya no me deslumbraba. Poco después, el cielo empezó a oscurecerse rápidamente y encendí los faros.

Era una carretera con curvas a derecha e izquierda, y cada vez se veían menos casas. Los jardines eran más espaciosos, y parecía que vivía menos gente. Tras unos cuantos minutos, volví a desviarme, esta vez hacia la carretera de Madame Moore. Conocía bien aquel camino, y me consolé pensando que dentro de un par de kilómetros llegaría a Rhett's Barbecue.

Recuerdo que puse la radio y busqué una emisora, sin quitar los ojos del asfalto. Enseguida volví a apagarla. Mi mente, lo juro, estaba atenta a la conducción.

La carretera era estrecha y tenía muchas curvas, pero, como

ya he dicho antes, la conocía como la palma de la mano. De forma automática pisé el freno al entrar en una curva pronunciada. Fue entonces cuando la vi, y estoy casi seguro de que aminoré aún más la velocidad, aunque todo sucedió tan rápido que no podría jurarlo.

Iba detrás de ella, y la distancia se iba acortando rápidamente. Ella corría por la cuneta, un arcén de hierba. Recuerdo que llevaba una camiseta blanca y unos pantalones cortos azules, y que no iba demasiado rápido, más bien trotaba relajadamente.

En aquella barriada, las fincas son grandes, de unos dos mil metros cuadrados, y no se veía a nadie en los jardines de las casas. Sabía que la seguía un coche, porque la vi echar un rápido vistazo por encima del hombro; tal vez incluso pudo verme con el rabillo del ojo, porque se apartó un poco más hacia el interior del arcén. Mis manos sujetaban firmemente el volante. Estaba atento y creo que tenía cuidado. Ella también.

Pero ninguno de los dos vio al perro.

Era casi como si hubiera estado acechando para atacarla. Salió de entre los setos cuando apenas nos separaban siete metros. Era un enorme perro negro, y aunque yo estaba en el coche, pude oírle ladrar ferozmente al abalanzarse sobre Missy. Debió de pillarla por sorpresa, pues retrocedió de repente para esquivar al animal e invadió el asfalto.

En ese instante, los mil quinientos kilos de mi coche colisionaron contra ella.

Capítulo 17

Sims Addison, a sus cuarenta años, tenía un aspecto que más recordaba al de una rata que al de un ser humano: tenía una nariz afilada, la frente inclinada y un mentón que parecía haber dejado de crecer antes que el resto de su cuerpo. Llevaba el pelo engominado y peinado hacia atrás, con ayuda de un peine de púas anchas que siempre llevaba consigo.

Además, Sims era alcohólico.

Sin embargo, no era la clase de alcohólico que bebía todas las noches. A Sims le temblaban las manos a primera hora de la mañana, antes de ingerir la primera copa del día, de la que solía dar cuenta mucho antes de que la mayoría de la gente se fuera a trabajar. Aunque tenía debilidad por el bourbon, casi nunca tenía suficiente dinero más que para comprar vino barato de garrafa. No le gustaba decir de dónde sacaba el dinero, pero tampoco necesitaba gran cosa, aparte de la bebida y el alquiler.

La única cualidad que lo salvaba era que tenía el don de hacerse invisible y de resultas de ello tenía facilidad para enterarse de cosas que no eran del dominio público. Cuando bebía no mostraba un comportamiento escandaloso ni repugnante, pero la expresión que entonces normalmente tenía en el rostro, con los ojos entrecerrados y la mandíbula colgando, hacía pensar que estaba mucho más borracho de lo que solía estar. Y por eso, la gente decía cosas en su presencia.

Cosas que normalmente deberían haber callado.

Sims ganaba dinero trabajando de confidente para la policía.

Pero no contaba todo lo que sabía. Solo daba los chivatazos en los que sabía que seguiría siendo anónimo y cobrando su recompensa; únicamente en aquellos casos en los que la policía guardaría el secreto, y no tendría que testificar.

Sabía que los criminales eran rencorosos, y no era tan estúpido como para creer que si descubrían quién les estaba delatando se resignarían y lo olvidarían.

Sims había pasado algún tiempo entre rejas: una vez cuando apenas tenía veinte años, por hurto; y dos veces a los treinta años, por posesión de marihuana. Pero la tercera vez que estuvo en la cárcel se produjo un cambio. Para entonces su alcoholismo ya era patente, y durante la primera semana sufrió el peor síndrome de abstinencia imaginable. Tenía convulsiones, vomitaba, y al cerrar los ojos veía monstruos. Además, estuvo a punto de morir, aunque no debido al mono. Su compañero de celda, tras varios días aguantando los gritos y los gemidos de Sims, le dio una paliza que lo dejó inconsciente, para por fin poder dormir. Sims pasó tres semanas en la enfermería, y la comisión de libertad bajo palabra se compadeció y le dieron la condicional. En lugar de cumplir la condena de un año, tenía que presentarse regularmente ante un funcionario de la comisión, con la condición de que, si bebía o consumía drogas, debería cumplir la pena a la que había sido condenado.

La posibilidad de tener que volver a pasar por el síndrome de abstinencia o sufrir nuevas palizas hizo que Sims tuviera pavor a volver a la cárcel.

Pero no podía enfrentarse a la vida sobrio. Al principio fue lo suficientemente cauto como para beber solo en la intimidad de su hogar. Pero con el tiempo empezó a molestarle el impacto que aquella restricción tenía en su libertad. Volvió a encontrarse con otros bebedores, aunque intentaba no llamar la atención. A medida que pasaba el tiempo, empezó a tentar su suerte. Bebía de camino hacia su punto de encuentro, disimulando la botella bajo la típica bolsa de papel marrón. Muy pronto acabó estando siempre borracho, y aunque seguramente en su cerebro se disparaba una señal de alarma que le advertía que tenía que andarse con cuidado, su mente estaba demasiado aturdida como para escucharla.

Sin embargo, podía haber seguido así de no haberle pedido el coche prestado a su madre aquella noche. No tenía carné de conducir, pero decidió encontrarse con unos amigos en un antro situado en una pista fuera de los límites del municipio. Bebió más de la cuenta, y pasadas las dos de la madrugada salió tambaleándose hacia el coche. Apenas fue capaz de salir del aparcamiento sin chocar con los demás automóviles, pero de algún modo consiguió conducir en dirección a su casa. Tras unos cuantos kilómetros vio los destellos de unas luces rojas tras él.

Miles Ryan salió del coche patrulla.

—¿Eres tú, Sims? —gritó Miles, acercándose lentamente. Al igual que la mayoría de los agentes, conocía a Sims por su nombre de pila. Sin embargo, había encendido la linterna y estaba examinando el interior del coche para descartar cualquier posible peligro.

—Ah, hola, agente —saludó Sims sin poder articular bien las palabras.

—¿Has estado bebiendo? —preguntó Miles.

—No… Ni una gota. —En la mirada de Sims había inseguridad—. Estaba visitando a unos amigos.

—¿Estás seguro? ¿Ni una cerveza?

—No, señor.

—¿Un vaso de vino con la cena tal vez?

—No, señor. No he bebido.

—Estabas haciendo eses por la carretera.

—Es que estoy cansado. —Como para dar énfasis a su afirmación, se llevó la mano a la boca y bostezó.

Miles pudo percibir el aliento a alcohol.

—Oh, vamos…, ¿ni una sola copa? ¿En toda la noche?

—No, señor.

—Enséñame tu carné y los papeles del coche.

—Bueno…, humm… No tengo el carné aquí, debo haberlo dejado en casa.

Miles se apartó del coche, con la linterna dirigida hacia Sims.

—Sal del coche.

Sims parecía sorprendido de que Miles no le creyera.

—¿Para qué?

—Baja del coche, por favor.

—¿No irá a arrestarme?

—Venga, no me lo pongas más difícil.

Sims parecía indeciso; estaba más borracho de lo habitual. En lugar de hacer caso, se quedó con la mirada perdida a través del parabrisas hasta que Miles por fin abrió la puerta.

—Venga.

Le ofreció una mano, pero Sims se limitó a rechazar su ayuda con un movimiento de cabeza, como intentando demostrarle que estaba perfectamente, que podía salir solo del coche.

Pero le costó mucho más bajar del coche de lo que pensaba. En lugar de encontrarse con los ojos de Miles Ryan para suplicar clemencia, Sims se encontró de pronto en el suelo y se desmayó casi inmediatamente.

A la mañana siguiente, se levantó temblando, completamente desorientado. Solo sabía que estaba en una celda. Empezó a sentirse mareado, abrumado por un miedo paralizante. Poco a poco, los recuerdos fragmentados de la noche anterior regresaron a su mente. Se acordaba de que había ido al bar para beber con sus amigos… Todo lo que había sucedido a continuación estaba envuelto en una neblina, hasta el momento en que vio los destellos de las luces. En lo más recóndito de su mente recordó que había sido el agente Miles Ryan quien le había arrestado.

Pero Sims tenía preocupaciones más importantes que intentar recordar todo lo sucedido la noche anterior, y se concentró en buscar la manera de evitar volver a la cárcel. Solo de pensarlo le corría el sudor por la frente y el labio superior.

No podía volver allí. De ninguna manera. Se moriría. Estaba seguro.

Pero iba a tener que volver. El miedo le despejó la mente. Durante los siguientes minutos, solo pudo pensar en todo lo que suponía volver a la cárcel, y que simplemente no podría soportar.

La prisión.

Las palizas.

Las pesadillas.

Los escalofríos y los vómitos.

«La muerte.»

Se levantó tambaleándose del lecho y tuvo que apoyarse en la pared para mantener el equilibrio. Con paso vacilante llegó hasta los barrotes y echó un vistazo al pasillo. Había otras tres celdas ocupadas, pero ninguno de sus ocupantes parecía saber si el agente Ryan estaba allí. Cuando preguntó a los demás, dos de ellos le gritaron que se callara; el tercero ni siquiera contestó.

«Así será tu vida en los próximos dos años.»

No era tan ingenuo como para creer que le dejarían en libertad, ni tampoco se hacía ilusiones de que el abogado de oficio pudiera ayudarle. Cuando le dieron la condicional había quedado muy claro que la menor falta tendría como consecuencia su forzoso encarcelamiento y, teniendo en cuenta su historial, no pasarían por alto el hecho de que estaba conduciendo bebido. No tenía la menor posibilidad. No le serviría de nada pedir clemencia ni suplicar perdón; sería como escupir contra el viento. Se pudriría en prisión hasta que saliera el juicio, seguramente lo condenarían, y entonces tirarían la llave.

Se llevó la mano a la frente para secarse el sudor. Tenía que hacer algo. Haría lo que fuera para evitar el destino que le aguardaba.

Intentó empezar a pensar más rápido, torpemente y de forma entrecortada, pero la maquinaria se puso en marcha. Su única esperanza, lo único que podría ayudarle era dar marcha atrás al reloj y volver al momento antes de que le arrestaran la noche anterior.

¿Cómo demonios iba a conseguirlo?

«Tienes información», dijo una vocecita.

Miles acababa de salir de la ducha cuando oyó el teléfono. Después de preparar el desayuno para Jonah y ver cómo cogía el autobús hacia la escuela, en lugar de ponerse a arreglar la casa, había vuelto a la cama con la esperanza de seguir durmiendo un par de horas más. Había dormitado un poco, aunque no pudo volver a conciliar el sueño. Tenía que trabajar desde el mediodía hasta las ocho de la tarde, y después le esperaba una relajante velada: Jonah iría al cine con Mark, y Sarah había dicho que iría a su casa para poder estar juntos.

Aquella llamada cambió sus planes.

Miles se puso una toalla alrededor de la cintura, y respondió la llamada justo antes de que saltara el contestador. Era Charlie. Tras intercambiar un par de bromas, Charlie fue al grano.

—Tienes que venir ahora mismo.

—¿Por qué? ¿Qué ha pasado?

—Ayer arrestaste a Sims Addison, ¿verdad?

—Sí.

—No he visto el informe.

—Ah…, es por eso. Recibí otra llamada y tuve que salir corriendo. Pensaba ir un poco antes para acabar de redactarlo. ¿Hay algún problema?

—No estoy seguro. ¿Cuándo podrás estar aquí?

Miles no supo qué pensar de aquella petición; tampoco podía deducir nada por el tono de Charlie.

—Acabo de salir de la ducha. Media hora, tal vez.

—Cuando llegues ven a verme enseguida. Te estaré esperando.

—Por lo menos podrías decirme a qué viene tanta prisa.

Se hizo una larga pausa al otro extremo.

—Ven lo antes posible. Te lo contaré en cuanto llegues.

—¿De qué va todo esto? —preguntó Miles. En cuanto llegó a las oficinas, Charlie le había conducido a su despacho y había cerrado la puerta tras ellos.

—Cuéntame qué pasó anoche.

—¿Te refieres al arresto de Sims Addison?

—Desde el principio.

—Humm… Era pasada la medianoche, y había aparcado en la carretera en la que se encuentra Beckers, el bar que está cerca de Vanceboro, ¿sabes a cuál me refiero?

Charlie asintió, con los brazos cruzados.

—Estaba vigilando. Había sido una noche tranquila, y sabía

que ya estaban cerrando. Poco después de las dos de la mañana vi que alguien salía del bar. Tuve una corazonada y decidí seguirlo, y menos mal que lo hice, porque el conductor iba haciendo eses. Le obligué a detenerse para someterse al test de alcoholemia, y entonces vi que se trataba de Sims Addison. En cuanto me acerqué a la ventanilla pude oler el alcohol en su aliento. Cuando le pedí que saliera del coche cayó al suelo. Se desmayó, así que lo cargué en el asiento trasero y lo traje hasta aquí. Cuando llegamos se había despabilado lo suficiente como para no tener que cargarlo hasta la celda, pero tuvo que apoyarse en mí. Iba a ponerme con el papeleo, pero hubo otra llamada y tuve que salir de inmediato. Cuando regresé, mi turno ya hacía acabado. Y como hoy sustituyo a Tommie, pensaba redactar el informe antes de empezar el turno.

Charlie no hizo ningún comentario, pero seguía mirando fijamente a Miles.

—¿Algo más?

—No. ¿Se ha quejado por haberse hecho daño? Como ya te he dicho, no le puse la mano encima, se cayó el solo. Estaba muy mal, Charlie. Absolutamente borracho…

—No, no es eso.

—¿Entonces?

—Déjame que aclare algunos puntos primero: ¿ayer no te dijo nada?

Miles reflexionó un momento.

—La verdad es que no. Sabía quién era y me llamó por mi nombre… —Miles no acabó la frase, intentando recordar si había algo más.

—¿Actuaba de forma extraña?

—No… Solo estaba como ido, ¿sabes?

—Humm… —masculló Charlie, sumido en sus propios pensamientos.

—Venga, Charlie, dime qué pasa.

Charlie profirió un suspiro.

—Dice que quiere hablar contigo.

Miles esperó, como si supiera que había algo más.

—Solo quiere hablar contigo. Dice que tiene información.

Miles conocía el historial de Sims.

—¿Y qué?

—No quiere hablar conmigo. Pero dice que es cuestión de vida o muerte.

Miles observó a Sims a través de los barrotes: aquel hombre parecía estar realmente al borde de la muerte. Al igual que otros alcohólicos crónicos, su piel tenía un tono amarillo enfermizo; le temblaban las manos y el sudor le empapaba la frente. Estaba sentado en el catre y, estaba claro, había estado rascándose los brazos distraídamente durante horas, ya que Miles pudo ver los arañazos rojos, teñidos de sangre, como si un niño le hubiera pintado con una barra de labios.

Miles cogió una silla y se sentó con los codos apoyados en las rodillas.

—¿Querías hablar conmigo?

Sims se volvió hacia el lugar de donde venía la voz. No se había percatado de la presencia de Miles, y pareció necesitar un momento para centrarse. Se secó el sudor del labio superior y asintió.

—Agente.

Miles se inclinó hacia delante.

—¿Qué tenías que decirme, Sims? Has hecho que mi jefe se ponga nervioso. Dice que tú le has dicho que tienes información para mí.

—¿Por qué me arrestó ayer? —preguntó Sims—. No he hecho mal a nadie.

—Estabas borracho, Sims. Y además conduciendo. Eso es un delito.

—Entonces, ¿por qué todavía no he sido acusado?

Miles meditó su respuesta, mientras intentaba averiguar adónde quería ir a parar Sims con todo aquello.

—Todavía no me ha dado tiempo a hacerlo —dijo con sinceridad—. Pero, de acuerdo con las leyes de este estado, no importa si lo hago ahora en vez de anoche. Si solo querías verme para eso, me voy, tengo cosas que hacer.

Miles se levantó de la silla y dio un paso hacia el pasillo.

—Espere —dijo Sims.

Miles se detuvo y dio media vuelta.

—¿Qué?

181

—Tengo algo importante que decirle.

—Le dijiste a Charlie que era asunto de vida o muerte.

Sims volvió a secarse los labios.

—No puedo volver a la cárcel. Si presenta cargos contra mí, me encarcelarán. Tengo la condicional.

—Así es como funcionan las cosas. Si infringes la ley, vas a la cárcel. ¿No te lo enseñaron nunca?

—No puedo volver a la cárcel —repitió.

—Deberías haberlo pensado ayer.

Miles volvió a darle la espalda. Sims se levantó del catre con expresión de pánico.

—No lo haga.

Miles vaciló.

—Lo siento, Sims. No puedo ayudarte.

—Podría soltarme. No he hecho daño a nadie. Y si vuelvo a la prisión, estoy seguro de que moriré. Tan seguro como que el cielo es azul.

—No puedo hacer lo que me pides.

—Claro que sí. Puede decir que se ha equivocado, que me quedé dormido al volante y por eso hacía eses…

Miles no pudo evitar sentir cierta compasión por aquel hombre, pero estaba claro cuál era su deber.

—Lo siento —repitió, y empezó a alejarse por el pasillo.

Sims se aferró a los barrotes.

—Tengo información…

—Pues luego me la cuentas, cuando subas para acabar con el papeleo.

—¡Espere!

Algo en su tono de voz hizo que Miles se detuviera de nuevo.

—¿Qué?

Sims carraspeó. Los tres hombres que ocupaban las otras celdas estaban en el piso de arriba, pero Sims echó un vistazo alrededor para asegurarse de que no había nadie más. Indicó a Miles por gestos que se acercara, pero el policía se quedó donde estaba con los brazos cruzados.

—Si le paso información importante, ¿me dejará salir sin cargos?

Miles tuvo que reprimir una sonrisa. «Ahora te escucho.»

—Eso no depende de mí, ya lo sabes. Tendré que hablar con el fiscal del distrito.

—No. No quiero esa clase de tratos. Ya sabe cómo trabajo. No quiero testificar, y mi nombre queda en el anonimato.

Miles guardó silencio.

Sims volvió a mirar a su alrededor, para asegurarse de que seguían solos.

—No tengo pruebas de lo que le diré, pero sé que es cierto y que le interesa. —Bajó la voz, como si se tratara de un secreto—. Sé quién lo hizo. Ya sabe a qué me refiero.

El tono de voz y las obvias implicaciones hicieron que a Miles se le erizara el vello de la nuca.

—¿De qué estás hablando?

Sims se tocó el labio superior de nuevo, consciente de que había captado la atención de Miles.

—No puedo decírselo a menos que me suelte.

Miles se acercó a la celda, desconcertado. Miró fijamente a Sims hasta que este se apartó de los barrotes.

—¿Decirme el qué?

—Primero quiero un trato. Tiene que prometerme que me sacará de aquí. Solo tiene que decir que no pudo hacerme el test, y que, por lo tanto, no tiene pruebas de que hubiera bebido.

—Ya te lo he dicho: no puedo hacer tratos.

—Si no hay trato, no hay información. Ya se lo he dicho, no puedo volver a la cárcel.

Estaban frente a frente, y ninguno de los dos apartó la vista.

—Sabe exactamente de qué le hablo, ¿verdad? —dijo por fin Sims—. ¿No quiere saber quién lo hizo?

A Miles se le disparó el corazón. Las manos se cerraron en un puño involuntariamente. La cabeza le daba vueltas.

—Se lo diré si me suelta —añadió Sims.

Miles abrió la boca, pero volvió a cerrarla abrumado por los recuerdos que cayeron en tropel sobre él, como el agua que se desborda de un fregadero. Parecía increíble, absurdo. Pero... ¿y si Sims estaba diciendo la verdad?

¿Y si sabía quién había matado a Missy?

—Tendrás que testificar —dijo.

183

Sims alzó las manos.

—Ni hablar. Yo no vi nada, pero oí a gente hablar. Y si descubren que se lo he contado, puedo darme por muerto. Por eso no puedo declarar. No lo haré. Juraré que no recuerdo haberle contado nada. Tampoco podrá decir de dónde ha sacado la información. Debe quedar entre nosotros. Pero...

Sims se encogió de hombros y entrecerró los ojos, consciente de que había llevado a Miles a su terreno.

—La verdad es que todo eso le trae sin cuidado, ¿me equivoco? Solo quiere saber quién lo hizo, y yo puedo decírselo. Y que me parta un rayo aquí mismo si no le digo la verdad.

Miles agarró los barrotes con tal fuerza que la sangre dejó de circular por sus nudillos.

—¡Dímelo! —gritó

—Sáqueme de aquí —respondió Sims, manteniendo de algún modo la calma, pese al arrebato de Miles—, y se lo diré.

Durante un buen rato, Miles se limitó a mirarlo fijamente.

184

—Estaba en el Rebel —empezó a decir finalmente Sims, después de que Miles hubiera accedido a su petición—. ¿Conoce el local?

No esperó su respuesta. Se pasó el dorso de la mano por sus cabellos grasientos.

—De esto hace un par de años, la verdad es que no recuerdo exactamente cuándo fue, ya sabe, había tomado unas copas. Detrás de mí, en uno de los reservados, vi a Earl Getlin. ¿Le conoce?

Miles asintió. Otro de la lista de viejos conocidos del departamento. Un tipo alto y delgado, con la cara marcada de viruela, tatuajes en ambos brazos: uno que mostraba un linchamiento, y otro de una calavera atravesada por un cuchillo. Había sido arrestado por agresión, allanamiento de morada y tráfico de bienes robados. Se sospechaba que era traficante de drogas. Hacía un año y medio que le detuvieron por haber robado un coche, y estaba en la prisión estatal de Hailey de la que no saldría en menos de cuatro años.

—Parecía algo nervioso, no paraba de darle vueltas a su copa, como si estuviera esperando a alguien. Entonces los vi entrar: los Timson. Se quedaron en la puerta un momento, echando un vistazo a su alrededor hasta que vieron a Getlin. No son la clase de personas que me gusta tener como compañía, así que intenté no llamar su atención. Despúes vi que se sentaban frente a Earl. Hablaban en voz muy baja, casi en susurros, pero desde mi sitio pude oír cada palabra.

Miles se había puesto rígido mientras escuchaba. Tenía la boca seca, como si hubiera estado al sol durante horas.

—Estaban amenazando a Earl, que insistía en que todavía no lo había conseguido. Entonces oí hablar a Otis, que hasta ese momento había dejado que sus hermanos llevaran la conversación. Le dijo a Earl que, si no tenía el dinero el fin de semana, más valía que se anduviera con cuidado, porque a él nadie le tomaba el pelo.

Sims parpadeó. Su cara estaba muy pálida.

—Dijo que le pasaría lo mismo que a Missy Ryan. Solo que esta vez darían marcha atrás para atropellarlo otra vez.

185

Capítulo 18

Recuerdo que empecé a gritar antes incluso de que el coche se detuviera.

Por supuesto, también recuerdo el impacto: la sacudida del volante y un nauseabundo ruido sordo. Pero lo que recuerdo con más claridad son mis propios gritos en el interior del coche, que resonaban contra las ventanas cerradas y parecía que iban a romperme los oídos, y que se prolongaron hasta que apagué el motor y fui capaz por fin de abrir la puerta. Mis gritos se transformaron en una oración imbuida de pánico. Solo recuerdo que no paraba de decir: «No, no, no…».

Casi no podía respirar, pero corrí hasta la parte delantera del coche. No vi ninguna abolladura: mi coche, como ya dije antes, era un modelo antiguo, con una estructura capaz de resistir mejor los impactos que los coches que se fabrican ahora. Pero no vi el cuerpo. Tuve el repentino presentimiento de que le había pasado por encima, de que lo encontraría atascado bajo el chasis; al imaginar aquella horrible visión, se me encogió el estómago. Debo decir que no soy la clase de persona que se pone nerviosa fácilmente; a menudo la gente hace comentarios sobre mi autocontrol. Pero confieso que en ese momento apoyé mis manos en las rodillas y estuve a punto de vomitar. Cuando superé aquella sensación, me obligué a mí mismo a mirar bajo el coche. Pero no vi nada.

Corrí de un lado a otro, buscándola. Pero no encontré su cuerpo enseguida, y tuve la extraña sensación de que tal vez me había equivocado y que la imaginación me había jugado una mala pasada.

Empecé a correr de un lado a otro de la carretera, deseando que, contra todo pronóstico, solo la hubiera rozado, y confiando en que tal vez simplemente yaciera inconsciente. Miré detrás del coche en vano, y entonces supe dónde debía de estar.

Mientras mi estómago volvía a retorcerse, observé detenidamente el espacio delante de mi coche. Todavía tenía los faros encendidos. Di unos cuantos pasos vacilantes hacia delante; entonces la vi en la cuneta, a unos veinte metros.

Me debatí entre correr a la casa más próxima y llamar a una ambulancia o acudir donde estaba. En ese momento, me pareció que lo correcto era ir hacia ella. Al irme acercando, me encontré andando cada vez más despacio, como si de ese modo pudiera cambiar algo.

Enseguida me percaté de que su cuerpo yacía en una postura antinatural. Tenía una pierna doblada, como si estuviera cruzada sobre el muslo; la rodilla estaba girada en un ángulo imposible y el pie miraba hacia el lado contrario. Un brazo estaba comprimido bajo el torso; el otro, por encima de la cabeza. Estaba bocarriba.

Tenía los ojos abiertos.

187

Recuerdo que, en un primer momento, no asimilé el hecho de que estaba muerta. Pero enseguida me di cuenta de que había algo anormal en sus ojos vidriosos. Parecían falsos, como una caricatura del aspecto real de unos ojos humanos, como los ojos de un maniquí en un escaparate. Con la mirada clavada en ella, sin embargo, creo que fue la absoluta inmovilidad de sus ojos lo que realmente hizo que me diera cuenta. En todo el rato que estuve de pie a su lado, no parpadeó ni una vez.

En ese momento vi un charco de sangre debajo de la cabeza, y de pronto me asaltó la certeza: sus ojos, la posición del cuerpo, la sangre…

Y, por primera vez, supe con toda seguridad que estaba muerta.

Creo que entonces me derrumbé. No recuerdo haber tomado la decisión consciente de acercarme a ella, pero eso es justo lo que hice inmediatamente después. Llevé mi cabeza hacia su pecho, luego puse mi oído sobre su boca y le tomé el pulso. Busqué la mínima señal de vida, algo que me instara a actuar de algún modo.

Nada.

Más tarde, la autopsia revelaría que murió instantáneamente, tal como informaron los diarios. Lo comento porque quiero dejar claro que estoy diciendo la verdad. Missy Ryan no habría tenido ninguna oportunidad, independientemente de cómo hubiera actuado después del accidente.

No sé cuánto tiempo permanecí a su lado, pero seguro que no fue mucho rato. Recuerdo que regresé al coche tambaleándome y que abrí el maletero; cogí una manta y cubrí su cuerpo. En ese momento, me pareció que eso era lo que debía hacer. Charlie pensó que intentaba pedirle perdón; mirándolo con perspectiva, creo que había algo de eso en aquel gesto. Pero también lo hice simplemente porque no quería que nadie la viera como yo la vi. Así que la tapé con la manta, como si pudiera tapar mi propio pecado.

A partir de ese momento, mis recuerdos son borrosos. Lo siguiente de lo que me acuerdo es que subí al coche para volver a casa. La verdad es que no encuentro ninguna justificación, salvo que no podía pensar con claridad. Si me ocurriera lo mismo ahora, sabiendo lo que sé, habría actuado diferente. Habría corrido hacia la casa más próxima para avisar a la policía. Pero, por algún motivo, aquella noche no lo hice.

Y, sin embargo, no creo que mi intención fuera encubrir lo que había hecho. En ese momento seguro que no. Al mirar atrás para intentar comprenderlo, creo que fui a casa porque era el lugar en el que necesitaba estar. Como una polilla que se siente atraída hacia la luz del porche, creía que no tenía elección. Simplemente reaccioné así ante aquella situación.

Al llegar a casa tampoco hice lo que debía. Solo recuerdo que nunca me había sentido tan cansado en toda mi vida. En lugar de hacer la llamada que debía, simplemente fui a la cama y me puse a dormir.

Lo siguiente que recuerdo es que ya era de día.

Hay algo terrible en el momento de despertar, cuando el subconsciente sabe que ha pasado algo terrible, pero los recuerdos todavía no han regresado en su totalidad. Eso es lo que sentí en cuanto parpadeé y abrí los ojos. Era como si no pudiera respirar, como si me hubieran obligado a expulsar todo el aire, pero, en cuanto inspiré de nuevo, todo volvió a aflorar otra vez.

La conducción.

El impacto.

El aspecto de Missy cuando la encontré.

Me llevé las manos a la cara, sin querer creerlo. Recuerdo que mi corazón empezó a latir con fuerza y que recé fervorosamente para que todo aquello no hubiera sido más que una pesadilla. Había soñado cosas parecidas en alguna ocasión, sueños que parecían tan reales que había tardado largo rato en darme cuenta de que no eran verdad. Pero, esta vez, la sensación de realidad persistía. En lugar de desaparecer, se hacía más intensa, y me sentí como si me hundiera, como si me ahogara en mi océano privado.

Poco después, leí el artículo en el periódico.

Y entonces fue cuando de verdad cometí un delito.

Vi las fotos y leí lo que había sucedido, así como las declaraciones de la policía, que se comprometía a encontrar al responsable a cualquier precio. Y entonces, horrorizado, caí en la cuenta de que no creían que lo sucedido, aquel terrible, terrible accidente, fuera justo eso, simplemente un accidente. Creían que era un crimen.

El artículo decía que el conductor se había dado a la fuga. Era un delito grave.

Contemplé el teléfono sobre la encimera, como si me estuviera haciendo señas.

Había huido.

Para los demás, yo era culpable, independientemente de las circunstancias.

No me cansaré de repetir que, a pesar de mi actuación de la noche anterior, lo que sucedió no fue un crimen, aunque el artículo dijera lo contrario. No tomé la decisión de huir de modo consciente. No era capaz de pensar con la suficiente claridad como para decidir nada.

No cometí ningún delito aquella noche.

Lo hice en la cocina, al mirar al teléfono y no llamar.

Aunque el artículo me había puesto nervioso, en aquel momento sí podía pensar con claridad. No quiero buscar excusas para mi comportamiento, porque no las hay. Sopesé mis miedos y los enfrenté a lo que consideraba que era correcto, pero al final ganó el temor.

Me aterrorizaba la idea de ir a la cárcel por algo que en mi fuero interno sabía que era un accidente, y empecé a buscar justificaciones. Creo que me dije a mí mismo que llamaría más tarde, pero no lo hice. Me convencí de que era mejor esperar un par de días hasta que todo se calmase, y después llamaría; pero tampoco lo hice. Al final decidí esperar hasta después del funeral.

Y, para entonces, ya era demasiado tarde.

Capítulo 19

*P*oco después, ya en el interior del coche patrulla, con las sirenas y las luces encendidas, Miles derrapó al doblar una esquina y estuvo casi a punto de perder el control del coche, pero volvió a pisar a fondo el acelerador.

Había sacado a Sims a rastras de la celda, le había hecho subir las escaleras hasta la oficina y juntos habían cruzado las dependencias sin detenerse a dar explicaciones ante la mirada de los presentes. Charlie estaba telefoneando desde su despacho, pero al ver la palidez extrema del rostro de Miles colgó de inmediato, aunque no lo bastante rápido como para evitar que llegara a la salida acompañado de Sims. Salieron al mismo tiempo, y cuando Charlie llegó a la acera, vio que Miles y Sims tomaban direcciones opuestas. Charlie decidió en ese instante seguir a Miles, y gritó su nombre para que se detuviera. Miles lo ignoró y subió al coche patrulla.

Charlie aceleró el paso y llegó al coche justo cuando Miles salía a la carretera. A pesar de que el auto estaba en marcha, golpeó la ventanilla.

—¿Qué pasa? —exigió Charlie.

Miles le indicó por señas que se apartara. Charlie se quedó petrificado, con una expresión de confusión e incredulidad en la cara. En lugar de bajar la ventanilla, Miles accionó la sirena, pisó el acelerador y salió del aparcamiento, haciendo que los neumáticos derrapasen al incorporarse al tráfico.

Un minuto después, Charlie le llamó por la radio, exigiendo una explicación de lo ocurrido, pero Miles no se molestó en responder.

Desde allí normalmente se tardaba algo menos de quince minutos en llegar al campamento de los Timson. Con ayuda de la sirena y la velocidad a la que iba, Miles tardó menos de ocho minutos; estaba a medio camino cuando Charlie intentó contactar por radio. En la autopista llegó a los ciento cincuenta kilómetros por hora. Cuando tomó el desvío que conducía a la caravana en la que vivía Otis, sentía correr la adrenalina por todo su cuerpo. Apretaba el volante con tanta fuerza que apenas sentía las manos, aunque no podía darse cuenta de ello en aquel estado. La ira le inundaba y bloqueaba todo lo demás.

Otis Timson había herido a su hijo con un ladrillo.

Otis Timson había matado a su mujer.

Otis Timson había estado a punto de salirse con la suya.

Ya en el camino de grava, el coche patrulla patinó de un lado a otro cuando Miles volvió a acelerar. No podía ver con nitidez los árboles que iba dejando atrás; no veía nada aparte del camino ante él. Al encontrarse una curva a la derecha, Miles por fin levantó el pie del acelerador y empezó a reducir la marcha. Casi había llegado.

Miles había esperado ese momento durante dos años.

Durante dos años se había torturado, atormentado por la sensación de fracaso.

«Otis.»

En un instante, Miles frenó derrapando justo en medio del campamento y salió del coche. De pie al lado de la puerta escudriñó el área a su alrededor, en busca de algún movimiento, lo que fuera. Apretaba fuertemente la mandíbula mientras intentaba mantener la calma.

Abrió la funda de la pistola y la sacó.

Otis Timson había matado a su mujer.

La había atropellado a sangre fría.

Aquel silencio resultaba inquietante. Aparte del ruido del motor al enfriarse, no se oía nada. Los árboles no se movían, sus ramas estaban absolutamente quietas; ni el trino de los pájaros en los postes de las vallas. Lo único que Miles podía oír eran los ruidos que hacía él mismo: el ruido de la pistola al desenfundarla; el ritmo acelerado de su respiración.

Hacía frío, el aire era fresco y no había ni una nube: un cielo de primavera en un día de invierno.

Miles esperó. Al cabo de un rato, una puerta con mosquitera se abrió con un chirrido como el de un acordeón oxidado.

—¿Qué quiere? —gritó una voz áspera, como deteriorada por muchos años de fumar cigarrillos sin filtro. Era la de Clyde Timson.

Miles se puso a cubierto, utilizando la puerta del coche a modo de escudo por si se producía un tiroteo.

—He venido a buscar a Otis. Hazle salir.

La mano desapareció y la puerta se cerró con un golpe.

Miles quitó el seguro y llevó el dedo al gatillo, con el corazón a punto de estallar. Después del minuto más largo de su vida, vio abrirse de nuevo la puerta, empujada por una mano anónima.

—¿De qué se le acusa? —quiso saber la voz.

—Haz que salga, ¡ahora!

—¿Para qué?

—¡Está arrestado! ¡Haz que salga de ahí con las manos en alto!

Volvió a oírse un portazo, y entonces Miles se dio cuenta de lo precario de su situación. Con las prisas, se había puesto en peligro. Había un total de cuatro caravanas: dos delante de él, y una a cada lado. Aunque no había visto a nadie en las otras, sabía que dentro había gente. En el espacio entre las caravanas había además muchos coches viejos, algunos soportados por bloques. No pudo evitar pensar que tal vez los Timson estaban haciendo tiempo para rodearlo.

Una parte de él sabía que debía haber traído refuerzos; pensó que aún estaba a tiempo de llamar para pedirlos. Pero no lo hizo.

Ni hablar. No en ese momento.

Al poco, la puerta volvió a abrirse. Clyde apareció en el umbral. Tenía las manos a ambos lados del cuerpo; en una de ellas sostenía una taza de café, como si aquello pasara todos los días. Pero al ver que Miles le apuntaba con la pistola, dio un paso atrás.

—¿Qué diablos quiere, Ryan? Otis no ha hecho nada.

—Tengo que llevármelo, Clyde.

—Todavía no ha dicho el motivo.

—Se le acusará al llegar a la oficina del sheriff.

—¿Dónde está la orden judicial?

—¡No la necesito! Está detenido.

—¡Todo el mundo tiene derechos! No puede irrumpir aquí con exigencias. ¡Tengo mis derechos! Si no tiene una orden judicial, ¡váyase de aquí! ¡Estamos hartos de sus acusaciones!

—No estoy bromeando, Clyde. Hazle salir, o de lo contrario dentro de un par de minutos estarán aquí todos los agentes del condado y te detendré por amparar a un criminal.

Era un farol, pero funcionó. Poco después, Otis apareció tras la puerta y le dio un codazo a su padre. Miles apuntó hacia Otis. Al igual que su padre, no parecía especialmente preocupado.

—Apártate, papá —dijo con voz tranquila.

Al verle la cara Miles sintió el deseo de apretar el gatillo. Reprimiendo la oleada de ira que parecía asfixiarle, se levantó sin dejar de apuntar a Otis. Empezó a rodear el coche patrulla hasta ponerse a la vista de todo el mundo.

—¡Sal de ahí! ¡Quiero que te eches al suelo!

Otis pasó por delante de su padre, pero se quedó en el porche. Cruzó los brazos.

—¿De qué se me acusa, agente Ryan?

—¡Sabes muy bien de qué se trata! Pon las manos por encima de la cabeza.

—Me parece que no va a poder ser.

A pesar del potencial peligro, que de repente parecía no importarle lo más mínimo, Miles siguió acercándose a la casa, apuntando en todo momento a Otis. Tenía el dedo en el gatillo y notaba que lo estaba apretando.

«Haz un solo movimiento…, uno solo…»

—¡Baja del porche!

Otis miró a su padre, que parecía estar a punto de estallar, pero, al volverse hacia Miles, vio una furia incontrolable en sus ojos que le instó a obedecerle.

—De acuerdo, ya voy.

—¡Manos arriba! Déjame verte las manos por encima de tu cabeza.

Para entonces, otros de los habitantes del campamento habían sacado la cabeza por la ventana de su caravana para ver qué pasaba. Aunque rara vez estaban del lado de la ley, a ninguno se le ocurrió salir corriendo a por un arma. También habían visto la mirada de Miles, que dejaba claro que dispararía con la menor excusa.

—¡Ponte de rodillas! ¡Ahora!

Otis obedeció, pero Miles no enfundó la pistola. Seguía apuntando con ella a Otis. Miró en derredor, asegurándose de que nadie intentaría impedir lo que estaba a punto de hacer, y salvó la distancia que había entre ellos.

Otis había matado a su mujer.

Al acercarse aún más, el resto del mundo pareció desvanecerse. En ese instante solo estaban ellos dos. En los ojos de Otis había miedo, pero también algo más, tal vez cansancio; pero no dijo nada. Miles se detuvo un momento, mientras se miraban fijamente a los ojos, y luego empezó a moverse a su alrededor hasta ponerse a su espalda.

Acercó la pistola a la cabeza de Otis.

Como un verdugo.

Sintió el dedo en el gatillo. Una ligera presión y todo habría acabado.

195

Dios Santo, quería disparar, quería acabar de una vez con todo aquello. Se lo debía a Missy, se lo debía a Jonah.

«Jonah…»

La visión repentina de su hijo le devolvió de golpe a la realidad y a la situación en la que se encontraba.

«No…»

Sin embargo, vaciló durante unos momentos hasta que finalmente suspiró con fuerza. Buscó las esposas que colgaban del cinturón. Con un hábil movimiento, esposó una de las muñecas de Otis y le obligó a bajar el brazo por detrás de la espalda. Tras enfundar la pistola le esposó la otra muñeca. Otis hizo una mueca de dolor.

—Tienes derecho a permanecer en silencio… —empezó a recitar, y Clyde, que todavía estaba como petrificado, de repente estalló, como un hormiguero cuando alguien pisa la entrada.

—No está bien lo que está haciendo. Llamaré a mi abogado. ¡No tiene derecho a presentarse aquí de este modo y apuntarnos con la pistola!

Siguió gritando hasta mucho después de que Miles hubiera acabado de recitar los derechos contemplados en la advertencia Miranda. Miles empujó a Otis hacia el asiento trasero del coche.

Ni Miles ni Otis dijeron una palabra hasta llegar a la autopista. Miles tenía los ojos clavados en la carretera. A pesar de que llevaba a Otis detenido, ni siquiera quería echar un vistazo por el retrovisor, por miedo a lo que pudiera llegar a hacerle.

Había deseado matarlo.

Dios sabía que eso era lo que de verdad deseaba.

Si alguien del campamento hubiera hecho el menor movimiento en falso, lo habría hecho.

«Pero eso habría estado mal. Y además, no has llevado bien la detención.»

¿Cuántas normativas había infringido? ¿Media docena? Había soltado a Sims, no había llevado una orden judicial, había ignorado a Charlie, no había pedido ayuda, había desenfundado la pistola a la primera y se la había puesto a Otis en la cabeza… Iba a caerle una gorda por aquello, y no solo por parte de Charlie. También estaba Harvey Wellman. Mientras pensaba en ello, veía pasar y desaparecer las líneas discontinuas amarillas.

«No me importa. Otis irá a la cárcel, me da igual lo que me pase a mí. Otis se pudrirá en prisión, y pagará por los dos años que me ha hecho sufrir.»

—¿Por qué me ha detenido esta vez? —preguntó Otis en un tono neutro.

—Calla la boca —respondió Miles.

—Tengo derecho a saber de qué se me acusa.

Miles se volvió hacia él, reprimiendo la ira que le invadió al oír su voz. Al no obtener respuesta, Otis prosiguió, con una calma sorprendente.

—Le diré un pequeño secreto: sabía que no iba a disparar. No podía hacerlo.

Miles se mordió el labio, mientras su rostro se ruborizaba. «Contrólate», se dijo. «Contrólate…».

Pero Otis no callaba.

—¿Sigue saliendo con aquella chica con la que estaba en La Taberna? Se lo pregunto porque…

Miles pisó el freno con fuerza. Las ruedas chirriaron dejando roderas negras en el asfalto. Como no le había puesto el cinturón, Otis salió despedido hacia la mampara de seguridad. Miles volvió a pisar el acelerador a fondo. El detenido volvió de golpe al asiento como un yoyó.

Durante el resto del trayecto, Otis no pronunció palabra.

197

Capítulo 20

—¿ Q ué diablos pasa aquí? —exclamó Charlie.

Unos cuantos minutos antes, Miles había aparecido acompañado de Otis y lo había llevado a una de las celdas. Tras encerrarlo, el preso había pedido hablar con su abogado, pero Miles se había limitado a subir las escaleras hacia el despacho de Charlie. Este cerró la puerta tras ellos; los demás agentes miraban de reojo a través del cristal, esforzándose por disimular su curiosidad.

—Creo que la respuesta es obvia, ¿no te parece? —respondió Miles.

—Este no es ni el lugar ni el momento de gastar bromas, Miles. Necesito respuestas y las necesito ahora, empezando por Sims. Quiero saber dónde está el informe, por qué lo has soltado y qué demonios quería decir con que era un asunto de vida o muerte. Y también quiero que me digas por qué saliste de aquí hecho un basilisco y por qué has encerrado a Otis.

Charlie se apoyó en el escritorio con los brazos cruzados.

Durante los siguientes quince minutos, Miles se lo contó todo. Charlie se quedó boquiabierto. Cuando Miles acabó de hablar, no dejaba de recorrer su despacho de un lado a otro.

—¿Cuándo pasó todo eso?

—Hace un par de años. Sims no lo recuerda exactamente.

—Y, sin embargo, ¿creíste todo lo que te contó?

Miles asintió.

—Sí, le creí. Si no decía la verdad, es el mejor actor que conozco. —Después de haber soltado tanta adrenalina, de repente se sintió agotado.

—Y por eso le dejaste en libertad. —Era una afirmación, no una pregunta.

—Tuve que hacerlo.

Charlie cerró los ojos un instante, acompañando el gesto con un movimiento de cabeza.

—Eso no era cosa tuya. Deberías haberme consultado antes.

—Tendrías que haberlo visto, Charlie. No me habría dicho nada si hubiera intentado hacer un trato contigo y con Harvey. Tomé una decisión de acuerdo con mi conciencia. Tal vez creas que me equivoqué, pero conseguí la respuesta que necesitaba.

Charlie miraba a través de la ventana, pensativo. No le gustaba nada aquel asunto. Y no solo porque Miles se hubiera excedido en sus competencias; tendría que dar muchas explicaciones.

—Realmente conseguiste una respuesta —dijo finalmente.

Miles alzó la vista.

—¿Qué quieres decir con eso?

—Simplemente me parece muy sospechoso. Sims sabía que volvería a la cárcel a menos que consiguiera hacer un trato, y de repente tenía información sobre Missy. —Se volvió hacia Miles—. ¿Por qué no ha dicho nada en los últimos dos años? Había una recompensa, y ya sabes cómo se gana la vida Sims. ¿Por qué no había hablado antes?

Miles no había pensado en ello.

—No lo sé. Quizá tenía miedo.

Charlie desvió la mirada hacia el suelo.

«O quizás está mintiendo.»

Miles pareció leerle la mente a Charlie.

—Oye, hablaremos con Earl Getlin. Si corrobora su versión, podríamos llegar a un acuerdo para que testifique.

Charlie guardó silencio.

«En vaya lío nos hemos metido.»

—Arruinó mi vida, Charlie.

—Sims ha dicho que Otis dijo que arruinó tu vida. Hay una gran diferencia, Miles.

—Ya sabes que tengo asuntos pendientes con Otis.

Charlie se volvió hacia Miles mientras levantaba las manos.

—Claro que lo sé. Lo sé todo. Y, por esa misma razón, lo primero que comprobamos fue la coartada de Otis, ¿o es que ya no lo recuerdas? Tenía testigos que afirmaban que estaba en casa la noche del accidente.

—Eran sus hermanos...

Charlie hizo un movimiento con la cabeza, frustrado.

—Aunque no participaras en la investigación, sabes perfectamente cuánto nos esforzamos por encontrar al culpable. No somos un puñado de bufones, ni tampoco los agentes de la patrulla de tráfico. Todos nosotros conocemos el proceso de investigación de un delito, y lo hicimos correctamente, porque deseábamos resolver el caso tanto como tú. Hablamos con quien teníamos que hablar, enviamos los datos necesarios a los laboratorios oficiales. Pero nada relacionaba a Otis con el caso, nada.

—No puedes saberlo.

—Estoy mucho más seguro de ello que de lo que me estás contando. —Tras responder, Charlie respiró hondo—. Sé que este asunto te ha carcomido desde que pasó, y, ¿sabes una cosa?, a mí también. Y de haberme pasado a mí, habría reaccionado del mismo modo. Me habría vuelto loco si alguien hubiera atropellado a Brenda y se hubiera dado a la fuga. Probablemente también hubiera buscado al responsable por mi cuenta. Pero ¿sabes qué?

Charlie hizo una pausa para asegurarse de que Miles le escuchaba.

—No habría creído al primero que se cruzara en mi camino y me prometiera una respuesta, sobre todo si se tratara de un tipo como Sims Addison. Párate a pensar de quién estamos hablando. Sims Addison. Acusaría a su propia madre si le dieran dinero por ello. Con su libertad en juego, ¿hasta dónde crees que podría llegar?

—No estamos hablando de Sims...

—Claro que sí. No quería volver a prisión, y estaba dispuesto a decir lo que fuera para evitarlo. ¿No te parece que esto tiene más sentido que lo que me has contado?

—No me mentiría sobre esto.

Charlie miró a Miles fijamente.

—¿Por qué no? ¿Porque es demasiado personal? ¿Porque

las implicaciones son demasiado graves? ¿Porque es demasiado importante? ¿Te has parado a pensar que tal vez Sims sabía qué era lo único que te haría sacarlo de aquí? No es un estúpido, aunque sea alcohólico. Habría dicho lo que fuera con tal de librarse de la cárcel, y todo parece indicar que eso es exactamente lo que ha hecho.

—Tú no estabas presente cuando me lo contó. No viste su expresión.

—La verdad es que no creo que hubiera sido necesario. Puedo imaginarme la escena exactamente. Pero supongamos que tienes razón; supongamos que Sims estaba diciendo la verdad y dejemos de lado el hecho de que te equivocaste al soltarle sin hablar antes conmigo o con Harvey, ¿de acuerdo? ¿Cuál es el siguiente paso? Dice que escuchó casualmente una conversación. Ni siquiera fue testigo de ella.

—No es necesario que participara en ella.

—Venga, Miles. Ya conoces las normas. En un juicio no sería más que un testimonio de oídas. No hay caso.

—Earl Getlin podría declarar.

—¿Earl Getlin? ¿Y quién va a creerle? La mitad del jurado desestimaría su declaración a la vista de sus tatuajes y sus antecedentes penales. Estoy seguro de que aceptaría un trato, pero precisamente por eso perdería la credibilidad del resto del jurado. —Hizo una pausa—. Pero además olvidas algo importante, Miles.

—¿A qué te refieres?

—¿Y si Earl no confirma esa conversación?

—Lo hará.

—¿Y si no lo hace?

—Entonces tendremos que conseguir que Otis confiese.

—¿Crees que lo hará?

—Confesará.

—¿Estás insinuando que confesará si le presionamos lo suficiente?

Miles se puso en pie, dando a entender que quería dar por finalizada la conversación.

—Escucha, Charlie: Otis mató a Missy, es así de simple. Tal vez no quieras creerlo, pero es posible que algo se os pasara por alto, y esta vez te aseguro que no voy a permitir que se escape.

—Mientras se dirigía a la puerta, añadió—: Ahora tengo que interrogar al detenido…

Charlie cerró la puerta con un rápido movimiento.

—Me parece que no va a poder ser, Miles. Ahora mismo, creo que lo mejor será que te quedes al margen durante un tiempo.

—¿Al margen?

—Sí: «qué-da-te-al-mar-gen». Es una orden. Yo me ocuparé de ello.

—Estamos hablando de Missy, Charlie.

—No. Estamos hablando de un agente que se ha extralimitado, y que desde un buen principio no debería haberse implicado de ese modo.

Se quedaron mirándose fijamente a los ojos durante un buen rato hasta que Charlie, al final, sacudió la cabeza.

—Mira, Miles, entiendo por lo que estás pasando, pero ahora estás fuera. Hablaré con Otis, y también con Sims cuando lo encuentre. Y me desplazaré para entrevistarme con Earl. En cuanto a ti, creo que es mejor que te vayas a casa. Tómate el día libre.

—Pero si acabo de empezar mi turno…

—Y ahora mismo has acabado. —Charlie cogió el pomo de la puerta—. Vete a casa. Déjame ocuparme de esto, ¿de acuerdo?

Todo seguía pareciéndole muy sospechoso.

Veinte minutos después, sentado en su despacho, Charlie todavía no estaba convencido.

Hacía casi treinta años que era sheriff. Y, en todo ese tiempo, había aprendido a confiar en su instinto, que ahora le advertía como una luz estroboscópica que debía ser precavido.

En esos momentos ni siquiera sabía por dónde empezar. Seguramente por Otis Timson, que se encontraba abajo en una celda, pero en realidad quería hablar antes con Sims. Miles había dicho que estaba seguro de que Sims decía la verdad, pero a Charlie eso no le bastaba.

Sobre todo ahora y teniendo en cuenta las circunstancias.

Y que se trataba de Missy.

Charlie había presenciado de primera mano el sufrimiento de Miles tras la muerte de Missy. Estaban tan enamorados como dos adolescentes que no podían quitarse los ojos y las manos de encima. Siempre se estaban abrazando y besando, caminaban cogidos de la mano, y se lanzaban miradas seductoras. Era como si nadie se hubiera molestado en advertirlos de que el matrimonio era un asunto difícil. Su relación ni siquiera cambió al nacer Jonah. Brenda solía bromear diciendo que Miles y Missy probablemente seguirían coqueteando al cabo de cincuenta años en la residencia de ancianos.

Cuando ella murió, si no hubiera sido por Jonah, Miles probablemente se habría reunido con ella. De todos modos, había sido como si en la práctica se hubiera suicidado: empezó a beber demasiado, a fumar, tenía insomnio y perdió peso. Durante mucho tiempo, lo único en que podía pensar era en aquel crimen.

Un crimen. No un accidente. No para la mente de Miles. Para él siempre había sido un crimen.

Charlie tamborileó con el lápiz sobre la mesa.

«Otra vez lo mismo.»

203

Lo sabía todo de la investigación de Miles y, a pesar de que era consciente de que no debía habérselo permitido, había hecho la vista gorda. Cuando Harvey Wellman se enteró, se había puesto furioso, pero eso le había dado igual. Ambos sabían que no podían detener a Miles, por mucho que lo hubiera intentado Charlie; de habérselo prohibido, Miles habría devuelto su placa para seguir investigando por su cuenta.

Aun así, Charlie había sido capaz de mantenerle alejado de Otis Timson. Menos mal. Había algo pendiente entre ellos, algo más que la tensión habitual entre buenos y malos. Todas aquellas argucias de los Timson tenían gran parte de culpa, y Charlie no necesitaba pruebas para saber quién estaba detrás de ellas. Pero la tendencia de Miles a arrestar a los miembros del clan Timson antes de preguntar creaba una situación explosiva.

¿Acaso sería cierto que Otis había atropellado a Missy Ryan?

Charlie reflexionó acerca de ello. Era posible… Pero aunque Otis fuera un resentido y hubiera intervenido en unas cuantas peleas, nunca había traspasado los límites. Hasta ahora. O, como mínimo, no tenían pruebas. Además, le habían estado investigando en secreto. Miles había insistido en ello, pero Charlie se le había adelantado. ¿Podía ser que hubiera pasado algo por alto?

Fiel a su costumbre, cogió un cuaderno y empezó a garabatear sus ideas, intentando ceñirse a los hechos.

Sims Addison. ¿Estaba mintiendo?

Con anterioridad siempre había facilitado informaciones fiables. Pero esto era distinto. No había cantado por dinero, y lo que estaba en juego no tenía precio: quería salvar su propio pellejo. ¿Eso hacía más probable que dijera la verdad… o menos?

·Charlie tenía que hablar con él. A ser posible ese mismo día, como muy tarde al día siguiente.

De nuevo ante el cuaderno, anotó el siguiente nombre.

«Earl Getlin. ¿Qué podrá decirme?»

Si no confirmaba la versión de Sims, asunto cerrado. Tendría que soltar a Otis y pasarse todo el año intentando convencer a Miles de que ese tipo era inocente, como mínimo de ese delito. Pero si corroboraba aquella información, ¿qué pasaría? Con su historial, no era precisamente el testigo con mayor credibilidad del mundo. Y sin duda alguna pediría algo a cambio, lo cual en ningún caso favorecería su declaración ante el jurado.

En todo caso, Charlie tenía que hablar con él enseguida.

Earl pasó a ocupar el primer lugar de la lista. A continuación, Charlie anotó otro nombre.

«Otis Timson. ¿Culpable o no?»

En caso de que hubiera matado a Missy, la historia de Sims tendría sentido, pero ¿cuál sería el procedimiento que debería seguir? ¿Retenerle hasta que volvieran a investigarlo, esta vez abiertamente, en busca de más pruebas? ¿Soltarle y permitir que volviera a las andadas? De todas maneras, Harvey no vería con buenos ojos un caso que solo se basaba en el testimonio de Sims Addison y Earl Getlin. Además, argumentaría que, pasados dos años, no sabía qué esperaban encontrar.

No le cabía la menor duda de que tendría que volver a investigar el caso. Por mucho que creyera que sería una tarea infructuosa, debía reanudar la investigación. Por Miles. Por él mismo.

Charlie sacudió la cabeza.

De acuerdo, suponiendo que Sims dijera la verdad y que Earl respaldara su versión, lo cual era mucho suponer, aunque dentro de lo posible, ¿por qué habría dicho algo así Otis? La respuesta obvia era que realmente lo hizo él. En ese caso, de nuevo surgía el problema de fundamentar la acusación. Pero...

La idea que se estaba formando en su mente tardó un poco en tomar forma de pregunta.

¿Y si Sims estaba diciendo la verdad? ¿Y si Otis estaba mintiendo aquella noche?

¿Sería posible?

Charlie cerró los ojos y se concentró.

¿Por qué? ¿Por su reputación?

«Mira lo que hice y no me han pillado...»

¿Para asustar a Earl y así conseguir el dinero?

«Te pasará lo mismo a menos que...»

¿O había querido decir que era el cabecilla, pero que él no había hecho el trabajo sucio?

Sus pensamientos iban y venían como en un bucle, zigzagueando de un extremo a otro, mientras los ponderaba.

Pero ¿cómo podía saber Otis que Missy saldría a correr aquella tarde?

Era un lío tremendo.

Como no conseguía llegar a ninguna conclusión, dejó a un lado el lápiz y se restregó las sienes, consciente de que había más aspectos por considerar, al margen de la situación de aquellas tres personas.

¿Qué iba a hacer con Miles?

Era su amigo. Su ayudante.

Había hecho un trato con Sims y había omitido el informe; le había soltado; y luego había ido a buscar a Otis para hacer justicia sin molestarse siquiera en hablar antes con Earl Getlin, como si estuviera en el Salvaje Oeste.

Harvey no era mala persona, pero Miles iba a tener problemas debido a su comportamiento. Graves problemas.

«Todos vamos a tenerlos.»

Charlie suspiró.

—¿Madge? —llamó a su secretaria en voz alta.

La secretaria asomó la cabeza por la puerta del despacho.

205

Era una mujer rolliza y ya canosa, que llevaba trabajando allí casi tanto tiempo como Charlie y sabía todo lo que se cocía en el departamento. Se preguntó si habría estado escuchando a escondidas.

—¿Joe Hendricks sigue siendo el alcaide de Hailey?

—Creo que ahora es Tom Vernon.

—Es cierto —asintió Charlie, recordando que lo había leído en algún sitio—. ¿Podrías conseguirme su número de teléfono?

—Enseguida, voy a buscarlo. Está en la agenda de mi escritorio.

Regresó al cabo de menos de un minuto. Cuando Charlie cogió la nota con el número, al ver cómo la miraba, decidió esperar un instante, por si quería hablar de ello.

Pero Charlie no dijo nada.

Le costó casi diez minutos conseguir que Tom Vernon se pusiera al teléfono.

—¿Earl Getlin? Sí, sigue aquí —respondió Vernon.

Charlie seguía haciendo garabatos en un papel.

—Tengo que hablar con él.

—¿Es un asunto oficial?

—Podríamos llamarlo así.

—Por mi parte no hay problema. ¿Cuándo pensabas venir?

—¿Podría ser esta tarde?

—¿Tan pronto? Debe de ser algo grave.

—Pues sí.

—De acuerdo. Informaré de tu visita. ¿A qué hora crees que puedes estar aquí?

Charlie miró el reloj. Eran las once pasadas. Si se saltaba la comida, llegaría a primera hora de la tarde.

—¿Hacia las dos?

—Bien. Supongo que necesitarás un lugar para hablar a solas con él.

—Si fuera posible…

—Claro. Nos vemos entonces.

Charlie colgó. Cuando iba a coger la chaqueta, Madge se asomó al despacho.

—¿Vas para allá?

—Tengo que ir —dijo Charlie.

—Oye, mientras hablabas por teléfono, ha llamado Thurman Jones. Necesita hablar contigo.

Era el abogado de Otis Timson.

Charlie sacudió la cabeza.

—Si vuelve a llamar, dile que volveré hacia las seis de la tarde, que me llame después de esa hora.

Madge movió los pies, inquieta.

—Dijo que era importante y que no podía esperar.

Abogados. Cuando ellos querían hablar con él, siempre era muy importante. Pero si Charlie quería contactar con ellos, era otro cantar.

—¿Dijo de qué se trataba?

—No. Pero parecía enfadado.

Por supuesto. Su cliente estaba entre rejas y todavía no se habían presentado los cargos. Ahora ya daba igual, Charlie podía retenerlo de momento, pero tenía que darse prisa.

—No tengo tiempo para hablar con él ahora. Dile que llame más tarde.

Madge asintió con los labios fuertemente apretados, como si quisiera añadir algo más.

—¿Qué pasa?

—Poco después ha llamado Harvey. También quiere hablar contigo. Dice que es urgente.

Charlie se puso la chaqueta mientras pensaba: «Claro que quiere hablar conmigo. ¿Qué podía esperar de un día como hoy?».

—Si vuelve a llamar, dile lo mismo.

—Pero…

—Haz lo que he dicho, Madge. No tengo tiempo de discutir. —Enseguida añadió—: Avisa a Harris, necesito que venga al despacho un momento. Tengo una tarea para él.

La expresión de la mujer daba a entender que no le gustaba esa decisión, pero se limitó a obedecer. El agente Harris Young se presentó en el despacho.

—Quiero que encuentres a Sims Addison y que no le quites el ojo de encima.

Harris parecía no estar seguro de cuál era su misión.

—¿Debo arrestarlo?

—No. Solo que averigües dónde está y que lo vigiles, sin que él se dé cuenta.

—¿Cuánto tiempo?

—Volveré hacia las seis, así que por lo menos hasta entonces.

—A las seis acaba mi turno.

—Ya lo sé.

—¿Qué debo hacer si me avisan de otra urgencia y tengo que irme?

—No lo hagas. Hoy tu misión es Sims. Llamaré para que venga otro agente a sustituirte.

—¿Todo el día?

Charlie le guiñó un ojo, a sabiendas de que Harris se aburriría como una ostra.

—Exactamente. ¿No te parece que ser agente de la ley es apasionante?

Tras abandonar el despacho de Charlie, Miles no volvió a casa. Empezó a dar vueltas sin rumbo fijo por la ciudad, dibujando un circuito al azar hasta cruzar todo New Bern. No estaba concentrado en la ruta que seguía, sino que se dejó llevar por sus instintos, y muy pronto se encontró ante el arco de piedra del cementerio de Cedar Grove.

Aparcó el coche y salió para abrirse camino entre las lápidas, hacia la tumba de Missy. Había un ramo de flores apoyado en la pequeña losa de piedra. Ya estaban secas y marchitas, como si llevaran allí un par de semanas. Cuando Miles iba al cementerio, siempre había flores en su tumba. Nunca encontró una tarjeta, pero Miles sabía que no hacía falta.

Missy seguía siendo una persona muy querida, incluso muerta.

Capítulo 21

Dos semanas después del funeral de Missy Ryan, una mañana estaba tumbado en la cama cuando oí el trino de un pájaro en mi ventana. La había dejado abierta la noche anterior, con la esperanza de aliviar la sensación de calor y humedad. Desde el accidente dormía mal; en más de una ocasión me había levantado bañado en sudor, con las sábanas húmedas y pegajosas, y la almohada empapada. Aquella mañana también, y mientras escuchaba el canto del pájaro me invadió una oleada de efluvios, el olor dulzón a sudor y amoniaco.

Intenté ignorar al pájaro, no pensar en que se encontraba en un árbol, en el hecho de que yo seguía vivo, y Missy Ryan, no. Pero me resultó imposible. Estaba justo a la altura de la ventana, posado en una rama, y sus trinos eran agudos y estridentes. Parecía estar diciendo: «Sé quién eres y lo que hiciste».

Me preguntaba cuándo vendría la policía a buscarme.

Daba igual si había sido o no un accidente; el pájaro sabía que su llegada era inminente. Descubrirían el modelo de coche y quién era el propietario; llamarían a la puerta y entrarían en casa; oirían el trino del pájaro y sabrían que era culpable. Era ridículo, lo sé, pero en mi estado casi delirante, estaba convencido de que así sería.

Sabía que vendrían a por mí.

En mi habitación, entre las páginas de un libro escondido en un cajón guardaba el recorte del periódico con la necrológica. Los demás recortes con noticias sobre el accidente también estaban allí doblados. No era muy inteligente haberlos guardado. Si alguien abría el libro por casualidad, encontraría los recortes y sabría que había sido yo, pero los conservaba porque tenía que hacerlo. Me sentía atraído por las palabras, no como consuelo, sino para comprender mejor a quién le había arrebatado la vida. La vida que destilaban aquellas palabras, las fotografías. En mi dormitorio, en esa mañana en la que aquel pájaro había acudido a mi ventana, solo había muerte.

Desde el funeral había tenido pesadillas. En una de ellas el sacerdote, que sabía lo que había hecho, me señalaba: en mitad de la misa dejaba de hablar y echaba un vistazo a los feligreses, para después levantar lentamente el brazo y apuntar con un dedo hacia mí: «Allí está el hombre que lo hizo». Todas las caras se volvían hacia mí, una tras otra, como cuando la gente hace la ola en un estadio abarrotado; todos los rostros me miraban con expresión airada, asombrados. Pero Miles y Jonah no me miraban. La iglesia estaba en silencio y todos parecían atónitos; permanecí en mi sitio sin moverme, esperando a que Miles y Jonah por fin se volvieran para ver quién había matado a Missy. Pero no lo hicieron.

En otra pesadilla, soñé que Missy seguía viva cuando la encontraba en la cuneta; respiraba entrecortadamente y gemía, pero yo daba media vuelta y me alejaba, la dejaba morir. Me desperté casi hiperventilando. Me levanté de la cama de un salto y empecé a caminar por el dormitorio de arriba abajo mientras hablaba conmigo mismo, hasta que finalmente me convencí de que solo había sido un sueño.

La causa de la muerte de Missy había sido un traumatismo craneal. Lo supe por el periódico. Una hemorragia cerebral. Como ya he dicho antes, no conducía rápido, pero los informes decían que al caer se había golpeado la cabeza contra una piedra que sobresalía en la cuneta. Decían que había tenido mala suerte: una posibilidad entre un millón.

No acababa de creérmelo.

Me preguntaba si Miles sospecharía de mí al verme; si, en un arrebato de inspiración divina, podría adivinar que había sido yo. Pensaba qué le diría si me pedía explicaciones. No creía que le importara saber que me gusta ver partidos de béisbol, o que mi color favorito es el azul, o que cuando tenía siete años solía escabullirme para mirar las estrellas, aunque nadie habría podido imaginarlo. Ni que le interesara saber que hasta el momento en que atropellé a Missy, estaba seguro de que llegaría a ser alguien en la vida.

No, no creo que le importara todo eso. Lo que Miles quería saber era obvio: que el asesino era moreno, tenía los ojos verdes y medía metro ochenta. Quería saber dónde podía encontrarme y cómo ocurrió.

Pero ¿le gustaría saber que fue un accidente? ¿Que en todo caso Missy tenía más parte de culpa que yo? ¿Que de no haber salido a correr al atardecer por una carretera peligrosa seguramente habría vuelto a casa sana y salva? ¿Que se me había echado encima?

De pronto me di cuenta de que el pájaro había dejado de trinar. Los árboles no se movían, y pude oír el zumbido de un coche al pasar. Ya empezaba a hacer calor. Sabía que Miles Ryan ya estaba en pie, y me lo imaginé sentado en la cocina. También imaginé a Jonah a su lado, comiendo un bol de cereales. Intenté imaginar de qué hablarían. Pero en mi mente solo oía su respiración regular y el repiqueteo de la cuchara en el bol.

Me llevé las manos a las sienes, intentando librarme del dolor. Las punzadas parecían venir de muy adentro, y me atravesaban con furia al ritmo de los latidos de mi corazón. En mi mente vi a Missy en la carretera, con los ojos abiertos, mirándome fijamente.

Con la mirada perdida en la nada.

Capítulo 22

Charlie llegó a la prisión estatal de Hailey poco antes de las dos. Le rugía el estómago y le picaban los ojos, y además tenía la sensación de que hacía una hora que no le circulaba la sangre por las piernas. Se estaba volviendo viejo, demasiado como para conducir tres horas seguidas sin moverse.

Debería de haberse jubilado el año pasado, cuando Brenda se lo dijo, para poder emplear el tiempo en algo productivo, como, por ejemplo, pescar.

Tom Vernon fue a recibirlo a la entrada.

Llevaba un traje que le hacía parecer un banquero más que el alcaide de una de las prisiones más duras del estado. Ya tenía el pelo entrecano y se lo peinaba con la raya al lado. Estaba erguido como un palo, y cuando le tendió la mano Charlie no pudo evitar fijarse en que parecía haberse hecho la manicura.

Vernon le condujo hacia el interior.

Como todas las prisiones, era un lugar gris, frío…, solo se veía hormigón y acero, todo ello bañado en una luz fluorescente. Recorrieron un largo pasillo y pasaron por una pequeña sala de recepción, hasta llegar al despacho de Vernon.

A primera vista, era tan frío y gris como el resto del edificio.

Todo era propiedad del Gobierno, desde el escritorio hasta las lámparas, pasando por los archivadores situados en una esquina. Una pequeña ventana enrejada daba al patio. Afuera, Charlie pudo ver a los prisioneros: algunos levantaban pesas; otros estaban sentados o apiñados en grupos. Aparentemente todos fumaban.

¿Por qué demonios Vernon llevaría traje en aquel lugar?

—Necesito que rellenes un par de formularios. Ya sabes cómo va esto —dijo Vernon.

—Claro. —Charlie palpó la chaqueta para ver si llevaba un bolígrafo, pero Vernon se anticipó y le ofreció uno.

—¿Le has dicho a Earl Getlin que iba a venir?

—Supuse que no te gustaría.

—¿Está listo para verme ahora?

—En cuanto estés en la sala que te hemos asignado, te lo llevaremos.

—Gracias.

—Quería comentarte un par de cosas sobre el prisionero, para que no te pille por sorpresa.

—¿Y eso?

—Hay algo que debes saber.

—¿De qué se trata?

—Earl se vio envuelto en una escaramuza la primavera pasada. No pude llegar al fondo del asunto, ya sabes cómo funciona todo aquí. Nadie ve nada, nadie sabe nada. En fin…

Charlie alzó la vista cuando oyó suspirar a Vernon.

—Earl Getlin perdió un ojo. Se lo sacaron en la trifulca que tuvo lugar en el patio. Ha presentado media docena de denuncias: alega que cometimos una negligencia. —Vernon hizo una pausa.

«¿Por qué me cuenta todo esto?», se preguntó Charlie.

—El caso es que desde el principio no ha parado de decir que él no tenía que estar aquí. Que le tendieron una trampa. —Vernon alzó las manos—. Ya sé lo que piensas, todos los reclusos dicen que son inocentes. Es como una vieja canción que ya hemos oído millones de veces. Pero la cuestión es que, si estás aquí para sacarle información, yo en tu lugar no me haría demasiadas ilusiones, a menos que crea que puedes ayudarle a salir de prisión. Y, aun así, podría estar mintiendo.

Charlie de pronto miró a Vernon con otros ojos. Para ir tan emperifollado, parecía saber muy bien qué pasaba en el interior del recinto. Le dio los formularios. Charlie les echó un vistazo rápido: eran los de siempre.

—¿Sabes a quién acusa de haberle tendido una trampa? —preguntó.

213

—Espera un momento —dijo Vernon levantando un dedo—. Puedo averiguarlo.

Cogió el teléfono que había sobre el escritorio, marcó un número y esperó a que respondieran. Preguntó a alguien, escuchó y dio las gracias.

—Por lo que me han dicho, se ve que dice que fue un tipo llamado Otis Timson.

Charlie no sabía si echarse a reír o a llorar.

Por supuesto que Earl echaba la culpa a Otis.

Eso facilitaba parte de su trabajo.

Pero, de repente, otros aspectos se volvían mucho más complicados.

Aunque no hubiera perdido un ojo, la prisión le había sentado peor que a la mayoría de los reclusos. Tenía mechones de pelo más cortos que el resto de la cabellera, como si se cortara el pelo él mismo con un par de tijeras oxidadas, y su piel tenía un tono cetrino. Siempre había estado delgado, pero había perdido peso. Podían vérsele los huesos bajo la piel de las manos.

Pero lo que más le impresionó fue el parche. Un parche negro, como los que llevaban los piratas o los malos en las viejas películas de guerra.

Earl iba esposado a la manera tradicional, las muñecas unidas y encadenadas a los grilletes de los tobillos. Entró en la sala arrastrando los pies, se detuvo un instante al ver a Charlie y luego siguió avanzando hasta sentarse frente a él. Estaban separados por una mesa de madera.

El vigilante salió sigilosamente de la sala tras haberlo consultado con Charlie.

Earl le miraba fijamente con su único ojo. Era como si hubiese estado practicando aquella forma de mirar, consciente de que la mayoría de la gente bajaría la vista. Charlie fingió no haberse fijado en el parche.

—¿Por qué estás aquí? —gruñó Earl. Aunque su cuerpo parecía más frágil, su voz no había perdido un ápice de mordacidad. Estaba tocado, pero no estaba dispuesto a rendirse. Cuando saliera de la cárcel, no le quitaría el ojo de encima.

—He venido para hablar contigo —contestó Charlie.

—¿De qué?

—De Otis Timson.

Earl se puso rígido al oír aquel nombre.

—¿Qué pasa con Otis? —preguntó con cautela.

—Necesito que me cuentes una conversación que mantuvisteis hace un par de años. Le estabas esperando en el Rebel; Otis y sus hermanos se sentaron en el reservado contigo. ¿Lo recuerdas?

No era lo que Earl había imaginado. Tardó un poco en procesar las palabras de Charlie, después parpadeó.

—Refrésqueme la memoria —dijo—. Eso pasó hace mucho tiempo.

—Tiene que ver con Missy Ryan. ¿Te suena?

Earl alzó levemente la barbilla, como si se mirase la punta de la nariz, y miró a su alrededor.

—Depende.

—¿De qué? —preguntó Charlie con aire inocente.

—De lo que pueda ofrecerme.

—¿Qué quieres?

—Vamos, sheriff, no se haga el tonto. Ya sabe lo que quiero.

No hacía falta expresarlo con palabras; era obvio.

—No puedo prometerte nada hasta que haya escuchado lo que tengas que decirme.

Earl se reclinó en la silla, haciéndose el interesante.

—Entonces supongo que tenemos un pequeño dilema, ¿no le parece?

Charlie lo miró.

—Tal vez —dijo—. Pero supongo que al final me lo contarás.

—¿Por qué lo cree?

—Porque Otis te tendió una trampa, ¿me equivoco? Si tú me cuentas esa conversación, yo escucharé tu versión de los hechos. Y, cuando regrese a la ciudad, te prometo revisar tu caso. Si realmente Otis te engañó, lo descubriremos. Y al final a lo mejor te cambia el sitio.

Era todo lo que Earl necesitaba oír.

215

Y

—Le debía dinero —empezó a decir Earl—. Pero no tenía bastante, ¿sabe?

—¿Cuánto te faltaba? —preguntó Charlie.

Earl aspiró con fuerza.

—Unos cuantos miles de dólares.

Charlie sabía que se trataba de algo ilegal, seguramente relacionado con drogas. Pero se limitó a asentir, como si ya lo supiera y no le interesara.

—Entonces llegaron los Timson en cuadrilla. Y empezaron a decirme que tenía que pagar, que aquello estaba afectando su reputación y que no podían esperar más. Yo insistía en que les daría el dinero en cuanto lo tuviera. Entretanto, mientras hablábamos, Otis no abría la boca, ya sabe, como si realmente estuviera escuchando. Tenía una expresión tranquila, pero era el único al que parecía importarle lo que decía. Así que empecé a explicarle la situación. Él asentía mientras los demás bajaban la voz. Cuando acabé de hablar, esperé a que dijera algo, pero estuvo mucho rato callado. Luego se inclinó hacia mí y me dijo que, si no pagaba, me pasaría lo mismo que a Missy Ryan, solo que esta vez daría la vuelta para volver a atropellarme.

Bingo.

De modo que Sims decía la verdad. Interesante.

El rostro de Charlie, sin embargo, siguió impasible.

De todas maneras, sabía que esa era la parte fácil. Hacerlo hablar no le había preocupado demasiado; lo difícil estaba por llegar.

—¿Cuándo pasó eso?

Earl reflexionó un momento.

—Creo que era enero. Hacía frío.

—Recapitulemos: tú estabas allí, sentado frente a Otis, y entonces te dijo eso. ¿Cómo reaccionaste?

—No sabía qué pensar. Recuerdo que no dije nada.

—¿Le creíste?

—Claro —respondió asintiendo enérgicamente, como si quisiera hacer hincapié en su respuesta.

¿Estaría exagerando?

Charlie se miró las manos, como si estuviera examinando sus uñas.

—¿Por qué?

Earl se inclinó hacia delante y se oyó el tintineo de la cadena al chocar con la mesa.

—¿Por qué si no iba a decir algo así? Además, ya sabe qué clase de persona es. Es muy capaz de hacer algo semejante sin dudar.

«Tal vez sí. O tal vez no.»

—Vuelvo a preguntártelo: ¿por qué estás tan convencido de ello?

—Usted es el sheriff, debería saberlo mejor que yo.

—Mi opinión no es importante. Me interesa conocer la tuya.

—Ya le he dicho lo que pensé en ese momento.

—Le creíste.

—Sí.

—¿Y pensaste que te haría lo mismo?

—Es lo que él dijo.

—¿Estabas asustado?

—Sí —espetó.

¿Se estaba impacientando?

—¿Cuándo te detuvieron? Me refiero al robo del coche.

Al cambiar de tema, Earl se quedó desconcertado durante unos instantes.

—A finales de junio.

Charlie asintió dando a entender que aquello tenía sentido, como si lo hubiera comprobado con anterioridad.

—¿Qué sueles beber? Me refiero a cuando no estás en prisión.

—¿Y eso qué importa?

—Cerveza, vino, algún licor… Tengo curiosidad.

—Casi siempre bebo cerveza.

—¿Bebiste algo aquella noche?

—Solo un par de cervezas. No tanto como para estar borracho.

—¿Antes de llegar al local? Tal vez estabas un poco achispado…

Earl negó con la cabeza.

—No, me las tomé en el local.

—¿Cuánto tiempo estuviste con los Timson?

—¿A qué se refiere?

—Es una pregunta fácil. ¿Estuviste con ellos cinco minutos? ¿Diez? ¿Media hora?

—No me acuerdo.

—En todo caso, lo suficiente como para tomar un par de cervezas.

—Sí.

—A pesar de que estabas asustado.

Por fin se dio cuenta de adónde quería llegar Charlie, que esperaba pacientemente, con cara de póker.

—Sí —contestó Earl—. Con esa gente no puedes levantarte sin más y dejarles plantados.

—Ah, claro —dijo Charlie. Aparentemente convencido de la respuesta, se llevó los dedos a la barbilla—. De acuerdo…, a ver si lo he entendido bien… Otis te dijo…, no, sugirió que ellos habían matado a Missy, y tú creíste que te harían lo mismo porque les debías un montón de dinero. ¿Hasta ahora voy bien?

Earl asintió con prudencia. Charlie le recordaba a aquel maldito fiscal que le había enviado a la cárcel.

—Y tú sabías a qué se referían, ¿verdad? O sea, lo que le había pasado a Missy. Sabías que había fallecido, ¿no?

—Todo el mundo lo sabía.

—¿Lo leíste en los periódicos?

—Sí.

Charlie giró las manos en un gesto inquisitivo.

—Entonces, ¿por qué no acudiste a la policía?

—Ya, claro —respondió en tono de mofa—. Como que me habríais creído.

—Pero ahora sí tenemos que creerte.

—Otis lo dijo. Yo estaba allí. Dijo que había matado a Missy.

—¿Estarías dispuesto a testificar?

—Depende de lo que se me ofrezca.

Charlie se aclaró la voz.

—Bueno, vamos a cambiar de tercio: te pillaron robando un coche, ¿es cierto?

Earl volvió a asentir.

—Y Otis, según tú, es responsable de que te pillaran.

—Sí. Habíamos quedado en encontrarnos en el viejo molino Falls Mill, pero me dejaron colgado y acabé pagando el pato.

Charlie asintió. Recordaba que había declarado lo mismo en el juicio.

—¿Todavía le debes dinero?

—Sí.

—¿Cuánto?

Earl se revolvió en su asiento.

—Unos dos mil.

—¿No es lo mismo que ya le debías?

—Más o menos.

—¿Seguías teniendo miedo de que te mataran? ¿Incluso después de seis meses?

—No podía quitármelo de la cabeza.

—Y ahora tú no estarías aquí de no ser por ellos, ¿me equivoco?

—Ya se lo he dicho.

Charlie se inclinó hacia delante.

—Entonces, ¿por qué no intentaste usar esta información para reducir tu condena? ¿O para quitar de en medio a Otis? También me gustaría saber por qué, en todo el tiempo que llevas en la cárcel insistiendo en que Otis te tendió una trampa, nunca mencionaste que había matado a Missy Ryan.

Earl respiró hondo y desvió la mirada hacia la pared.

—Nadie me habría creído —dijo por fin.

«Me pregunto por qué.»

219

De regreso al coche, Charlie repasó la información.

Sims decía la verdad sobre aquella conversación que había escuchado a hurtadillas. Pero Sims era un alcohólico reconocido y aquella noche también había bebido.

Había oído las palabras, pero ¿habría percibido las connotaciones de su tono de voz?

¿Estaría Otis bromeando? ¿O hablaría en serio?

¿O tal vez estaría mintiendo?

¿De qué habrían hablado los Timson con Earl durante la media hora siguiente?

Lo cierto era que Earl no había arrojado ninguna luz sobre

aquellas dudas. Era evidente que no recordaba aquella conversación hasta que Charlie la mencionó, y su versión era inconsistente: se había creído la amenaza de que le matarían, pero se había quedado a tomar unas cervezas con ellos; había vivido aterrorizado durante meses, pero no lo bastante como para hacerse con el dinero que les debía, a pesar de que robaba coches y podría haberlo conseguido. Tampoco hizo mención alguna de ello cuando lo detuvieron. Culpaba a Otis de haberle tendido una trampa y no había dejado de contarlo en prisión, pero no había mencionado que Otis había admitido haber matado a alguien. Había perdido un ojo y, sin embargo, había guardado silencio. Y, aparentemente, tampoco le interesaba la recompensa...

Un alcohólico que habla para librarse de la cárcel; un preso resentido que, de repente, recuerda una información de gran importancia, pero cuya versión presenta serias lagunas.

Cualquier abogado defensor que se preciara echaría por tierra las declaraciones de Sims Addison y Earl Getlin. Y Thurman Jones era bueno. Muy bueno.

Charlie llevaba con el ceño fruncido desde que había vuelto al coche.

No le gustaba nada aquel asunto.

Nada de nada.

Pero lo cierto es que Otis, en efecto, había dicho «te pasará lo mismo que le pasó a Missy Ryan». Dos personas lo habían oído. No podía ignorarlo. Tal vez eso bastaría para retenerlo. Al menos de momento.

Pero ¿sería suficiente para reabrir el caso?

Y no había que olvidar la cuestión más importante: ¿acaso todo aquello demostraba realmente que Otis era culpable?

Capítulo 23

No podía quitarme de la cabeza la imagen de Missy Ryan con la mirada perdida en la nada. Por esa razón, me transformé en otra persona, una que todavía no conocía.

Seis semanas después de su muerte, aparqué el coche a menos de un kilómetro de mi destino, en una gasolinera, y recorrí a pie el resto de la distancia.

Era tarde, pasadas ya las nueve de la noche de un jueves. El sol de septiembre se había puesto hacía apenas media hora, y era consciente de que no debía verme nadie. Iba vestido de negro y caminaba por el arcén de la carretera, ocultándome detrás de los arbustos cada vez que veía los faros de algún coche que se aproximaba.

Aunque llevaba cinturón, todo el rato tenía que subirme los pantalones para que no se me cayeran. Últimamente tenía que hacerlo con tanta frecuencia que ya no me daba cuenta de ello, pero esa noche, al engancharse las ramas constantemente a los pantalones, me di cuenta de que había adelgazado mucho. Desde que ocurrió el accidente, había perdido el apetito; la sola idea de comer me producía repulsión.

Además, había empezado a caérseme el pelo. No a mechones, sino de uno en uno, como si me estuviera quedando calvo lentamente, como las termitas que acaban devastando un edificio. Encontraba pelos en la almohada cuando me levantaba, y cuando me peinaba tenía que quitarlos del cepillo con los dedos antes de haber acabado, porque de lo contrario no servía para nada. Arrojaba los pelos por el retrete y miraba cómo se arremolinaban, y después volvía a tirar de la cadena simplemente para posponer la realidad de mi vida.

Aquella noche, mientras me colaba por un agujero de la valla, me corté la palma de la mano con un clavo. La herida me dolía y sangraba, pero, en lugar de dar media vuelta, simplemente cerré la mano en un puño y sentí cómo se deslizaba la sangre entre mis dedos, espesa y pegajosa. El dolor no me importaba, como tampoco me importa ahora la cicatriz que me quedó.

Tenía que ir allí. La semana anterior había vuelto al lugar del accidente y había visitado la tumba de Missy. Recuerdo que ya habían colocado la lápida y aún se veía la tierra removida en la que todavía no había crecido la hierba. Me sentí molesto por alguna razón que no podía explicar, y entonces dejé las flores. Sin saber qué hacer, me senté y me quedé mirando la losa de granito. El cementerio estaba casi vacío; a lo lejos pude ver unas cuantas personas desperdigadas, ocupadas en sus propios asuntos. Me fui sin que me importara que pudieran verme.

222 A la luz de la luna abrí la mano. La sangre era negra y brillaba como si fuera aceite. Cerré los ojos y pensé en Missy, y después seguí avanzando. Tardé media hora en llegar. Los mosquitos zumbaban alrededor de mi cara. Cuando ya estaba llegando, atajé por algunos jardines para evitar la carretera. Los jardines eran amplios y las casas estaban apartadas de la carretera, de modo que no me costó avanzar. Tenía los ojos clavados en mi objetivo. Al acercarme reduje el paso, con cuidado de no hacer el menor ruido. Podía ver las luces de las ventanas. Y un coche aparcado en la entrada.

Sabía dónde vivían; todo el mundo lo sabía en aquella pequeña ciudad. Había visto la casa de día; al igual que en la escena del accidente y la tumba de Missy, ya había estado allí, aunque nunca tan cerca. Mi respiración se calmó al llegar a una de las fachadas laterales de la casa. Percibí el olor de la hierba recién cortada.

Me detuve con la mano apoyada en la pared de ladrillos. Intenté percibir el chirrido del suelo de madera, o algún movimiento cerca de la puerta principal, o tal vez sombras vacilantes en el porche. Nadie parecía haberse dado cuenta de mi presencia.

Me deslicé sigilosamente hasta la ventana de la sala de estar, y luego hasta el porche, donde me oculté en un rincón tras una pérgola cubierta de hiedra para que no pudieran verme los coches desde la carretera. Oí los ladridos de un perro a lo lejos; luego se hizo el silencio, hasta que el animal volvió a ladrar como si hubiera notado algún movimiento. Me asomé con curiosidad.

No vi nada.

Pero era incapaz de irme. «Así es como vivían», pensé. Missy y Miles debían de sentarse en aquel sofá y seguramente ponían las tazas en la mesilla. En la pared estaban sus fotos. Y sus libros. Mientras observaba, me di cuenta de que la televisión estaba encendida; se oía una conversación. La sala estaba ordenada y despejada, y eso me hizo sentir mejor, aunque no sabía por qué.

Entonces Jonah entró en la sala. Contuve la respiración mientras se acercaba al televisor, puesto que al hacerlo también se acercaba al lugar en el que me ocultaba, pero Jonah no miró hacia mí. Se sentó con las piernas cruzadas, y se quedó mirando fijamente el programa sin moverse, como si estuviera hipnotizado.

Me acerqué al cristal para verlo mejor. Había crecido en los últimos meses, no mucho, pero se notaba. Aunque ya era tarde, todavía no se había puesto el pijama. Le oí reír, y casi me explota el corazón.

En ese instante entró Miles en la sala. Retrocedí para ocultarme en mi puesto entre las sombras, desde donde podía seguir mirándole. Se quedó un buen rato observando a su hijo, sin decir nada. La expresión de su cara era opaca, impenetrable…, también como si estuviera hipnotizado. Tenía una carpeta de color marrón en la mano, y poco después vi que echaba un vistazo al reloj. Tenía el pelo ahuecado por un lado, como si se hubiera pasado las manos por los cabellos repetidamente.

Sabía lo que pasaría a continuación, y esperé. Empezaría a hablar con su hijo. O le preguntaría qué estaba viendo. O tal vez, como al día siguiente tenía que ir al colegio, le diría que tenía que irse a la cama y ponerse el pijama. Le ofrecería una taza de leche o algo de comer.

223

Pero no fue así.

En lugar de eso, Miles atravesó la sala y desapareció por un pasillo a oscuras, casi como si no hubiera pasado por allí.

Un minuto después me escabullí.

No pude dormir en toda la noche.

Capítulo 24

Mientras Charlie se detenía frente a la prisión estatal de Hailey, Miles estaba llegando a casa. Lo primero que hizo fue ir al dormitorio. No para dormir, sino para sacar la carpeta marrón del armario en el que la había escondido.

Pasó las siguientes horas revisando la información que había ido recopilando. No había nada nuevo, ningún detalle que hubiera pasado por alto, pero, aun así, le resultaba imposible dejar la carpeta a un lado.

Ahora sabía qué tenía que buscar.

Poco después, oyó el teléfono; pero no lo cogió. A los veinte minutos volvieron a llamar, y Miles siguió ignorándolo. A la hora acostumbrada, Jonah salió del autobús, y al ver el coche de su padre fue a casa, en lugar de ir a la de la señora Knowlson. Entró corriendo en el dormitorio, emocionado porque no esperaba ver a su padre hasta más tarde y creía que podrían hacer algo juntos antes de ir al cine con Mark. Pero al ver la carpeta marrón, Jonah supo de inmediato lo que eso significaba. Aunque estuvieron hablando durante unos minutos, percibió que su padre necesitaba estar a solas y decidió no importunarlo con sus preguntas. Volvió a la sala de estar y encendió el televisor.

Estaba cayendo la tarde; al anochecer, las luces de Navidad empezaron a parpadear por todo el vecindario. Jonah fue a ver a su padre. Le habló desde el umbral, pero Miles no alzó la vista.

Jonah cenó un bol de cereales.

Miles seguía diseccionando la carpeta. Apuntaba preguntas y notas en los márgenes. Sims y Earl debían testificar.

Después volvió a los folios que hablaban de la investigación relativa a Otis Timson, pensando que ojalá hubiera participado en ella. Más preguntas, más notas. «¿Se comprobaron todos los coches aparcados en la propiedad, por si tenían abolladuras, incluso los que eran chatarra? ¿Era posible que alguien le hubiera prestado un coche? ¿Quién se lo habría podido dejar? ¿Era posible que Otis hubiera comprado un botiquín en alguna tienda de repuestos, y que quien se lo vendió se acordara de ello? ¿Dónde podía haberse deshecho del coche si estaba abollado? Llamar a los demás departamentos: preguntar si han clausurado desguaces ilegales en los últimos dos años. Entrevista, si es posible. Conseguir cerrar un trato si recuerdan algo.»

Poco antes de las ocho, Jonah volvió al dormitorio, vestido y listo para ir al cine con Mark. Miles se había olvidado por completo. El niño le dio un beso de despedida y salió; Miles volvió a concentrarse en la carpeta sin preguntar siquiera a qué hora volvería.

No oyó entrar a Sarah hasta que ella lo llamó por su nombre desde la sala de estar.

—¿Hola…? ¿Miles? ¿Estás ahí?

Poco después la vio en el umbral. De pronto, Miles se acordó de que habían quedado.

—¿No has oído el timbre? —preguntó—. Me estaba congelando afuera, esperando a que abrieras, y al final desistí. ¿Te habías olvidado de que iba a venir?

Al alzar la vista, Sarah vio su mirada confusa y distante. Tenía el pelo como si se hubiera estado pasando la mano por los cabellos durante horas.

—¿Te encuentras bien? —preguntó.

Miles empezó a recoger los papeles.

—Sí…, estoy bien. Solo estaba trabajando… Lo siento… Perdí la noción del tiempo.

Sarah reconoció la carpeta y arqueó una ceja.

—¿Qué pasa?

Al mirar a Sarah se dio cuenta de que estaba agotado. Tenía la espalda y el cuello agarrotados, y se sentía como si estuviera cubierto por una capa de polvo. Cerró la carpeta y la dejó a un lado, aunque todavía tenía la mente en su contenido. Se restregó la cara con ambas manos. La miró por encima de sus dedos.

—He detenido a Otis Timson —contestó.

—¿A Otis? ¿Por qué?

Antes de acabar de formular la pregunta, supo la respuesta, y entonces respiró hondo.

—Oh… Miles —dijo mientras se acercaba a él de forma instintiva.

Aunque le dolía todo el cuerpo, Miles se puso en pie. Ella le rodeó con sus brazos.

—¿Estás seguro de que estás bien? —susurró, abrazándolo con fuerza.

Cuando Miles respondió a su abrazo, todas las sensaciones de aquel día regresaron a él de repente. La mezcla de incredulidad, ira, frustración, miedo y agotamiento magnificaron el renovado sentimiento de pérdida. Por primera vez en todo el día, Miles se dejó llevar por él. De pie en el dormitorio, abrazado a Sarah, Miles se desmoronó. El llanto fluyó como si nunca antes hubiera llorado.

227

Madge todavía estaba esperando a Charlie. Aunque normalmente acababa a las cinco, se quedó una hora y media más hasta que su jefe regresó. Estaba de pie en el aparcamiento, con los brazos cruzados, protegida en su chaqueta de lana.

Charlie salió del coche y se sacudió las migas del pantalón. Se había comido una hamburguesa con patatas fritas en el camino de vuelta, y para bajar la comida se había tomado un café.

—¿Madge? ¿Qué haces aquí todavía?

—Te estaba esperando —respondió—. Te he visto llegar y quería hablar contigo a solas.

Charlie cogió el sombrero del coche. Lo necesitaba para soportar aquellas temperaturas. Ya no le quedaba suficiente pelo para mantener la cabeza caliente.

—¿Qué pasa?

Antes de que tuviera tiempo de responder, un agente se asomó por la puerta y Madge miró por encima de su hombro. Con el fin de ganar tiempo, dijo simplemente:

—Ha llamado Brenda.

—¿Está bien? —preguntó Charlie, siguiéndole la corriente.

—Me parece que sí. Pero me dijo que quería que la llamaras.

El agente saludó a Charlie al pasar por su lado. Cuando llegó a su coche, Madge se acercó.

—Creo que hay problemas —dijo en voz baja.

—¿Qué clase de problemas?

Madge hizo un gesto para señalar hacia atrás.

—Thurman Jones te espera dentro. Y también Harvey Wellman.

Charlie la miró y esperó, sabiendo que había algo más.

—Quieren hablar contigo —añadió.

—¿Y qué?

Madge volvió a mirar a su alrededor, para asegurarse de que nadie podía oírla.

—Han venido juntos, Charlie. Quieren hablar contigo a la vez.

Charlie se quedó mirándola, intentando adivinar lo que tenía que decirle, aunque ya sabía que no le gustaría. Los fiscales y los abogados defensores solo se aliaban en circunstancias extremas.

—Se trata de Miles. Creo que ha hecho algo que no debería.

Thurman Jones tenía cincuenta y tres años. Era un hombre de mediana estatura, ni flaco ni gordo, con el pelo castaño y ondulado que siempre parecía despeinado por el viento. En los tribunales solía llevar un traje de color azul marino, corbatas oscuras de punto y unas zapatillas de deporte negras que le daban un aire de palurdo. En los juicios siempre hablaba despacio y con claridad: nunca perdía la calma; esa combinación, sumada a su apariencia, siempre le había favorecido ante el jurado. Charlie no entendía por qué defendía a gente como Otis Timson y a su familia, pero llevaba haciéndolo durante años.

Harvey Wellman, por otro lado, siempre lucía trajes hechos a medida y zapatos de marca, como si fuera a una boda. Con treinta años, las sienes empezaron a tornarse plateadas; a sus cuarenta, tenía casi todo el pelo blanco, lo que le confería un aspecto distinguido. En otra vida podría haber sido presentador de noticiarios. O el director de una funeraria.

Ninguno de los dos parecía demasiado contento mientras esperaban a Charlie a la puerta de su despacho.

—¿Queríais verme? —preguntó Charlie.

Ambos se pusieron en pie.

—Es importante, Charlie —respondió Harvey.

Charlie los condujo a su despacho y cerró la puerta. Hizo un gesto para señalar un par de sillas, pero ninguno de los dos quiso sentarse. Charlie fue hacia su escritorio, para poner cierta distancia entre él y sus visitantes.

—¿Qué puedo hacer por vosotros?

—Tenemos un problema, Charlie —dijo Harvey sin más rodeos—. Se trata de la detención realizada esta mañana. Intenté contactar contigo antes, pero ya habías salido.

—Lo siento. Tenía que ocuparme de un asunto fuera de la ciudad. ¿A qué problema te refieres?

Harvey lo miró a directamente a los ojos.

—Parece ser que Miles Ryan ha ido demasiado lejos.

—¿Ah, sí?

—Tenemos un montón de testigos, y todos dicen lo mismo.

Charlie no hizo ningún comentario. Harvey se aclaró la voz antes de proseguir. Thurman Jones de momento no intervenía, con cara inexpresiva, pero Charlie sabía que estaba tomando nota de cada palabra.

—Apuntó a la cabeza de Otis con su pistola.

Más tarde, en el salón de su casa, mientras arrancaba la etiqueta de la botella de cerveza que tenía en la mano, Miles le explicó a Sarah lo que había pasado.

El relato era confuso, al igual que sus sentimientos. Saltaba de un punto a otro, volvía atrás, y repitió algunos detalles en más de una ocasión. Sarah no le interrumpía ni desviaba la mirada, y aunque a veces Miles no se explicaba con claridad, no le instaba a expresarse mejor por la sencilla razón de que no estaba segura de que Miles pudiera hacerlo.

Pero a diferencia de Charlie, Miles profundizó aún más.

—¿Sabes una cosa? Durante los últimos dos años, me

preguntaba cómo reaccionaría de encontrarme frente a frente con el tipo que lo hizo. Y cuando descubrí que había sido Otis... No sé... —Hizo una pausa—. Quería apretar el gatillo. Quería matarlo.

Sarah se revolvió en su asiento, sin saber qué decir. Era comprensible, como mínimo hasta cierto punto, pero... le asustaba un poco.

—Pero no lo hiciste —dijo Sarah por fin.

Miles no advirtió el tono de vacilación en su respuesta. Su mente seguía concentrada en Otis.

—¿Y qué va a pasar ahora? —preguntó Sarah.

Miles se llevó la mano a la nuca y se dio un breve masaje. A pesar de su implicación emocional, la lógica le decía que necesitaría mucho más de lo que tenía.

—Habrá una investigación, tendremos que entrevistar a posibles testigos, comprobar muchos lugares. Es mucho trabajo. Además, como ha pasado tanto tiempo, todo resulta mucho más complicado. Voy a estar muy ocupado durante no sé cuánto tiempo. Seguro que me tendré que quedar hasta tarde por las noches y trabajar el fin de semana. Será como hace dos años.

—¿No te ha dicho Charlie que él se ocupará de ello?

—Sí, pero no como yo lo haría.

—¿Te dejarán hacerlo?

—No hay elección.

No era el momento ni el lugar de discutir su papel en todo aquello, de modo que Sarah no insistió.

—¿Tienes hambre? —preguntó para cambiar de tema—. Puedo preparar algo en la cocina. O si quieres podemos pedir una pizza.

—No tengo hambre.

—¿Te apetece dar un paseo?

Miles negó con la cabeza.

—La verdad es que no.

—¿Y una película? He alquilado una de camino.

—Sí..., me parece bien.

—¿No quieres saber cuál es?

—Me da igual. Seguro que has elegido bien.

Sarah se levantó del sofá y buscó la película. Era una comedia que la hizo reír un par de veces; entonces miraba de reojo a

Miles para ver su reacción. Nada. Después de una hora, él dijo que tenía que ir al baño. Al ver que tardaba demasiado, Sarah fue a ver si le pasaba algo.

Miles estaba en el dormitorio, con la carpeta marrón abierta a su lado.

—Tengo que comprobar algo. Es un minuto.

—Vale.

Pero Miles no volvía.

Mucho antes de que acabara la película, Sarah la paró y la extrajo del reproductor, y luego fue a buscar la chaqueta. Asomó la cabeza por la puerta para ver a Miles antes de irse, tal como había hecho Jonah, aunque ella no lo supiera, y se fue con sigilo. Miles no se dio cuenta de que se había ido hasta que Jonah volvió del cine.

Charlie se quedó en el despacho casi hasta medianoche. Al igual que Miles, estaba absorto en la documentación del caso y se preguntaba qué debía hacer.

Le había costado bastante persuadir a Harvey de que se tranquilizara, sobre todo después de que este sacara a colación lo que había pasado en el coche de Miles. Como era de esperar, Thurman Jones había estado casi todo el rato callado. Charlie suponía que había considerado que era mejor que Harvey hablara por él. Sin embargo, esbozó un amago de sonrisa cuando Harvey dijo que estaba considerando seriamente la posibilidad de presentar cargos contra Miles.

Entonces Charlie les explicó por qué habían detenido a Otis.

Al parecer, Miles no se había molestado en decirle a Otis de qué se le acusaba. Al día siguiente iba a tener que hablar seriamente con él, si es que antes no le retorcía el pescuezo.

Pero delante de Harvey y Thurman, Charlie hizo como si ya estuviera al corriente.

—No había razón para empezar a ir lanzando acusaciones, puesto que yo no estaba seguro de que estuvieran justificadas.

Tal como suponía, Harvey y Thurman pusieron objeciones, aún más después de escuchar la versión de Sims, hasta que Charlie les dijo que había ido a entrevistar a Earl Getlin.

231

—Earl corroboró su versión —dijo finalmente.

No tenía la menor intención de explicarle a Thurman sus dudas, ni tampoco quería hacer partícipe a Harvey. En cuanto acabó de hablar, Harvey le dio a entender con la mirada que tenían que hablar en privado. Charlie, consciente de que necesitaba más tiempo para digerir todo aquello, fingió no haberlo advertido.

A continuación, hablaron largo y tendido sobre Miles. A Charlie no le cabía la menor duda de que había actuado exactamente tal como le habían dicho, y a pesar de que se sentía… molesto, por decirlo suavemente, conocía a Miles lo suficiente como para saber que aquel comportamiento era típico de su carácter. Charlie disimuló su enfado, pero tampoco se esforzó por defender aún más a Miles.

Al final, Harvey recomendó la suspensión temporal de Miles, mientras se resolvía aquel asunto.

Thurman Jones exigió que pusieran en libertad a Otis en caso de que no fueran a presentar cargos inmediatamente.

Charlie respondió que había enviado a Miles directamente a casa, y que a primera hora de la mañana siguiente tomaría las decisiones adecuadas respecto a ambas cuestiones.

Por alguna razón, tenía la esperanza de que todo aquel asunto estuviera más claro al día siguiente.

Pero no sería así, tal como dedujo cuando por fin se fue hacia su casa.

Antes de salir del despacho, llamó a Harris y le preguntó cómo habían ido sus pesquisas.

Respondió que no había podido dar con Sims en todo el día.

—¿Has buscado bien? —le preguntó.

—Por todas partes —respondió Harris, adormilado—. En su casa, en la de su madre y en los locales a los que suele ir. Fui a todos los bares y tiendas de licores del condado. Se ha esfumado.

Brenda todavía estaba despierta, esperándole, cuando Charlie llegó a casa. Llevaba una bata encima del pijama. Charlie le hizo un resumen de lo sucedido, y su mujer le preguntó qué pasaría si al final llevaban a Otis a juicio.

—Recibirá la defensa típica —respondió él con tono cansino—. Jones argumentará que Otis ni siquiera estuvo allí esa noche y buscará testigos que lo confirmen. Después dirá que, aun suponiendo que hubiera estado allí, en ningún caso dijo lo que se le atribuye. Y que, aunque lo hubiera dicho, la frase estaría fuera de contexto.

—¿Y eso funciona?

Charlie dio un sorbito a su café, pensando que le quedaba mucho trabajo por hacer.

—Nadie puede saber qué decidirá un jurado. Ya lo sabes.

Brenda posó una mano en su brazo.

—Pero ¿tú qué crees? —preguntó—. Dime la verdad.

—¿Sinceramente?

Brenda asintió mientras pensaba que parecía haber envejecido doce años desde que se fue por la mañana al trabajo.

—A menos que encontremos algo más, Otis saldrá impune.

—¿Aunque lo haya hecho?

—Sí —contestó sin energía—, aunque lo haya hecho.

—¿Y Miles lo aceptaría?

Charlie cerró los ojos.

—No. Ni en sueños.

—¿Qué hará entonces?

Charlie apuró la taza de café y cogió el informe.

—No tengo ni idea.

233

Capítulo 25

*E*mpecé a acecharlos regularmente, con cautela, de manera que nadie pudiera darse cuenta.

Esperaba a Jonah a la salida del colegio, visitaba la tumba de Missy, iba a su casa en medio de la noche. Mis mentiras eran convincentes; nadie sospechaba nada.

Sabía que no actuaba correctamente, pero no parecía capaz de controlar mis acciones. Como si fuera una obsesión, no podía dejarlo. Cuando hacía esas cosas, me preguntaba si no estaría mal de la cabeza. ¿Me había vuelto masoca? ¿Acaso pretendía revivir el sufrimiento que había provocado? ¿O tal vez me había transformado en un sádico, que disfrutaba en secreto de su desgracia y quería ser testigo de primera mano? ¿O ambas cosas a la vez? No lo sabía, solo sabía que parecía no tener elección.

No podía dejar de pensar en lo que vi la primera noche, cuando Miles pasó al lado de su hijo sin hablar con él, como si no se percatara de su presencia. Después de lo ocurrido, se suponía que debía ser justo al revés: Missy les había sido arrebatada de sus vidas, y ¿no decían que la gente estaba aún más unida tras un suceso traumático? ¿Que se apoyaban mutuamente? ¿Sobre todo si se trataba de una familia?

Eso era lo que yo quería creer. Esa convicción fue lo que me ayudó a soportar las seis primeras semanas. Se convirtió en un mantra. Lo superarían. Se recuperarían. Se apoyarían y estarían más unidos. Era la cantilena de un tonto torturado, que de tanto repetirlo creía que era verdad.

Pero aquella noche no había sido así. Esa noche no.

No soy tan ingenuo, como tampoco lo era entonces, como para creer que basta una sola imagen doméstica de una familia para conocer su realidad. Después de aquella noche me dije que lo que vi no era lo que parecía, y, aunque lo fuera, que no significaba nada. Todo tiene que juzgarse dentro de un contexto. Para cuando regresé al coche, casi me lo había creído.

Pero tenía que asegurarme.

Escogí el camino hacia la destrucción. Como alguien que se toma una copa un viernes por la noche, y dos el siguiente, hasta que pierde el control por completo, gradualmente, empecé a arriesgar cada vez más. Dos días después de aquella visita nocturna, sentí la necesidad de saber más sobre Jonah. Todavía recuerdo el hilo de mis pensamientos, al que me aferré para justificar mis actos. Fue como sigue: «Observaré a Jonah y, si sonríe, sabré que estaba equivocado». De modo que fui a la escuela. Esperé en el aparcamiento; era un extraño sentado tras el volante en un lugar en el que no tenía derecho a estar, mirando a través del parabrisas. La primera vez, apenas le vi, así que decidí regresar al día siguiente.

Algunos días más tarde volví a esperarlo.

Aquello se repitió varias veces.

Llegó un momento en el que ya conocía a la maestra y a sus compañeros de clase, y lo reconocía enseguida, en cuanto salía del edificio. Lo observaba. A veces sonreía, a veces no, y durante el resto del día me preguntaba qué implicaba su expresión, ya que, en cualquier caso, nunca me sentía satisfecho.

Entonces llegaba la noche. Como si me picara la piel en algún sitio al que no llegaba, la obsesión de espiarlos me corroía y cobraba más fuerza con el paso del tiempo. Me tumbaba en la cama, con los ojos como platos, y al final tenía que levantarme. Iba de un lado a otro, inquieto. Me sentaba, volvía a acostarme. Luego, aunque sabía que no estaba bien, tomaba la decisión de ir a su casa. Me susurraba a mí mismo las razones por las que debería ignorar aquel impulso, incluso mientras buscaba las llaves del coche. Conducía por la oscura carretera, y me instaba a dar la vuelta para volver a casa, aunque ya estuviera a punto de aparcar. Luego me abría camino entre los arbustos que rodeaban la casa, paso a paso, sin comprender qué era lo que me había llevado allí.

Entonces miraba por la ventana.

Durante un año fui testigo de fragmentos de sus vidas y fui disipando las dudas sobre los aspectos que no conocía. Descubrí que Miles a veces tenía turno de noche, y me pregunté quién cuidaría entonces de Jonah. Averigüé cuál era su horario. Un día que sabía que tenía que trabajar seguí el autobús que llevaba a casa a Jonah. Descubrí que se quedaba con una vecina. Miré el buzón para saber quién era.

En otras ocasiones, los espiaba mientras cenaban. Me enteré de los gustos de Jonah en cuanto a comida y programas de televisión. Descubrí que le gustaba jugar al fútbol. Leer no le gustaba demasiado. Le veía crecer.

Veía cosas positivas y negativas, pero siempre buscaba su sonrisa. Algún indicio, lo que fuera, que me ayudara a abandonar aquella locura.

También observaba a Miles.

Observaba cómo recogía la casa y guardaba cosas en los cajones; lo miraba cuando cocinaba y cuando bebía cerveza y fumaba en el porche trasero, seguro de que nadie podía verlo. Pero casi siempre le veía sentado en la cocina.

Allí se concentraba con la mirada fija en una carpeta, mientras se pasaba la mano por el pelo. Al principio supuse que se traía trabajo a casa, pero poco a poco llegué a la conclusión de que me equivocaba: la carpeta parecía ser siempre la misma, por lo que no podía estar examinando distintos casos, sino que debía tratarse del mismo. De repente intuí lo que había dentro de esa carpeta. Y supe que estaba buscándome a mí, a la persona que le espiaba por la ventana.

Después de haberme dado cuenta de aquello, encontré una nueva excusa para mi espionaje. Empecé a acudir a su casa para estudiar la expresión de su rostro mientras examinaba la carpeta, en busca de un «ajá» seguido por una apresurada llamada telefónica que sería el presagio de una visita a mi casa; en definitiva, para saber cuándo llegaría el fin.

Cuando me decidía a volver al coche, me sentía débil, completamente agotado. Me juraba que se había acabado, que nunca más volvería a hacerlo; que les dejaría vivir su vida sin más intrusiones. La necesidad de observarlos había quedado saciada y dejaba paso a la culpa; en esas noches, me sentía despreciable por lo que había hecho. Rezaba pidiendo perdón, y a veces incluso sentía deseos de suicidarme.

Había sido alguien que había soñado con poder demostrar al mundo su valía, pero ahora odiaba al ser en que me había convertido.

Sin embargo, por mucho que deseara dejarlo, o incluso mi propia muerte, siempre volvía a sentir aquella ansia. Me revolvía contra ella hasta que me veía obligado a ceder. Luego me decía que sería la última vez. La definitiva.

Entonces, como un vampiro, avanzaba sigilosamente entre las sombras de la noche.

237

Capítulo 26

Aquella noche, Miles se quedó estudiando el contenido de la carpeta en la cocina, y Jonah tuvo una pesadilla por primera vez desde hacía semanas.

Tardó un poco en identificar los gritos. Había estado absorto en el expediente hasta casi las dos de la mañana; a eso había que sumar el turno de noche del día anterior y todo lo sucedido durante el día, de manera que Miles estaba completamente agotado, y su cuerpo se rebeló al oír los gritos de Jonah. Como si alguien le estuviera obligando a moverse en una estancia llena de algodón mojado, volvió a tomar conciencia del espacio a su alrededor, pero al dirigirse a la habitación de Jonah su reacción era más una respuesta condicionada que el deseo de consolar a su hijo.

Era muy temprano, faltaba poco para el amanecer. Miles llevó en brazos a Jonah hasta el porche, y cuando por fin se calmó, ya había salido el sol. Era sábado y, como no había colegio, le llevó de nuevo a la cama y preparó la cafetera. Le dolía la cabeza, por lo que se tomó dos aspirinas con un zumo de naranja.

Se sentía como si tuviera resaca.

Mientras hacía el café, cogió la carpeta con las notas que había añadido aquella noche; quería repasarlas de nuevo antes de ir a trabajar. Pero antes de que pudiera hacerlo, se vio sorprendido por Jonah, quien entró sin hacer ruido en la cocina, restregándose los ojos hinchados, y se sentó a la mesa.

—¿Por qué te has levantado? —preguntó Miles—. Es muy temprano.

—No estoy cansado —respondió el niño.

—Pues lo parece.

—He tenido una pesadilla.

Aquello le pilló por sorpresa. Antes Jonah nunca se acordaba de haber tenido pesadillas.

—¿De veras?

El niño asintió.

—He soñado que tenías un accidente. Como el de mamá.

Miles se acercó a él.

—Solo ha sido un sueño. No ha pasado nada, ¿vale?

Jonah se limpió la nariz con el dorso de la mano. Con aquel pijama de coches de carreras parecía más pequeño de lo que era.

—Oye, papá…

—¿Qué?

—¿Estás enfadado conmigo?

—No, para nada. ¿Por qué lo dices?

—Porque ayer no hablaste conmigo.

—Lo siento. No estaba enfadado contigo, solo intentaba resolver un asunto.

—¿Sobre mamá?

De nuevo le pilló desprevenido.

—¿Por qué crees que tiene algo que ver con mamá?

—Porque estabas mirando esos papeles otra vez. —Jonah señaló la carpeta que descansaba sobre la mesa—. Hablan de mamá, ¿verdad?

Después de un instante, Miles asintió.

—Más o menos.

—No me gustan esos papeles.

—¿Por qué no?

—Porque hacen que te pongas triste.

—No es cierto.

—Sí que lo es, y a mí también me ponen triste.

—¿Porque la echas de menos?

—No —respondió Jonah, reforzando la respuesta con un movimiento de la cabeza—. Es porque hacen que te olvides de mí.

Miles sintió que se le hacía un nudo en la garganta.

—Eso no es verdad.

—Entonces, ¿por qué no querías hablar conmigo ayer?

239

Por el tono de voz parecía que estaba a punto de echarse a llorar. Miles lo estrechó en sus brazos.

—Lo siento, Jonah. No volverá a pasar.

Jonah alzó la vista hacia él.

—¿Prometido?

—Prometido —dijo Miles sonriendo.

—¿Seguro?

—Que me muera ahora mismo si no es verdad.

Jonah le miró fijamente con los ojos muy abiertos, mientras Miles pensaba que tal vez eso era lo que deseaba.

Después de desayunar con Jonah, llamó a Sarah para disculparse, pero ella no le dejó acabar.

—Miles, no tienes que pedirme perdón. Después de lo que te había pasado, me imaginé que necesitabas estar solo. ¿Cómo te sientes hoy?

—No sé, más o menos igual, supongo.

—¿Vas a ir a trabajar?

—Tengo que ir. Charlie me ha dicho que quiere verme dentro de un rato.

—¿Me llamarás después?

—En cuanto pueda. Seguramente estaré todo el día bastante liado.

—¿Con la investigación? —Mientras Sarah esperaba una respuesta, empezó a retorcerse unos cuantos mechones de pelo—. Bueno, si quieres hablar conmigo, estaré en casa de mis padres.

—De acuerdo.

Cuando colgó el teléfono, Sarah no pudo evitar la sensación de que algo terrible estaba a punto de suceder.

A las nueve de la mañana, Charlie ya iba por la cuarta taza de café y había pedido a Madge que siguiera preparando más. Solo había dormido un par de horas. Antes del amanecer ya estaba de nuevo en su despacho.

Había estado trabajando: se había encontrado con Harvey, había interrogado a Otis en su celda, y también había hablado con Thurman Jones. Además, había encargado a varios agentes que buscaran a Sims Addison. De momento, la búsqueda había resultado infructuosa.

Sin embargo, ya había tomado algunas decisiones.

Miles llegó veinte minutos después. Charlie le esperaba fuera del despacho.

—¿Cómo te encuentras? —le preguntó, mientras pensaba que Miles no tenía mejor aspecto que él mismo.

—Ha sido una noche dura.

—Después de un día igual de duro. ¿Quieres un café?

—Ya he tomado bastante en casa.

Charlie señaló hacia atrás por encima de su hombro.

—Entra, tenemos que hablar.

Charlie le hizo pasar y cerró la puerta tras él. Miles tomó asiento. Charlie se reclinó en su silla tras el escritorio.

—Oye, antes de que empecemos a hablar —dijo Miles—, quiero que sepas que llevo trabajando en esto desde ayer, y creo que se me han ocurrido unas cuantas buenas ideas…

Charlie le interrumpió con un movimiento de cabeza.

—Escucha, Miles, esa no es la razón por la que quería verte. Ahora necesito que me escuches, ¿de acuerdo?

Había algo en la expresión de su rostro que le indicó que no le iba a gustar lo que estaba a punto de oír. Se puso tenso.

Charlie bajó la vista a las baldosas del suelo y volvió a mirar a Miles.

—No voy a andarme con tapujos; hace demasiado tiempo que nos conocemos como para eso. —Charlie hizo una pausa.

—¿Qué pasa?

—Otis Timson saldrá hoy en libertad.

Miles abrió la boca para objetar algo, pero Charlie alzó las manos para hacerle callar.

—Antes de que pienses que me estoy precipitando, quiero que me escuches: no tengo elección; la información que tenemos hasta ahora no basta. Ayer, cuando saliste de aquí, fui a visitar a Earl Getlin.

Charlie contó a Miles la conversación que había tenido con Getlin.

241

—Eso significa que ahora tienes la prueba que necesitamos —contraatacó Miles.

—No tan rápido. Albergo serias dudas respecto a sus posibles declaraciones. Por lo que he podido escuchar, Thurman Jones se lo comería vivo, y ningún jurado creería una sola palabra de lo que me contó.

—Eso es cosa del jurado —protestó Miles—. No puedes soltarlo.

—Tengo las manos atadas. Créeme, me he pasado toda la noche repasando el caso. Ahora mismo no tenemos nada que justifique su estancia aquí, sobre todo porque Sims se ha esfumado.

—¿De qué me estás hablando?

—De que Sims ha desaparecido. Ayer envié a varios agentes en su busca y todavía no lo han encontrado. Se ha volatilizado desde que salió de aquí. Nadie sabe dónde está. Harvey no está dispuesto a seguir adelante con esto, a menos que pueda hablar con Sims.

—Por el amor de Dios, pero si lo dijo el mismo Otis.

—No tengo elección —insistió Charlie.

—Mató a mi mujer —dijo Miles con los dientes apretados.

Charlie odiaba tener que hacer aquello.

—No ha sido únicamente decisión mía. Ahora mismo, con Sims desaparecido, no tenemos caso, y tú lo sabes. Harvey Wellman dice que, tal y como están las cosas, la oficina del fiscal del distrito no presentará cargos.

—¿Harvey te ha obligado a hacerlo?

—He estado esta mañana con él; también anoche. Créeme cuando te digo que ha sido muy tolerante. No es nada personal, solo se limita a hacer su trabajo.

—Eso es mentira.

—Ponte en su lugar, Miles.

—No quiero hacerlo. Quiero que acusen a Otis de asesinato.

—Ya sé que estás enojado…

—No estoy enojado, Charlie. Estoy cabreadísimo, no te puedes imaginar cuánto.

—Ya lo sé, pero esto no significa que las cosas vayan a quedar así. Aunque ahora dejemos a Otis en libertad, tal vez podamos presentar cargos en el futuro. Pero con lo que contamos de momento no basta para retenerlo aquí. También quería informarte de que la patrulla de tráfico ha reabierto el caso. O sea, que esto no es el final.

Miles fulminó a Charlie con la mirada.

—Pero, de momento, Otis quedará en libertad.

—De todos modos habría salido bajo fianza. Aunque le acusáramos de haberse dado a la fuga, le sacarían de aquí. Ya sabes cómo funciona.

—Entonces hay que acusarle de asesinato.

—¿Con Sims desaparecido? ¿Sin pruebas? No es posible.

En ocasiones, Miles sentía aversión por el sistema judicial. Recorrió con los ojos el despacho y luego volvió a clavar la mirada en Charlie.

—¿Has hablado con Otis? —preguntó finalmente.

—Lo intenté esta mañana, pero su abogado estaba presente y le recomendó que no contestara a la mayoría de las preguntas. No he podido sonsacarle nada.

—¿Y si yo hablara con él?

Charlie negó con la cabeza.

—Eso no puede ser, Miles.

—¿Por qué no?

—No puedo permitirlo.

—¿Porque se trata de Missy?

—No, es por el numerito que montaste ayer.

—¿A qué te refieres?

—Lo sabes más que bien.

Charlie miró fijamente a Miles, a la espera de su reacción. Como no dijo nada, Charlie se puso en pie.

—Voy a ser sincero contigo: Otis no respondió las preguntas que le hice sobre Missy, pero me informó de forma voluntaria sobre tu actuación. Y por eso ahora tengo que formularte algunas preguntas. —Hizo una pausa—. ¿Qué pasó en el coche?

Miles se revolvió en su asiento.

—Vi un mapache en la carretera y tuve que frenar.

—¿Me consideras tan tonto como para que me lo crea?

Miles se encogió de hombros.

—Es lo que pasó.

—¿Y si te digo que Otis afirma que lo hiciste aposta para hacerle daño?

—Está mintiendo.

Charlie se inclinó hacia Miles.

—¿También me ha mentido al decirme que le apuntaste con la pistola a la cabeza durante un buen rato, a pesar de que estaba de rodillas y con los brazos en alto?

Miles se retorció, incómodo.

—Tenía que mantener la situación bajo control —respondió con evasivas.

—¿Y consideras que esa es la manera de proceder?

—Oye, Charlie, nadie resultó herido.

—Entonces, ¿crees que tu conducta estaba justificada?

—Sí.

—Pues el abogado de Otis no opina lo mismo. Y Clyde tampoco. Amenazan con presentar una demanda civil contra ti.

—¿Una demanda?

—Claro, por abuso de autoridad, intimidación, brutalidad policial y demás. Thurman tiene amigos en la Unión Estadounidense por las Libertades Civiles y puede que se sumen a la demanda.

—¡Pero si no pasó nada!

—Eso no importa, Miles. Tienen derecho a hacerlo. Además, pidieron a Harvey que presentara cargos penales.

—¿Cargos penales?

—Eso dijeron.

—Deja que adivine: Harvey los ha apoyado, ¿a qué sí?

Charlie negó con la cabeza.

—Ya sé que no os lleváis bien, pero llevo trabajando con él muchos años: casi siempre ha sido justo. Anoche estaba bastante molesto por todo este asunto, pero esta mañana me dijo que no tenía intención de apoyar esas acusaciones...

—Entonces, ¿dónde está el problema? —le interrumpió Miles.

—No me has dejado acabar —respondió Charlie mirándolo a los ojos—. Aunque lo haya dicho, no es definitivo. Sabe que estás metido en esto hasta las cejas, y aunque cree que no tenías derecho de soltar a Sims ni de actuar por tu cuenta en el arresto de Otis, sabe que eres humano. Comprende cómo te sentías, pero eso no cambia el hecho de que actuaste de forma inadecuada, por decirlo con suavidad. Y por eso considera que sería mejor suspenderte hasta que se resuelva el caso, con tu sueldo íntegro, por supuesto.

El rostro de Miles dejaba entrever su incredulidad.

—¿Suspenderme?

—Por tu propio bien. Harvey cree que cuando todo esto se haya calmado podrá convencer a Clyde y al abogado de Otis para que se echen atrás. Pero, si actúo como si considerara que no has hecho nada incorrectamente, no está seguro de poder hacerlo.

—Lo único que hice fue arrestar al hombre que mató a mi mujer.

—Hiciste muchas más cosas, y tú lo sabes.

—Entonces, ¿vas a hacer lo que te ha pedido?

Tras un largo momento, Charlie asintió.

—Creo que es una buena recomendación, Miles. Como te digo, es por tu propio bien.

—Déjame ver si lo he entendido bien: Otis saldrá libre aunque haya matado a mi mujer. Y a mí me echan del cuerpo por haberlo detenido.

—Si quieres ponerlo así…

—¡Es que es así!

Charlie negó con un movimiento de cabeza.

—No lo es —repuso en un tono neutro—. Dentro de poco te darás cuenta, cuando no estés tan furioso. Pero por ahora tengo que inhabilitarte oficialmente.

—Vamos, Charlie, no me hagas esto.

—Es la mejor opción. Te pido que, hagas lo que hagas, no empeores las cosas. Si me entero de que acosas a Otis o que metes las narices donde no debes, me veré obligado a tomar medidas más serias, y no me dejarán ser tan tolerante.

—¡Esto es ridículo!

—Así son las cosas, amigo. Lo siento. —Charlie empezó a avanzar hacia él—. Pero ya te he dicho que no está todo perdido. Cuando encontremos a Sims y podamos interrogarlo, investigaremos su versión. Es posible que alguien más oyera algo, que encontremos más testigos que lo confirmen…

Miles arrojó la placa sobre el escritorio antes de que Charlie hubiera acabado de hablar, y dejó la pistola y la funda sobre el respaldo de la silla.

Salió del despacho dando un portazo.

Veinte minutos después, Otis Timson fue puesto en libertad.

Tras salir hecho una furia del despacho de Charlie, Miles fue hasta su coche, sin dejar de darle vueltas a todo lo que había pasado en las últimas veinticuatro horas. Arrancó y se incorporó al tráfico pisando a fondo el acelerador, invadiendo el carril contrario antes de enderezar el volante.

Otis estaba en libertad y a él le habían suspendido.

No tenía sentido. Por alguna razón, el mundo se había vuelto loco.

Se le pasó por la cabeza ir a casa, pero al final decidió no hacerlo, puesto que Jonah al verlo desde la residencia de la señora Knowlson acudiría inmediatamente a su encuentro. En ese momento no era buena idea hablar con él. No después de lo que le había dicho Jonah aquella mañana. Necesitaba tiempo para calmarse, para pensar qué le iba a contar.

Antes tendría que hablar con alguien que pudiera ayudarle a entender todo aquello.

Comprobó que no había tráfico en sentido contrario y dio un giro de ciento ochenta grados para dirigirse a casa de los padres de Sarah.

Capítulo 27

Sarah estaba en el salón con su madre cuando vio detenerse el coche de Miles delante de su casa. Puesto que no la había hecho partícipe de los últimos acontecimientos, Maureen se levantó del sofá de un salto y fue a recibirle a la puerta con los brazos abiertos.

—¡Qué sorpresa tan agradable! —exclamó—. ¡No te esperábamos!

Miles masculló un saludo mientras Maureen lo abrazaba, pero declinó su invitación a tomar una taza de café. Sarah propuso enseguida que fueran a dar un paseo y cogió su chaqueta. Poco después salían por la puerta. Maureen interpretó equivocadamente las prisas, convencida de que «era típico de jóvenes enamorados que quieren estar a solas», y casi se ruborizó al ver cómo se alejaban.

Se dirigieron al bosquecillo en el que habían estado con Jonah el Día de Acción de Gracias. Mientras caminaban, Miles guardó silencio, pero apretaba los puños con tanta fuerza que los dedos palidecieron antes de que volviera a abrirlos.

Se sentaron en el tronco de un pino caído, recubierto de musgo y hiedra. Miles seguía abriendo y cerrando los puños, y Sarah posó la mano en uno de ellos. Tras unos instantes, Miles pareció relajarse y entrelazó los dedos con los de Sarah.

—Has tenido un mal día, ¿verdad?

—Podríamos llamarlo así.

—¿Otis?

Miles dio un resoplido.

—Otis, Charlie, Harvey, Sims... Todos.

—¿Qué ha pasado?

—Charlie ha soltado a Otis. Dice que no tiene pruebas para retenerlo.

—¿Por qué? Creía que teníais testigos.

—Yo también. Pero supongo que los hechos no cuentan en este caso. —Separó un trozo de corteza del árbol y lo arrojó a lo lejos, enojado—. Charlie me ha suspendido temporalmente.

Sarah entrecerró los ojos, como si no estuviera segura de haber oído bien.

—¿Cómo has dicho?

—Esta mañana. Por eso quería hablar conmigo.

—No es posible.

Miles sacudió la cabeza.

—Pues sí.

—No lo entiendo… —dijo sin acabar la frase. Pero en su fuero interno sí que lo entendía, incluso mientras decía lo contrario.

Miles arrojó al suelo otro trozo de corteza.

—Dijo que, durante la detención, mi comportamiento fue inadecuado y que tiene que suspenderme hasta que lo aclaren. Pero eso no es todo. —Hizo una pausa, con la mirada perdida en la nada—. También me ha dicho que el abogado de Otis y Clyde quieren poner una demanda. Y, para colmo, puede que presenten cargos en mi contra.

Sarah no sabía qué decir. Le parecía que sobraba cualquier comentario. Miles respiró hondo y dejó ir su mano, como si necesitara espacio.

—¿No te parece increíble? Detengo al hombre que mató a mi mujer y me inhabilitan. Él queda en libertad y a mí me acusan. —Miles por fin se volvió para mirarla—. ¿Encuentras sentido a todo esto?

—La verdad es que no —respondió Sarah sinceramente.

Miles sacudió la cabeza y de nuevo desvió la mirada.

—Y Charlie, el viejo Charlie, les sigue el juego. Creía que era mi amigo.

—Es tu amigo, Miles. Y tú lo sabes.

—No, ya no estoy seguro.

—Entonces, ¿presentarán cargos contra ti?

Miles se encogió de hombros.

—Puede que sí. Charlie dijo que tal vez pueda convencer a Otis y a su abogado de que se echen atrás. Esa es otra de las razones que justifican mi suspensión.

Sarah parecía estar confundida.

—¿Por qué no me lo cuentas desde el principio? ¿Qué te ha dicho exactamente Charlie?

Miles repitió la conversación. Cuando acabó, Sarah volvió a cogerle la mano.

—No creo que Charlie la haya tomado contigo. Parece como si creyera estar haciendo lo más apropiado para ayudarte.

—Pues si quería ayudarme, debería haber dejado a Otis entre rejas.

—Pero con Sims desaparecido, ¿qué puede hacer?

—Debería haber acusado a Otis de asesinato de todas maneras. Earl Getlin verificó su versión, y en realidad eso es todo lo que necesita; ningún juez le dejaría salir bajo fianza. Quiero decir que Charlie sabe que Sims aparecerá tarde o temprano. No es precisamente un trotamundos; no puede andar muy lejos. Seguramente yo mismo podría encontrarlo en un par de horas. Cuando lo haga, le haré firmar una declaración jurada sobre la conversación. Y te aseguro que tendrá que hacerlo después de hablar conmigo.

—Pero ¿no estás inhabilitado?

—No te pongas del lado de Charlie. No estoy de humor.

—No me pongo de su lado, Miles. Es solo que no quiero que te metas en más líos. Y Charlie te dijo que seguramente volverían a abrir el caso.

Miles la miró.

—Entonces, ¿crees que debería dejar las cosas como están?

—No he dicho eso…

Miles la interrumpió.

—¿A qué te refieres entonces? Porque a mí me parece que quieres que me mantenga al margen, a la espera. —No esperó a que ella se defendiera—. Pues no puedo hacerlo, Sarah. Me maldeciría a mí mismo si permito que Otis no pague por lo que hizo.

Sarah no pudo evitar acordarse de la víspera. Se preguntaba cuándo se habría dado cuenta de que ya no estaba.

—¿Qué pasará si no encuentras a Sims? —preguntó finalmente—. ¿O si consideran que no tienen bastantes pruebas para llevar a Otis a juicio? ¿Qué harás entonces?

Miles la miró con los ojos entrecerrados.

—¿Por qué me haces esto?

Sarah palideció.

—Pero si no hago nada…

—Claro que sí, estás cuestionándolo todo.

—Simplemente no quiero que hagas algo de lo que luego tengas que arrepentirte.

—¿Qué quieres decir con eso?

Sarah le apretó la mano.

—Me refiero a que a veces las cosas no salen como queremos.

Miles la miró fijamente durante un buen rato, con una expresión impertérrita, su mano ahora inerte. Con frialdad.

—Crees que no fue él, ¿verdad?

—No estoy hablando de Otis, sino de ti.

250

—Pero yo sí que hablo de él. —Se liberó de su mano y se puso en pie—. Dos personas dicen que Otis alardeó antes ellos de haber matado a mi mujer, y ahora mismo debe de estar de camino a su casa. Le han soltado y tú pretendes que me quede cruzado de brazos. Lo conoces, sabes qué clase de persona es, y por eso quiero que me des tu opinión. ¿Crees que mató a Missy o no?

Entre la espada y la pared, Sarah respondió de inmediato.

—No sé qué pensar de todo esto.

A pesar de que había sido sincera, no era eso lo que Miles quería oír. Tampoco se esforzó por entenderla, sino que le dio la espalda para no mirarla.

—Pues yo sí. Sé que fue él, y voy a demostrarlo, de un modo u otro. Y no me importa tu opinión. Se trata de mi mujer.

«Mi mujer.»

Antes de que Sarah pudiera objetar algo, Miles dio media vuelta para marcharse. Ella se puso en pie para seguirle.

—¡Espera! No te vayas.

Miles contestó por encima del hombro, sin detenerse.

—¿Para qué? ¿Para que sigas metiéndote conmigo?

—No me meto contigo, Miles, solo quiero ayudarte.

Él se detuvo y la miró a los ojos.

—No necesito tu ayuda. Tampoco es asunto tuyo.

Sarah parpadeó sorprendida, herida por sus palabras.

—Claro que es asunto mío, porque tú eres importante para mí.

—Pues la próxima vez que necesite que me escuches, no me sermonees y limítate a escuchar, ¿de acuerdo?

Dicho esto se fue, dejando sola a Sarah en el bosque, completamente perpleja.

Harvey entró en el despacho de Charlie con cara de estar más agotado que nunca.

—¿Ha habido suerte con la búsqueda de Sims?

Charlie negó con la cabeza.

—Todavía nada. Se ha esfumado, está bien escondido.

—¿Crees que daremos con él?

—Claro. No puede ir muy lejos. Ahora está siendo discreto, pero no durará mucho.

Harvey cerró la puerta tras él.

—Acabo de hablar con Thurman Jones —dijo.

—¿Y qué te ha dicho?

—Sigue amenazando con presentar cargos, pero no creo que esté seguro de hacerlo; me parece más bien que está siguiéndole la corriente a Clyde.

—¿Qué quieres decir?

—No estoy seguro, pero tengo la sensación de que al final se echará atrás. Lo que menos desea es ofrecer un motivo que justifique una investigación a fondo de su cliente por parte de todos los agentes del departamento, y sabe que eso es exactamente lo que pasará si sigue adelante con esto. Además, es consciente de que el jurado tendrá la última palabra, y que seguramente se pondrá del lado de un agente antes que respaldar a alguien con una reputación como la de Otis. Sobre todo teniendo en cuenta que Miles no disparó ni una sola vez.

Charlie asintió.

—Gracias, Harvey.

—De nada.

—No me refiero solo a la información.

—Ya lo sé. Pero debes asegurarte de tener controlado a Miles hasta que pase todo esto. Si hace alguna tontería, no puedo garantizarte que no presenten cargos.

—De acuerdo.

—¿Hablarás con él?

—Claro, se lo diré.

«Y espero que me escuche.»

Cuando Brian llegó a casa hacia el mediodía para pasar las vacaciones de Navidad, Sarah suspiró, aliviada. Por fin tenía a alguien con quien hablar. Llevaba toda la mañana evitando la mirada escrutadora de su madre. Mientras comían unos bocadillos, Brian les contó cómo le iba en la universidad («Me va bien»), cuáles creía que serían sus notas («Supongo que buenas»), y cómo se sentía allí («Bien»).

Sin embargo, tenía mucho peor aspecto que la última vez que se habían visto. Estaba muy pálido, como si apenas saliera fuera de la biblioteca. Aunque hacía responsable de ello al agotamiento tras los exámenes finales, Sarah se preguntaba si de verdad le iba tan bien en la universidad.

Tras observarlo atentamente, Sarah pensó que casi parecía estar metido en temas de drogas.

Lo más triste era que, por mucho que quisiera a su hermano, no le extrañaría nada que así fuera. Siempre había sido una persona muy sensible, y ahora que tenía que valerse por sí mismo y hacer frente a situaciones de estrés, podría convertirse en presa fácil de algo semejante. Algo parecido le había pasado a una compañera de la residencia de estudiantes durante el primer año de carrera, que le recordaba a Brian en muchos aspectos. Dejó los estudios antes de que empezara el segundo semestre. Sarah no había vuelto a pensar en ella. Pero ahora, mientras miraba a Brian, no pudo ignorar el hecho de que tenía el mismo aspecto que aquella chica.

Vaya día.

Maureen, por supuesto, se mostró preocupada por su aspecto y no paraba de llenarle el plato de comida.

—No tengo hambre, mamá —protestó mientras apartaba

el plato medio lleno, hasta que Maureen finalmente se dio por vencida y lo dejó en el fregadero, mordiéndose el labio.

Después de comer, Sarah acompañó a Brian al coche para ayudarle a llevar su equipaje.

—Mamá tiene razón, ¿sabes? Tienes muy mala cara.

Brian sacó las llaves del bolsillo.

—Gracias, hermanita. Muy amable.

—¿Ha sido un semestre duro?

Brian se encogió de hombros.

—Sobreviviré. —Abrió el maletero y extrajo una bolsa.

Sarah le obligó a dejarla en el suelo al cogerle del brazo.

—Si necesitas hablar conmigo sobre lo que sea, sabes que siempre estoy disponible para ti, ¿vale?

—Claro, ya lo sé.

—Lo digo en serio. Aunque sea algo que nunca habrías pensado contarme.

—¿Tan mala cara tengo? —Brian alzó una ceja con aire perplejo.

—Mamá cree que te estás drogando.

Era mentira, pero Sarah sabía que Brian no iría corriendo a casa a hablar con su madre.

—Pues dile que no. Es solo que me está costando un poco acostumbrarme a la universidad. Pero me las apañaré. —Hizo una mueca y añadió—: Y eso va también por ti, por cierto.

—¿Por mí?

Brian cogió la otra bolsa.

—Mamá no pensaría que me drogo ni aunque me pillara fumando marihuana en la sala de estar. Si hubieras dicho que estaba preocupada porque mis compañeros de la residencia me estaban poniendo las cosas difíciles, porque soy mucho más listo que ellos, tal vez te habría creído.

Sarah se echó a reír.

—Supongo que tienes razón.

—Estoy bien, de veras. ¿Cómo estás tú?

—Bastante bien. El viernes que viene empiezan las vacaciones escolares, y ya tengo ganas de tener tiempo libre.

Brian le dio a Sarah una bolsa de lona llena de ropa sucia.

—Los maestros también necesitáis desconectar, ¿no?

—Más aún que los niños, si quieres que sea sincera.

253

Brian cerró el maletero y cogió las bolsas. Sarah echó un vistazo por encima del hombro para asegurarse de que su madre seguía dentro.

—Oye, ya sé que acabas de llegar, pero ¿podríamos hablar?

—Claro que sí. Esto puede esperar. —Dejó las bolsas en el suelo y se apoyó en el coche—. ¿Qué pasa?

—Se trata de Miles. Hemos tenido una especie de discusión hoy, y no se lo puedo contar a mamá. Ya sabes cómo es.

—¿Por qué habéis discutido?

—Creo que ya te conté que su mujer murió hace un par de años, la atropellaron; el conductor se dio a la fuga. Nunca lo pillaron, y lo pasó muy mal. Ayer encontró nuevas pistas y arrestó a un tipo. Pero la cosa no acaba aquí. Miles se pasó de la raya: anoche me dijo que estuvo a punto de matarlo.

Brian parecía desconcertado. Sarah sacudió la cabeza de inmediato como para negar sus suposiciones.

—Al final, no paso nada…, bueno, nada grave. Nadie resultó herido, pero… —Sarah se cruzó de brazos y se obligó a apartar aquel pensamiento de su mente—. De todos modos, hoy le han inhabilitado por su comportamiento. Pero no es eso lo que me preocupa. En resumen, han tenido que soltar a ese tipo y ahora no sé qué debo hacer. Miles no puede pensar con claridad y tengo miedo de que haga algo que acabará lamentando.

Sarah hizo una breve pausa; luego añadió:

—Todo este asunto es muy complicado porque ya había mala sangre entre Miles y el tipo al que arrestó. Aunque hayan suspendido a Miles, sé que no va a dejarlo correr. Y ese hombre…, bueno, es la clase de persona con la que uno no debería meterse.

—Pero acabas de decirme que lo soltaron.

—Sí, pero Miles no lo aceptará. Tendrías que haberlo oído hablar. Ni siquiera me ha escuchado. Por una parte, creo que debería llamar a su jefe y contarle lo que me ha dicho Miles, pero ya está inhabilitado y no quiero crearle aún más problemas. Pero si me callo… —Sarah no acabó la frase antes de mirar a su hermano a los ojos—. ¿Qué crees que debería hacer? ¿Esperar a ver qué pasa? ¿O debo llamar a su jefe? ¿O es mejor que me quede al margen?

254

Brian tardó un buen rato en responder.

—Supongo que depende de tus sentimientos hacia él y de hasta dónde crees que puede llegar.

Sarah se pasó una mano por el pelo.

—De eso se trata. Quiero a ese hombre. Ya sé que apenas pudiste hablar con él, pero me ha hecho muy feliz en estos últimos meses. Y ahora… estoy asustada. No quiero ser responsable de que le echen, pero al mismo tiempo me preocupa de veras lo que pueda hacer.

Brian permaneció inmóvil durante unos instantes, pensando.

—No puedes permitir que alguien inocente vaya a la cárcel, Sarah —dijo por fin, mirándola a los ojos.

—No es eso lo que me da miedo.

—¿Qué es entonces? ¿Crees que irá a por ese tipo?

—Si no le queda más remedio… —Recordó la mirada de Miles, de sus ojos, que destilaban una ira frustrada—. Creo que podría llegar a hacerlo.

—No puedes permitirlo.

—Entonces, ¿crees que debería llamar a su jefe?

Brian tenía una expresión seria.

—No creo que tengas elección.

255

Tras abandonar la casa de Sarah, Miles pasó las siguientes horas intentando dar con el paradero de Sims. Pero, al igual que Charlie, no tuvo suerte.

Después consideró la posibilidad de volver al campamento de los Timson, pero se contuvo. No por falta de tiempo, sino porque recordó lo que había pasado aquella mañana en el despacho de Charlie.

Ya no tenía la pistola reglamentaria.

Pero tenía otra arma en casa.

Aquella tarde, Charlie recibió dos llamadas telefónicas.

Una era de la madre de Sims, que quería saber por qué todo el mundo de repente se interesaba tanto por su hijo. Al preguntarle a qué se refería, la madre de Sims respondió:

—Miles Ryan ha venido a hacerme las mismas preguntas que usted.

Charlie frunció el ceño al colgar el teléfono, molesto porque Miles hubiera ignorado sus recomendaciones de aquella misma mañana.

Luego llamó Sarah Andrews.

Tras despedirse, Charlie hizo girar la silla para mirar por la ventana y se quedó observando el aparcamiento mientras le daba vueltas a un lápiz.

Un minuto después, con el lápiz roto por la mitad en la mano, giró la silla de nuevo hacia la puerta y arrojó los fragmentos a la papelera.

—¿Madge? —gritó.

La secretaria apareció en el umbral.

—Llama a Harris. Ahora.

No tuvo que pedírselo dos veces. Un minuto más tarde, Harris se encontraba de pie ante su escritorio.

—Quiero que vayas al campamento de los Timson. No quiero que te vean, solo has de vigilar quién entra o sale de allí. Si ves algo que te parece fuera de lo normal, cualquier cosa, quiero que hagas una llamada, no solo a mí, sino por radio. No quiero que pase nada raro esta noche. Nada de nada, ¿me has entendido?

Harris tragó saliva y asintió. No necesitaba preguntar a quién había que controlar.

Cuando se fue, Charlie cogió el teléfono para llamar a Brenda. Ya sabía que, esa noche, él también volvería tarde a casa.

Tenía la sensación de que las cosas estaban a punto de escapársele de las manos.

Capítulo 28

Pasado un año, mis visitas nocturnas a su hogar cesaron tan repentinamente como habían comenzado. Lo mismo sucedió con las incursiones en la escuela para poder ver a Jonah, y al lugar del accidente. Pero seguí visitando con regularidad la tumba de Missy, algo que pasó a ser parte de mi agenda semanal, los jueves. No falté ni un solo día, aunque lloviera; cada jueves iba al cementerio y recorría el sendero hasta su tumba. Ya no me preocupaba si podía verme alguien. Y siempre le llevaba flores.

Las demás visitas quedaron interrumpidas de forma imprevista. Podría pensarse que la intensidad de mi obsesión había ido menguando con el paso de aquel año, pero no se trataba de eso. Del mismo modo que me había sentido obligado a observar sus vidas durante un año, de pronto ahora sentía que tenía que dejarles vivir en paz, sin espiarlos.

Nunca olvidaré el día en que todo cambió.

Era el primer aniversario de la muerte de Missy. Para entonces, después de un año de moverme sigilosamente en la oscuridad, me había vuelto casi invisible. Conocía todas las curvas y vueltas del camino de memoria, y tardaba la mitad que antes en llegar a su casa. Me había convertido en un mirón profesional: aparte de fisgonear por las ventanas, hacía meses que llevaba conmigo unos prismáticos, porque a veces había gente cerca, en la carretera o en los jardines, y me era imposible acercarme a las ventanas. En ocasiones, además, Miles cerraba las cortinas de la sala de estar, y como mi curiosidad no quedaba satisfecha, aunque no fuera por mi culpa, tenía que inventarme algo. Los prismáticos resolvieron este problema.

Al otro lado de la casa, cerca del río, hay un viejo roble enorme, de gruesas ramas bajas; algunas incluso se extienden paralelas al suelo, y a veces instalaba allí mi campo base. Descubrí que, si subía por el roble lo suficiente, podía ver a través de la ventana de la cocina, sin ningún obstáculo. Me quedaba allí horas, hasta que Jonah se iba a la cama, y después observaba a Miles sentado en la cocina.

Durante aquel año, él, al igual que yo, había cambiado.

Aunque seguía repasando la documentación, ya no lo hacía con tanta frecuencia. A medida que pasaban los meses, su obsesión por encontrarme fue perdiendo fuerza. No es que ya no le importara, sino más bien la aceptación de la realidad. Para entonces yo sabía que el caso estaba en punto muerto; y sospechaba que Miles también lo sabía. El día del aniversario de la muerte de Missy, cuando Jonah ya estaba en la cama, Miles sacó la carpeta, pero no se ensimismó como en anteriores ocasiones, sino que empezó a hojearla, sin lápiz ni bolígrafo, sin anotar nada, casi como si estuviera pasando las páginas de un álbum de fotos, reviviendo los recuerdos. Al cabo de un rato la dejó a un lado y fue hacia la sala.

Cuando me di cuenta de que no iba a volver a la cocina, bajé del árbol y fui hacia el porche.

Aunque había corrido las cortinas, pude ver que había dejado la ventana abierta para que entrase la brisa nocturna. Desde mi punto de observación podía vislumbrar parte de la sala de estar, justo lo suficiente para ver a Miles sentado en el sofá. A su lado había una caja de cartón, y por su postura supe que estaba mirando la televisión. Me acerqué a la abertura de la ventana para escuchar, pero no podía entender lo que llegaba a mis oídos. Durante un buen rato no se oyó nada; luego oí sonidos distorsionados y voces entremezcladas. Cuando volví a mirar a Miles para intentar averiguar lo que estaba viendo, al ver sus ojos, la sonrisa que se dibujaba en su rostro, su postura, lo supe.

Estaba mirando vídeos domésticos antiguos.

Entonces lo comprendí todo. Al cerrar los ojos pude reconocer la voz de la grabación. Oí la voz de Miles, a veces más cerca, otras más lejos; el chillido agudo de un niño; y, de fondo, una voz débil pero distinguible. Era la voz de ella.

La de Missy.

Fue un momento sobrecogedor, extraño. Por un instante me pareció que no podía respirar. En todo ese tiempo, después de un año de espiar a Miles y Jonah, creí que había llegado a conocerlos, pero el sonido de aquella voz lo cambió todo. No conocía a Miles ni a Jonah. Hay una diferencia entre la observación y el estudio, y el conocimiento, que ahora sabía que nunca conseguiría.

Escuché, paralizado.

Su voz se fue apagando. Poco después, oí su risa.

Al oírla, me dio un brinco el corazón, y enseguida mis ojos buscaron a Miles. Quería ver su reacción, aunque ya sabía cuál sería: estaría mirando fijamente, perdido en sus recuerdos, con lágrimas de ira en los ojos.

Pero me equivocaba.

Miles no estaba llorando, sino sonriendo, con una mirada llena de ternura.

Y entonces, de repente, supe que había llegado el momento de dejarlo.

Tras aquella visita, realmente creí que nunca volvería a aquella casa a espiarlo. Durante el año siguiente, intenté seguir adelante con mi vida, y lo conseguí, aunque solo de manera superficial. La gente con la que me relacionaba comentaba que tenía mejor aspecto, que parecía que volvía a ser el mismo de antes.

Parte de mí quería creerlo. Una vez superada mi obsesión, creí que había dejado atrás aquella pesadilla. No olvidé lo que había hecho, ni que había matado a Missy, pero sí creía haber superado la culpa compulsiva con la que había vivido durante un año.

Entonces no fui capaz de darme cuenta de que la culpa y la angustia, en realidad, nunca me habían abandonado. Simplemente seguían ahí, en estado latente, como un oso que hiberna en invierno y se alimenta de sus reservas, a la espera de que llegue la primavera.

Capítulo 29

El domingo por la mañana, poco después de las ocho, Sarah oyó el timbre de la puerta. No estaba segura de querer abrir, pero al final se levantó y fue hacia la puerta, deseando por una parte que fuera Miles, pero por otra no.

Cuando cogió el picaporte, todavía no estaba segura de qué iba a decirle. Dependería en gran medida de él. ¿Sabría que había llamado a Charlie? En ese caso, ¿estaría enfadado con ella? ¿Se sentiría herido? ¿Podría comprender que lo había hecho porque creía que era lo mejor?

Al abrir la puerta, sin embargo, sonrió aliviada.

—Hola, Brian. ¿Qué haces aquí?

—Quería hablar contigo.

—Claro… Pasa.

Brian entró tras ella y se sentó en el sofá. Sarah tomó asiento a su lado.

—¿Qué pasa? —preguntó.

—Al final llamaste al jefe de Miles, ¿no?

Sarah se pasó una mano por el pelo.

—Sí. Como tú mismo dijiste, no tenía más remedio.

—Porque pensabas que iría tras el tipo que arrestó —dijo Brian.

—No sé qué habría hecho, pero me daba tanto miedo su reacción que tenía que intentar evitarlo.

Brian asintió con un leve movimiento de cabeza.

—¿Sabe que hiciste esa llamada?

—¿Miles? No lo sé.

—¿Has hablado con él?

—No. Desde que se fue, ayer, he intentado hablar con él por teléfono un par de veces, pero no estaba en casa; saltaba el contestador todo el rato.

Brian se apretó el puente de la nariz con los dedos.

—Necesito saber una cosa. —En el silencio de la sala, su voz tenía una resonancia curiosamente amplificada.

—¿De qué se trata? —preguntó, perpleja.

—Necesito saber si de veras crees que Miles iría tan lejos.

Sarah se inclinó hacia delante para mirar a Brian a los ojos, pero él desvió la mirada.

—No puedo leer la mente, pero supongo que sí, que estaba preocupada por eso.

—Creo que deberías hablar con Miles y convencerle de que lo deje estar.

—¿A qué te refieres?

—Al hombre al que arrestó…, tiene que olvidarse de él.

Sarah miró atónita a su hermano. Brian por fin le devolvió una mirada implorante.

—Tienes que conseguir que lo entienda, ¿de acuerdo? ¿Hablarás con él?

—Ya te dije que ya lo he intentado.

—Pues vuélvelo a intentar.

Sarah se reclinó en el respaldo del sofá y frunció el ceño.

—¿Qué pasa?

—Solo quiero saber qué crees que hará Miles.

—Pero ¿por qué? ¿Por qué te importa tanto lo que haga?

—¿Qué pasaría con Jonah?

Sarah parpadeó, desconcertada.

—¿Jonah?

—¿No crees que Miles pensaría en él antes de hacer nada?

Sarah movió la cabeza lentamente en un gesto que denotaba incredulidad.

—Me refiero a que no creerás que se arriesgaría a ir a la cárcel, ¿no?

Sarah le cogió con fuerza ambas manos.

—Espera un momento, por favor. Deja de hacer preguntas y dime qué te pasa.

Y

Recuerdo que ese fue el momento de la verdad, la razón por la que fui a su casa. Finalmente, había llegado la hora de confesarle lo que había hecho.

¿Por qué entonces no se lo dije directamente? ¿Por qué tenía que hacerle tantas preguntas? ¿Acaso estaba buscando una escapatoria, alguna otra razón para ocultar la verdad? Puede que parte de mí, la que llevaba mintiendo dos años, buscara una justificación, pero lo cierto es que creo que la mejor parte de mí solo deseaba proteger a mi hermana.

Tenía que asegurarme de que no tenía elección.

Sabía que mis palabras le harían daño. Mi hermana estaba enamorada de Miles. Los había estado observando el Día de Acción de Gracias: la forma de mirarse y de relacionarse cuando estaban cerca, y la ternura con que Sarah le había besado antes de que Miles se fuera. Se amaban, por lo menos eso me había dicho Sarah. Y Jonah también la quería.

La noche anterior por fin me había dado cuenta de que no podía seguir manteniendo el secreto. Si Sarah realmente creía que Miles se tomaría la justicia por su mano, al guardar silencio sabía que corría el riesgo de arruinar la vida de más personas. Missy había muerto por mi culpa; no podría vivir con otra tragedia inútil en mi conciencia.

Pero también sabía que para salvarme, para salvar a un hombre inocente, y para salvar a Miles Ryan de sí mismo, tendría que sacrificar a mi hermana.

Mi hermana, que ya había sufrido tanto, ahora tendría que mirar a la cara a Miles, a sabiendas de que su propio hermano había matado a su mujer, y arriesgarse a perderlo como consecuencia. ¿Cómo podría Miles seguir enamorado de ella?

¿Era justo su sacrificio? Sarah era una simple espectadora inocente; mi confesión la dejaría irrevocablemente atrapada entre su amor por Miles Ryan y el que le profería a su hermano. Pero por mucho que no quisiera decírselo, no tenía elección.

—Sé quién era el conductor que se dio a la fuga aquella noche —dije por fin con voz ronca.

Sarah se quedó mirándome fijamente, como si no entendiera las palabras.

—¿Ah, sí? —preguntó.

Asentí.

Fue entonces, durante el largo silencio que siguió a aquella pregunta, cuando Sarah empezó a comprender la razón de mi visita. Sabía lo que estaba intentando decirle; y en ese momento se desmoronó hacia delante, como un globo que se desinfla lentamente.

Yo, por mi parte, no desvié la mirada en ningún momento.

—Fui yo, Sarah —susurré—. Yo era el conductor.

Capítulo 30

Al oír aquellas palabras, Sarah se echó hacia atrás, como si viera a su hermano por primera vez.

—Fue sin querer. Lo siento muchísimo…

Brian no pudo acabar la frase y empezó a llorar.

No era el lamento reprimido de la tristeza, sino el llanto angustiado propio de un crío, acompañado del movimiento espasmódico de los hombros. Era la primera vez que Brian lloraba por lo que había hecho, y una vez que hubo empezado no estaba seguro de poder parar.

Sarah lo rodeó con sus brazos, y aquel abrazo hizo que a Brian su crimen le pareciera mucho peor de lo que era, porque se dio cuenta de que su hermana seguía queriéndolo a pesar de todo. Ella no dijo nada mientras lloraba, sino que empezó a acariciarle suavemente la espalda. Su hermano se echó en sus brazos y la abrazó también con fuerza, como si intuyera que cuando dejara de abrazarla todo iba a cambiar entre ellos.

En ese momento, Brian ya era consciente de que su relación nunca volvería a ser como antes.

No sabía cuánto tiempo llevaba llorando, pero, cuando por fin acabó, empezó a contarle a su hermana lo que pasó aquella noche.

No mintió.

Pero no le habló de sus visitas secretas.

Durante su confesión, Brian no la miró a los ojos. No quería encontrar en ellos compasión, ni tampoco una expresión horrorizada; no quería ver en los ojos de Sarah su opinión sobre él.

Pero cuando acabó de hablar, Brian por fin hizo acopio de valor para encontrarse con su mirada.

No vio amor ni perdón en su cara.

Solo miedo.

Brian se quedó en casa de Sarah casi toda la mañana, respondiendo a sus numerosas preguntas; al contestar, volvió a contárselo todo. Pero no pudo encontrar una respuesta satisfactoria para algunas de sus preguntas, como, por ejemplo, por qué no había acudido a la policía; solo pudo ofrecerle una justificación obvia: que en aquel momento estaba conmocionado, asustado, y que después ya había pasado demasiado tiempo.

Al igual que Brian, Sarah justificó su decisión y la cuestionó a un tiempo. Volvieron una y otra vez sobre los mismos puntos, hasta que al final, cuando Sarah se quedó callada, Brian supo que había llegado el momento de irse.

Antes de abrir la puerta, Brian miró hacia atrás por encima del hombro.

En el sofá, encorvada como si hubiera envejecido treinta años, su hermana estaba llorando en silencio, con la cara enterrada en sus manos.

Capítulo 31

Aquella misma mañana, mientras Sarah seguía llorando en el sofá, Charlie Curtis avanzaba con paso resuelto por el sendero del jardín de Miles Ryan. Iba de uniforme; era la primera vez en muchos años que no iría a la iglesia acompañado de Brenda, pero tal como él mismo le había explicado a su mujer, no creía que tuviera otra opción; no después de las dos llamadas que recibió el día anterior.

No después de haberse pasado casi toda la noche en vela vigilando delante de la casa de Miles.

Charlie llamó a la puerta y Miles le abrió, vestido con vaqueros, una sudadera y una gorra de béisbol. No demostró su sorpresa al ver a Charlie en el porche.

—Tenemos que hablar —dijo Charlie sin ningún preámbulo.

Miles se llevó las manos a las caderas, sin ocultar la ira que todavía sentía por las decisiones de Charlie.

—Pues adelante, habla.

Charlie se levantó el ala del sombrero.

—¿Quieres hablar en el porche o en el jardín, donde Jonah no podrá oírnos? Tú eliges. Es asunto tuyo.

Poco después, Charlie estaba apoyado en el coche con los brazos cruzados. Miles estaba ante él. El sol todavía no estaba demasiado alto, por lo que Miles tuvo que entrecerrar los ojos para mirarlo.

—Necesito saber si has ido a buscar a Sims Addison. —Charlie fue directo al grano.

—¿Me lo preguntas o quieres oír lo que ya sabes?

—Te lo pregunto porque quiero saber si eres capaz de mentirme a la cara.

Tras unos instantes, Miles desvió la mirada.

—Sí. Fui a buscarlo.

—¿Por qué?

—Porque me dijiste que no habías podido dar con él.

—Estás inhabilitado, Miles. ¿Sabes qué quiere decir eso?

—No era un asunto oficial, Charlie.

—No importa. Te di una orden directa y la has desobedecido. Tienes mucha suerte de que Harvey Wellman no se haya enterado. Pero no puedo seguir encubriéndote, y soy demasiado viejo y estoy demasiado cansado para aguantar estas tonterías. —Pasó el peso de una pierna a la otra para no quedarse frío—. Necesito la documentación que guardas en esa carpeta, Miles.

—¿Mi carpeta?

—Quiero que la consideren como una prueba.

—¿Una prueba? ¿De qué?

—Está relacionada con la muerte de Missy Ryan, ¿verdad? Quiero ver tus notas.

—Charlie…

—Lo digo en serio. Puedes dármela voluntariamente, o si lo prefieres entraré a por ella. Puedes elegir entre estas dos opciones, pero el resultado será el mismo.

—¿Por qué haces todo esto?

—Tengo la esperanza de despertar tu sentido común. Es evidente que no escuchaste nada de lo que dije ayer, por eso te lo voy a repetir: mantente al margen y deja que nosotros nos ocupemos de ello.

—De acuerdo.

—Necesito que me des tu palabra de que vas a dejar de buscar a Sims y de que mantendrás cierta distancia con Otis Timson.

—Es una ciudad pequeña, Charlie. No puedo evitar toparme con él.

Charlie entrecerró los ojos.

—Estoy harto de juegos, Miles, así que te lo voy a dejar muy claro: si te acercas a menos de cien metros de Otis, de su casa, o de los sitios a los que suele ir, irás a la cárcel.

267

Miles miró a Charlie con incredulidad.

—¿Y de qué me acusarás?

—De agresión.

—¿Agresión?

—Por el numerito que montaste en el coche. —Charlie movió lentamente la cabeza—. Parece que no te das cuenta de que estás metido en un buen lío. Si no te mantienes al margen, acabarás entre rejas.

—Esto es una locura…

—Te lo has buscado tú solito. Ahora mismo estás tan alterado que no sé qué más puedo hacer. ¿Sabes dónde he pasado la noche? —No esperó a que Miles respondiera—. En el coche, aparcado un poco más abajo, para asegurarme de que no ibas a salir. ¿Sabes cómo me siento al no poder confiar en ti después de todo lo que hemos pasado juntos? Es una sensación muy desagradable, y no quiero tener que volver a hacerlo. Así que, si no te importa, aunque no puedo obligarte, te agradecería que me dieras las armas que tienes en casa, además de la carpeta. Te las devolveré cuando haya pasado todo esto. Si te niegas, tendré que ponerte bajo vigilancia, y créeme cuando te digo que lo haré. No podrás tomarte un café sin que alguien vigile cada uno de tus movimientos. Y también deberías saber que he enviado agentes al campamento de los Timson para avisarme si es que te dejas caer por allí.

Miles se negaba obstinadamente a mirarlo a los ojos.

—Era él quien conducía el coche, Charlie.

—¿De veras lo crees? Tal vez simplemente deseas una respuesta, cualquier respuesta.

Miles alzó bruscamente la cabeza.

—Eso no es justo.

—¿Ah, no? Fui yo quien habló con Earl, no tú. Yo revisé minuciosamente la investigación de la patrulla de tráfico. Y te digo que no hay ninguna prueba física que vincule a Otis.

—Yo la encontraré…

—¡No, no lo harás! —espetó Charlie—. ¡De eso se trata! ¡No harás nada porque estás fuera!

Miles guardó silencio. Después de un buen rato Charlie le puso la mano en el hombro.

—Oye, estamos trabajando en este asunto, tienes mi palabra. —Charlie soltó un prolongado suspiro—. No sé…, tal vez encontremos algo. Y, en ese caso, seré el primero en venir aquí y admitir que estaba equivocado, que Otis tendrá su merecido. ¿De acuerdo?

Miles apretó involuntariamente la mandíbula mientras Charlie esperaba su respuesta. Por último, al darse cuenta de que no iba a obtener ninguna, Charlie añadió:

—Sé lo duro que esto es para ti…

Al decir aquello, Miles apartó la mano de Charlie y le lanzó una mirada furiosa.

—No, no puedes saberlo —replicó Miles—, y nunca podrás, Charlie. Brenda sigue viva, ¿o te has olvidado de ella? Os despertáis en la misma cama, y puedes hablar con ella siempre que quieres. Nadie la atropelló a sangre fría y salió impune. Y acuérdate bien de lo que voy a decirte, Charlie: ahora no va a salirse con la suya.

Pese a aquellas palabras, Charlie se fue diez minutos más tarde con la carpeta y las armas de Miles. Ninguno de los dos añadió nada.

No hacían falta más palabras. Charlie estaba cumpliendo con su deber.

Y Miles iba a cumplir con el suyo.

269

Una vez sola, Sarah se quedó sentada en la sala de estar, ajena a todo lo que había a su alrededor. No se levantó del sofá ni siquiera cuando dejó de llorar, como si el más leve movimiento pudiera hacer añicos su aparente y frágil serenidad.

Todo carecía de sentido.

No tenía suficiente energía como para distinguir sus emociones, ahora revueltas, indiscernibles. Se sentía colapsada como un desagüe desbordado, como si una ola gigante hubiera arrasado su interior, y la hubiera dejado anulada para iniciar cualquier acción.

¿Cómo demonios era posible todo aquello? No el accidente de Brian; podía llegar a comprender su reacción, aunque fuera superficialmente. Era algo terrible, y había obrado mal, por muchas excusas que buscara. Pero había sido un accidente. Sarah lo sabía. Brian no pudo evitarlo, nadie podría haberlo evitado.

Y, en un abrir y cerrar de ojos, Missy Ryan había muerto.

Missy Ryan.

La madre de Jonah.

La mujer de Miles.

Eso es lo que no tenía sentido.

¿Por qué Brian la había atropellado precisamente a ella?

¿Y por qué, entre todas las personas que hay en el mundo, tenía que ser justamente Miles quien entrara en su vida? Era algo casi imposible de creer, y mientras estaba allí, sentada en el sofá, era incapaz de aceptar lo que acababa de escuchar: el horror que sintió ante la confesión de Brian y el obvio sentimiento de culpa que le atormentaba…; la ira y la repulsión que provocaba en ella el hecho de que hubiera ocultado la verdad, frente a la certeza implacable de que siempre querría a su hermano…

Y Miles…

Por Dios… Miles…

¿Qué se suponía que debía hacer? ¿Llamarle para contárselo? ¿O esperar hasta que estuviera calmada para poder pensar qué le diría exactamente?

«¿Igual que había esperado Brian?»

Dios santo…

¿Qué iba a pasarle a Brian?

«Irá a la cárcel…»

Sarah se sentía descompuesta.

Sí, eso es lo que se merecía, aunque fuera su hermano. Había violado la ley y debía pagar por su crimen.

¿Realmente debía ir a la cárcel? Era su hermano pequeño, y cuando ocurrió el accidente todavía era un crío; además, no había sido culpa suya.

Sacudió la cabeza y, de repente, pensó que ojalá Brian no se lo hubiera contado.

Pero, en su interior, sabía por qué su hermano se lo había confesado todo. Durante dos años, Miles había pagado un alto precio por su silencio.

«Y ahora era Otis quien iba a pagar.»

Respiró hondo y se llevó los dedos a las sienes.

No, Miles no iría tan lejos. ¿O tal vez sí?

Quizá no de inmediato, pero mientras siguiera creyendo

que Otis era culpable, aquel asunto no resuelto le corroería y tal vez cualquier día…

Sarah movió enérgicamente la cabeza, como queriendo librarse de aquel pensamiento.

Sin embargo, seguía sin saber qué hacer.

Las respuestas continuaban sin llegar pocos minutos después, cuando Miles se presentó en su puerta.

—Hola —dijo él.

Sarah se quedó mirándolo, aturdida, incapaz de retirar la mano del pomo de la puerta. Se sentía tensa, y sus pensamientos iban de un lado a otro.

«Díselo ahora, así acabarás con todo esto…»

«Espera hasta que hayas pensado bien cómo vas a empezar a decírselo…»

—¿Estás bien? —preguntó.

—Sí, claro… —tartamudeó—. Pasa.

Sarah dio un paso atrás. Miles cerró la puerta tras él. Vaciló unos instantes antes de ir hacia la ventana para correr las cortinas y examinar la carretera; luego recorrió la sala de estar, obviamente angustiado. Se detuvo ante la repisa de la chimenea, y con aire ausente recolocó una foto de Sarah y de su familia que estaba torcida. Ella permaneció de pie en medio de la sala, sin moverse. Era una situación surrealista. Mientras lo observaba, Sarah solo podía pensar en que sabía quién había matado a su mujer.

—Charlie vino a verme esta mañana —dijo de repente, y el sonido de su voz la trajo de vuelta a la realidad—. Se ha llevado la carpeta de Missy.

—Lo siento.

Aunque sonaba ridículo, fue lo primero y lo único que le vino a la cabeza.

Miles aparentemente no se dio cuenta.

—También me ha dicho que me arrestará con que solo mire a Otis Timson.

Esta vez, Sarah no respondió. Miles había ido a verla para desfogarse; resultaba obvio, pues estaba a la defensiva. Miles se volvió hacia ella.

—¿No te parece increíble? Lo único que hice fue arrestar al tipo que asesinó a mi mujer y este es el resultado.

Sarah tuvo que recurrir a todo su autocontrol para mantener la compostura.

—Lo siento —volvió a decir.

—Yo también. —Miles sacudió la cabeza—. No puedo buscar a Sims, ni pruebas, no puedo hacer nada. Se supone que debo quedarme sentado en casa y esperar a que Charlie se ocupe de todo.

Sarah carraspeó, mientras buscaba una escapatoria.

—Bueno…, ¿no crees que tal vez sea buena idea? Por lo menos durante un tiempo —sugirió.

—No, la verdad es que no. Por Dios, soy el único que siguió buscando cuando cerraron la investigación inicial. Sé más que nadie de este caso.

«No, Miles, eso no es verdad.»

—Entonces, ¿qué piensas hacer?

—No lo sé.

—Pero le harás caso a Charlie, ¿verdad?

Miles desvió la mirada para evitar responder. Sarah sintió un peso en el estómago.

—Oye, Miles —empezó a decir—, sé que no quieres oír esto, pero creo que Charlie tiene razón. Deja que los demás se ocupen de Otis.

—¿Por qué? ¿Para que vuelvan a fastidiarla?

—No la fastidiaron.

Miles le lanzó una mirada furibunda.

—¿Ah, no? Entonces, ¿por qué sigue Otis en libertad? ¿Por qué he tenido que ser yo el que ha encontrado a las personas que le han delatado? ¿Por qué no se esforzaron más en buscar pruebas entonces?

—Tal vez no había ninguna —respondió en voz baja.

—¿Por qué sigues jugando al abogado del diablo? —exigió Miles—. Ayer hiciste lo mismo.

—No, no es cierto.

—Sí, sí que lo es. No escuchaste absolutamente nada de lo que te dije.

—Quería que no hicieras nada…

Miles alzó las manos.

—Ya lo sé. Ni tú ni Charlie. Ninguno de los dos parece darse cuenta de lo que está pasando.

—Claro que me doy cuenta —replicó, intentando ocultar la tensión en su voz—. Crees que fue Otis y quieres vengarte. Pero ¿qué pasaría si después descubres que Sims y Earl, por la razón que sea, se equivocan?

—¿En qué podrían equivocarse?

—Me refiero a lo que escucharon…

—¿Crees que están mintiendo? ¿Los dos?

—No. Solo digo que quizá no entendieron bien lo que oyeron. Aunque Otis realmente dijera esas palabras, tal vez no lo decía en serio. O sea, que tal vez no fue él.

Por un momento, Miles se quedó tan estupefacto que fue incapaz de decir nada. Sarah prosiguió, a pesar del nudo que sentía en la garganta.

—¿Qué harías si averiguases que Otis es inocente? No os lleváis precisamente bien…

—¿Llevarnos bien? —Miles la interrumpió con una mirada gélida antes de dar un paso hacia ella—. ¿De qué demonios estás hablando? Mató a mi mujer, Sarah.

—Eso no puedes saberlo.

—Claro que lo sé. —Se acercó aún más—. Lo que no sé es por qué estás tan convencida de que es inocente.

Sarah tragó saliva.

—No estoy diciendo eso. Solo digo que deberías dejar este asunto en manos de Charlie y no hacer nada… de momento…

—¿Como qué? ¿Matarlo?

Sarah no respondió. Miles estaba muy cerca de ella, y siguió hablando en un tono sorprendentemente tranquilo.

—¿Te refieres a matarlo igual que él hizo con mi mujer?

Sarah palideció.

—No hables así. Tienes que pensar en Jonah.

—No le metas en esto.

—Pero es cierto, eres lo único que le queda.

—¿Y crees que no lo sé? ¿Qué crees que me impidió apretar el gatillo? Tuve la oportunidad y no lo hice, ¿se te ha olvidado? —Suspiró al tiempo que le daba la espalda, casi como si se arrepintiera de no haberlo hecho—. Sí, quería matarlo. Creo que se lo merece. ¿No dicen aquello de «ojo por ojo…»?

273

—Sacudió la cabeza y alzó la vista para encontrarse con sus ojos—. Solo quiero que pague por lo que hizo. Y lo hará. De un modo u otro.

Con aquellas palabras, Miles avanzó hacia la puerta con paso enérgico y se fue dando un portazo.

Capítulo 32

Sarah no pudo dormir aquella noche. Iba a perder a su hermano. Y también iba a perder a Miles.

Tumbada en la cama, se acordó de la noche en que habían hecho el amor por primera vez en aquella habitación. Se acordaba de todo: de cómo Miles la escuchó cuando ella le contó que no podía tener hijos; de la expresión de su rostro cuando Miles le dijo que la amaba; de cómo se hablaron en susurros durante horas y de la paz que sentía entre sus brazos.

Todo parecía perfecto.

En las horas posteriores al portazo que dio Miles al marcharse, no había obtenido ninguna respuesta. Lo único que había conseguido era estar aún más confusa que antes; una vez superada la conmoción, era capaz de pensar con más claridad, y se dio cuenta de que, al margen de la decisión que tomara, nada volvería a ser como antes.

Todo había acabado.

Si no se lo contaba, ¿cómo podría mirar a Miles a los ojos en un futuro? No podía imaginarse a Miles y Jonah en casa de sus padres, abriendo los regalos alrededor del árbol de Navidad, mientras Brian y ella misma sonreían, como si nada hubiera pasado. No podría mirar las fotos de Missy ni estar con Jonah, ahora que sabía que Brian había matado a su madre. Por supuesto, tampoco sería lo correcto, puesto que Miles estaba totalmente empecinado y quería asegurarse de que Otis iba a pagar por aquel crimen. Sarah tenía que contarle la verdad, aunque solo fuera para evitar que Otis Timson fuera castigado por algo que no había hecho.

Por otra parte, Miles tenía derecho a saber lo que realmente le había sucedido a su mujer. Se lo merecía.

Sin embargo, ¿qué pasaría cuando se lo contara? ¿Miles simplemente creería la versión de Brian y se olvidaría del tema? No era probable. Brian había quebrantado la ley. En cuanto se lo contara, Brian sería arrestado, sus padres se derrumbarían, y Miles nunca volvería a hablar con ella, de modo que perdería al hombre al que amaba.

Sarah cerró los ojos. De no haber conocido a Miles, habría podido soportarlo.

Pero ¿enamorarse de Miles para luego perderlo?

Además, ¿qué le pasaría a Brian?

Sarah se sintió abatida.

Se levantó de la cama, se puso las zapatillas y fue a la sala de estar deseando con toda su alma encontrar algo que le hiciera pensar en otra cosa, lo que fuera. Una vez en la sala, todo le recordaba lo que había pasado. De repente, le asaltó la certeza de qué era lo que debía hacer. Por muy doloroso que fuera, no había otra solución.

Cuando sonó el teléfono, Brian supo que era Sarah. Había estado esperando su llamada. Se apresuró a coger el teléfono antes que su madre.

Sarah fue directa al grano; Brian la escuchó en silencio. Al final, dijo que sí, que lo haría. Poco después su hermano fue al coche dejando huellas de pisadas en la nieve.

No estaba concentrado en la conducción; tenía la cabeza en otra parte, en las cosas que había dicho el día anterior. Al contárselo a Sarah era perfectamente consciente de que ella no podría mantener el secreto. A pesar de que le preocupara lo que podría pasarle, y su futuro con Miles, su hermana seguramente pensaría que lo mejor sería que se entregara. Así era ella; por encima de todo, conocía el sabor de la traición, y guardar silencio sería la peor deslealtad posible.

En el fondo, creía que precisamente por eso se lo había contado.

Brian la vio justo cuando iba a aparcar delante de la iglesia episcopal, en la que había asistido hacía años al funeral de

Missy. Sarah estaba sentada en un banco de cara al pequeño cementerio. Las lápidas eran tan antiguas que en la mayoría de los casos la inscripción resultaba ilegible debido al paso de los siglos. Antes incluso de salir del coche, Brian supo cuál era su estado de ánimo: parecía sumamente triste, infinitamente perdida, como nunca antes la había visto.

Sarah le oyó abrir la puerta y se giró, pero no le ofreció un saludo. Enseguida, Brian se sentó a su lado.

Supuso que Sarah debía de haber llamado a la escuela para decir que estaba enferma. A diferencia de la universidad, todavía quedaba una semana de clases en el colegio en el que trabajaba. Mientras estaba allí sentado, no pudo evitar pensar qué habría pasado de no haber vuelto a casa el Día de Acción de Gracias y haberse encontrado a Miles en casa de sus padres, o si Otis no hubiera sido arrestado.

—No sé qué hacer —susurró por fin Sarah.

—Lo siento —dijo en voz baja.

—Ya lo sé.

Brian percibió la amargura en el tono de voz de su hermana.

—No quiero darle más vueltas, pero necesito saber que me has dicho la verdad. —Se giró para encontrar su mirada. Tenía las mejillas rojas por el frío, como si alguien se las hubiera pellizcado.

—Sí.

—Me refiero a si me has dicho toda la verdad, Brian. ¿De veras fue un accidente?

—Sí.

Sarah asintió, aunque la respuesta no pareció reconfortarla.

—No he podido dormir. Yo no puedo olvidarme de todo esto, no como tú.

Brian no respondió. No podía decir nada más.

—¿Por qué no me lo contaste? —preguntó Sarah por fin—. Me refiero a cuando pasó.

—No podía —respondió Brian. El día anterior ya le había preguntado lo mismo, y él le había dado la misma respuesta.

Sarah guardó silencio durante un buen rato.

—Tienes que contárselo —concluyó, con la mirada perdida más allá de las lápidas, con un tono de voz opaco.

277

—Lo sé —susurró Brian.

Sarah bajó la cabeza. A Brian le pareció ver que se formaban lágrimas en sus ojos. Sabía que estaba preocupada por él, pero no era por eso por lo que lloraba. Sentado a su lado, Brian supo que Sarah lloraba por ella misma.

Acompañó a Brian a casa de Miles. Mientras Sarah conducía, Brian miraba por la ventana. A medida que el coche avanzaba, su energía parecía ir disminuyendo, aunque curiosamente no parecía tener miedo de lo que estaba a punto de ocurrir. Era como si hubiera transferido el miedo a su hermana.

Cruzaron el río y tomaron la sinuosa carretera de Madame Moore hasta llegar a la entrada de la casa de Miles. Sarah aparcó al lado de la camioneta de él y apagó el motor.

Pero no salió del coche inmediatamente; se quedó sentada, con las llaves en el regazo. Respiró hondo, y por fin miró a su hermano. Tenía los labios apretados en una sonrisa forzada, con la que pretendía demostrar su apoyo. Luego guardó las llaves en el bolso. Brian abrió la puerta del coche, y se dirigieron juntos hacia la casa.

Sarah vaciló durante un momento ante la escalera de la entrada; los ojos de Brian se posaron un instante en el rincón del porche en el que se había escondido tantas veces. Sabía que le contaría a Miles todo lo que había pasado, con excepción de las visitas posteriores, tal como había hecho con su hermana.

Haciendo acopio de valor, Sarah avanzó hacia la puerta y llamó al timbre. Miles abrió la puerta enseguida.

—Sarah… Brian… —dijo simplemente.

—Hola, Miles —saludó Sarah, con un tono de voz que a Brian se le antojó sorprendentemente firme.

En un primer momento, nadie se movió. Miles y Sarah se limitaron a mirarse a los ojos, todavía enfadados por el día anterior, hasta que por fin Miles dio un paso atrás.

—Pasad —dijo, dejando el paso libre y cerrando la puerta tras ellos—. ¿Queréis tomar algo?

—No, gracias.

—¿Tú tampoco, Brian?

—No, gracias, estoy bien.

—¿Qué pasa?

Sarah se recolocó con aire ausente la tira del bolso.

—Tengo…, bueno, tenemos que hablar contigo —dijo con torpeza—. ¿Podemos sentarnos?

—Claro —respondió Miles señalando el sofá.

Brian se sentó al lado de Sarah, frente a Miles. Respiró hondo, como si estuviera a punto de empezar a hablar, pero Sarah se adelantó.

—Miles…, antes que nada, quiero que sepas que desearía más que nada en el mundo no tener que estar aquí. Te ruego que no lo olvides, ¿de acuerdo? Esto no va a ser fácil para ninguno de nosotros.

—Pero ¿qué demonios pasa? —preguntó.

Sarah miró a su hermano y le hizo una señal con la cabeza. Brian sintió que tenía la garganta seca. Tragó saliva.

—Fue un accidente —dijo.

Después, las palabras salieron a borbotones tal como las había ensayado cientos de veces en su cabeza. Brian le contó con todo detalle lo sucedido aquella noche de hacía dos años. Pero no estaba concentrado en las palabras.

Su mente estaba pendiente de la reacción de Miles. En un primer momento no se produjo ninguna. En cuanto Brian empezó a hablar, Miles adoptó una postura distinta, la de alguien que quiere escuchar de forma objetiva, sin interrumpir, tal como le habían enseñado en la academia para convertirse en ayudante del sheriff. Era consciente de que Brian estaba haciendo una confesión, y había aprendido que el silencio es el mejor método para conseguir una versión no manipulada de los hechos. Cuando Brian mencionó el restaurante Rhett's Barbecue, por fin empezó a comprender lo que intentaba decirle.

Entonces llegó la conmoción. Mientras Brian hablaba, Miles se quedó paralizado, con el rostro lívido. En un acto reflejo apretó los brazos del sillón con las manos. No obstante, el chico prosiguió con su narración. Como un sonido de fondo que viniera de muy lejos, Brian escuchó cómo su hermana tomaba aire con fuerza, mientras él describía el accidente. Hizo caso omiso del sonido y siguió con su relato, para detenerse únicamente antes de explicar que al día siguiente, en la cocina de su casa, decidió guardar silencio.

Miles permaneció sentado como una estatua todo el rato. Cuando Brian calló, pareció necesitar unos momentos para asimilar todo lo que había oído. Finalmente, sus ojos se quedaron clavados en Brian, como si fuera la primera vez que lo veía.

Brian sabía que, en cierta manera, así era.

—¿Un perro? —dijo con un rugido. Su voz era ahora grave y cavernosa, como si hubiera estado aguantando la respiración durante toda la confesión—. ¿Me estás diciendo que Missy se echó encima de tu coche por culpa de un perro?

—Sí —asintió Brian—. Un perro negro muy grande. No podía hacer nada para evitarlo.

Miles entrecerró levemente los ojos mientras intentaba mantener el control.

—Entonces, ¿por qué te diste a la fuga?

—No lo sé —contestó—. No puedo explicarlo. Solo sé que después me encontraba de nuevo en el coche.

—Porque no te acuerdas de nada más. —El tono de voz de Miles contenía una ira inconfundible, que apenas podía reprimir y que no auguraba nada bueno.

—No recuerdo esa parte, la verdad es que no.

—Pero sí recuerdas el resto, todo lo que sucedió aparte de eso.

—Sí.

—Entonces dime por qué huiste.

Sarah alargó la mano para posarla en el brazo de Miles.

—Está diciendo la verdad, Miles. Créeme, no mentiría sobre esto.

Él le apartó la mano.

—Déjalo, Sarah —dijo Brian—. Puede preguntarme lo que quiera.

—En eso tienes toda la razón —añadió Miles, en un tono de voz aún más grave.

—No recuerdo por qué hui —respondió—. Como ya he dicho, no me acuerdo de cómo me fui de allí. Solo recuerdo que volvía a estar dentro del coche, nada más.

Miles se puso en pie con una mirada furibunda.

—¿Y esperas que me lo crea? —espetó—. ¿Que crea que fue Missy quien tuvo la culpa?

—¡Un momento! —intervino Sarah en defensa de su hermano—. ¡Te ha dicho cómo pasó! ¡Está diciendo la verdad!

Miles se volvió hacia ella.

—¿Por qué diablos tengo que creerle?

—¡Porque está aquí! ¡Porque quería que supieras la verdad!

—¿Después de dos años? ¿Cómo sabes que es la verdad?

Miles parecía esperar una respuesta, pero, antes de que Sarah pudiera contestar, retrocedió repentinamente para mirarlos de forma alternativa a ambos, mientras reflexionaba sobre el significado de las réplicas a sus preguntas.

Sarah sabía de antemano exactamente lo que su hermano iba a decir...

Eso significaba... que por eso sabía que Otis era inocente y había intentado convencerle de que se mantuviera al margen. «Deja que Charlie se ocupe de esto», le había dicho. «¿Y si Sims y Earl, por la razón que sea, se equivocan?» Eso era porque ella ya sabía que había sido Brian.

Tenía sentido, ¿no?

¿No le había dicho que estaba muy unida a su hermano? ¿Y que era la única persona a la que realmente podía contárselo todo..., y viceversa?

La mente de Miles, movida por la adrenalina y la ira, llegaba a rápidas conclusiones, una detrás de otra.

Ella lo sabía y se lo había ocultado. Lo sabía y..., y...

Miles se quedó mirando fijamente a Sarah sin decir una palabra.

¿Y por qué se había ofrecido voluntaria para ayudar a Jonah, aunque era algo fuera de lo normal?

¿Y por qué había querido hacerse amiga suya? ¿Y salir con él? ¿Y escucharle e intentar ayudarle a seguir adelante con su vida?

El rostro de Miles empezó a crisparse con una rabia apenas reprimida.

«Sarah siempre lo había sabido.»

Y le había utilizado para aplacar su propio sentimiento de culpa. Todo lo que habían construido se basaba en mentiras.

281

«Me ha traicionado.»

Miles se quedó mudo, inmóvil, petrificado. En medio del silencio, Brian oyó el ruido de la caldera al encenderse.

—Lo sabías —rugió finalmente—. Tú sabías que él había matado a Missy, ¿no es cierto?

En ese preciso momento, Brian comprendió que la relación entre Sarah y Miles no solo había terminado, sino que ahora, además, desde el punto de vista de Miles, nunca había significado nada. Sarah, sin embargo, parecía desconcertada, y respondió como si la pregunta estuviera de más.

—Claro que sí. Por eso le traje aquí.

Miles alzó una mano para indicarle que no siguiera hablando. La señaló con el dedo y le dijo:

—No, no…, sabías que había sido él y me lo ocultaste… Por eso sabías que Otis era inocente… Y también por esa razón insistías para que hiciera caso a Charlie…

Sarah por fin pareció darse cuenta de lo que estaba insinuando. De pronto empezó a negar enérgicamente con la cabeza.

—No, espera, no lo entiendes…

Miles volvió a interrumpirla sin querer escucharla, y cada aseveración contenía más rabia que la anterior.

—Lo sabías desde el principio…

—No…

—Desde antes de conocernos.

—No…

—Por eso te ofreciste para ayudar a Jonah.

—¡No!

Por un momento, parecía que Miles iba a pegarle, pero no lo hizo, sino que se abalanzó en la dirección contraria, le dio una patada a la mesilla y lanzó la lámpara por los aires. Sarah se encogió, asustada, y Brian se puso en pie para protegerla; pero Miles lo agarró antes y le hizo darse la vuelta. Era más fuerte y robusto que él, de modo que no pudo evitar que le retorciera la muñeca por la espalda hacia los omoplatos. Sarah se apartó de forma instintiva antes incluso de darse cuenta de lo que estaba pasando. Brian no opuso resistencia, a pesar de que una punzada de dolor le recorriera el hombro. Hizo una mueca de dolor que le obligó a cerrar los ojos.

—¡Para! ¡Le estás haciendo daño! —gritó Sarah.

Miles alzó la mano hacia ella en señal de advertencia.

—¡No te metas en esto!

—¿Por qué lo haces? ¡No es necesario tratarle de esa forma!

—¡Está arrestado!

—¡Fue un accidente!

Pero Miles estaba fuera de sí y volvió a retorcerle el brazo para obligarle a apartarse del sofá y de Sarah, y para llevarlo hacia la puerta. Brian estuvo a punto de caer al suelo, pero Miles lo sujetó, clavándole los dedos en el brazo. Empujó a Brian contra la pared mientras cogía las esposas colgadas de un gancho al lado de la puerta. Hizo pasar las argollas primero por una muñeca, luego por la otra, y las apretó con fuerza.

—¡Miles! ¡Espera! —exclamó Sarah.

Pero este abrió la puerta y después hizo salir a Brian al porche a empujones.

—¡No entiendes nada!

Miles la ignoró. Asió a Brian por el brazo y empezó a arrastrarlo hasta el coche. Brian apenas podía mantener el equilibrio y tropezó. Sarah salió corriendo tras ellos.

—¡Miles!

Él se volvió bruscamente.

—Quiero que salgas de mi vida —espetó.

El odio de su voz hizo que Sarah se detuviera en seco.

—Me has traicionado —prosiguió Miles—. Me has utilizado. —No pensaba dejarle replicar nada—. Querías arreglar las cosas, pero no para mí y para Jonah, sino para ti y para Brian. Creías que tu comportamiento te haría sentirte mejor contigo misma.

Sarah se quedó lívida, incapaz de hablar.

—Lo sabías desde el principio —continuó Miles—. Y estabas dispuesta a seguir adelante sin decirme la verdad, hasta el momento en que arresté a otra persona.

—No, no fue así…

—¡Deja de mentir! —bramó—. ¿Cómo demonios puedes soportarte a ti misma?

Aquel comentario le dolió a Sarah como el azote de un látigo, por lo que se puso a la defensiva.

—Te equivocas de plano, y encima te da igual.

—¿Que me da igual? No he sido yo quien ha obrado mal.

—Yo tampoco.

—¿Esperas realmente que me lo crea?

—¡Es la verdad! —Entonces, a pesar de que estaba furiosa, Brian vio que Sarah tenía los ojos anegados en lágrimas.

Miles pareció detenerse un momento, pero no demostró la menor compasión.

—Ni siquiera sabes cuál es la verdad.

Dicho esto, le dio la espalda y abrió la puerta del coche. Hizo entrar a Brian de un empujón y cerró con un portazo. Luego sacó las llaves del bolsillo al mismo tiempo que se ponía al volante.

Sarah estaba demasiado conmocionada como para decir nada más. Se quedó mirando cómo Miles arrancaba el motor, pisaba el acelerador y ponía en marcha el vehículo. Los neumáticos chirriaron cuando dio marcha atrás para salir a la carretera.

284   En ningún momento se volvió hacia ella. Al cabo de un instante, había desaparecido de su vista.

Capítulo 33

$\mathcal{M}$iles conducía de forma brusca, pisando el acelerador a fondo y dando frenazos alternativamente, como si estuviera poniendo a prueba el coche, hasta que alguno de los pedales dejara de funcionar. En más de una ocasión, al tener los brazos esposados a la espalda, Brian estuvo a punto de perder el equilibrio cuando el coche trazaba una curva. Desde el asiento de atrás, podía ver cómo se tensaban y relajaban los músculos de la mandíbula de Miles, como si estuvieran accionados por un interruptor. Sujetaba el volante con ambas manos y, aunque parecía concentrado en la conducción, no dejaba de mirar el retrovisor. A veces los ojos de ambos se encontraban.

Brian podía percibir la ira de su mirada, reflejada claramente en el espejo, pero simultáneamente también se percató de que había algo más, algo que no esperaba: en los ojos de Miles vio angustia, y entonces recordó la expresión de su rostro durante el funeral de Missy, cuando parecía intentar en vano encontrar un sentido a lo ocurrido. Brian no estaba seguro de si la angustia que sentía Miles procedía de los pensamientos relacionados con Missy o con Sarah, o tal vez con ambas, pero estaba seguro de que no tenía nada que ver con él.

Con el rabillo del ojo, Brian veía desfilar los árboles velozmente por la ventanilla. Miles volvió a tomar la siguiente curva sin reducir la velocidad. Brian hizo fuerza con los pies en el suelo, pero su cuerpo se deslizó hacia la ventanilla con la inercia. Enseguida llegarían al lugar donde ocurrió el accidente de Missy.

Y

La iglesia de la Comunidad del Buen Pastor estaba en Pollocksville. El conductor de la camioneta propiedad de la congregación, Bennie Wiggins, no había tenido ni siquiera una multa por exceso de velocidad en sus cuarenta y cuatro años de carné. Aunque eso era motivo de orgullo para Bennie, el reverendo le habría pedido que condujera igualmente, aunque su historial no fuera tan inmaculado. Resultaba difícil encontrar voluntarios, sobre todo con mal tiempo, pero siempre podía contar con Bennie.

Esa mañana, el reverendo le había pedido que fuera a New Bern para recoger los donativos de ropa y comida del fin de semana. Bennie había acudido enseguida. Al llegar a su destino se tomó una taza de café con dos donuts mientras esperaba a que cargasen la camioneta. Tras agradecer a todos su ayuda, volvió a sentarse al volante para regresar a la iglesia.

Cuando tomó el desvío de la carretera de Madame Moore era poco antes de las diez.

Encendió la radio con la esperanza de encontrar alguna emisora de música góspel para animar el viaje de vuelta. A pesar de que la carretera estaba mojada, empezó a sintonizar el dial.

No podía saber que más adelante se aproximaba otro vehículo en dirección contraria.

—Lo siento —empezó a decir finalmente Brian—, no quería que pasara nada de esto.

Al oír su voz, Miles volvió a mirar por el retrovisor. Pero, en lugar de responder, bajó la ventanilla.

Entró una ráfaga de aire helado. Inmediatamente, Brian se acurrucó. Su chaqueta desabrochada empezó a agitarse con la corriente de aire.

En el espejo se reflejó la mirada de Miles, que contenía un odio desenfrenado.

Sarah aceleraba en las curvas tanto como Miles, con la esperanza de darle alcance. Le llevaba ventaja, pero no mucha, tal vez un par de minutos, pero no sabía cuánta distancia los separaba. ¿Tal vez un kilómetro y medio? ¿Quizás algo más? No estaba segura, de modo que, cuando llegó a una recta, pisó a fondo el acelerador.

Tenía que alcanzarlos. No podía dejar a Brian en sus manos, no después de haber visto la expresión de ira descontrolada en su cara; no tras saber lo que había estado a punto de hacer con Otis.

Quería estar presente cuando Miles entregara a Brian, pero no sabía dónde estaba el departamento del sheriff. Sabía dónde quedaban la comisaría, los juzgados y el ayuntamiento, porque estaban en el centro. Pero nunca había ido al departamento del sheriff, aunque sabía que estaba en las afueras del condado.

Podía haberse detenido y hacer una llamada, o buscar en una guía telefónica en algún local público, pero eso implicaría perderlos. Solo se detendría si no tenía más remedio, si no los veía en los próximos minutos...

Publicidad.

Bennie Wiggins sacudió la cabeza. Anuncios y más anuncios. Era lo único que podía oírse en la radio: descalcificadores, concesionarios de coches, alarmas..., después de cada canción venía la misma letanía de productos que pregonaban sus virtudes.

El sol empezaba a despuntar por encima de las copas de los árboles. El resplandor reflejado en la nieve pilló a Bennie desprevenido. Entrecerró los ojos y bajó el parasol del coche justo en el momento en el que se hizo un silencio en la radio.

Otro anuncio. Este prometía enseñar a leer a los niños. Volvió a girar el sintonizador.

Con los ojos fijos en el dial, no se dio cuenta de que el coche empezaba a invadir el carril contrario...

—Sarah no lo sabía —Brian finalmente rompió el silencio—. Sarah no sabía nada de esto.

Brian no estaba seguro de si Miles le había oído, debido al ruido producido por el aire en el interior del vehículo, pero tenía que intentarlo. Sabía que era su última oportunidad de hablar con él en privado. Cualquier abogado que contratara su padre le recomendaría que no dijera nada más de lo que ya había dicho. Y sospechaba que a Miles le prohibirían acercarse a él.

Pero tenía que saber la verdad sobre Sarah. No ya por su posible futuro juntos, puesto que, tal como Brian lo veía, no tenían la menor posibilidad, sino porque no soportaba la idea de que creyera que su hermana lo sabía desde el principio. No quería que la odiara. Sarah era, entre todas las personas del mundo, la que menos se lo merecía. No había tenido nada que ver con aquello, a diferencia de ambos.

—No sabía con quién estaba saliendo. Al estar en la universidad, no supe hasta el Día de Acción de Gracias que eras tú. Hasta ayer no le había hablado nunca del accidente. No sabía nada. Ya sé que no quieres creerme…

—¿Crees que debería hacerlo? —espetó Miles.

—Ella no sabía nada —repitió Brian—. No te mentiría sobre esto.

—¿Sobre qué mentirías entonces?

Brian se arrepintió al instante de haber dicho aquello y sintió el frío cortante mientras pensaba en la respuesta. «Sobre que fui al funeral. Sobre mis sueños. Sobre cómo observaba a Jonah al salir de la escuela, sobre cómo te espiaba en tu casa…»

Brian hizo un leve movimiento de cabeza, como para librarse de aquellos pensamientos.

—Sarah no hizo nada malo —contestó, eludiendo la pregunta.

Pero Miles insistió.

—¡Contesta! ¿Sobre qué mentirías? ¿Tal vez sobre el perro?

—No.

—Missy no se echó encima de tu coche.

—No era su intención. No pudo evitarlo. No fue culpa de nadie. Simplemente sucedió así. Fue un accidente.

—¡No lo fue! —bramó Miles mientras se volvía hacia él. A pesar del rugido del viento procedente de las ventanillas abiertas, su voz resonó en el interior del coche—. ¡No estabas atento y la atropellaste!

—No —insistió Brian. Tenía menos miedo de Miles de lo que debería; al contrario, estaba tranquilo, como un actor que recitara el guion de memoria. No tenía miedo, solo se sentía exhausto—. Pasó tal y como ya te he dicho.

Miles señaló con un dedo a Brian, con el cuerpo medio girado hacia atrás.

—¡La mataste y huiste!

—No. Paré y busqué su cuerpo. Cuando la encontré… —Brian no acabó la frase.

Todavía podía ver en su mente a Missy en la cuneta, en una postura extraña, mirándolo fijamente.

Con la mirada perdida en la nada.

—Me sentí tan mal que creía que yo también iba a morir. —Brian hizo una pausa y dejó de mirar a Miles—. La tapé con una manta —susurró—. No quería que nadie más la viera así.

Bennie Wiggins por fin encontró una canción que le gustaba. El resplandor era intenso y se irguió en su asiento al darse cuenta de que había traspasado la línea continua. Enderezó el volante para volver a su carril.

El otro coche ya estaba cerca.

Pero todavía no podía verlo.

Miles se estremeció cuando Brian mencionó la manta. Por primera vez, el chico estuvo seguro de que le escuchaba, a pesar de que por sus gritos pudiera deducirse lo contrario. Entonces siguió hablando, ajeno a Miles y a la carretera.

No se dio cuenta de que Miles le prestaba su atención por completo en lugar de mirar a la carretera.

—Debería haber llamado a la policía entonces, aquella noche, cuando volví a casa. Hice mal. No tengo ninguna excusa y lo siento. Siento lo que os hice, a ti y a Jonah. —Brian tenía la sensación de que no era su propia voz la que decía aquello—. No sabía que callar sería mucho peor. Me corroyó por dentro. Sé que no quieres creerme, pero así fue: no podía dormir, no podía comer…

—¡Me importa un bledo!

—No podía dejar de pensar en el accidente. Nunca he podido. Siempre llevo flores a la tumba de Missy...

Al tomar una curva, Bennie Wiggins por fin vio la camioneta.

Todo sucedió tan rápido que pareció casi irreal. El vehículo se dirigía directamente hacia él, primero como si fuera a cámara lenta, y después a toda velocidad, con una previsibilidad terrorífica. La mente de Bennie empezó a funcionar a toda máquina para intentar desesperadamente procesar la información.

«No, no puede ser... ¿Por qué está en mi carril? No tiene sentido... Pero está en mi carril. ¿Es que no me ve? Tiene que verme... Dará un volantazo y volverá a su derecha.»

Todo sucedió en cuestión de segundos, pero, en ese breve intervalo, Bennie se dio cuenta con absoluta certeza de que el conductor iba demasiado rápido para salir de su trayectoria a tiempo.

Iba a ser un choque frontal.

Brian vio el reflejo del sol en el parabrisas de la camioneta que iba directa hacia ellos justo después de salir de una curva. Dejó la frase sin acabar y, en un acto reflejo, intentó alzar las manos para protegerse de la colisión. Se retorció con tanta fuerza que las esposas le cortaron las muñecas al arquear la espalda, mientras gritaba: «¡Cuidado!».

Miles se giró de golpe y dio un volantazo inmediatamente, de forma instintiva, al ver que ambos vehículos iban a chocar. Brian rodó en el asiento y, al golpearse la cabeza contra la ventanilla, tomó conciencia de lo absurdo de la situación.

Todo aquello había comenzado cuando él conducía precisamente por esa carretera.

Y ahora iba a acabar del mismo modo.

Se preparó para recibir el brutal impacto.

Sin embargo, este no llegó.

Sintió un golpe seco en la parte trasera del coche, del lado en el que estaba sentado. El vehículo empezó a derrapar y salió de la carretera cuando Miles pisó a fondo el freno. La camioneta se deslizó sobre la nieve hacia una señal de límite de velocidad. Miles seguía esforzándose por recuperar el control del vehículo. Por fin notó que las ruedas respondían. Volvieron a dar un viraje y, de repente, se detuvieron con una sacudida en la cuneta.

Brian había acabado en el suelo. Estaba aturdido y confuso, comprimido entre los asientos; tardó un poco en ubicarse. Dio unas cuantas bocanadas de aire, como si estuviera saliendo del fondo de una piscina. No sentía los cortes que se había hecho en las muñecas.

Tampoco vio la sangre que manchaba el cristal de la ventanilla.

Capítulo 34

—¿*E*stás bien?

Brian gemía y los sonidos parecían apagarse para volver a ganar intensidad. Intentaba alzarse del suelo del coche con los brazos todavía esposados tras la espalda.

Miles empujó la puerta para abrirla; luego fue a abrir la de Brian. Con mucho cuidado lo sacó del coche y le ayudó a ponerse en pie. Brian tenía sangre en un lado de la cabeza, que le apelmazaba el pelo y le caía por las mejillas. Intentó mantenerse en pie por sí solo, pero se tambaleaba. Miles volvió a sujetarlo del brazo.

—Espera, tienes sangre en la cabeza. ¿Seguro que estás bien?

Brian trastabilló un poco; todo le daba vueltas. Tardó un poco en entender la pregunta. A lo lejos, Miles pudo ver al conductor de la otra camioneta saliendo del vehículo.

—Sí…, eso creo, pero me duele la cabeza…

Miles siguió aferrando el brazo de Brian y volvió a mirar hacia la carretera. El conductor del otro vehículo, un hombre mayor, se dirigía hacia ellos. Miles hizo que Brian se inclinara un poco hacia delante y examinó con delicadeza la herida; al volver a enderezarlo el chico parecía aliviado. A pesar de que estaba muy mareado, la expresión en la cara de Miles se le antojó ridícula, considerando lo sucedido en la última media hora.

—No me parece que sea un corte profundo, más bien superficial —dijo Miles. A continuación, levantó dos dedos y preguntó—: ¿Cuántos dedos hay?

Brian entrecerró los ojos para enfocar y se concentró.

—Dos.

Miles repitió la operación.

—¿Y ahora?

—Cuatro.

—¿Y la visión? ¿Ves manchas? ¿Bordes negros?

Brian negó moviendo la cabeza lentamente, con los ojos medio cerrados.

—¿Tienes algún hueso roto? ¿Los brazos? ¿Las piernas?

Brian tardó un poco en comprobar el estado de sus extremidades; todavía le costaba mantener el equilibrio. Al hacer una rotación de hombros, hizo un gesto de dolor.

—Me duele la muñeca.

—Un momento.

Miles sacó las llaves del bolsillo y le quitó las esposas. Brian se llevó enseguida una mano a la cabeza. Una de las muñecas estaba amoratada y dolorida, la otra parecía estar tan rígida que apenas podía moverla. Todavía con la mano en la herida de la cabeza, empezó a correrle la sangre entre los dedos.

—¿Puedes aguantarte en pie? —preguntó Miles.

Brian asintió, aunque seguía tambaleándose un poco. Miles volvió al coche. En el suelo vio una camiseta que Jonah había olvidado y la cogió para taponar la brecha de la cabeza de Brian.

—¿Puedes sujetar esto?

Brian volvió a asentir y la cogió justo cuando el otro conductor, lívido y asustado, llegó hasta ellos resoplando.

—¿Están bien? —preguntó.

—Sí, estamos bien—respondió automáticamente Miles.

El conductor, todavía conmocionado, se volvió hacia Brian. Al ver la sangre que le resbalaba por las mejillas, hizo una mueca de disgusto torciendo la boca.

—Está sangrando mucho.

—No es tan grave como parece —dijo Miles.

—¿No cree que necesita una ambulancia? Quiere que llame…

—Está todo bajo control —le interrumpió Miles—. Soy agente del departamento del sheriff. Ya le he examinado y se pondrá bien.

293

Brian se sentía como un transeúnte que pasara por allí, a pesar del dolor en las muñecas y la cabeza.

—¿Es usted un agente? —El hombre dio un paso atrás y miró a Brian como pidiéndole su apoyo—. Iba por el carril contrario. No ha sido culpa mía…

Miles alzó las manos.

—Escuche…

Bennie estaba boquiabierto, con los ojos clavados en las esposas que Miles seguía sosteniendo entre las manos.

—Intenté apartarme, pero usted invadió mi carril —dijo poniéndose a la defensiva de repente.

—Un momento. ¿Cómo se llama? —preguntó Miles, intentando que la situación no se le fuera de las manos.

—Bennie Wiggins —contestó—. No iba rápido. Usted estaba en mi carril.

—Un momento… —repitió Miles.

—Había traspasado la línea continua —insistió Bennie—. No puede arrestarme. Yo iba con cuidado.

—No voy a arrestarle.

—Entonces, ¿para qué quiere eso? —dijo señalando las esposas.

Antes de que Miles pudiera contestar, Brian intervino.

—Las llevaba yo. Me llevaba detenido.

El otro conductor se quedó mirando como si no entendiera nada, pero, antes de que pudiera decir nada más, el coche de Sarah se detuvo a su lado. Todos se volvieron hacia ella al verla salir corriendo, con expresión confusa, asustada, y a la vez enfadada.

—¿Qué ha pasado? —gritó. Sarah miró en derredor y por fin clavó sus ojos en Brian. Al ver la sangre fue directamente hacia él—. ¿Estás bien? —preguntó al tiempo que le apartaba de Miles.

Aunque seguía mareado, Brian asintió.

—Sí, estoy bien…

Se volvió hacia Miles, airada.

—¿Qué demonios le has hecho? ¿Le has pegado?

—No —respondió Miles negando rápidamente con la cabeza—. Ha sido un accidente.

—Había invadido mi carril —intervino de pronto Bennie, señalando hacia Miles.

294

—¿Un accidente? —Sarah miró a Bennie, exigiendo una explicación.

—Iba conduciendo tranquilamente. Al salir de la curva, vi que su camioneta venía directa hacia mí. Di un volantazo, pero no pude esquivarla. Ha sido culpa suya. No pude evitar chocar contra ellos...

—Apenas hemos chocado —interrumpió Miles—. Su coche rozó la parte trasera de la camioneta y me salí de la carretera. No ha sido grave.

Sarah volvió a centrarse en Brian, sin saber qué pensar.

—¿Seguro que estás bien?

Brian asintió.

—¿Qué ha pasado realmente? —le preguntó.

Tras unos instantes, Brian apartó la mano de su cabeza. La camiseta de Jonah estaba empapada y teñida de rojo.

—Ha sido un accidente —dijo por fin—. Nadie tiene la culpa. Simplemente pasó.

Por supuesto, estaba diciendo la verdad. Miles no había visto la camioneta porque se había girado hacia atrás para mirarlo. Brian sabía que había sido sin querer. Pero no era consciente de que estaba empleando las mismas palabras que había utilizado para describir el accidente de Missy, y que había repetido en el coche y a sí mismo hasta la saciedad durante los últimos dos años.

A Miles, sin embargo, no se le pasó por alto aquella coincidencia.

Sarah se acercó de nuevo a Brian y le rodeó con sus brazos.

Su hermano cerró los ojos y, de repente, volvió a sentirse muy débil.

—Me lo llevo al hospital —anunció Sarah—. Tiene que verle un médico.

A continuación, empezó a apartarlo del lugar del accidente empujándolo con suavidad.

Miles dio un paso hacia ellos.

—No puedes hacerlo...

—Intenta detenerme —le interrumpió—. No vuelvas a acercarte a él.

—Espera —dijo Miles.

Sarah se volvió para dedicarle una mirada cargada de desprecio.

—No te preocupes. No nos vamos a escapar.

—¿Qué pasa aquí? —preguntó Bennie, con un tono de pánico en la voz—. ¿Por qué se van?

—No es asunto suyo —replicó Miles.

Miles se quedó mirando cómo se iban. No podía hacer nada más.

No podía llevarse a Brian en su estado, ni tampoco abandonar el lugar del accidente hasta que se hubiera aclarado la situación. Probablemente podría haberlos retenido, pero Brian necesitaba un médico. De haber insistido en acompañarlos, habría tenido que explicar lo sucedido a los agentes encargados de investigar, algo que prefería evitar en ese momento. Por esa razón, decidió no intervenir, sintiéndose casi impotente. Cuando Brian miró hacia atrás, sin embargo, volvió a oír en su mente aquellas palabras.

«Ha sido un accidente. Nadie tiene la culpa.»

Miles sabía que Brian estaba equivocado. No estaba atento a la carretera, ni siquiera miraba hacia delante, porque estaba escuchando lo que decía Brian.

Sobre Sarah. Sobre la manta. Sobre las flores.

No había querido creer lo que decía, y seguía sin tener la menor intención de hacerlo. Y, sin embargo..., sabía que Brian no estaba mintiendo al decir aquello. Había visto la manta, las flores en la tumba de Missy siempre que iba al cementerio...

Miles cerró los ojos, como para librarse de ese pensamiento.

Nada de eso importaba ahora. Claro que Brian lo sentía. Había matado a alguien. ¿Quién no estaría arrepentido?

Eso era lo que quería gritarle a Brian cuando sucedió el accidente, pero, en lugar de mirar la carretera, consciente únicamente de su propia ira, había estado a punto de provocar una colisión frontal.

Y de ser responsable de la muerte de todos ellos.

Pero luego, pese a haber resultado herido, Brian le había defendido. Y mientras veía cómo Brian y Sarah se alejaban lentamente, su instinto le dijo que Brian mantendría esa postura.

¿Por qué?

¿Por qué se sentía culpable y era su manera de pedirle perdón? ¿Para poder amenazarlo? ¿O realmente lo creía?

Puede que Brian lo viera de ese modo. Después de todo, Miles no lo había hecho adrede, por tanto, era un accidente.

«¿Igual que sucedió con Missy?»

Miles sacudió la cabeza. «No…»

Eso era distinto, se dijo. Tampoco había sido culpa de Missy.

Las ráfagas de viento arreciaron; los copos de nieve se arremolinaron.

«¿O tal vez sí?»

Eso no importaba, se repitió mentalmente. Ya no. Es demasiado tarde.

Sarah estaba abriéndole a Brian la puerta del coche. Mientras le ayudaba a entrar miró a Miles, sin disimular su ira.

Ni hasta qué punto sus palabras la habían herido.

Brian dijo que Sarah no lo había sabido hasta el día anterior. «No sabía con quién estaba saliendo.»

Antes de salir de su casa, le pareció evidente que ella siempre lo había sabido. Pero en ese momento, al ver cómo lo miraba, dejó de estar tan seguro. La mujer de la que se había enamorado no sería capaz de engañarle.

Sintió que la tensión en sus hombros cedía un poco.

No, Brian no había mentido sobre Sarah, ahora lo sabía. Como tampoco había mentido acerca de la manta, las flores o sobre cuánto lo lamentaba. Y si había dicho la verdad sobre todo aquello…

«¿Podría también no estar mintiendo sobre el accidente?»

No podía dejar de darle vueltas a eso, por mucho que intentara resistirse a hacerlo.

Sarah rodeó el coche para ponerse detrás del volante. Miles era consciente de que todavía estaba a tiempo de evitar que se fueran, si es que realmente era eso lo que quería.

Pero no lo hizo.

Necesitaba tiempo para reflexionar sobre lo sucedido, acerca de la confesión de Brian…

Y lo que era aún más importante, pensó al ver a Sarah a punto de arrancar el coche, necesitaba tiempo para pensar en ella.

En cuestión de minutos llegó un agente de la patrulla de tráfico. Uno de los vecinos de las casas cercanas había llamado para informar del incidente. El policía se dispuso a redactar el informe. Bennie estaba explicando su versión justo cuando Charlie llegó, y el agente fue un momento a hablar con él. Charlie asintió antes de dirigirse hacia Miles.

Este estaba apoyado en el coche, con los brazos cruzados, aparentemente absorto en sus pensamientos. Charlie pasó la mano por la abolladura y el rasguño.

—Para tan poca cosa, tienes un aspecto horrible.

Miles alzó la vista sorprendido.

—¿Charlie? ¿Qué haces tú aquí?

—Oí que habías tenido un accidente.

—Las noticias vuelan.

Charlie se encogió de hombros.

—Ya sabes cómo van estas cosas. —Se sacudió los copos de nieve de la chaqueta—. ¿Estás bien?

Miles asintió.

—Sí. Un poco alterado, eso es todo.

—¿Qué ha pasado?

—Perdí el control. La carretera está un poco resbaladiza.

Charlie calló a la espera de si Miles quería añadir algo más.

—¿Eso es todo?

—Como tú mismo has dicho, el golpe fue poca cosa.

Charlie escrutó su rostro.

—Bueno, por lo menos no estás herido. Parece que el otro conductor también está bien.

Miles asintió. Charlie se apoyó en el coche, junto a él.

—¿No tienes nada más que decir?

Al no obtener respuesta, Charlie carraspeó.

—El agente de la patrulla me ha dicho que había alguien más en tu coche, y que estaba esposado, pero que una mujer apareció de repente y se lo llevó al hospital. A ver... —Hizo una pausa y se arropó en su chaqueta—. Aparte del accidente, aquí hay algo más, Miles. ¿Quién estaba contigo en el coche?

—No estaba herido de gravedad, si eso es lo que te preocupa. Le examiné y se pondrá bien.

—Solo te pido que respondas a mi pregunta. Ya estás metido en bastantes líos. Dime: ¿a quién habías detenido?

Miles pasó el peso del cuerpo de un pie a otro.

—A Brian Andrews —contestó por fin—. El hermano de Sarah.

—¿Sarah se lo llevó al hospital?

Miles asintió.

—¿Y estaba esposado?

No valía la pena intentar mentir. Asintió con un leve movimiento de cabeza.

—¿Has olvidado que estás inhabilitado? —preguntó Charlie—. ¿Y que oficialmente no tienes permiso para arrestar a nadie?

—Lo sé.

—Entonces, ¿qué demonios estabas haciendo? ¿Qué era tan importante que no podías avisarnos? —Hizo una pausa para mirar a Miles a los ojos—. Necesito que me digas la verdad. Tarde o temprano me enteraré igualmente, pero me gustaría que me contaras en persona lo que ha pasado. ¿Qué estaba haciendo? ¿Tráfico de drogas?

—No.

—¿Le pillaste robando un coche?

—No.

—¿Se había metido en una pelea?

—No.

—¿Qué entonces?

Miles se sintió tentado de contarle a Charlie toda la verdad, por muy disparatada que fuera; contarle que Brian había sido quien mató a Missy. Pero no supo encontrar las palabras. En todo caso, en aquel momento le resultaba imposible. No hasta que hubiera sacado sus propias conclusiones.

—Es un poco complicado —respondió por fin.

Charlie se metió las manos en los bolsillos.

—Ponme a prueba.

Miles apartó la mirada.

—Necesito un poco de tiempo para aclararme.

—¿De qué se trata? Es una pregunta sencilla, Miles.

«Nada es sencillo en este asunto.»

—¿Confías en mí? —espetó Miles de repente.

—Claro que confío en ti. Pero eso no tiene nada que ver.

—Antes de contarte lo que ha pasado, tengo que pensar un poco en todo esto.

—Vamos, hombre…

—Por favor, Charlie. ¿Puedes darme un poco de tiempo? Sé que durante los últimos días te he dado muchos dolores de cabeza y que me he comportado como si estuviera loco, pero de veras necesito que me des un poco de margen. Esto no tiene nada que ver con Otis ni con Sims, ni nada parecido; te prometo que no me acercaré a ellos.

Por el tono de voz de Miles, que le sonó sincero, y por la confusión y el agotamiento que vio en sus ojos, Charlie supo hasta qué punto su amigo necesitaba su apoyo.

Aquel asunto no le gustaba en absoluto. Pasaba algo, algo grave, y detestaba no poder enterarse de qué se trataba.

«Pero…»

Muy a pesar suyo, suspiró y se apartó del coche. No quiso añadir nada más, ni tampoco volvió la vista atrás al marcharse, puesto que sabía, que si lo hacía, cambiaría de opinión.

Un minuto después, Charlie había desaparecido, como si nunca hubiera estado allí.

Pasado un rato, el agente de la patrulla de tráfico dio por concluido el informe y se fue. Lo mismo hizo Bennie.

Miles, sin embargo, se quedó allí casi una hora. En su mente había un batiburrillo de pensamientos contradictorios. Sin importarle el frío, se sentó en el coche con la ventanilla abierta, sin dejar de pasar las manos por el volante con aire ausente.

Cuando por fin creyó saber cuál era su deber, cerró la ventanilla y arrancó para volver a la carretera. El motor seguía frío cuando volvió a aparcar y salió. Pero la temperatura había subido y la nieve empezaba a derretirse. De las ramas caían gotas con un repiqueteo constante, como el tictac de un reloj.

No pudo evitar advertir la frondosidad de la vegetación que flanqueaba la carretera. Pese a que había pasado por allí miles de veces, no se había percatado de ello hasta esa mañana.

Mientras miraba aquellos arbustos, no podía quitarse una idea de la cabeza. Impedían la visión del jardín contiguo, y un vistazo le bastó para saber que eran lo suficientemente tupidos como para que Missy no hubiera podido ver al perro.

¿Tal vez eran también demasiado tupidos como para poder atravesarlos?

Recorrió la hilera de arbustos hasta llegar al lugar en el que suponía que Missy había sido atropellada, y entonces empezó a caminar más despacio. Se agachó para examinar mejor la zona. Se quedó petrificado al ver un hueco que se abría entre los arbustos, parecido a un agujero. No había huellas, pero sí vio hojas oscuras apelmazadas en el suelo y algunas ramas rotas a ambos lados.

Era obviamente un lugar de paso.

¿Tal vez para el perro negro?

A lo lejos oyó un ladrido. Echó un vistazo a los jardines, pero no vio nada.

¿Quizás hacía demasiado frío para estar fuera?

Nunca se le había ocurrido buscar un perro. Ni a él ni a nadie.

Echó un vistazo a la carretera, pensativo. Se metió las manos en los bolsillos. Se habían quedado rígidas con el frío, le costaba moverlas. Al entrar en calor empezó a sentir pinchazos. Pero parecía no importarle.

Sin saber qué hacer, fue al cementerio, con la esperanza de poder aclarar sus ideas. Antes incluso de llegar a la tumba pudo ver un ramo de flores frescas apoyado en la lápida.

De pronto pensó en algo que Charlie le había dicho hacía mucho tiempo.

«Como si alguien quisiera pedir perdón.»

Miles dio media vuelta y se fue.

Transcurrieron varias horas. Ya había oscurecido. Afuera, el cielo invernal estaba negro y tenía un aspecto amenazador. Sarah se apartó de la ventana y siguió dando vueltas por el apartamento. A Brian le habían dado el alta y estaba en casa de sus padres. El corte en la cabeza no era grave, solo le habían dado tres puntos, y no tenía ningún hueso roto. Habían estado en el hospital menos de una hora.

A pesar de que Sarah había llegado casi a suplicarle que se quedara en su casa, Brian no había aceptado. Necesitaba estar solo. Volvió a casa de sus padres y se puso una gorra y una sudadera para que no vieran las heridas.

—No les cuentes lo que ha pasado, Sarah. Todavía no estoy preparado. Quiero decírselo yo. Lo haré cuando venga Miles a buscarme.

Sarah estaba segura de que lo arrestarían.

Se preguntaba por qué Miles tardaba tanto.

Durante las últimas ocho horas, había pasado de la ira a la preocupación, y de la frustración a la amargura, una y otra vez. Demasiadas emociones distintas para poder ordenarlas.

Ensayaba mentalmente las palabras que debía haber dicho cuando Miles la atacó de un modo tan injusto. «¿Te crees que eres el único que está sufriendo?», debería haberle dicho. «¿Que nadie más en el mundo puede comprenderlo? ¿Te has parado a pensar lo difícil que ha sido para mí acompañar a Brian esta mañana a tu casa? ¿Entregar a mi propio hermano? Y tu reacción… ¡Eso ha sido el colmo! ¿Crees que te traicioné? ¿Que te utilicé?»

En medio de su frustración, cogió el mando a distancia, encendió la televisión, y tras cambiar de canal varias veces, la apagó.

«Tranquilízate», se dijo, intentando calmarse. «Acababa de enterarse de quién había atropellado a su mujer. No puede haber nada más duro que eso, sobre todo porque le vino así, de sopetón. Y porque yo estaba allí en medio.»

Y Brian.

«Tengo que acordarme de darle las gracias por arruinarnos la vida a todos.»

Sarah negó con la cabeza. Eso era injusto. Brian solo era un crío cuando se produjo aquel maldito accidente. Y sabía que él daría lo que fuera para poder cambiar el pasado.

Seguía dando vueltas arriba y abajo, caminando en círculos por la sala de estar hasta detenerse de nuevo en la ventana. Ni rastro de él. Cogió el teléfono para comprobar que tenía línea. Escuchó el pitido continuo. Brian había prometido que la llamaría en cuanto Miles fuera a buscarlo.

¿Dónde estaba Miles? ¿Qué estaba haciendo? ¿Pidiendo refuerzos?

No sabía qué hacer. No podía salir de casa ni usar el teléfono, hasta que Brian la llamara.

Brian pasó el resto del día encerrado en su cuarto.

Tumbado en la cama, tenía la mirada fija en el techo, con los brazos estirados a ambos lados del cuerpo y las piernas rectas, como si estuviera en un ataúd. Era consciente de que a ratos se había quedado dormido por los cambios en la luz que entraba en su habitación y en las sombras que esta arrojaba sobre los distintos objetos. Con el paso de las horas, las paredes blancas fueron tornándose gris claro, para irse ensombreciendo a medida que el sol descendía por el cielo hasta ponerse. Brian no había salido de su cuarto para comer ni tampoco para cenar.

Su madre había llamado a la puerta en algún momento de la tarde y finalmente había entrado; Brian cerró entonces los ojos fingiendo que dormía. Brian sabía que Maureen le creía enfermo, y la oyó caminar por el dormitorio. Le puso una mano en la frente para ver si tenía fiebre. Después de un minuto, salió sigilosamente y cerró la puerta tras ella. Brian la oyó después hablar en voz baja con su padre.

—Creo que no se encuentra bien. Está durmiendo profundamente.

En los momentos de vigilia pensaba en Miles. Se preguntaba dónde estaría, y cuándo iría a buscarlo. También pensó en Jonah, y en cuál sería su reacción cuando su padre le dijera quién había atropellado a su madre. Se acordó de Sarah: ojalá no hubiera tenido que participar en todo aquello.

Intentó imaginarse cómo sería la cárcel.

En las películas, las prisiones eran todo un mundo en sí mismas, con sus propias leyes, sus reyes y sus peones, y sus bandas. Visualizó las tenues luces de los fluorescentes y la presencia fría de los barrotes de acero, y el estruendo de las puertas al cerrarse de golpe. En su mente oyó el ruido de la cadena

303

de los retretes, gentes que hablaban y susurraban, gritaban y gemían; se imaginaba un lugar en el que no existía el silencio, ni siquiera en mitad de la noche. Se vio a sí mismo mirando hacia los muros de hormigón coronados por una alambrada, y los guardas vigilando en las torres, con las armas apuntando hacia el cielo. Se imaginó que los demás prisioneros lo observarían con interés y harían apuestas a ver cuánto tiempo sobreviviría. No le cabía la menor duda de que si acababa en la cárcel sería tan solo un peón.

No podría sobrevivir allí.

Cuando los ruidos de la casa fueron apagándose, oyó que sus padres se iban a la cama. La luz que entraba por debajo de la puerta por fin se extinguió. Volvió a dormirse, pero más tarde se despertó de repente, y vio a Miles en el dormitorio. Estaba de pie, en un rincón, al lado del armario, y empuñaba un arma. Brian parpadeó, entrecerró los ojos y sintió que el miedo le oprimía el pecho y que le costaba respirar. Se incorporó y alzó las manos en un gesto defensivo antes de darse cuenta de que se había equivocado.

Solo era su chaqueta colgada en el perchero, camuflada entre las sombras; su mente le había jugado una mala pasada.

Miles.

Había dejado que se marcharan. Tras el accidente, había dejado que se fueran y no había vuelto.

Brian se dio la vuelta y se hizo un ovillo.

Seguro que volvería.

Sarah oyó que alguien llamaba a la puerta poco antes de medianoche y miró por la ventana hacia el portal, aunque ya sabía quién era. Al abrir, Miles no sonrió, ni tampoco tenía el ceño fruncido; ni siquiera hizo el menor movimiento. Tenía los ojos rojos, hinchados por el cansancio. Se quedó en la entrada, como si en realidad no quisiera estar allí.

—¿Cuándo supiste lo de Brian? —preguntó con brusquedad.

Sarah le miró fijamente a los ojos.

—Ayer —respondió—. Me lo contó ayer. Y me sentí tan horrorizada como tú.

Miles apretó los labios secos y agrietados.

—De acuerdo.

Dio media vuelta para marcharse, pero Sarah lo cogió por el brazo para detenerlo.

—Espera…, por favor.

Se volvió hacia ella.

—Fue un accidente, Miles… Un terrible accidente. No debería haber ocurrido, y fue injusto que le pasara precisamente a Missy. Soy consciente de ello y lo siento mucho por ti…

Sarah no acabó la frase, preguntándose si la estaría escuchando. Miles tenía una expresión fría e impenetrable en el rostro.

—Pero… —preguntó sin demostrar la menor emoción.

—No hay ningún pero. Solo quiero que lo tengas presente. No hay ninguna justificación para que se diera a la fuga, pero fue un accidente.

Sarah aguardó a que Miles dijera algo, pero, al ver que callaba, le soltó el brazo. Tampoco hizo ademán de marcharse.

—¿Qué vas a hacer? —preguntó por fin.

Él desvió la mirada.

—Mató a mi mujer, Sarah. Y además infringió la ley.

Ella asintió.

—Lo sé.

Miles sacudió la cabeza sin añadir nada más y luego se fue. Un minuto después, Sarah vio por la ventana cómo subía al coche y se alejaba.

Volvió al sofá. El teléfono descansaba en la mesilla. Entonces se limitó a esperar la inminente llamada.

Capítulo 35

«¿Adónde voy ahora?», se preguntó Miles. ¿Qué se suponía que debía hacer, ahora que sabía la verdad? Habría encontrado fácilmente la respuesta de haberse tratado de Otis; no habría vacilaciones ni dudas. No importaría si todo encajaba o si había una explicación sencilla. Le bastaba con saber que Otis le odiaba lo suficiente como para matar a Missy. Otis se merecía el castigo establecido por la ley, salvo por un importante detalle.

Las cosas no habían ido así.

La investigación no había arrojado ninguna luz. La carpeta cuyo contenido Miles había ido reuniendo meticulosamente durante dos años no había servido para nada. Sims y Earl y Otis tampoco tenían nada que ver. Todo eso no había aportado ninguna respuesta; esta se había presentado ante la puerta de su casa, de forma repentina y sin previo aviso, envuelta en un anorak y a punto de llorar.

Miles solo necesitaba saber una cosa: ¿era tan importante?

Había pasado los dos últimos años de su vida convencido de que sí lo era. Había llorado por las noches, se había quedado despierto hasta muy tarde, había empezado a fumar y había luchado por encontrar la respuesta, seguro de que, al hacerlo, todo cambiaría. Se había convertido en un espejismo en el horizonte, siempre fuera de su alcance. Y ahora por fin la tenía en sus manos. Con una sola llamada podría vengarse.

Podía hacerlo. Pero ¿qué pasaba si, al considerarla detenidamente, la respuesta no encajaba con lo que Miles había imaginado? ¿Y si el asesino no iba borracho, y si no era su enemigo? ¿Y si aquel accidente no había sido una imprudencia? ¿Y si el conductor era un chico con granos en la cara, pelo oscuro y pantalones anchos, que tenía miedo y lamentaba lo sucedido, al tiempo que juraba que había sido un accidente inevitable?

¿Acaso eso tenía importancia?

¿Cuál era la respuesta? ¿Debía tener en cuenta los recuerdos que tenía de su mujer y el sufrimiento de los últimos dos años, además de su responsabilidad como marido y como padre, y su deber como representante de la ley, para llegar a una conclusión cuantificable? ¿Acaso había que restar del total la edad del chico, el miedo y su obvio arrepentimiento, junto al amor que sentía por Sarah? El resultado era entonces cero.

No sabía qué hacer. Pero sí sabía que, al decir el nombre de Brian en voz alta, le quedaba un regusto amargo en la boca. «Sí, claro que importa», pensó. Estaba seguro de que siempre lo tendría presente, y debía hacer algo al respecto.

En su mente, no tenía elección.

La señora Knowlson había dejado las luces encendidas y el resplandor amarillo iluminaba el sendero cuando Miles iba hacia su casa. Percibió el olor del humo de la chimenea al llamar a la puerta. Después abrió con su propia llave y empujó suavemente la puerta.

La señora Knowlson estaba dormitando tapada por una colcha en su mecedora. Su pelo completamente blanco y la cara surcada de arrugas hicieron que Miles pensara que se parecía a un gnomo. La televisión estaba encendida, pero el volumen era casi inaudible. Miles entró con sigilo. La anciana se ladeó hacia él y abrió los ojos, aquellos ojos alegres que nunca ofrecían una mirada nublada.

—Siento llegar tarde —dijo Miles.

La señora Knowlson asintió.

—Está durmiendo en la habitación del fondo —respondió—. Quería esperarte despierto.

—Me alegro de que se haya dormido. ¿Quiere que la acompañe a su dormitorio antes de ir a buscarlo?

—No, no seas tonto. Soy vieja, pero todavía puedo apañarme sola.

—Ya lo sé. Gracias por cuidar de Jonah.

—¿Has conseguido solucionar tus asuntos? —preguntó.

A pesar de que Miles no le había contado nada, la anciana había percibido su desazón cuando le pidió que cuidara a Jonah después del colegio.

—La verdad es que no.

Ella sonrió.

—Siempre nos queda el mañana.

—Sí, es cierto. ¿Qué tal con Jonah?

—Estaba cansado y poco hablador. No quería salir, así que hicimos galletas.

La mujer no le dijo que estaba triste; no era necesario. Miles podía deducirlo por sus palabras.

Volvió a darle las gracias y luego se dirigió al cuarto en el que estaba Jonah. Lo cogió en brazos de forma que la cabeza descansara sobre su hombro. El niño no se movió. Debía de estar agotado.

Como su padre.

Miles se preguntó si volvería a tener pesadillas.

Lo llevó a casa para meterlo en la cama. Lo arropó, encendió la lamparilla y se sentó en la cama a su lado. Bajo aquella luz tenue le parecía tan vulnerable. Miles fue hacia la ventana.

Se podía ver la luna a través de la persiana. Miles alargó el brazo para cerrarla del todo y notó la frialdad del cristal. Arropó aún más a su hijo y le acarició el pelo.

—Sé quién fue —susurró—, pero no sé si debería contártelo.

El crío tenía los párpados cerrados y su respiración era regular.

—¿Te gustaría saberlo?

En la oscuridad del dormitorio, Jonah no respondió.

Miles salió del dormitorio y fue a la nevera a por una cerveza. Al colgar la chaqueta en una percha vio en el suelo del armario la caja en la que guardaba los vídeos domésticos. Tras un momento de vacilación, la cogió. La llevó a la sala de estar, la dejó sobre la mesita de centro y la abrió.

Sacó una al azar y la introdujo en el reproductor. Luego se acomodó en el sofá.

Al principio solo se veía la pantalla negra, luego la imagen estaba desenfocada, y por fin pudo ver claramente la escena. Había niños sentados en la mesa de la cocina; no paraban de moverse, agitando las piernas y los brazos como banderas en un día ventoso. Los padres estaban cerca de sus hijos, aunque a veces desaparecían momentáneamente del cuadro. Reconoció su propia voz en la grabación.

Era el cumpleaños de Jonah. La cámara le enfocó con el *zoom*. Había cumplido dos años. Sentado en la trona, golpeaba la mesa con una cuchara y sonreía a cada golpe.

Missy apareció de pronto con una bandeja de magdalenas. En una de ellas había dos velas encendidas. Esa fue la que Missy dejó delante de Jonah. Empezó a cantar «cumpleaños feliz» y se le unió un coro de padres. Enseguida los niños tuvieron la cara y las manitas llenas de chocolate.

El *zoom* enfocó a Missy. Miles oyó su propia voz llamándola. Ella se volvió hacia él y sonrió; tenía una mirada juguetona, llena de vida. Era una esposa y una madre enamorada de la vida que había elegido. La imagen fue desvaneciéndose y, en su lugar, surgió la escena en la que Jonah abría sus regalos.

Luego la grabación daba un salto de un mes: el Día de San Valentín. Se veía una mesa preparada para una cena romántica. Miles se acordaba muy bien de aquella noche: había sacado la vajilla de porcelana, y el resplandor titilante de las velas arrancaba destellos de las copas de vino. Había cocinado para ella: lenguado con cangrejos y gambas, todo ello recubierto de una salsa de limón, con arroz salvaje y ensalada de espinacas como guarnición. Missy estaba arreglándose; Miles le había pedido que esperara hasta que todo estuviera listo.

Había grabado su entrada en el salón y su cara al ver la mesa. Aquella noche no solo parecía la típica madre y esposa, como en la fiesta de cumpleaños; aquella noche parecía que se dispusiera a ir al estreno de una obra de teatro en París o Nueva York. Llevaba un vestido de noche negro y unos aretes; se había recogido el pelo, pero unos cuantos rizos le enmarcaban el rostro.

—Qué mesa tan bonita —dijo con un suspiro—. Gracias, cariño.

—Tanto como tú —había respondido Miles.

309

Recordó que ella le había pedido que apagara la cámara antes de sentarse a la mesa; y que después de la cena habían ido al dormitorio y habían hecho el amor entre las sábanas durante horas. Absorto en los recuerdos de aquella velada, apenas escuchó la vocecita que habló a su espalda.

—¿Es mamá?

Miles detuvo la imagen con el mando, se giró y vio a Jonah al final del pasillo. Se sintió culpable y supo que el crío se daba cuenta, pero intentó disimular ofreciéndole una sonrisa.

—¿Qué pasa, campeón? —preguntó—. ¿No puedes dormir?

Jonah asintió.

—He oído ruidos y me he despertado.

—Lo siento. Es culpa mía.

—¿Esa era mamá? —volvió a preguntar con la mirada clavada en su padre—. ¿La de la tele?

Miles percibió el tono de tristeza en su voz, como si acabase de romper sin querer uno de sus juguetes favoritos. Miles dio unos golpecitos al sofá, sin saber qué decir.

—Ven aquí, siéntate a mi lado.

Jonah vaciló un instante y luego fue al sofá arrastrando los pies. Miles le pasó un brazo por la espalda. Su hijo alzó la vista hacia él, esperando una respuesta, mientras se rascaba la mejilla.

—Sí, esa era tu madre —dijo finalmente.

—¿Por qué está en la tele?

—Es una grabación. Una de esas que solíamos hacer con la cámara, ¿te acuerdas? Cuando eras pequeño.

—Ah, sí —contestó. Luego señaló la caja—. Todo eso son películas.

Miles asintió.

—¿Y también sale mamá?

—En algunas sí.

—¿Puedo verlas contigo?

Miles estrechó a Jonah con más fuerza.

—Es muy tarde, Jonah. Además, ya casi había acabado. Otro día.

—¿Mañana?

—Tal vez.

Jonah aparentemente se dio por satisfecho, de momento. Miles alargó el brazo para apagar la lámpara. Se recostó en el sofá, y el crío se acurrucó en sus brazos. Con la luz apagada, Jonah cerró los párpados. Miles sintió que su respiración se hacía más lenta. Oyó un bostezo.

—¿Papá?

—¿Qué?

—¿Estabas mirando las películas porque vuelves a estar triste?

—No.

Miles acarició lentamente el pelo de Jonah, de forma rítmica.

—¿Por qué mamá tuvo que morirse?

Miles cerró los ojos.

—No lo sé.

El pecho de Jonah se elevaba y descendía con regularidad al respirar profundamente.

—Ojalá estuviera aquí.

—A mí también me gustaría.

—No volverá nunca. —No era una pregunta, sino una afirmación.

—No.

Jonah no dijo nada más antes de quedarse dormido. Miles lo cargó en sus brazos; se le antojó que todavía era muy pequeño, casi como un bebé, y percibió el aroma suave de su champú. Le besó la frente y apoyó la cara en su mejilla.

—Te quiero, Jonah.

No obtuvo respuesta.

Le costó ponerse en pie con Jonah en brazos sin despertarlo. Por segunda vez aquella noche, lo llevó a la cama. Al salir dejó la puerta entreabierta.

«¿Por qué mamá tuvo que morirse?»

«No lo sé.»

Miles volvió a la sala de estar y devolvió la cinta de vídeo a la caja, mientras pensaba que habría sido mejor que Jonah no hubiera visto la grabación y que no le preguntara por Missy.

«No volverá nunca.»

«No.»

Volvió a guardar la caja en el armario del dormitorio, de-

311

seando poder cambiar esa realidad. Sintió que lo devoraba una horrible angustia.

Sentado en el porche de atrás, en el frío de aquella noche oscura, Miles dio una profunda calada a un tercer cigarrillo, con la mirada fija en las aguas negras.

Tras guardar las cintas, había salido fuera para intentar olvidar la conversación que había mantenido con Jonah. Se sentía exhausto y disgustado, y no quería pensar en su hijo, o en lo que debería contarle. Tampoco en Sarah ni en Brian, por no hablar de Charlie, de Otis o del perro negro que salió disparado de entre los arbustos. No quería darle más vueltas a la manta ni a las flores ni a aquella curva de la carretera donde empezó todo.

Quería dejar de sentir. Olvidarlo todo. Regresar al momento anterior del accidente.

Quería recuperar su vida.

De pronto vio su propia sombra proyectada por las luces del interior de la casa, siguiéndole a todas partes, como los pensamientos de los que no podía escapar.

Pensó que, aunque detuviera a Brian, enseguida lo dejarían libre.

Le darían la condicional, quizá le quitaran el carné de conducir, pero no acabaría entre rejas. Era menor de edad cuando sucedió el accidente; había circunstancias atenuantes. El juez se compadecería al ver su arrepentimiento.

Y, de todos modos, Missy nunca volvería.

Pasó un buen rato. Encendió otro cigarrillo.

El cielo estaba cubierto de nubarrones negros; podía oír las gotas de lluvia empapando la tierra. La luna se asomó brevemente entre las nubes, sobre las aguas, y un tenue resplandor iluminó el jardín. Abandonó el porche y recorrió el sendero de losas de pizarra que conducía al cobertizo con techo de latón en el que guardaba las herramientas, el cortacésped, el herbicida y una lata de gasolina. Durante su matrimonio, Missy casi nunca había entrado en él; el cobertizo era cosa suya.

«Pero sí entró el último día que la vi…»

Se habían formado pequeños charcos en la superficie de

pizarra y notó el agua que le salpicaba los pies. El sendero daba la vuelta a la casa, al lado de un sauce que Miles había plantado para Missy. Siempre había querido tener uno en el jardín, porque le parecía romántico y triste a la vez. Dejó atrás el columpio hecho con un neumático y un coche de juguete que Jonah había olvidado fuera. Tras dar un par de zancadas, llegó al cobertizo.

Estaba cerrado con candado. Miles buscó la llave a tientas con la mano por encima de la puerta. El candado se abrió con un chasquido. Al entrar percibió el olor a moho. Cogió la linterna que había en la estantería, la encendió y echó un vistazo a su alrededor. Una telaraña se extendía desde un rincón hasta el ventanuco.

Cuando su padre se marchó, hacía ya años, le había dejado unas cuantas cosas para que se las guardara dentro de una gran caja metálica; pero no le había dado la llave a Miles. El cerrojo, sin embargo, era pequeño. Miles alargó la mano para coger el martillo que colgaba de la pared, rompió la cerradura y abrió la tapa.

En su interior había un par de álbumes, un diario con tapas de cuero y una caja de zapatos llena de puntas de flechas que su padre había encontrado cerca de Tuscarora. Rebuscó en el fondo y encontró lo que estaba buscando. Su padre había conservado la caja original, en la que descansaba el arma, la única cuya existencia Charlie ignoraba.

Miles sabía que iba a necesitarla. Aquella noche la engrasó y la puso a punto.

313

Capítulo 36

*E*sa noche, Miles no vino a buscarme.

Exhausto, recuerdo que al amanecer me obligué a levantarme para darme una ducha. Estaba dolorido del accidente, y al abrir el grifo sentí que una punzada me recorría el pecho hasta la espalda. Al lavarme el pelo, noté la herida de la cabeza. Mientras desayunaba también me dolieron las muñecas, pero acabé antes de que mis padres se acercaran a la mesa para acompañarme, consciente de que, si veían mis muecas de dolor, empezarían a hacerme preguntas que no estaba preparado para responder. Mi padre tenía que trabajar y, como ya casi era Navidad, sabía que mi madre iría de compras.

Se lo diría más tarde, cuando Miles viniera a buscarme.

Sarah me llamó por la mañana para preguntar cómo estaba. Yo también estaba preocupado por ella. Me dijo que Miles había ido a su casa la noche anterior, y que apenas habían hablado, por lo que no podía extraer conclusiones.

Le dije que yo tampoco.

Aguardé, como Sarah también esperaba, mientras mis padres seguían con su vida.

Por la tarde, Sarah volvió a llamar.

—No, no ha venido todavía —le dije.

Tampoco se había puesto en contacto con ella.

Llegó la noche y Miles seguía sin dar señales de vida.

El miércoles, Sarah fue a trabajar. Le dije que fuera tranquila, que la llamaría si aparecía Miles. Era la última semana de colegio antes de las vacaciones de Navidad, y tenía que acabar algunas cosas. Yo me quedé en casa, esperando a Miles.

Pero esperé en vano.

El jueves supe lo que tenía que hacer.

Miles esperaba dentro del coche mientras daba sorbitos al café que acababa de comprar. En el asiento del copiloto, bajo un montón de periódicos, descansaba la pistola cargada. La ventanilla había empezado a empañarse con su aliento. Pasó la mano por el cristal para limpiarla. Necesitaba ver con claridad.

Sabía que esperaba en el sitio adecuado. Solo tenía que observar atentamente. Cuando llegara el momento, actuaría.

Aquella tarde, cuando subí al coche, justo antes del anochecer, el cielo resplandecía en tonos rojos y anaranjados sobre el horizonte. Aunque seguía haciendo frío, el aire ya no era tan gélido y las temperaturas se habían normalizado de nuevo. La lluvia caída los días anteriores había derretido la nieve que cubría los jardines y volvía a verse el césped, aletargado en invierno. Las puertas y las ventanas del vecindario estaban decoradas con guirnaldas y lazos rojos, pero una vez en el coche desconecté del ambiente navideño, como si me hubiera quedado dormido durante todas las fiestas y faltara un año entero para que se repitieran.

Hice una sola parada, la de siempre. Creo que el dependiente había llegado a conocerme, puesto que siempre compraba lo mismo. Al verme entrar, esperó en el mostrador y asintió cuando le dije qué quería, para regresar poco después. Nunca habíamos hablado, ni siquiera del tiempo, a pesar de que hacía mucho tiempo que frecuentaba aquel negocio. Nunca me preguntó para quién eran.

Pero siempre decía lo mismo al dármelas: «Son las más frescas que tengo».

Cogió el dinero y registró la compra en la caja. De regreso al coche pude oler la melosa y dulce fragancia, y tuve que darle la razón. Las flores, como siempre, eran hermosas.

Las dejé en el coche, a mi lado. Conduje por las carreteras que ya me eran familiares, deseando no haber tenido que pasar

315

por ellas nunca. Aparqué al lado de la puerta. Al salir del coche, intenté darme ánimos.

No vi a nadie en el cementerio. Cerré el cuello de la chaqueta y empecé a caminar con la cabeza gacha; no necesitaba mirar por dónde iba. La tierra mojada se me pegaba a la suela de los zapatos. Al cabo de apenas un minuto estaba ante la tumba.

Como de costumbre, me sorprendieron sus reducidas dimensiones.

Era una ocurrencia ridícula, pero no podía evitar pensarlo al mirarla. Me pareció que estaba bien cuidada: alguien había cortado la hierba, y había un clavel de tela en un pequeño recipiente situado delante de la lápida. Era de color rojo, como todos los demás que vi en las otras tumbas, y supuse que el encargado de mantenimiento era el responsable.

Me agaché y dejé las flores apoyadas en el granito, con cuidado de no tocar la lápida. Nunca lo había hecho, puesto que no era nada mío.

Después dejé vagar mi mente. Lo normal era que pensara en Missy y en las decisiones incorrectas que había tomado; pero aquel día me sorprendí pensando en Miles.

Creo que por eso no oí el ruido de los pasos de alguien que se acercaba hasta que estuvo frente a mí.

—Flores —dijo Miles.

Brian se volvió al oír su voz, asombrado y aterrorizado a un tiempo.

Miles estaba al lado de un roble cuyas ramas caían sobre el suelo como un abanico. Llevaba un largo abrigo negro y tejanos, y tenía las manos en los bolsillos.

Brian sintió que se quedaba lívido.

—Ya no necesita flores —dijo Miles—. Puedes dejar de traerlas.

Brian no respondió. ¿Qué podía decir?

Miles se quedó mirándolo fijamente. Mientras el sol se ocultaba en el horizonte, el rostro se iba ensombreciendo y sus rasgos apenas eran visibles. Brian no tenía la menor idea de qué podía estar pensando. Miles apartó el abrigo con ambas manos, como si ocultara algo bajo sus pliegues.

Como si ocultara algo…

Miles no hizo ademán de acercarse a Brian. Al joven se le pasó fugazmente por la cabeza la posibilidad de huir. Escapar. Después de todo, era mucho más joven; si se lanzaba a la carrera, llegaría a la calle, y allí habría coches y gente…

Pero aquella idea se esfumó casi al mismo tiempo en que se le había ocurrido, y se llevó consigo la poca energía que le quedaba. No le quedaban reservas. Hacía días que apenas comía. No lo conseguiría, no si Miles realmente quería darle alcance.

Además, Brian sabía que no tenía adónde ir.

Entonces decidió hacerle frente. Estaba a unos siete metros de él. Brian vio que Miles alzaba levemente la barbilla para devolverle la mirada. Esperó a que hiciera algo, aunque solo fuera un gesto; pensó que quizá Miles estaba esperando lo mismo. Brian se sorprendió pensando que debían de parecer un par de pistoleros del Salvaje Oeste, preparándose para desenfundar.

Cuando el silencio se hizo demasiado insoportable, Brian apartó la vista para mirar hacia la calle. Advirtió que el coche de Miles estaba aparcado justo detrás del suyo y que no había ninguno más. Estaban solos entre las lápidas.

—¿Cómo has sabido que estaba aquí? —preguntó al cabo Brian.

Miles tardó un poco en responder.

—Te he seguido. Supuse que en algún momento tendrías que salir de casa, y quería estar a solas contigo.

Brian tragó saliva, preguntándose cuánto tiempo debía de llevar Miles vigilándole.

—Le traes flores, pero ni siquiera sabes quién era, ¿verdad? —dijo en voz baja—. Si la hubieras conocido, le traerías tulipanes, porque sabrías que le gustaban. Eran sus flores favoritas: amarillos, rojos, rosados… Le encantaban. Solía plantar tulipanes en el jardín cada primavera. ¿Tampoco sabías eso?

No, pensó Brian, no lo sabía. A lo lejos oyó el silbato de la locomotora de un tren.

—¿Sabías que Missy solía preocuparse por las arruguitas en el contorno de los ojos? ¿O que lo que más le gustaba desayunar eran tostadas? ¿Que siempre había querido tener su propio Mustang descapotable? ¿Que cuando reía apenas podía

317

contenerme para no tocarla? ¿Que era la primera mujer a quien quise?

Miles hizo una pausa, deseando que Brian volviera a mirarlo a los ojos.

—Eso es lo único que me queda ahora. Mis recuerdos. Y ya no podré atesorar ninguno más. Me arrebataste esa posibilidad. También a Jonah. ¿Tampoco sabías que Jonah tiene pesadillas desde que murió? ¿Que sigue llamando a su madre en sueños? Tengo que cogerlo en brazos y consolarlo durante horas para que se calme. ¿Sabes cómo me siento entonces?

Atravesó a Brian con la mirada, como si quisiera clavarlo en el terreno en el que se encontraba.

—Dediqué dos años de mi vida a buscar al hombre que había arruinado mi vida. La vida de Jonah. He perdido esos dos años porque eso era en lo único que podía pensar.

Miles miró al suelo y sacudió la cabeza.

—Quería encontrar a la persona que la mató. Que fuera consciente de todo lo que me había arrebatado esa noche. Y quería que esa persona pagara por ello. No te puedes imaginar hasta qué punto me han corroído esos pensamientos. En parte sigo deseando hacerlo, y que su familia pase por lo mismo que pasamos nosotros. Ahora resulta que estoy mirando al hombre que lo hizo, mientras deja unas flores que no le gustarían a mi mujer en su tumba.

Brian sintió que se le hacía un nudo en la garganta.

—Mataste a mi mujer —prosiguió—. Nunca te perdonaré, nunca lo olvidaré. Cuando te mires en el espejo, quiero que te acuerdes de esto. Y que nunca olvides todo lo que me has robado: a la persona a la que más amaba en el mundo; a la madre de mi hijo, además de dos años de mi vida. ¿Entiendes lo que te digo?

Tras un largo momento, Brian asintió.

—Entonces también deberías entender algo más. Puedes contarle a Sarah lo que ha pasado aquí, pero solo a ella. Te llevarás esta conversación y todo lo demás a la tumba. No le contarás nada a nadie. Ni a tus padres ni a tu mujer ni a tus hijos; tampoco a tu párroco ni a tus amigos. Y será mejor que hagas algo de provecho con tu vida, y que no tenga que arrepentirme de lo que estoy haciendo. Prométemelo.

Miles se quedó mirando fijamente al joven para cerciorarse

de que le había escuchado, hasta que Brian volvió a asentir. A continuación, Miles dio media vuelta y se fue. Un minuto después, se había esfumado.

Solo entonces Brian se dio cuenta de que Miles iba a dejarlo en libertad.

Aquella noche, cuando Miles abrió la puerta, Sarah se quedó en la entrada y se limitó a mirarlo sin decir una palabra, hasta que él por fin salió al porche y cerró la puerta tras de sí.

—Jonah está en casa. Será mejor que hablemos aquí.

Ella recorrió el jardín con la mirada con los brazos cruzados. Miles siguió su mirada.

—No sé muy bien por qué estoy aquí —empezó a decir—. Darte las gracias no parece precisamente lo más apropiado, pero tampoco puedo ignorar lo que has hecho.

Miles asintió con un movimiento de cabeza casi imperceptible.

—Siento todo lo sucedido. No puedo siquiera imaginar por lo que has pasado.

—Es cierto, no puedes.

—No sabía lo de Brian. De veras.

—Ya lo sé. —Miles la miró—. No debería haber pensado lo contrario. Siento haberte acusado.

Sarah negó con la cabeza.

—No tienes por qué.

Miles desvió la mirada, como si le costase encontrar las palabras adecuadas.

—Supongo que debo darte las gracias por ayudarme a saber lo que realmente sucedió.

—Tenía que hacerlo. No me quedaba elección. —Cuando volvió a hacerse el silencio, Sarah juntó las manos y preguntó—: ¿Cómo lo lleva Jonah?

—Más o menos. No demasiado bien. No sabe nada, pero creo que ha notado que pasaba algo…, por mi forma de actuar. Ha tenido un par de pesadillas en los últimos días. ¿Cómo le va en la escuela?

—De momento bien. No he advertido nada fuera de lo normal esta última semana.

—Me alegro.

Sarah se pasó una mano por el pelo.

—¿Puedo preguntarte algo? No tienes que responder si no quieres.

Miles se volvió hacia ella.

—¿Por qué no arresté a Brian?

Sarah asintió.

Miles no respondió enseguida.

—Vi el perro.

Ella se giró hacia Miles sin poder disimular su asombro.

—Un enorme perro negro, tal como había dicho Brian, en uno de los jardines cercanos al lugar del accidente.

—¿Pasabas por allí y lo viste por casualidad?

—No, no exactamente. Fui a buscarlo a propósito.

—¿Para comprobar si Brian te había dicho la verdad?

Miles negó con la cabeza.

—No, la verdad es que para entonces ya estaba bastante seguro de que decía la verdad. Pero se me ocurrió una idea descabellada y no me la podía quitar de la cabeza.

—¿Qué idea descabellada?

—Es una locura.

Sarah lo miró intrigada, expectante.

—Cuando volví a casa aquel día, después de que Brian me lo contara todo, no podía dejar de pensar que debía hacer algo. Alguien tenía que pagar por aquello, pero no sabía cómo hasta que se me ocurrió algo. Entonces fui por la pistola de mi padre. Al día siguiente por la noche, fui a buscar aquel maldito perro.

—¿Querías matarlo?

Se encogió de hombros.

—Ni siquiera sabía si lo encontraría, pero, en cuanto detuve el coche, pude verlo: ahí estaba, persiguiendo una ardilla por el jardín.

—Entonces, ¿lo hiciste?

—No. Estaba lo bastante cerca como para disparar, pero, cuando lo tuve en el punto de mira, me di cuenta de que era una estupidez. Iba a matar a la mascota de alguien. Solo un perturbado haría algo así. Di media vuelta y volví al coche. Le dejé en paz.

Sarah sonrió.

—Como a Brian.

—Sí. Como a Brian.

Sarah le rozó una mano, y tras un instante, Miles le permitió que se la cogiera.

—Me alegro de que no le hicieras nada.

—Yo no. Una parte de mí sigue pensando que ojalá lo hubiera matado. Por lo menos habría hecho algo.

—Pero ya has hecho algo.

Miles apretó su mano antes de soltarla.

—Lo he hecho por mí… y por Jonah. Había llegado el momento de dejarlo. Ya había perdido dos años de mi vida y no encontraba sentido a seguir prolongando la situación. Cuando por fin me di cuenta…, no sé…, simplemente me pareció que era lo único que podía hacer. Missy no iba a volver, daba igual lo que le pasara a Brian.

Se llevó las manos a la cara y se restregó los ojos. Ambos guardaron silencio durante un buen rato. Sobre ellos se extendía el cielo estrellado. Miles buscó con los ojos la Estrella Polar.

—Voy a necesitar un poco de tiempo —dijo en voz baja.

Sarah asintió, sabiendo que se refería a su relación.

—Ya lo sé.

—No puedo decirte cuánto.

Ella lo miró.

—¿Quieres que te espere?

Miles tardó en responder.

—No puedo prometerte nada, Sarah. Me refiero a nosotros. No es que haya dejado de quererte. Sigo amándote y he sufrido mucho por eso en los últimos días. Eres lo mejor que me ha pasado desde que Missy murió; mejor dicho, lo único. También eres muy importante para Jonah. Me ha preguntado por qué no vienes a vernos últimamente, y sé que te echa de menos. Pero por mucho que desee seguir contigo, una parte de mí no puede asumirlo. No puedo olvidar lo ocurrido. Eres su hermana.

Sarah apretó los labios, pero no dijo nada.

—No sé si puedo vivir con eso, aunque tú no tuvieras nada que ver, porque estar contigo significa que, de algún modo, también tendré que estar con él. Es un miembro de tu familia y… no estoy preparado para eso. No sabría cómo hacer para soportarlo. No sé si algún día podré hacerlo.

—Podríamos mudarnos a otra ciudad —ofreció Sarah—. Intentar empezar de cero.

Miles negó con la cabeza.

—Por muy lejos que nos fuéramos, esto nos seguiría a todas partes. Lo sabes… —La voz de Miles se fue apagando. A continuación, la miró y añadió—: No sé qué hacer.

Sarah sonrió con tristeza.

—Yo tampoco —admitió.

—Lo siento.

—Yo también lo siento.

Miles se acercó a ella para abrazarla. La besó con ternura. La estrechó en sus brazos largo tiempo, enterrando la cara en su pelo.

—Te quiero, Sarah, de veras —susurró.

Sarah intentó reprimir el nudo que se le estaba haciendo en la garganta y se apoyó en él para sentir su cuerpo ahora tan cerca, preguntándose si sería la última vez que Miles la abrazara así.

—Yo también te quiero, Miles.

Ella retrocedió cuando se separaron, intentando contener el llanto. Miles se quedó inmóvil. Sarah sacó las llaves del bolsillo de la chaqueta con un tintineo. No consiguió pronunciar un adiós, consciente de que tal vez este sería para siempre.

—Tienes que volver con Jonah —dijo simplemente.

Bajo el tenue resplandor de la luz del porche le pareció ver que Miles también tenía lágrimas en los ojos.

Sarah se enjugó las suyas.

—Le compré un regalo de Navidad a Jonah. ¿Te parece bien que pase un día para dárselo?

Miles desvió la mirada.

—Seguramente no estaremos. Estoy pensando en irnos a Nags Head la semana que viene. Charlie nos ha dejado la casa que tiene allí. Necesito irme unos días, ¿lo entiendes?

Ella asintió.

—Estaré por aquí durante las vacaciones, por si quieres llamarme.

—De acuerdo —murmuró.

«Pero no se compromete», pensó ella. Entonces dio un paso atrás. Se sentía vacía, deseaba poder decir algo que lo cambiase todo. Esbozó una sonrisa forzada y regresó al coche, esforzándose por mantener el control. Al abrir la puerta tenía las manos temblorosas. Se volvió una última vez hacia él. Seguía allí, inmóvil, con la boca apretada dibujando una línea recta.

Sarah se sentó al volante.

Mientras la miraba, Miles sintió el deseo de gritar su nombre, de pedirle que se quedara con él, de decirle que encontrarían la forma de solucionarlo. Que la quería y siempre la querría.

Pero no lo hizo.

Sarah giró la llave y el motor cobró vida con un zumbido. Miles fue hacia las escaleras y a Sarah le dio un vuelco el corazón, pero entonces se dio cuenta de que, en realidad, se dirigía a la puerta de su casa. No tenía intención de impedir que se fuera. Puso la marcha atrás y empezó a retroceder para salir a la carretera.

Su rostro quedó oculto entre las sombras, cada vez más pequeño a medida que el coche se alejaba. Sarah sentía las mejillas húmedas por las lágrimas.

Cuando Miles abrió la puerta para entrar en la casa, ella tuvo la certeza de que sería la última vez que lo vería. No podría quedarse en New Bern tal como estaban las cosas. No podría soportar encontrarse casualmente con Miles; tendría que buscar trabajo en otro lugar donde pudiera empezar de nuevo.

Otra vez.

Aceleró suavemente en medio de la oscuridad, esforzándose por no mirar atrás.

«No pasa nada», se dijo a sí misma. «Da igual lo que pase, lo superaré, ya lo he hecho antes. Con o sin Miles, seguiré adelante.»

«No, no podrás», gritó de repente una voz interior.

Entonces se derrumbó. El llanto no cesaba. Tuvo que detenerse en el arcén. Con el coche al ralentí y el vapor empañando las ventanillas, lloró como nunca en su vida lo había hecho.

Capítulo 37

—¿*D*ónde estabas? —preguntó Jonah—. Te estaba buscando, pero no te encontraba.

Hacía ya una hora que Sarah se había marchado, pero Miles se había quedado en el porche. Acababa de volver a entrar en la casa cuando el niño lo vio y se detuvo en seco. Miles señaló por encima del hombro.

—Estaba en el porche.

—¿Qué hacías ahí?

—Estaba hablando con Sarah.

La cara de Jonah se iluminó.

—¿Ha venido? ¿Dónde está?

—Ya se ha ido, no podía quedarse.

—Oh… —Jonah alzó la vista para mirar a su padre—. Vale —dijo sin poder disimular la decepción—. Solo quería enseñarle la torre de Lego que he hecho.

Miles se puso a su lado y se agachó hasta quedar a la misma altura que Jonah.

—Puedes enseñármela a mí.

—Ya la has visto.

—Ya lo sé. Pero puedes enseñármela otra vez.

—No hace falta. Quería que la viera ella.

—Pues lo siento. Tal vez puedas llevarla al colegio mañana para que ella la vea.

Jonah se encogió de hombros.

—Da igual.

Miles lo miró detenidamente.

—¿Qué te pasa, campeón?

—Nada.

—¿Estás seguro?

Jonah no respondió enseguida.

—Supongo que la echo de menos.

—¿A quién? ¿A la señorita Andrews?

—Sí.

—Pero si la ves en la escuela todos los días.

—Ya. Pero no es lo mismo.

—¿Te refieres a que no es como cuando venía a casa?

Jonah asintió con una expresión confusa.

—¿Os habéis peleado?

—No.

—Pero ya no sois amigos.

—Claro que sí. Seguimos siendo amigos.

—Entonces, ¿por qué ya no viene a vernos?

Miles se aclaró la garganta.

—Bueno, es un poco complicado. Cuando seas mayor lo entenderás.

—Ah —respondió, pensativo—. No quiero hacerme mayor —declaró por fin.

—¿Por qué?

—Porque los mayores siempre dicen que todo es complicado.

—A veces es así.

—¿Todavía te gusta la señorita Andrews?

—Claro que sí.

—¿Y tú le gustas a ella?

—Eso creo.

—Entonces, ¿por qué es tan complicado? —Jonah tenía una mirada implorante en los ojos.

Miles tuvo la absoluta certeza de que Jonah no solo echaba de menos a Sarah, sino que además la quería.

—Ven aquí —dijo mientras estrechaba a su hijo entre sus brazos, sin saber qué más podía hacer.

Dos días más tarde, Charlie aparcó delante de la casa de Miles mientras este llevaba algunas cosas al coche.

—¿Ya vais a salir?

Miles se giró.

—Ah… Hola, Charlie. Pensé que sería mejor salir temprano. No quiero encontrarme con demasiado tráfico. —Cerró el maletero y añadió—: Gracias de nuevo por dejarnos tu casa.

—De nada. ¿Necesitas ayuda?

—No, ya casi estoy.

—¿Cuánto tiempo os quedaréis?

—No lo sé. Quizás un par de semanas, hasta después de Año Nuevo. ¿Te parece bien?

—No te preocupes por eso, tienes suficientes días de vacaciones acumulados como para cogerte un mes.

Miles se encogió de hombros.

—¿Quién sabe? Igual lo hago.

Charlie arqueó una ceja.

—Ah, por cierto, quería decirte que Harvey no va a presentar cargos. Parece ser que Otis le dijo que lo dejara estar. Así pues, tu suspensión ha quedado revocada oficialmente y podrás volver a incorporarte cuando vuelvas.

—Bien.

Jonah apareció corriendo y ambos se giraron al oírlo. Saludó a Charlie y luego dio media vuelta y volvió corriendo a la casa, como si hubiera olvidado algo.

—¿Sarah irá también a pasar un par de días con vosotros? Puedes invitarla si quieres.

Miles seguía con la vista fija en la puerta, pero se volvió hacia Charlie.

—No lo creo. Tiene a la familia aquí y, como son fiestas, no creo que tenga tiempo de ir a vernos.

—Qué lástima. Pero os veréis a la vuelta, ¿no?

Miles desvió la vista. Charlie comprendió.

—¿No os va bien?

—Ya sabes cómo son esas cosas.

—La verdad es que no. Hace cuarenta años que no tengo una cita. Pero es una pena.

—Pero si ni siquiera la conoces, Charlie.

—No hace falta. Me refiero a que es una pena para ti.

Charlie se metió las manos en los bolsillos.

—Oye, no he venido para meterme en tu vida. Es asunto

tuyo. En realidad, estoy aquí por otro motivo. Hay algo que no me ha quedado claro.

—¿De qué se trata?

—No puedo dejar de pensar en tu llamada, cuando me dijiste que Otis era inocente· y que no era necesario seguir con la investigación.

Miles guardó silencio. Charlie le lanzó una mirada inquisitiva con los ojos medio cerrados.

—¿Debo suponer que sigues convencido de ello?

Tras un momento, Miles asintió.

—Otis es inocente.

—¿Pese a las declaraciones de Sims y Earl?

—Sí.

—Espero que no se trate de una estrategia para tomarte la justicia por tu mano…

—Tienes mi palabra de que no, Charlie.

Este escudriñó la expresión del rostro de Miles, y supo que decía la verdad.

—De acuerdo. —Se pasó las manos por la camisa, como si se las estuviera limpiando, y se levantó el ala del sombrero—. Bueno, oye, espero que lo paséis bien en Nags Head. Intenta pescar un poco por mí, ¿vale?

Miles sonrió.

—Claro.

Charlie dio un par de pasos, como si fuera ya a marcharse, pero de repente se detuvo y se volvió hacia Miles.

—Se me olvidaba, hay otra cosa que quería decirte.

—¿Qué?

—Brian Andrews. Sigo sin comprender por qué le habías detenido. ¿Hay algo de lo que quieras que me ocupe mientras estás fuera? ¿Algo que debería saber?

—No.

—¿Qué pasó? Todavía no me lo has explicado.

—Fue un error, Charlie. —Miles se quedó mirando el maletero del coche—. Simplemente un error.

Para su sorpresa, Charlie se echó a reír.

—¿Sabes qué? Es curioso.

—¿El qué?

—Tus palabras. Brian dijo exactamente lo mismo.

—¿Has hablado con Brian?

—Tenía que ir a ver cómo estaba, cuestión de rutina, ya sabes. Tuvo un accidente cuando estaba bajo custodia de uno de mis ayudantes. Era mi deber verificar que estaba bien.

Miles se puso lívido.

—No te preocupes, me aseguré de que nadie pudiera escucharnos. —Charlie hizo una pausa para comprobar el efecto de sus palabras. Se llevó la mano a la barbilla, como si estuviera buscando la mejor forma de expresar sus pensamientos—. Mira —añadió finalmente—, me puse a darle vueltas a tu llamada y al arresto de Brian, y el investigador que hay en mí tuvo la corazonada de que tal vez ambas cosas estuvieran relacionadas.

—Para nada —replicó inmediatamente Miles.

Charlie asintió, con una expresión seria en la cara.

—Me lo imaginaba. Pero como ya te he dicho, tenía que asegurarme. Tengo que serte franco: ¿hay algo que yo debería saber sobre Brian Andrews?

Miles debería haber sabido que Charlie lo averiguaría.

—No —dijo categóricamente.

—De acuerdo —aceptó Charlie—. Entonces, deja que te dé un consejo.

Miles esperó.

—Tú mismo acabas de decir que este asunto se acabó; no lo olvides, ¿de acuerdo?

Charlie se aseguró de que Miles se había percatado de la gravedad en su tono de voz.

—¿Qué quieres decir con eso? —preguntó Miles.

—Si se acabó, si de veras está zanjado, no permitas que eche a perder el resto de tu vida.

—No te sigo.

Charlie sacudió la cabeza y suspiró.

—Claro que sí.

Epílogo

*E*stá a punto de amanecer y mi relato llega a su fin. Creo que ha llegado el momento de contar el resto.

Ahora tengo treinta y un años. Hace tres me casé con mi mujer, Janice, a quien conocí en una panadería. También es maestra, como Sarah, pero ella se dedica a enseñar inglés en un instituto. Vivimos en California, puesto que aquí cursé mis estudios de Medicina y realicé las prácticas hospitalarias. Soy médico de urgencias, hace un año que terminé mi formación, y en las últimas tres semanas he ayudado a salvar la vida de seis personas, con la colaboración de mucha otra gente, claro. No es mi intención alardear, pero necesito dejar claro que me he esforzado por cumplir la promesa que le hice a Miles en el cementerio.

Asimismo, mantuve mi palabra de no hablar de ello con nadie.

Miles no me hizo prometer silencio para protegerme; en aquel entonces yo estaba convencido de que necesitaba que se lo prometiera por su propia seguridad.

Aunque parezca increíble, con su decisión de no arrestarme, aquel día Miles cometió un delito. El deber de un ayudante del sheriff que sabe con absoluta certeza que alguien ha delinquido es entregar a esa persona. Aunque no podía equipararse a lo que yo había hecho, la ley es muy clara al respecto, y Miles no cumplió con su obligación.

Por lo menos eso es lo que pensé en aquella época. Transcurridos los años, sin embargo, al pensar más a fondo en ello, me he dado cuenta de que estaba equivocado.

Ahora sé que me lo pidió por Jonah.

De haber salido a la luz que yo era el conductor que se había dado a la fuga, la gente habría cotilleado sobre el pasado de Miles y habría quedado marcado para toda la vida: «Le pasó algo terrible». Esa frase formaría para siempre parte de su descripción, y Jonah habría crecido acompañado de esos rumores. ¿Cómo afectaría todo eso a un niño? Quién sabe. Yo no lo sé. Miles tampoco podía saberlo. Pero no estaba dispuesto a correr ese riesgo.

Como tampoco yo deseo asumir esa responsabilidad. Cuando acabe con mi relato, me dispongo a quemar estas páginas en la chimenea. Solo necesitaba desahogarme por escrito.

Sin embargo, para todos nosotros sigue siendo un tema tabú. A veces hablo por teléfono con mi hermana, normalmente a horas intempestivas; casi nunca nos vemos. La distancia es una buena excusa, ya que vivimos en la otra punta del país, pero ambos sabemos cuál es el verdadero motivo de nuestro distanciamiento. A pesar de todo, alguna vez ha venido de visita, siempre sola.

En cuanto a la historia de Miles y Sarah, estoy seguro de que cualquiera podría adivinar qué pasó...

Era la víspera de Navidad, Nochebuena. Hacía seis días que Miles y Sarah se habían despedido en el porche. A esas alturas ella había asumido, muy a su pesar, que su relación se había acabado. Desde entonces no había tenido noticias de Miles, aunque tampoco lo esperaba.

Pero esa noche, cuando volvió a su casa después de haber celebrado la Nochebuena con sus padres, al salir del coche alzó la vista hacia la ventana de su apartamento y se quedó petrificada. No podía creer lo que veía. Cerró los ojos y luego volvió a abrirlos lentamente, con la esperanza y el ruego de que fuera verdad.

En efecto, sus ojos no la engañaban.

Sarah no pudo evitar sonreír.

Como dos estrellas diminutas, en su ventana pudo ver los destellos parpadeantes de dos velas.

Miles y Jonah estaban esperándola en su apartamento.

Agradecimientos

Al igual que con el resto de mis novelas, sería un imperdonable descuido no dar las gracias a Cathy, mi maravillosa mujer. Tras doce años de matrimonio, nuestro amor cada vez es más fuerte. Te quiero.

También deseo dar las gracias a mis cinco hijos, Miles, Ryan, Landon, Lexie y Savannah, que hacen que mantenga los pies en el suelo, y que, además, son muy divertidos.

Larry Kirshbaum y Maureen Egen son dos personas maravillosas que me han apoyado durante toda mi carrera. Gracias a los dos (por cierto, podéis buscar vuestros nombres en esta novela).

Mis agentes en Hollywood, Richard Green y Howie Sanders, son los mejores en su campo. ¡Gracias, amigos!

Denise Di Novi, productora de *Mensaje en una botella* y de *Un paseo para recordar*, no solo hace un trabajo magnífico, sino que además se ha convertido en una gran amiga.

Scott Schwimer, mi abogado, también se merece mi más sincero agradecimiento. Eres el mejor.

También tengo que dar las gracias a mi hermano y a su mujer, Micah y Christine. Os quiero.

Y a Jennifer Romanello, Emi Battaglia y Edna Farley por su labor publicitaria; a Flag, diseñador de las cubiertas de mis novelas; a Courtenay Valenti y Lorenzo Di Bonaventura de Warner Bros.; a Hunt Lowry de Gaylord Films; a Mark Johnson; y a Lynn Harris de New Line Cinema. Si estoy donde estoy, es gracias a todos vosotros.

ESTE LIBRO UTILIZA EL TIPO ALDUS, QUE TOMA SU NOMBRE
DEL VANGUARDISTA IMPRESOR DEL RENACIMIENTO
ITALIANO ALDUS MANUTIUS. HERMANN ZAPF
DISEÑÓ EL TIPO ALDUS PARA LA IMPRENTA
STEMPEL EN 1954, COMO UNA RÉPLICA
MÁS LIGERA Y ELEGANTE DEL
POPULAR TIPO
PALATINO

***
**
*

EL SENDERO DEL AMOR SE ACABÓ DE IMPRIMIR
EN UN DÍA DE PRIMAVERA DE 2014,
EN LOS TALLERES DE LIBERDÚPLEX, S.L.U.
CRTA. BV-2249, KM 7,4, POL. IND. TORRENTFONDO
SANT LLORENÇ D'HORTONS (BARCELONA)

***
**
*